人鱼陷落

完结篇

Preference
of
Poseidon

麟 潜 著

上海文化出版社

Preference of Poseidon

海洋生者之心与兰波胸腔相连，

因此地球海面上掀起的每一场飓风和海啸，都是神在心动。

目录

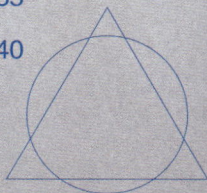

第一卷

撒旦占卜：山羊重现

第一章

促联合素

———○———

言逸坐在白漆木质宽窗棂前，掀开窗帘一角，望了一眼围栏中怀抱武器笔直端正立守在大使馆门前的军人，中午的天还算晴朗。

"明天就要出结果了，你那边安排妥当了吧？"

陆上锦坐在圆几边，拿着一个花瓣壶向茶杯里斟满红茶，戗驳领双排扣西装马甲典雅庄重地修饰着保持良好的腰腹线条。他刚从外面回来，将外套随意搭在椅背上等人收走。

"放心吧。那群只看利益的老浑蛋今年口风都一样，毕竟 109 研究所今年强弩之末的数据让他们心灰意冷，已经不再把实验体当成稳赚不赔的军火生意了。"陆上锦解开马甲下方的纽扣，扯松领带，将放松的一面不设防地展露在言逸面前，"说起来，去年我们最大的阻碍也不完全是他们，会议有一项平民意愿投票，去年你提出停产实验体的时候，百分之九十五的普通民众投票选择了不支持。"

言逸叹了口气："也不能怪他们。去年研究所的股价还在飙升，营销宣传又做得火热，拿几项人工智能产品当作实验体生意的挡箭牌，许多人早年因为买进了研究所的股票拿到了数百倍的回报，普通人跟风入局，根本意识不到实验体的危险性，只觉得事不关己，有的赚才是正经事，停产实验体会让散户赔得血本无归，他们自然不支持。"

"艾莲其实还是有点会玩的。"陆上锦说，"他们拉拢的散户极多，为的就是在每年民众投票时能稳住实验体产业，加上购买过实验体的国家不想自己付出高额购买价和长期维护费用得到的秘密武器失去价值，必然会极力反对。这一次研究所接连被曝光，口碑变差，再加上到期交不上货，资金链濒临断裂，他们很难得到拥护了。但也说不好，许多人不明就里，还对研究所股价回升抱有希望，这部分民众还是不愿意支持停产的。"

"人数不会太多。只要停产实验体的提案通过就够了，剩下的还要慢慢推进。"

因为停产实验体不会让已经购买过实验体的组织和国家利益受损，反而因为这种生物武器绝版，他们手中现持有的实验体会升值。但如果要求承认现有实验体的人格权利，还需要更多时间的沉淀和观察。筛选出无害的实验体是一方面；另一方面，国家武器库中的实验体与政府就成了雇佣关系，实验体有自己的想法，有的根本不想战斗，辞职去做小买卖或者去当街头艺术家也不是没可能，那就相当于几十上百亿的财产打水漂了，推进得太急只会适得其反。

言逸拉上窗帘，走到陆上锦身后，手搭在陆上锦肩头："辛苦了。"

陆上锦笑了一声："咱们这关系，你跟我说这个？你才最辛苦。"

"……昨天裁冰说小白进入恶显期，虽然用解离剂控制住了，但终究还是接近恶化。"言逸担忧地摇头，"他是个好孩子，却一直惶惶不安地生活，本来有兰波在他身边陪着我很放心，可兰波也不是无所不能的。现在只能指望明日提案通过，把研究所的促联合素带出来给小白治疗。"

"好了，明天结具一出，研究所就会被直抄老家，总有办法的，你别多想了。"

"唉，是啊，孩子的事情总是操心不完。"言逸扫了扫头发，"中午我给球球打视频电话，他很快就把电话挂了，看样子和揽星在一起呢。"

陆上锦精神一振。"哦？"他把红茶杯往桌上一搁，"他们在哪儿呢？"

"看摆设，在小白的办公室。"

"臭小子！不学好，上梁不正下梁歪……"陆上锦拿起手机给陆言拨了过去，等待接听时还对言逸说，"我跟你说，年轻时候老毕也不是什么好东西。"

言逸忍不住笑了一声："当时他们在帮技术部搬设备，刚搬完回办公室。"

陆上锦手一顿，又把电话挂了，一把抓住言逸的一只兔耳朵，拽到面前："逗我，好玩是吧？"

言逸半俯着身，弯起眼睛："每次见你紧张兔球，我就觉得很好笑。"

"还不是因为兔子呆又容易被欺负，要是个小亚体[1]我怎么会担心？！"

"我看小白你也挺担心的。"

"嗨，别提了，小白已经快把我气死了，算了，也指望不上他能做主，他不挨欺负就行了。"

"你还是不喜欢兰波。"

"我喜不喜欢无所谓，本来人家也没把我当人呢，主要是小白那小子，前阵子闲聊，我考验他的经商天赋，我问他给他一千万他怎么花。"

言逸托腮听着："他打算投资什么？"

陆上锦端起茶杯抿了一口："他要去海洋馆给兰波买几个大扇贝。"

言逸笑了一声："看来你退休无望了。"

兜里的手机忽然响了起来，是小白打来的长途电话。

他声音有些急切："老大，永生亡灵往你们那边去了，他要报复一个学生，具体资料我给你发过去了，我通知了分散在欧洲的特工和IOA（国际亚体联盟）巴黎分部搜查科提前做准备，但他们和你们还有点距离，赶到现场还需要一段时间，你跟锦叔多小心……呜……喀，我有点不舒服……先……挂了……"

"小白，"言逸攥紧了手机，"你怎么样了？"

电话另一端传来一阵痛苦的喘息，随后，兰波接替了白楚年，低沉冷淡的嗓音从听筒中传出："离开那儿，就现在。"

---

1. 亚体：文中设定世界中的人类统称。

兰波先挂断了电话。言逸放下手机，瞥了陆上锦一眼，匆匆拿起桌上的电脑，圆几前的陆上锦忽然警惕地直起身子，眼睛表面浮现出一层半透明淡蓝的隼鸟瞬膜，随着眼睛开合而覆盖和收起。

"言言过来！"他一把抓住言逸的腰带，带着他撞断窗棂、撞碎玻璃冲出了房间。

在他们冲出高楼从高处坠落的那一瞬间，他们所在的房间轰然爆炸，一声震耳欲聋的巨响远后，厚密浓烈的烟雾从高层建筑上炸出的缺口中飞散出来，浓烟中夹杂着孢子。

陆上锦把言逸压进怀里，临近落地的一刹那背后展开布满棕色斑点的游隼猎翼，扇动空气带起猎猎冷风，擦过地面飞掠而去，在空中滑翔出一段遥远的距离。

言逸脸上不见慌乱，在陆上锦的保护下打开电脑，把爆炸的景象同步传送给了技术部。

浓烟之中隐约可见一个灰白色的蘑菇轮廓，技术部发回对照结果，实验体602"马勃炸弹"的亡灵召唤体，本体是马勃菌，J1亚化能力是"孢子爆炸"，M2亚化能力是"定时孢子"。

保镖和守卫们听到动静立即冲到他们身前展开严密的保护圈，言逸指了指其他房间："你们去帮警察疏散里面的人。"

两人找到他们的车，陆上锦利落地上了驾驶位，言逸进入后座，用脚跟撞了两下座位下方的暗格，暗格的小孔向上射映出一个散发着红光的全息密码盘，扫描了他的虹膜后，竖门弹开，里面是一个沉重的银色手提狙击枪匣。

枪匣里除了一把高精狙外，还有两把无枪托的Uzi（乌兹冲锋枪）以及两条弹带。

"我们去哪儿？"陆上锦启动车子回头问。

"伦敦WS学校。"

言逸把电脑放在膝头，粗略地浏览一番白楚年发来的资料，其中有关于永生亡灵的简介。除此之外，关于金曦和红狸一中坠楼事件的调查结果也一起发了过来。

在红狸一中坠楼事件中，肇事学生名叫甄理，在一年前转学到了英国伦敦的 WS 学校读中学，甄理的父亲是国际警署红狸分域的警长，母亲则是当地有名的黑帮高层，并掌管着十几家地产和木材公司，有证据证明甄理的父母曾经绑架儿子的同班同学金曦，利用他的亚化能力[1]救活了因甄理失手推落而坠亡的学生，两家和解，甄理也免于刑事惩罚，被家长转到了英国伦敦的 WS 学校留学，事后甄理的父母将存有百万感谢金的银行卡赠予金曦。

"永生亡灵，A3 级恶化期水熊虫亚体，伴生能力[2]潘多拉魔镜，J1 亚化能力船下天使，M2 亚化能力死神召唤。"言逸合上电脑，"锦哥，我们得快一点了。"

"绕道去武器库吗？"

"不了，到水边就弃车，我们直线过去。"言逸插上弹匣用力一推，"咔"的一声，"普通武器对付实验体没什么用，这点子弹够了。"

天空飘起细雨，空气中雾气渐浓，一些雨丝淋落在风挡玻璃上，陆上锦打开了雨刮器，给言逸递了一把伞。

赶到学校时，言逸穿上一件风衣，戴上帽子，翻墙潜入进去，在学校的尖顶建筑边转了转，寻找空气中可疑的气味。

三三两两的学生从树荫下走过，有些好奇地打量着竖起风衣领口遮住半张脸走在小径上的言逸。

一声尖叫撕裂了校园的宁静，言逸压在帽子里的耳朵突然竖起来，听见了一丝遥远的呼救声，他循着声音抬头望去，就在他视线所及的最远处，尖顶的钟楼最上方，一个学生尖叫着从高顶上坠落。

---

1. 亚化能力：指亚体每次升级，必然获得一种与自身亚化特征相关的主动性能力。
2. 伴生能力：有可能伴随亚化能力一起产生的被动性能力，一般为没有攻击性的辅助能力。

一声沉闷的坠响，身体在砖石地面上摔成了软软的一摊，黏稠的血液缓缓从身体下方渗了出来，破碎的颅骨上深深插着一张银行卡。

空气仿佛凝固了。

短暂的寂静之后，距离坠落学生最近的一个女生歇斯底里地叫出声，校园里的学生们如鸟兽散，纷纷大喊着报警。

没有人注意到，钟楼天台上，一名身披白布的亚体少年悠哉地趴在栏杆边，陶醉地欣赏着脚下几十米处尸体炸开的血花。

他的右臂只剩下半截上臂，断口截面冒着黑烟，他抬起仅剩的左手伸出食指隔空操控尸体周围的血，缓缓在地面上写下一排潦草的字母："Happy birthday！"

永生亡灵兴奋地躺在地上打滚，发出惊悚空灵的笑声，用仅剩的左手举起大珍珠，开心道："大水泡，我给你画了生日礼物，你不出来看看吗？"

珍珠的色泽暗淡了许多，珍珠质内包裹的灵魂碎片也损耗得所剩无几，并不想搭理他。

永生亡灵倒没计较，哼着扭曲的曲调，把大珍珠托在手里上下抛着玩。

忽然，他不继续哼了，脸上笑意收敛，从钟楼高台上站了起来，转头望向天台阁楼虚掩着的门。

永生亡灵冷下脸，紧盯着那扇距离自己尚有几十米远的铁门，一股甜软的亚化因子[1]气味隐约在空中飘动，而与这甜软气味不相符的是气息中强大的压迫感。

他已至恶化期，即使是A3级的兰波对他进行物种压制，他也不会感到任何压迫，这种无形的压力从何而来？

永生亡灵不过一恍神，远处那扇铁门似乎晃了一下，一道灰色的影子凭空出现在天台上。

言逸双手插在风衣兜里，缓缓向他走来。

---

1. 亚化因子：物种与相关的基因讯息，带有气味。

永生亡灵不过眨了一下眼，言逸的脚步已经迫近了十几米，可他看上去只是用平常的步子在行走。

他在瞬移。

永生亡灵冷脸提起放在地上的书包背到身上："你是谁？"

"我的事还没办完，并不想打架。"永生亡灵抬起仅剩的左手调皮轻蔑地摆了摆，"兔子？我没碍到你什么事吧？"

见言逸不回答，永生亡灵转身就走，他有飘空的能力，踩上钟楼的栏杆轻飘飘地朝空中飞去。

没想到，他飞至空中时回头看向天台，言逸已经不见了。永生亡灵心中一凛，匆忙转头，而言逸竟然已经贴至他面前。言逸的高速弹跳和瞬移能力结合时相当于短暂滞空。

言逸的长腿迅猛一扫，凌空撞在永生亡灵腹上，气劲凌厉，直接将他踹回天台，狠狠在地面上摔出一个深坑。

永生亡灵打了个滚从深坑里翻出去，才避开言逸瞬移出现重重落下的全身重量。看着衣摆翻飞、衣领未乱的言逸，永生亡灵终于从气息中意识到危险，警惕起来。

"S4……你是IOA……"永生亡灵大笑起来，"我还从没与S4级人类交过手，好荣幸。"

他脚下立刻铺开一面无垠的镜面，镜中鬼手贪婪地朝言逸伸去。

永生亡灵的伴生能力潘多拉魔镜，和兰波的水化钢机制相似，后续能力都需要在潘多拉魔镜的基础上施展，才能发挥出最大的威力。

就在永生亡灵即将接近言逸时，远处隐约有破空声疾速传来，永生亡灵偏头瞄了一眼，身体飘荡躲避，一发消音狙击弹擦着他脸颊掠过，带出了一道冒着黑烟的伤痕。伤痕缓缓愈合。

狙击弹击中了永生亡灵脚下的镜面，被镜中的鬼手无声吞噬。

永生亡灵循着狙击弹的来向望去，近千米外的尖顶建筑黑暗处，陆上锦藏身于此，闭上一只眼睛，为言逸架枪。

"A3游隼吗？倒也不算多么稀奇。来玩！"永生亡灵微扬下颌，尖锐地笑起来。

突然，永生亡灵脚下的魔镜竟变得模糊清浅，几秒钟后，魔镜破碎消失。

他皱起眉，狠狠咬牙瞪了陆上锦一眼，上次遇见的天马的消除正面增益的能力就恶心到他了。这次怎么又来了一个有消除能力的 A3。

言逸迈着平静的脚步接近他，冷肃质问："我得到的消息是，小白的恶化因你而起，对吗？"

永生亡灵歪头笑笑："是啊。"

"你手里有促联合素，对吗？"

"对啊，有本事来拿。"永生亡灵抖了抖书包。

他朝言逸飞去，突然身体一僵，像被一股无形的力量禁锢住了，一阵虚弱感从亚化细胞团[1]中升起，直击大脑。

陆上锦安静地趴在狙击点位上，在狙击镜中观察着他们的动向，眼睛被一层隼鸟瞬膜覆盖。

游隼 A3 亚化能力'强化瞬膜'，使等级低于自身的目标的全部能力瞬时无效化，与自身同等级目标的全部能力瞬时削弱至 30%，高于自身等级目标的全部能力瞬时削弱至 50%，任何等级目标伴生能力瞬时无效。

陆上锦的削弱能力虽然强悍，但作用时间仅有短暂的一瞬间，这种高消耗能力不能连续发动。两次削弱之间需要一段让发热亚化细胞团冷却的时间，只有拥有高速移动能力，以极限速度作为优势的突击手才能与他打出最完美的配合，抓住每一次瞬时削弱的节奏，无限与敌人贴脸，再在削弱失效时撤出对方的攻击范围。

这种高难度的配合需要磨合多年的默契作为基础，以至于不管级别多高、实力多强的对手，每当同时面对这两人远点牵制、近点耗磨时都被压着打得很难受。

---

1. 亚化细胞团：可以传递亚化因子。

永生亡灵也一样，恶化期实验体总体实力与S4级进阶人类的实力差距可以忽略不计，但远处有架狙击枪随时用子弹限制着亡灵的走位，且一直在削弱他的亚化能力，消除他的伴生能力，每当他的能力消失时，言逸就会抓住这转瞬即逝的机会立刻出现在他面前。

永生亡灵被对方瞬移和高速弹跳的虚影晃得眼花缭乱，身上时不时出现一道伤口或者一个弹孔，如果不是本身生命力顽强，他早就被言逸磨掉一条命了。

言逸也在观察着永生亡灵的动向，虽然永生亡灵受他们限制基本没有还手的机会，但他的愈合速度太快，言逸也无法对他造成致命伤害，处在一个看不惯他但也干不掉他的尴尬状况。

永生亡灵终于被磨掉了耐心，一把扯下头上的白布，盖在了身边浮空跟随的珍珠上，低声召唤："给我出来，我要看看那游隼的削弱是不是只能针对一个人。"

但珍珠没有响应他的召唤，并没以冥使全拟态现身。

永生亡灵纳闷地掀开白布一角："喂，你聋了吗？"

色泽暗淡变得粗糙的珍珠不情愿地向他手里吐了几个水泡，长条状泡泡拼成了两行字："不要叫我，我打不过。"

亡灵气得直跳。

又一次能力削弱袭来，言逸突然出现在他背后，左手迅速扳住他的下颌，右手拿Uzi，抵住永生亡灵腰眼开枪，一梭子子弹打空，冲破亡灵腹部的弹孔向外冒着滚滚黑烟。

削弱消失，永生亡灵转身飘忽落地，但他的腰椎被那一梭子子弹打碎了，整个人从中间折断，以一种诡异可怖的折叠瘫痪姿势在空中飘荡，他脚下又展开一面潘多拉魔镜，镜面鬼手朝着言逸的方向贪婪地抓了过去，言逸脚尖轻点地面跳跃避开，一只鬼手伸长抓住了言逸的脚踝，但顷刻便被一发狙击弹准确击中炸飞。

远处，陆上锦在狙击点位上安静蛰伏，面无表情地透过狙击镜观察着钟楼天台上对峙的两人。时间一分一秒过去，他的衣服已经被细雨和潮雾浸透，水顺着脖颈向下流淌，但他依旧纹丝不动，虚扶在扳机上的指尖也不见丝毫颤抖，言逸的一举一动都处在他的狙击镜中，十字准星下一览无余。

亡灵也看出现在局势对自己不利，他歪曲的身体发出咔咔的骨响，被打碎的腰椎一节一节生长复原。他重新直起身子，歪着头，用死气沉沉的眼神望着言逸，高高地翘起唇角，抬高的嗓音听起来病态扭曲得令人不适："和我拖时间好玩吗？你回头看看。"

一声震响随之而来，言逸回头望去，远在迷雾中的铁塔似乎被拦腰折断。他紧皱着眉环视四周，在遥远的雾气中，出现了许多灰白实验体的轮廓，在城市中肆意破坏。

"你为什么这么做？"言逸抬起枪口，指着亡灵的脑袋。

永生亡灵在空中转了一圈，悠哉笑道："不公平吗？在我死之前，人们向我索取生路；在我死后，我奉还给他们死亡。这不是我能控制的，因为我所到之处，亡魂会为我开路，这是他们对死神的敬意。"

见言逸变了脸色，永生亡灵像目睹了一场欢乐的喜剧，狂笑起来："我在这儿留得越久，聚集过来的亡灵就越多，如果这座城市沦陷了，你可要负起责任啊。"

言逸心里清楚，不能再拖延下去了，他的目光在永生亡灵身上游移，寻找破绽。事发突然，他们出来得太匆忙，设备不齐，他和陆上锦之间没有通信器联络，只能用瞳仁的微小移动来暗示他。

他的一个眼神变化，在陆上锦的极限视力下也能被清晰捕捉，陆上锦透过狙击镜沉静地注视着他，顺着言逸的视线稍微移动枪口，十字准星在永生亡灵左肩上方抬高，食指轻扣扳机。

一发狙击弹撕裂空气破空而去，算准了永生亡灵的站位和动向，在永生亡灵侧身躲避的一刹那穿过了他挂在肩头的书包背带，背带断裂，书包被甩了出去。

言逸在海草般密集的鬼手之中闪现前移，在永生亡灵伸手之前抓住了书包，永生亡灵用仅剩的一只手抓住书包另一条背带抢夺，拉链"刺啦"一声被扯开了，里面的高考练习册、草稿纸、记号笔和一支促联合素注射枪全部凌乱地散落出来。

永生亡灵抓住了记号笔，而注射枪落在了言逸手中。

永生亡灵怒了，朝他嘶吼："还给我！"

言逸掂了掂手中的注射枪："自己戴上控制器再来找我拿吧！"

他缓缓退后，退到天台边缘，轻轻一跃，坠落时，一道飞鸟黑影从他身下掠过，将他从空中接走。

陆上锦提着沉重的狙击枪，扇动强劲有力的翅翼，带着言逸向着遮蔽了日光的黄昏乌云中飞去。言逸坐在他肩头，垂下双腿，回眸冷冷瞥了永生亡灵一眼。

韩医生的别墅里时不时会传出几声嘶吼和痛叫。

兰波在白楚年后面，双手死死禁锢住双眼亮起蓝光、牙齿变尖、正在扭动发狂的白楚年。

"randi（小猫咪），别乱动，醒醒！"

白楚年双手被他反绑到身后紧紧压住，骨骼发出咔咔的响声，拴在床脚上的死海心岩锁链被晃得哗哗乱响。

窗帘缝隙中的星光投映在白楚年被冷汗湿透的脸庞上，他的脸色显得更加痛苦苍白，发丝湿漉漉地粘在了额头上。

等一阵躁动过去，白楚年无力地趴在床上，佝偻着身子蜷缩跪着，头埋在支撑的双臂之间，微张着嘴喘气，铐住脖颈和双手的锁链在他皮肤上勒出了血痕，血顺着手臂淌下来，蹭脏了新换的床单。

兰波也累倒在他身边，用指尖拨开他粘在额前的发丝安慰他。

白楚年艰难地侧躺下来："胳膊被我划破了吧，对不起。"

"我没事，还痛吗？"兰波手臂上留下了十来道带血的指甲划痕，这倒没什么，一会儿就好了。

"不痛不痛。"白楚年说，"我去冲个澡回来睡觉。"

兰波给他解开锁铐，望着他慢慢坐起来，扶着墙脚步蹒跚地向卧室里的淋浴间走去。

这样下去是不行的。兰波攥了攥床单，将被汗水弄脏的地方净化如初。

他默默思考着，今天消耗了太多体力，不知不觉就睡着了。

不知道睡了多久，兰波被床边一阵窸窸窣窣的响动惊醒，他睁开一只眼睛向下瞄了一眼，看见白楚年正背对着他坐在地板上，手里拿着什么东西专注地拼着。

兰波没出声，继续半睁着眼睛看着他。

白楚年的手由于身体虚弱和剧痛而悄悄发抖，拼接零件的动作很慢，也有些迟钝，和他从前机敏灵活的样子大不相同。

他用死海心岩铸造了一个方形兽笼，然后扶着床站起来，在床边搜罗了一件兰波穿过的 T 恤，拿着 T 恤钻进兽笼里，用死海心岩从内部封死了笼门，然后抱着兰波的衣服疲惫地躺下，蜷缩在狭小的笼子里，昏昏睡去。

许久，兰波撑着床坐起来，窝在笼里睡着的小白倏然竖起白绒耳朵，抬起头困倦迷茫地张望。

兰波扶着狭窄的笼子，坐在床边低头看他："你干什么？"

白楚年怔了怔，坐起来，背靠笼壁，勉强笑笑。"我怕自己半夜又犯病，吵你睡觉。"他小声喃喃，"……三番五次的，脾气再好也该烦了。"

兰波抬手收起死海心岩，流动的漆黑晶石瞬间散落，流淌到一边。白楚年背靠的笼壁熔化消失，他支撑不住身体向后倒去，被兰波扶住。

兰波跷起一条腿，缓声道："你可以撕咬我，我不怕痛。我生气的时候只会揍你。"

白楚年抽了一口气。

第二天早上，韩行谦来得晚了些。

照旧是兰波过来开门，韩行谦手里提着一个便携保温箱，表情看上去有些严肃。

兰波的神情也跟着沉下来："怎么了？"

"上楼说。"

他们走上木质旋梯，兰波推开卧室门，一对鬼火蓝眼便冲到了他近前，把韩行谦惊得后退了一步。

白楚年的身体猛地停滞，被铐在脖颈和手腕的锁链狠狠拖住。他挣扎着想要触碰兰波，身上的束缚锁链被拽得哗啦啦响，那疯狂凶狠的样子和渴血的猛兽无二。

兰波却已经习以为常了，走过去安慰小白。

小白软化下来，脸埋起来哼唧。韩行谦看准机会，一把将他按在地上，注射了一管解离剂。

休息半小时后，白楚年神志清醒，有了些力气，能不靠支撑自己坐起来了。

"韩哥，什么事？"白楚年搓了搓脸，努力打起精神。

韩行谦看了看他们两人，轻叹了口气："一个好消息和一个坏消息，你们要先听哪个？"

白楚年挠了挠头发："坏的。"

兰波紧盯着他："我不想听坏的。"

韩行谦摇摇头："坏消息是，亡灵召唤体肆虐，威斯敏斯特沦陷，国际会议结果无限期推迟了。"

兰波的脸色肉眼可见地阴郁下来，隔着几尺远都能听见他咬牙切齿的声音。

白楚年还算平静。他早有预感，事情不会如想象般顺利，IOA倾尽资源治疗他，他已经足够感激了。他如今已是一把接近报废的武器，毕生价值残余不多了。

"好消息是，会长命秘密特工连夜带回了这个。"韩行谦将手中的保温箱推到他们面前，打开开关，液压箱盖慢慢开启。

里面放着一支促联合素注射枪。

注射枪边放着一张钢笔手书，字迹隽秀飘逸，是会长留的。

"嘱咐小白没有心理负担地使用这支药剂，其他的事情我们来处理。"

第二章

前路预测

兰波和白楚年无声对视了一眼，兰波手快，一把抢过促联合素注射枪，扬手朝白楚年后颈扎了下去，被白楚年握住手腕架住。

"打了它！"兰波微微咬牙，用力将针头向他后颈压，白楚年注射解离剂后的虚弱还没过去，被兰波压得手有些发软。

"你别激动，先放下。"

僵持了一小会儿，兰波松懈下来，拿着促联合素注射枪的手垂到身侧，郁郁地坐着，前额的发丝遮住了眼睛，嗓音发颤："别等了……"

白楚年从他手里拿过促联合素注射枪，举到面前端详："现在除了研究所总部，外界只有这么一支促联合素。如果我用了，永生亡灵就没的用了，如果他失去理智后，亡灵召唤体在世界范围内泛滥，会造成多大的伤亡？"

这件事显然也在韩行谦的考虑范围内，他托着下巴简单算了算："如果亡灵召唤体是一个地区一个地区那样出现，还有挽回的余地；但如果亡灵召唤体是在短时间内同时爆发，那的确很难控制。会长愿意把这支促联合素给你用，就意味着他将要亲自出马追击永生亡灵了吧。"

白楚年抿唇想了想，又问："这一管一定要全部注射进去才有效吗？"

"根据人偶师拿到的促联合素资料来看，每毫升药剂可以维持十天，这管药剂一共三毫升，总共可以维持恶化期实验体理智状态三十天。"

"韩哥，你从里面抽一毫升给我。"白楚年将注射枪放到韩行谦面前，"余下的药剂你拿回医学会，一半用于取样仿制，另一半存起来，如果永生亡灵暴走，这三分之一的促联合素能临时救急，多给我们争取十天的时间。"

"十天的时间，医学会很难成功仿制这样的药剂。"韩行谦皱起眉，"况且只有十天，这十天过后，你打算怎么办？"

"如果十天内会长能把取缔研究所的搜查文件带回来，秘密特工会帮我取到促联合素的。"

"国际会议无限期推迟了，十天内……不好说。"

"那这十天内，我要潜入研究所总部，把促联合素带出来。"白楚年盘腿坐在地毯上，指尖无聊地在上面画圈。

韩行谦怔怔看着他，从前赤诚风趣的少年如今已经病成了一副弱不禁风的苍白模样，手里拿着救命的药，心里想的却是留一份给联盟救急。

一时间，他回忆起小白刚被带回 IOA 的那段日子，遍体鳞伤虚弱到站不起来，却还是扯起一副勉强的笑脸，努力向所有人表现着自己的无害。编号 9100 的全拟态实验体神使，没有医生和护士敢与他独处，韩行谦也一样谨慎，每天都用独角检测他，担心他心存歹念暴起伤人。

然而没有，每一次他用伴生能力"圣兽徘徊"读取小白的内心，那里总是清澈得令人自惭形秽。

"潜入研究所总部行动虽然会被组长默许，但不会得到特工组任务书的书面批准，这意味着没有支援和装备，我得先准备一阵子，你多给我留几针解离剂，促联合素太少了，我省着点用。"

兰波也没有再说话。

卧室里变得安静，只有白楚年看上去心情还不错，坐在地上卷起 T 恤下摆将其脱掉，打算换件干净的，两只脚因为没外人在场所以就没注意控制拟态，变成了白绒狮爪，粉爪垫左右摆动。

突然，韩行谦一把抓住白楚年的项圈，令他不设防地被扯到自己面前，用额前独角轻轻触碰他的额头，便读到了白楚年这一刻毫无防备的内心。

他心里有个颤抖的声音在说："我不想死。"

距离第一拨亡灵召唤体出现在加拿大劳伦斯山脉已经过去了一天一夜。

白雪城堡仍旧固若金汤，没有任何敌人能越过防线闯入城堡，打扰到工作间内的人偶师。

工作间被从内反锁了，这一天一夜中，里面除了时不时传出打磨和切割的细小动静，一直十分安静。

房间里只有工作台上亮着一盏台灯，周围光线昏暗，床上躺着一个人偶娃娃，从四肢到躯干都是陶瓷材质，制作成了人偶的形体，身材高挑修长，白人肤色，手脚十指的球形关节小而灵活，只不过这个陶瓷人偶颈上没有头颅。

人偶师穿着皮质围裙坐在工作台边，跷起一条腿，将陶瓷头颅倚在腿上，桌上摆满了上妆工具。

陶瓷头颅还没来得及精雕细琢，但人偶师手艺精湛，粗略雕刻过的五官也十分立体英俊，此时上妆已经完毕，人偶师用细毛笔蘸取红色墨汁，细细地在人偶的面颊上，从左到右画了一条横过鼻梁的红线，再换笔蘸取黑墨，纵向画了一道黑线，与红线形成十字，最后在整张脸上喷了一层透明亚光漆。

人偶师从抽屉里挑选了一对自己制作的浅绿色琉璃眼球，安放进人偶空洞的眼眶中，之后，拿出收进自封袋里的银色短发丝，一缕一缕锥进人偶的头顶。

一切制作就绪，人偶师将头颅安放到床上的人偶肢体上，试了试扭动、低头、抬头。

人偶师已数不清自己有多少夜未曾阖眼了，他眼球上爬满了血丝，下巴冒出了胡楂，整个人憔悴了太多。他慢慢摘掉半掌手套，用布满细小伤口和裂纹的手将厄里斯的身体扶坐起来。

陶瓷娃娃没有生命力，自然没有支撑自己坐起来的能力，只能肢体和关节扭曲地靠在人偶师怀里，下巴搭在他肩头。

人偶师从口袋里摸出神圣发条，插入厄里斯后颈的钥匙孔中，半圈半圈地小心旋转。

起初发条的转动由于内部崭新尚未使用而显得卡顿，后来便顺畅起来。人偶师将神圣发条转了三圈，随即使用自己的 A3 亚化能力"上帝之手"，龙舌兰亚化因子从他的亚化细胞团中向四周蔓延，注入了厄里斯体内。

在厄里斯洁白的陶瓷躯体背后，一道红背蜘蛛徽记从后腰皮肤下方浮现，这步骤很像给出厂的娃娃印上品牌 logo（标志）。

昏暗的工作间内，桌上的台灯闪了一下，靠在人偶师肩窝的人偶一寸一寸滞涩地抬头，浅绿色的眼睛突然有了神采，在眼眶中转了转，眨了眨，鲜红狭长的唇角向上弯起来。

房间里终于出现了说话声。

"你说你喜欢暴力的世界，那样生命会更迭得很快，我一直在按你的秩序走，尼克斯，你怎么好像不高兴？"

厄里斯的嗓音一如往常，一分少年晴朗，一分野狗阴郁。

人偶师专注地用砂纸打磨厄里斯腰部的球形关节，平静道："那要建立在你我永生的条件下，厄里斯，人类的本质是双重标准。"

"好吧。"厄里斯欣然动了动还有些僵硬不顺滑的关节，抬手攥握几下手指，把手搭在了自己左胸上。

"你在我胸腔里装了什么？"厄里斯闭上眼睛抚摸自己的左胸，"这里面有个东西，它像从沸水里拿出来的，又烫又重。"

"怎么样？"人偶师问。

厄里斯不明就里，却只因这机械核心出自尼克斯之手就感到荣幸之至，用手在胸前画着十字保证："我会一生珍藏它。"

厄里斯的手默默搭在了人偶师背上，顺着他的脊背向下摸到了腰侧，在他快要反感训斥自己之前，迅速地从他围裙的口袋里摸出一块芯片。

是雅典娜盾上掉落的战斗芯片，与厄里斯曾经用的版本相同，首位编号 6 的实验体可通用。

"等等，我还没考虑好。"人偶师一怔，抬手拦他，厄里斯已经拥有了与人相近的心脏，理应有更合理的程序与之相配，但这样的理智需要用牺牲战斗力的代价来换取，因此变得难以抉择。

然而连续数日熬夜通宵使人偶师动作迟钝，伸手抓了个空，厄里斯早一步将战斗芯片放进口中，仰头吞了下去，芯片自动吸附归位，与心脏建立连接。

由研究所研发的转种作战武器战斗芯片，可以赋予实验体对武器构造的了解、格斗知识、战斗意识以及屠杀倾向。

芯片骤然归位，厄里斯躯体内响起齿轮转动咬合的声音，眼球上滚动过一片金色的读取程序。

随后，他便感知到了白雪城堡外逼近的危险，从床上站了起来，向窗外张望。

人偶师静静地端详这件完全出自自己之手的艺术品——修长的小腿上每一条筋络和每一段肌肉都可以随着动作而拉伸变化。来不及精确测量雕刻的躯体由他信手塑成，反而无比灵动。最重要的是，他拥有人类同比例倒模的心脏，再没有人能复刻出这样一颗机械核心了。

这是他用时最短所做出来的人偶，虽然尚未来得及精心打磨，但光看雏形就知道，这将是他终其一生也无法超越的作品了。

像所有艺术家一样，他无端地担忧起自己的作品百年后是否还能长存于世。厄里斯身为全拟态使者型九级成熟体，如果放任他野蛮生长下去，进入恶化期不可避免。

他需要促联合素。

人偶师这样想着，尽管厄里斯没有任何恶化的表现，他仍旧生出了些神经质的恐慌。

厄里斯满不在乎地咧开狭长唇角笑起来："如果你有禁止我做的事，可以口头命令我，尼克斯。"

人偶师把神圣发条放到厄里斯掌心，缓声嘱咐："这一次只杀亡灵召唤体，不要伤害其他任何生物。"

白雪城堡外的亡灵召唤体被杀死了一批又一批，但隔几个小时就会有一批卷土重来，因为劳伦斯山脉是培育基地集中销毁实验体的地点之一。

奇生骨坐在皑皑白雪覆盖的城堡围墙之上，双腿垂于外墙，高跟鞋挂在脚尖上一晃一晃，她吹了吹手中过热的枪口。

她领着众多实验体和人偶娃娃在墙外抵抗亡灵召唤体，但回头看一眼弹药箱，余下的弹匣已经不多了，击退了这一拨亡灵召唤体，还不知道接下来要面对多少。

"一天过去了。"奇生骨抬起孔雀羽扇遮挡落向发间的大雪，低头问飞在她脚下的蜻蜓，"尼克斯死了吗？"

"不会的，再坚持一下……"蜻蜓疲惫地双手托着枪飞在空中，她背后有一只透明翅膀已断裂，只剩下一半，身上层叠的伤也无力愈合。

奇生骨看着她羸弱的样子嗤笑。

忽然，地面隐约传来轻微的响动，奇生骨警觉地睁开眼睛，远处覆盖着茫茫白雪的地平线上，又涌现出一群通体灰白的实验体。

"又来了，没完没了，这种鬼东西研究所到底销毁了多少？"奇生骨烦躁地抬起步枪，适配型号的弹匣已经耗尽了。

蜻蜓累到趴在高墙上飞不起来，翅膀虚弱地动了动，血还在顺着指尖向下流。她低头看向城堡脚下，人偶破碎的残骸堆积了厚厚一层，已被积雪渐渐覆盖。

她和大多数住在这里的实验体一样，并不擅长战斗，级别也不够高，在一天一夜的高强度抵抗战下，已经筋疲力尽了。

魍魉抱着沙漏从高处跳下来，滑落在奇生骨身边，他也有些亚化细胞团透支，抱着沙漏的手都在轻微发抖。

"真没用。"奇生骨扫视了这些不争气的东西一番，扔了用尽弹药的步枪，从碧绿旗袍裙摆下的腿侧拿出一把手枪。

就在他们准备撑着受伤的身躯重新站起来迎战时，一阵疯狂刺耳的笑声从城堡高处传来。

他们听见声音下意识回头望去，城堡中央最上方的一扇拱形窗被推开，厄里斯像报时钟里的布谷鸟一样从窗中飞了出来，身上穿着一件从等高人偶身上扒下来的巴洛克华丽礼服，在空中跃出一道弧线，重重落在了城堡墙外的积雪中。

积雪被他坠落的身体砸得四溅，雪花纷飞，厄里斯从众多人偶的陶瓷和木头残肢中缓缓起身，抬手从背后握住神圣发条所铸造成的半人高的银色剪刀，刀刃上零散缠绕着诅咒金线，猩红的唇角向上扬起裂开。

"I'm Eris.（我是厄里斯。）"

桌上的手机振了一下，白楚年正手支着头在桌上打瞌睡，突然被来电惊醒，揉了揉眼睛，按了接听键。

是言逸的电话。

"老大？哦哦，你那边怎么样了，你和锦叔没事吧？"白楚年尽量提起十二分精神，让自己的声音听上去没那么疲惫。

这一周来，他清醒的时候都会逼着自己部署行动计划，可他舍不得现在就注射促联合素，浪费那珍贵的一毫升药剂，所以还是用解离剂维持着，如此一来，他清醒的时候不多，就只能拼命压榨休息的时间来做行动计划。

言逸却还是听了出来："你抽了多少烟，嗓子哑成这样？"

"我……"白楚年看了一眼手边的烟灰缸，烟灰缸已堆满了，他索性放了个垃圾桶在脚下。上周他趁着清醒，从韩行谦的别墅里搬了出来，回到了自己常住的小公寓。韩哥的别墅太安静了，这座小公寓外电梯上上下下，邻居时不时出来遛狗，他听着这样的声音才安心。

"你锦叔都戒烟了，你也不要太过火。"言逸轻声数落他。

"嘿嘿，知道知道。"白楚年捡起桌上的防水笔在指尖转，两只脚蹬到椅子上，蹲坐着认真打电话，唇角忍不住向上翘起来。

"兰波在吗？"

"他出门帮我办事去了，我现在身体……不方便出门。"

"你没打那支促联合素？"

"打了！打了！"白楚年又编起瞎话来，面不改色心不跳。

言逸这才放下心："好。你帮我转达给兰波吧，他命令人鱼从海峡登陆帮助清理肆虐的亡灵召唤体，帮了很大的忙，首相先生也很想当面感谢他。"

"他不在乎这些的。"

言逸也刚刚处理完那边的乱摊子，有些劳累，他又安抚了小白几句，两人闲聊了一小会儿，临近道别时，白楚年支吾着叫了一声"会长"。

"嗯？"

"谢谢。"白楚年笑说。

言逸怔了怔，轻声哼笑："傻孩子。我去洗漱一下换身衣服，先不说了。"

"嗯。"

等通话挂断，白楚年抱着手机发了一会儿呆，又给何所谓拨了个电话。

上午正是 PBB 部队训练的时间，何所谓抽空接了电话，结果白楚年只是占用人家训练的时间唠些有的没的闲嗑，被骂了才笑嘻嘻地挂断电话。他又打给蚜虫岛的教官和孩子们，没什么事，只是无聊了，想训训他们。

直到对面挂断电话，手机从通话界面恢复成了正常界面，白楚年才心情很好地把手机放到桌上，趴在桌面上给兰波发消息。

他坐在公寓卧室内秘密武器库的制图台前，双手双脚腕和脖颈都扣着死海心岩锁链，而整个桌面外罩着一整个死海心岩兽笼，将他紧紧地锁在这方寸之地。

兰波也刚到 IOA 联盟大厦，从电梯中下来，穿着白楚年的衣服——宽松的篮球背心和短裤，反戴着一顶鸭舌帽，凌乱的金发卷卷地贴着脖颈，斜挎着背包。他行走在严肃忙碌的联盟大厦里显得格格不入，当然那张漂亮的面孔也与其他平凡的容貌格格不入。

手机振了一下，兰波脚步慢下来，看了一眼消息。

来自 randi。

还能发消息，看来是没太难受。兰波轻笑，回了一句语音就把手机放回了口袋。

他刚从蚜虫岛回来，受白楚年之托带着促联合素去见了无象潜行者。

无象潜行者为他凭空复制出了一管与促联合素颜色相同的红色药剂，但经过检测，只有颜色相同，成分上基本毫无关系。

夏小虫无奈地摇头："我只能复制分子构造已知的东西，你有药剂成分说明书吗？"

如果有的话，医学会就能顺利仿造了，根本不需要特意跑到蚜虫岛来求助他。

从蚜虫岛无功而返，兰波回到了IOA联盟大厦，到了约定见面的房间时，里面已经有两人在等了。

林灯和多米诺一直住在这里，虽然得到IOA的保护，可以在联盟总部区域随意走动，申请的话也可以走出总部大楼，不过他们也不常出去。

兰波一进来，多米诺就热情地端着甜咖啡和新烘烤的曲奇饼干迎了过来，头上的蝴蝶触角开心地抖动。

"王，请坐，请坐。"多米诺把桌上的笔记本、钢笔和写到一半的手稿随手扫开，给兰波腾出了一块宽敞的地方。

自从韶金公馆遇袭事件后，多米诺受了重伤，虽然在IOA医学会的抢救下捡回一条命，可作为亚化细胞团细胞延伸的蝴蝶翅膀被扯烂，还是受到了严重损伤。

蝴蝶的固有能力是'幻想'，大多数蝴蝶亚化细胞团拥有者都从事着艺术创作等自由职业，他们最擅长也最热衷的事情就是创造一切美丽的东西。亚化细胞团被毁，对多米诺来说比落下残疾和终身瘫痪更不能接受，在他躺在病床上最绝望的时候，是兰波替他修补了翅膀。

多米诺亲昵地搂着兰波的手臂，把特意准备的点心全拿出来摆了满满一桌，然后从上锁的抽屉里拿出了一沓密密麻麻写着字的纸，放到兰波面前。

"其实很早以前白楚年就跟我们提过，关于109研究所总部的情况，我很早就去调查过。"多米诺把一沓一沓用订书器分别装订的纸页翻开，"这一周时间，我按照白楚年制订的行动计划，梳理出了十条潜入研究所总部的路线，我保证，就是艾莲本人也绝对找不出第十一条可行的路线了。"

多米诺的 J1 亚化能力是"连锁反应"，随便做点什么，就会彻底改变某件事情发展的方向，同时，也能将行动按照最顺应好结果的顺序排列成一条线。

兰波依旧看不大懂，但这些天，他学习的文字比之前二百七十年加起来还多，他从未这般急切地想要学会什么东西，也从未如此自责过在逻辑和大局观上的欠缺。

在他翻看多米诺拿来的文件时，门被轻轻踹开，爬虫抱着一箱子卷成筒的工图进来，工图纸幅很大，衬得爬虫个子更小了。映入众人眼帘的除了他的小个子，还有他身上扎眼的印着黑色蠕虫 logo 的荧光黄卫衣。

"地图印出来了。"爬虫把箱子往地上一放，手插兜坐到沙发上，脚踩在箱子上沿，"我熬了好几个大夜。"

爬虫的 M2 亚化能力"地球平行位面"能够将目标实体转换成副本数据，再进行文字转换，获得对目标的详细分析。所有客观存在的无生命物体都可以从物品栏拉出来，查看其详细资料。

他拉取了 109 研究所总部大楼建筑内部的构造图，以及内部摆设的俯视图，但仅限于此，他无法说清每个区域和房间都是干什么用的。

好在林灯在 109 研究所总部工作了不短的一段时间，虽然这些年来研究所的装潢和摆设一直在更新，但基本格局没变动，林灯凭借记忆给地图做了整整三万字的注释。

这次潜入 109 研究所总部窃取促联合素的行动不会得到 IOA 的书面批准，这意味着他们将没有支援，没有装备，一切准备和行动都只能靠自己。

兰波把多米诺的文件和爬虫的工图都叠起来放进背包里，打算拿回去给小白看。

多米诺黏着兰波有点舍不得他走，把自己烤的点心用纸袋打包给他拿上。

兰波走出门时，爬虫叫住他："这么多年，从研究所逃出来和被买卖来的实验体不计其数，想回研究所报复的并非没有，但他们都失败了。研究所的突入难度是难以想象的。"

兰波瞥了他一眼："那是因为我还没去。"

爬虫手插着兜，因为身高原因只能微微仰视他："你也没那么自信吧？"

兰波攥了攥背包的肩带，的确，他也没有什么把握。

"不如去找撒旦占卜一下。"爬虫说，"至少是个心理安慰。"

"占卜？"兰波嗤之以鼻。他向来翻手为云覆手为雨，何曾寄希望于这种玄之又玄的东西迩。

他出联盟大楼时，刚好与送文件回来的毕揽星打了个照面，毕揽星上下打量了一下他的装束才认出来："兰波？你怎么在这儿，楚哥也回来了吗？"

"我只是来拿东西的，小鬼少管闲事。"兰波压低帽檐，低头匆匆走了出去。

白楚年不想这些小朋友知道自己的计划，对谁都没提起过，到现在也只有韩医生一个人知道他们的计划。

毕揽星望着兰波匆忙的背影，有些疑惑，低头给陆言和萧驯发了个消息。

兰波照旧乘地铁回家，路过教堂一站时，本不想下车的，可车门快关上的时候他还是鬼使神差走了下去。

这一站没什么人下，地铁站里空荡荡的，兰波想了想便迈开步子往教堂方向去了。

从这条路走正好能看见海滨公园，他看见公园里围出了一块正在修建的工地，围栏中央是一座人鱼雕像，雕像周围是一圈还没铺砖的蓄水池，看样子是要做成许愿池。

兰波瞄了一眼人鱼雕像，鱼尾是细细的一条尖尾，看上去这雕的就是自己。

未竣工的雕像池周围已经挤了不少人，他们从口袋里摸出硬币，抛进了还没蓄水的池中，双手合十闭上眼睛虔诚地默念着什么。

离得太远，兰波听不见他们在说什么，但心里知道这些人类喜欢讨要些什么。看着他们装模作样的嘴脸，兰波感到十分厌烦。

不过，他忽然感到胸口浮现一股暖意，伸手钩着领口向里面看了一眼，发现胸口被死海心岩刀捅穿的那道伤口愈合的速度似乎加快了。

神如果伤害信徒，将会受到十倍反噬，同样，信徒的祈祷也会为神治愈创伤。

兰波抚着伤口，目视着那些看上去有些愚钝的人类，有点意外。

蚜虫市的教堂没有建在繁华地段，周围十分安静，与海滨相距也不算太远。庄重的管风琴乐从里面传了出来。

由于之前遭到厄里斯袭击，教堂的一面墙被破坏了，索性翻新了一下，走进去时，阳光透过彩色玻璃窗投映在地上，晶莹的色彩在地上流淌，看上去有种剔透感。

这个时间教堂里几乎没什么人，撒旦独自坐在空荡的教堂中间，膝头放着《圣经》，手指轻抚着管风琴键。

兰波的脚步声在教堂中回荡，理应不会被忽视，但撒旦并未立即起身迎接他。

兰波随便找了一个座位坐下，扫视周围屹立的神像和穹顶油画上的诸神。由于身份相当，他并没露出多少震撼的表情。

面前的桌上扣着一百张黑底烫金的牌。

乐音终止，撒旦终于开了口。

"白楚年不在的话，我无法为你推演不同路线的发展，只能为你占卜每条路的生死。看样子，白楚年来不了了，那么你做个选择吧。"

兰波挑眉："你知道我来做什么？"

撒旦惜字如金，不愿费口舌去解释无关紧要的问题。

兰波想了想，将多米诺给的文件从包里拿出来，放在桌上："那帮我预测这十条路的生死。"

撒旦说："你面前有一百张牌，默念每一条路时抽牌，抽到天使牌则有生的希望，抽到恶魔牌就意味着死路一条。每个选择可以抽三次。"

兰波听懂了规则，拿起第一份文件，默念着"从研究所正门突入"，然后从一百张牌中摸了一张。

牌面自动翻开，一张山羊头恶魔笑脸出现在桌面上，令人毛骨悚然。

兰波连抽三次，都是恶魔牌。

看来从研究所正门突入是行不通的。

兰波在第一份文件上打了个叉，pass（淘汰）了第一条路线。他又拿起第二份文件，心中默念着"从研究所地下突入"，手在空中犹豫了一会儿，才点中了一张牌。

牌自动翻开，是恶魔牌。

连抽三次，都是恶魔牌。

第二条路线也 pass 了。

兰波拿起第三份文件，他不信邪，一次性翻开了三张牌。

全是恶魔。

兰波感到自己被戏耍了，抬起头眯眼看向撒旦："这里面有多少张天使，多少张恶魔？"

撒旦回答："我不知道。这副预知牌会根据你询问的事件而变化。"

兰波深吸一口气，耐下心来，一条路一条路地占卜。

九条路占卜结束，兰波一次天使都没抽到，不管他在抽牌的过程中如何使用"锦鲤赐福"，还是无法改变这个结果，翻开的恶魔笑脸阴森地盯着他，让兰波打心底里抓狂。

只剩最后一条路了，从研究所检测室突入。

兰波平复了许久的心情，终于鼓起勇气，默念着最后一条路线，颤抖的指尖在空中犹豫徘徊，几次伸手又缩回来。

第一张，恶魔牌。

兰波心脏都跟着颤抖了一下，他收回手，闭上眼睛，深吸了几口气，迅速地点中第二张牌。

恶魔。

这张可憎的山羊脸看得兰波快要喘不上气来了。

撒旦默默退了一步。

兰波怒火中烧，一股怒意从心里噌地冒出来，他猛地站起身，一把掀翻了放牌的桌子，吼道："你敢耍我！这里面根本没有天使！"他还从未如此失态过。

掀翻的桌子飞了出去，正好砸到撒旦刚刚站的位置，把地板砸出一个大坑。占卜牌浮在了空中，整齐排列飘浮，环绕在兰波周身。

九十九张笑容诡异的恶魔牌发出瘆人尖笑，唯——张天使用洁白翅膀包裹着自己。

撒旦捧着《圣经》，淡淡道："我没有耍你，这是你的劫难和惩罚。"

兰波冷笑，手中的文件被他攥得直响："谁有资格惩罚我？"

撒旦回答："没有人能惩罚你，伟大的王。生而为神，本应公正，你只是在为曾经藐视众生和闪念的自私赎罪。"

第二卷

如死之城：魂上之巅

第三章

生日快乐

○

公寓外的电梯移动发出微小的噪声，趴在桌上无聊地玩自己尾巴的白楚年立刻竖起耳朵，他听觉灵敏，可以清楚地辨认出兰波的步态和呼吸声，兰波钥匙还没插进锁孔里，白楚年就欣喜起来，带着一身锁链趴到了笼门上。

兰波开了门，在门口换鞋，摘掉帽子挂在衣架上，去餐厅倒了一杯水，咕咚咕咚喝下去，然后往卧室走来。

白楚年把笼门熔化，拖着一身锁链走到兰波跟前："你终于回来了，我一个人在家里好无聊。"

白楚年翻身躺在了兰波身边，和他并排看着天花板："怎么样，我拜托你的事都做好了吧？"

"en（嗯）。"兰波仰面躺着发呆，白楚年凑过来说："东西拿回来了吗？你怎么了？"

兰波斜过视线瞧了他一眼，抬手搭在了白楚年脖颈上。

白楚年不设防，舒服地发出呼噜声，却渐渐感到兰波的手指在收紧，逐渐紧得自己喘不过气，脸色也从白变红。

"兰波……太紧了……咯……"

"如果我现在杀了你，所有的事就不必再担心了。"兰波用手肘撑起半个身子，俯视着他，海蓝色的眼睛深不见底，"反正不论我怎么救你，百年后你还是会离开我，那时候所有人都不在了，你也不在了，只有我还在，一百年、一千年、一万年、十万年……只剩我自己。"

兰波的力量很大，本能驱使白楚年双手扶上了他暴起青筋的手，张开嘴喘气。

窒息的感觉令他无比痛苦，但白楚年在兰波眼睛里看见了更加痛苦的东西，纠结成一团，坠落进眼底的深渊中。

"对……不起……我陪不了你……还招惹你……"变了调的声音从白楚年齿缝里挤出来，他垂下双手，任由兰波处置。自己的存在就是个灾难，如果能完整地死在兰波手里，陪他去海底度过难熬的千万年也好，不会给任何人添麻烦。

兰波受惊般突然松了手，白楚年失去支撑一头栽了下去，一只手撑着床，一只手扶着喉咙剧烈咳嗽。

兰波呆呆地看着自己的手，又惊醒似的看了看险些被自己杀死的小白，终于清醒过来，沉默着亲自甩掉拖鞋和衣服，双腿合并成半透明鱼尾，卷成一个鱼球，从床上骨碌到床边的玻璃鱼缸里，扑通一声掉进去。

白楚年终于咳嗽过劲来，摸着被掐红的脖颈看向鱼缸，兰波已经卷成球沉底了，一动不动，看上去很委屈的样子。

"怎么了这是，一回来就怪怪的，在外面挨欺负了？"白楚年爬上床，趴到鱼缸边伸手进去捞兰波，"你怎么了？你别沉底啊，怪可怜的。"

鱼球滚到了离白楚年最远的角落，不想搭理人。

白楚年于是挽起袖子用手臂搅动鱼缸里的水，水被他搅出漩涡，鱼球就跟着漂起来转圈，最终旋转到了水面上，被白楚年一把捞走。

白楚年抱着鱼球站起来，去拿了条干净毛巾把表面擦干，然后坐到地毯上，把鱼球放两腿间固定，手指轻轻挠兰波露在外边的尾巴尖。

兰波这才慢慢软化下来，舒展开身体，坐在小白跟前，闷闷不乐。

白楚年哄他："你身上有海风的气味，去了海边？手机屏幕上跳了两个扣款记录，是中途下过车？3号线上离海最近的站一共三个，这个时间去商圈步行街的话，身上没有出口面包店的味道；去容吟寺的话，距离太远，这时候赶不回来。所以，是去教堂了？撒旦说什么你不爱听的话了？"

兰波怔怔地点头："en。"

他不愿开口，白楚年就一点一点细碎地盘问："从联盟出来就去了教堂，凭你应该想不到去教堂，是爬虫还是多米诺让你去的吧，是去找撒旦预测吉凶了？"

兰波的眼睛慢慢溢起发抖的水花，很难过地点头："en。"

白楚年又问："他让你做什么了？"

"他要我抽牌，说可以抽到天使的，我一直抽一直抽，怎么都抽不到，我太生气了！"兰波越说越气，鱼尾跟着气得越来越红，跟红灯似的发亮。

"哦哦哦……不难受不难受，不就是抽牌嘛，谁叫他把天使放那么少，抽不到就是怪他。"白楚年把兰波掮起来摩挲着他的后背安慰，"那山羊头小混账怎么能欺负你呢，他是不是还说你哪儿不好了？"

"en。"兰波低下头，低落地念叨，"说我不公正，所以才会经历这些。"

白楚年一听，就知道大致发生什么事了，抱起鱼球在卧室里走来走去。兰波的尾巴尖小小地卷在他的脚腕子上。

"不是你的错，他记你的仇呢，故意气你的，你别听。"

兰波现在想起来心里还是一阵一阵来气，鱼尾时蓝时红地闪动。

"我知道你没错。"白楚年说，"你以前从不在乎别人怎么评价你的，为所欲为，不是很快活吗？"

兰波紧紧抿着唇不回答。

他突然开始想象自己退下王座时的情形，孤独地坠入海沟最深处，不死之身永远沉寂在无声的黑暗中，最好的结果是抱着小白的颅骨一起沉没，可小白也不再理他，几年后，他紧紧抱在怀里的颅骨也会消失，不给他留一丁点存在过的痕迹。

这样想着，兰波一下子忍不住了，睫毛抖了抖，黑珍珠噼里啪啦掉下来，滚落满地，白楚年一脚踩上去，人摔飞了。

终于连人带鱼摔倒在了地毯上，白楚年用身子垫着他，整个人像一块春卷皮包着鱼肉馅。

兰波破涕为笑，一颗鼻涕泡不小心掉出来，也变成了珍珠。

"还能这样？哈哈，哈哈哈哈！"白楚年捡起那颗异形珍珠，仔细端详，"我懂了，我知道巴洛克珍珠是怎么来的了。"

"还不快扔了。"兰波抬手揍他，白楚年躲开来。

"你什么洋相我没见过，水龙头外卖箱都啃过，洗衣机也泡过，何况产出一颗鼻涕珍珠呢？明天我就把它捐给博物馆做展览。"

"nalaei mo（小坏蛋）！"兰波又羞又想笑，把在教堂留下的悲伤记忆忘到了脑后。

白楚年松开兰波，注射了一针解离剂，回到密室武器库的制图台前。兰波把从爬虫和多米诺那边带回来的图和注释从包里拿出来，铺在制图台上。

"多米诺果然很擅长设计路线，怪不得曾经在三棱锥小屋里还有余力留下线索提示我们。"白楚年翻看着他给的文件，"他说得没错，即使是艾莲本人也再找不出第十一条可行的突入路线了。"

"我占卜了前九条路，都是死路一条。"兰波从文件里挑出了一份，"只剩这个。"

这一份文件是关于从研究所检测室潜入，到达药剂储存室，最后撤出研究所的路线规划。

白楚年接过来翻看了一下："我也想过，从检测室突入的成功机会更大一些，检测室里面的监控和其他位置的监控是不共通的。把地图给我，我来按他的路线和注释研究一下。"

109研究所总部是特工们公认的最难潜入的建筑排名第一，比潜入PBB总部的难度还要高上十倍，白楚年必须打起精神，丝毫不能出错。

横式台灯照着制图台，兰波支着头坐在他身边的圆凳上，悄悄打量白楚年的侧脸。白楚年咬着笔帽，专注地在每一处可能被发现的地点思考应对和脱身的方法，灯光照映着他略显苍白的脸颊，他眼睛里却映着繁复的图纸。

他很想活着。兰波隐约读到了他的欲念。那一瞬间，兰波想，即使神的偏爱会使自己受到惩罚，他也愿意付出代价让白楚年活着。惩罚而已，他可以用今后千万年的寂寞赎罪。

说起来，他去蚜虫岛时不只见了无象潜行者，也去见了一众教官。

因为没有 IOA 的书面允许，白楚年的行动得不到其他部门的帮助，唯一能帮到他们的就只有留在蚜虫岛上的退役特工。

K 教官给他们制作了针对研究所最先进防破解技术的密码解码器，红蟹教官拿出了他思考多年的对 109 研究所的战术设计，这些教官只是见他带着小白的请求来了，就不再多问。

临走时，兰波很艰难地挤出一个字："谢……"

他太少太少对人类表达感谢，事实上，曾经他对任何人都是不屑言谢的。或许是这几年与人的相处让他改变了，或许是他开始有求于人。

红蟹看出他的窘迫，替他解了围："不用谢，亲爱的，任务完成后能跟我约会吗？"

兰波终于露出轻松的笑意，回答他："不能，但我可以召集百万海域内最美丽的螃蟹和你相亲。"

那一刻，兰波没有因为人类与他平起平坐地谈话而感到屈辱，反而觉得无比舒服，和鲸鱼冲破水面，亲吻被海洋隔断的天空一样随心。

日历又撕下了几页。

白楚年和兰波开始检查枪械弹药和一些贴身装备零件，他们拿不了太多东西，只能选择最轻便有用的带在身上。

"通信器多拿几个，上次在灵猩世家就吃亏了，这东西温度太高容易坏。"

"en，拿了。"

收拾完装备，白楚年低头调手表："对一下时间。"

"en。"

"你是会看手表的吧？这是几点？"

"下午三点二十四分。"兰波皱起眉，"别把我当傻子。"

"OK。"

门外传来电梯上升的响动，白楚年竖起耳朵听了听，随手把表摘了，连着东西一起扔进密室式器库，合上卧室墙。

果然，电梯在他们的楼层停住，几个人走下来，按响了门铃。

白楚年慢悠悠走过去开门。

"Surprise（惊喜）！"

彩纸噗地喷出来，缓缓降落到白楚年头上，陆言正吹着的彩带小喇叭扑哧扑哧敲白楚年的胸口。

白楚年一愣："干吗？"

萧驯默默抬起奶油喷枪，往白楚年脸上滋了一小团雪花。

白楚年挂着一团雪泡圣诞老人胡子："……"

毕揽星手提着一份蛋糕走进来，放到桌上："陆言说今天是楚哥的生日。"

兰波坐到白楚年身边，嗦干净他脸上的奶油，舔了舔手指："生日是什么意思？"

白楚年坐在沙发上，想起之前在会长和锦叔家过的生日，他不知道自己是何年何月出生的，于是生日就定在了锦叔把他接回家里的那天。如今正好是第五年，中间他总是太忙，在各地出任务，真正过生日还是在五年前。

虽然白楚年没解释，但兰波从他的表情上可以看出来，他喜欢这个节日。兰波去看了一眼日期，八月十四日，于是默默记下这个日期，用指甲刻到了手臂上，以免忘记。

"一，二，三……十九，二十，嘿，正好！"陆言给他插上蜡烛，突然发现没带打火机，兔耳朵尴尬地抖了抖。

"你就不能买个数字的蜡烛……这都插满了。"白楚年气笑了，从兜里摸出打火机点燃蜡烛。

蜡烛点燃，陆言催他许愿，白楚年不紧不慢地拿出手机，调出自拍模式："别着急，拍张照发朋友圈。"

他拍了好几张合影，嘴里念叨着："早说呀，整这出，我把韩哥、段扬、老何他们也叫来啊……算了，今天先过着，下次有机会……有机会请你们凑一局。"

陆言催他许愿，白楚年想了想说："希望还能过下个生日。"

陆言脱口而出："欸，你说出来就不灵了——"白楚年揪住他兔耳朵骂："你会不会说话啊！什么不灵了?!"

几个人吵吵嚷嚷一下午，蛋糕吃完了，陆言趴在萧驯腿上犯困，毕揽星去了一趟洗手间。

他走出洗手间时，正好与白楚年撞上，白楚年靠在走廊上："你在找什么吗？"

毕揽星若无其事地摇头："什么意思？"

白楚年手插着兜，凑到他身前，轻声说："检查作业，在我这间房子里，有两处地方不合理，你找到了吗？"

毕揽星瞥向兰波手腕上的表。兰波几乎不戴表，即使六人小队行动时他也不会戴。

另外，地板缝隙里残留着一丁点火药。

"很好。"白楚年直起身子，"这是我教给你的倒数第二个分析能力。"

毕揽星怔了怔："那最后一个是……"

"你专注观察线索时，要警惕别人是否也在观察着你。"白楚年抬起手，掌心里压着一个按钮，他松开手，房间四角突然开始喷射催眠瓦斯。

毕揽星没来得及说什么就慢慢倒了下去。

白楚年从密室武器库中拿了装备，把兰波的那份抛给他。

兰波接过背包挎到身上，颊边的鳃翕动。

白楚年把毕揽星拖到昏睡在沙发上的两人身边，蹲下来，用指头抹了些盒子里残余的奶油，给他们一人脸颊上抹了一小块，又揉了揉小兔子的耳朵。

兰波坐在桌边，默默看着他道别。

"我们走。"白楚年朝兰波摆了下手，带着一阵风走了出去。

公寓的门被带上了，一支曾装有促联合素的空注射器掉落在地上，发出一声轻响。

他们走后，房间安静到落针可闻，陆言埋头在萧驯怀里睡得死沉，而躺在地上的毕揽星忽然无声地睁开了眼睛。

"是的，你教过我，我记在笔记本第四十九页第三行。"

两人从蚜虫市驱车离开，轮换驾驶，在高速上奔驰了近二十个小时，最后途经的城市是通口市，路过丰城南路和弘雅道交会口的正远食府，顺便进去吃了个饭再启程。

109研究所由于其保密性质，它的具体地点在普通导航软件上是禁止显示的，不过K教官提前把卫星坐标给了他们。

而白楚年也对那个地方的具体位置有一些预测，当初在三棱锥小屋里，无象潜行者复制出了二十八个房间，每个房间的钟表时间就代表他到达那个房间的时间，因此也能大致计算出来，离开通口市后，大约一个小时的车程就能到达研究所总部。

109研究所总部坐落在无人管辖的边境，并且三面环海，工业垃圾的排放十分方便，并有一部分设备利用潮汐能发电，最大程度上节省了能源，在某些人的精明头脑中，这是个绝佳的选址。

他们在通口市逗留的时间比预计的多了三个小时，因为白楚年临时起意，打算去艾莲的私宅调查看看，万一有多余的促联合素就藏在她的保险箱里或者枕头底下，他们就不用再费这番功夫了。

但事实没有这么简单，艾莲的私宅看上去许久无人居住，只有园丁还在花园里修剪茂盛的松树枝杈。

兰波避开保姆和管家偷偷爬进别墅内翻找，白楚年则打扮成一名卑微的求职者，拿着一份伪造的简历去询问园丁艾莲的下落。

对于主人的去向，园丁只说应该是去工作或者出差了。白楚年细问下去，园丁说，在一个月前，借住在别墅里的萧炀教授拖着行李开车离开了，看样子是要出一趟远门，而艾莲本人在二楼目送萧炀离开之后，就急匆匆赶回了研究所，应该是工作上出了什么问题，她赶着回去处理，其他人在此期间都没有进出过别墅。

艾莲是个工作狂，平时直接住在研究所里的时候多，一连几周不回家也是常有的事，所以家里的保姆、管家、园丁之类的也都照常工作，不觉得有什么奇怪的。

调查一番无果后，白楚年和兰波直接开车前往目的地。

离开通口市后，就没有平坦宽敞的柏油路可走了，周围的景色也从修剪整齐的行道树变成了荒芜的杂草丛。道路越来越颠簸，好在他们开的是越野车，不至于被颠到散架。

等一座外形有二十二世纪科技感的银色大楼出现在视线中后，白楚年把车停在了一个反斜坡里，利用杂草遮掩住车身。整个车身施加过韩行谦的 M2 亚化能力"风眼"，使这辆车的信号不会受任何仪器干扰，无法被巡航导弹追踪，也不能被雷达探测，不会被研究所的军用高精索敌雷达发现。

这个季节天热潮湿，杂草丛里全是蚊子，白楚年打开车窗，低头对照了一眼地图，手拍拍兰波的鱼尾，鱼尾亮起闪电蓝光，成群的蚊子嗡鸣着飞进车里，被电得噼里啪啦尸体落满地。

"是这儿了，看样子几个对外开放的门口都没有保安看守。"白楚年把地图塞回背包里，"你在艾莲房间里没搜到 ID 卡之类的东西吗？"

"没有。"兰波摊开手，"房间很干净，我找到了一间武器密室，但武器都被摘空了，地上扔着这把钥匙。"

白楚年接过那把铜制钥匙打量了一下，钥匙的形状比较复古典雅，除此之外没什么特别的。

"园丁说，除了艾莲和萧炀，这一个月内都没人进出过别墅，艾莲是独自走的，萧炀拖着一个行李箱，那武器就是萧炀带走的吧？听起来他们没走一路。"白楚年随手把钥匙塞进拉链口袋里，看了一眼手表上的时间，"晚七点了。"

他检查了一遍装备，看了一眼坐在副驾的兰波。

兰波低着头，一枚一枚地数枪里的子弹。

"你在想什么？"白楚年撑着座椅探身到兰波身边。

"这是我逃出来的地方。在我近三百年的生命中，这三年的经历在我记忆里无法抹去，一群自诩伟大的人类聚在一起解剖和研究我，十分可笑。"兰波仰起头，傍晚的火烧云一点点暗了下去，远处的科技大楼仍旧一片漆黑，窗户紧闭，没有任何人进出。

他被族人背叛驱逐，又被打捞进实验室中改造，那些锋利的手术刀割在身上，他眼也不眨，只觉得无聊。

看着兰波逐渐阴郁下来的脸色，白楚年打心底怕他想起珍珠被迫剖离身体的那天，但兰波并没有要伤春悲秋的意思，他抬起手，搭在白楚年头上："ranci，其实我很在乎当我拧下一个人类的头的时候，你看我的眼神。"

他揉了揉白楚年的黑发："你会更在乎悲天悯人的我吗？"

"我只在意你真实的样子。"白楚年低声呢喃，"想哭就哭，想笑就笑，威严的时候很可靠，委屈的时候很可爱。伪装是种不光彩的诡计，你不要学。"

兰波唇角漾起淡淡笑意："goon（走吧）。"

根据林灯教授的回忆，检测室位于研究所最西方地下十五层，想下去就必须乘坐公共电梯或者徒步从步行楼梯下去。公共电梯到达所需楼层需要刷身份卡，那么就只能从步行楼梯下去。

他们下了车，白楚年拢了拢杂草，将车完全隐藏在反斜坡里，这里距离研究所还有一千来米，他们背上贴身的小型装备包，穿着作战服，在杂草和夜色的掩护下朝着那座银色建筑摸了过去。

"七点一刻了，楼梯口的保安马上要换班了，我们只有五分钟的时间。"

他们顺着研究所大楼背靠的海崖峭壁攀爬，绕到研究所最西侧，白楚年用骨骼钢化后的手指割开一块钢制防护外窗，然后扳开窗户无声地跳了进去。

兰波跟着爬进来，将钢制防护窗扳回原位，双手抚摸接口处，一串电火花闪过，钢制窗被原样焊了回去。

他们钻进来的防护窗距离地面约十米，白楚年的固有能力"猫行无声"，无论从多高处坠落都能四肢无声落地。兰波随后口中叼着匕首跳下，落在白楚年肩上，让白楚年垫了一下作为缓冲，然后被轻轻放在地上，不发出声音。

兰波保持着鱼尾状态，身上绑着保湿绷带，背着一个小型装备包。

白楚年落地时左手抽出了大腿外侧的战术匕首，已经做好了凌空扑杀保安，再换上保安制服混进去的准备，没想到扑了个空。

居然没人。

不光没有人，建筑内部都没有开灯，傍晚七点一刻这个时间天应该还没完全黑透，但整个一层大厅的墙壁都是全封闭不透光的，里面漆黑一片，并且安静得可怕。

这跟预计的局面有点出入。

"情况不明，别大意。"白楚年左手反握战术匕首，抬手示意兰波跟上，慢慢地贴墙移动。

白楚年的听觉最为灵敏，此时他却听不到任何脚步声和呼吸声，不排除研究所建筑墙壁隔音效果好的原因，但白楚年至少能确定，他们所在的一楼大平层空间没有任何生命迹象。

兰波爬到墙上，壁虎一样吸附到墙面的金属结构上，尾尖甩了甩，鱼骨闪动亮起蓝光照明。

研究所总部一层基本上用作产品展示和接待合作伙伴的场所，豪华的玻璃展示台上摆放着各种特效药和人工智能产品，这也是109研究所对外明面上的产业，若不是这两年 IOA 接连拿到有力证据披露研究所的恶行，许多普通人还被蒙在鼓里，觉得研究所只是一个有实力有技术的科技公司，不过也有许多人执迷不悟，只要自己的投资有回报有收益，他们不在乎真相。

确定这一层的确没人后，白楚年打开手电筒，把每个角落都检查了一遍。

大厅还算宽敞，各种摆设之间的距离很宽阔，白楚年在展示架边的休息圆桌上发现了一本七月刊的科技杂志和一杯水果茶——茶水已经干了，严重腐烂发霉的水果附在玻璃杯底部，白色的毛霉覆盖在上面，玻璃杯内外散落着一些细小的飞虫尸体。

大厅里面除了黑，还有一种闷热的感觉。爬虫在拉取建筑工图时说过，这座科技大楼的外墙采用的是保温层材料，内层用了防水隔汽膜，缝隙也利用密封性良好的材料封闭住了，整座建筑的保温性能很不错，大厅用中央空调控温，新风系统也设计得极为完备，一些单独的展示房间用独立风机操控室内空气。

也就是说，即使在酷暑时节，短暂的停电也绝对不会让室内闷热。

白楚年摸到电梯口，每个电梯都按了按，但都不亮，显然备用电源也已经耗尽了。

这时，兰波也从墙壁上爬了回来，说："角落的防暴工具柜都被打破了，里面的东西都被拿空了。"

"走，我们去找楼梯。"

白楚年已经将整座研究所的地图牢记在了脑海中，他的方向感很强，在黑暗中也很少迷失方向。当然，这也是 IOA 特工的基本素养。

楼梯口的钢制液压门紧锁着，旁边的墙上镶嵌着一个密码器，但由于停电，密码器屏幕是暗着的，就算他们手里有 K 教官给的解码器也无济于事。

白楚年使用 J1 亚化能力"骨骼钢化"，钢化的左手顶破了厚重的钢制液压门，伸进门内，在内部摸索寻找人工插销。兰波爬到门上方，倒着趴在墙壁上等待开门。

忽然，白楚年身体一僵。

似乎有个冰凉僵硬的东西，在门内触碰他伸进去的左手指尖。他清晰地感受到那硬物的移动和试探。

是活的东西。

白楚年只感到脊背汗毛倒竖，一股寒意从头皮上炸开，他想抽回手，但那只冰冷的手捉住了他，一根手指、一根手指地与他扣紧。

强大的力量让白楚年无法轻易抽回手，并且，一股恶寒顺着手指开始蔓延。

他冷静地用右手抽出战术匕首，毫不犹豫地从手腕处斩断了左手，鲜血喷溅，白楚年迅速后退，沉默地靠到了墙壁一侧，断手处喷溅的血液染红了一大片地板和墙壁。

白楚年从腿侧抽出手枪，冷眼对准了那扇门，兰波眯起眼睛，恶狠狠地端详着这扇门后的怪物。

一声人工插销被扳开的轻响从钢制液压门后传来。

嘎吱一声，大门缓缓打开，门后骤然出现两个黑影。

白楚年举起手电筒照向前方，出现在强光中的是一张画着黑红十字线的苍白阴间的脸。

厄里斯站在门后，他的右手正和白楚年斩断的左手十指相扣，原本纳闷的表情在看见白楚年的一瞬间变得精彩。

"哦！大哥，这是你的手啊！"

"……"白楚年咬了咬牙，甩甩左腕，崭新的左手迅速再生出来。

兰波鱼尾卷着门框倒吊下来，一拳把厄里斯揍倒。

"晦气。"

第四章

智力检测

他们都没有因看见熟悉的面孔而松一口气，白楚年将手枪插回大腿外侧的皮质枪带中，从颈上的项圈中引出一股涓流，在掌心铸造成一把死海心岩匕首；兰波也竖起背鳍尖刺，在他们附近的墙面上缓缓游走，随时准备开战。

白楚年打量着厄里斯，他的整张脸似乎接受过审美专家级的整容师的微调，五官依旧带着中古世纪的浓艳，但那些本为迎合艾莲的喜好、过度追求浮夸靡丽的棱角被奢得圆润，因此现在看上去只有十六七岁，天真的娃娃脸将皮下的嗜血和残忍隐藏得滴水不漏。

不过他们这些实验体的基底都是按照艾莲的喜好打造出的苍白瘦削的少年体貌，这一点是谁也无法彻底改变的。

他穿着一条背带短裤和长袖白衬衣，在衬衣袖扣处、皮鞋和长袜上，零碎地装饰着一些宝石碎屑，而衬衣领口的褶皱花边由一枚红宝石纽扣做装饰，这枚心形红宝石经过切割打磨后还有相当的重量和大小，看样子原石一定不会小。

白楚年一眼就认出，这是那块魔使黑豹从兰波手里抢走的红宝石，本以为尼克斯会用来给厄里斯重做机械核心，现在看来却只切割出澄澈的精华部分做了装饰扣，那又是什么机械核心在驱使着厄里斯活动？是尼克斯找到了更契合的宝石吗？

"大哥，可真巧。"厄里斯也只是嘴上叫得亲昵，狭长的口裂张扬地翘起，他阴森地打量着白楚年，将手中雕刻复古花纹并用金粉填充纹路做装饰的S686枪管甩开，向里面扔了两枚霰弹，再将枪管咔嚓一声合上。

"你没死？"白楚年问，"也没用宝石核心，那你的身体是用什么驱动的？战斗芯片是用什么承载的？"

面对白楚年抛出来的几个问题，厄里斯便顺着思考下去，拿着一只还在滴血的断手托着下巴，却是一副认真沉思的样子。厄里斯也不善伪装，他无法立即答出来就意味着他真不知道。

厄里斯肩头忽然搭上了一只手，制止了他的思考，一名金发碧眼的白人从阴影中走出来。

人偶师也在。

白楚年立刻放弃了先干掉厄里斯再深入研究所的念头。人偶师也是聪明人，他看见神使和人鱼共同行动时，也在第一时间放弃了正面冲突的计划。

人偶师率先开口，打破了这僵硬的气氛："厄里斯的战斗芯片烧毁了，我们是来寻觅一枚合适的战斗芯片的。"他友善地伸出手，和蔼的态度就像从前在伯纳制药工厂的冲突从未发生过一样。

白楚年也自然地伸出手，和人偶师互握了一下："我们奉命来接走奥斯罗夫先生，他是这里的药剂师，也是我们的卧底。"

过硬的心理素质让他们彼此的微表情都没有露出任何破绽，但也无法看穿对方隐瞒的东西。

白楚年微笑着，心想："扯淡，想找战斗芯片，去培育基地抢比来总部偷的难度低得多。他是想暗示我厄里斯现在没有战斗能力吗？"

人偶师沉默地点头，心想："营救行动不佩武装，仅两人行动，不合常理。话说回来，同为使者型实验体，智商相差如此悬殊是有意为之吗，还有什么方法能改善吗？"

眼见那两人明里春风和煦暗里针锋相对，兰波默默挠头回忆奥斯罗夫是谁，厄里斯掀开衬衫下摆看肚脐，怀疑自己吃下去的到底是不是战斗芯片。

"看样子这幢大楼和预期的情况有些出入，顺路的话，我们可以同行一段路程。"人偶师说。

"请便。"白楚年欣然答应，如果真遇到紧急情况，多了两个A3级的帮手也算多了两分胜算，必要的时候拉上他们挡枪也不错，顺便解决两个IOA通缉名单上的逃犯，也能给会长减轻一些后续的压力。

白楚年就地铺开半张地图，朝人偶师勾了勾手："过来分享一下情报怎么样？这是我们绘制的建筑图。"他拿出来的是爬虫拉取打印出来的空白地图，上面没有林灯教授的注释。

诚意已经摆在地上，人偶师便也表示："走检测室这条路会好一些。"

白雪城堡中的实验体有少部分来自研究所总部，人偶师凭借他们混乱的口述绘制了一条最安全的路线，看到白楚年拿出的地图后，人偶师便确定了自己所计划的路线的准确性。

白楚年也因为人偶师的描述更加肯定了自己的部署。他站起来，顺手从厄里斯手里把自己斩断的左手夺过来，撸下无名指上的蓝宝石鱼形戒指，戴到再生出的新左手无名指上，然后把断手随便向门后的垃圾桶一扔。

"走吧，走楼梯下去，检测室在负十三层。"

兰波在墙壁上游走爬动，电光鱼尾在黑暗中闪动蓝光，他还记恨着厄里斯，但既然小白决定合作，他也就暂时先不计较。厄里斯没什么潜入的自觉，把楼梯扶手当滑梯坐着向下滑，时不时"哟呼"一声，恐怖尖锐的笑声在幽深的楼梯间回荡。

白楚年和人偶师并排下楼梯，余光互相观察着。人偶师发现白楚年走路像猫一样微踮着脚尖，不发出任何声音，白楚年也发现人偶师很珍惜自己的双手，戴着一双黑色的半掌手套，也不会随便触摸任何东西。但除此之外他们也读不出更多的信息，因为彼此都十分警惕，各怀鬼胎。

"你觉得这里发生了什么？"白楚年手插着裤兜边走边问，"研究员和保安都不见了，还大面积停电。是破产跑路了吗？新闻竟然没有消息。"

"我们也没进来多久。"人偶师说，"的确还没见到任何活人。不过他们有一部分区域和设备有潮汐和风力发电储能作为备用电源，找找看还有没有在运转的机器吧。"

顺利到达地下十五层，温度也降了下来，一阵阴冷的潮湿感袭来。

这里完全没有任何光线，四个人紧挨在一起都互相看不见对方的脸，只有兰波的鱼尾发出蓝光，在漆黑的环境中，他半透明的发光鱼尾看上去像一条会蜿蜒爬动的蓝色骷髅脊椎。

白楚年抬起手电筒，强光打在屋顶上，从地面到天花板挑高至少有六米，墙面铺着科技感十足的无缝银色隔热板。

他嗅了嗅，感到空气里存在着一丝不易察觉的血腥味，于是举着手电筒向可疑的地方照过去，但手电筒的照明范围太小，这里的开敞空间近三百平方米，一寸一寸搜索太费时间。

天花板上突然传来一声细微的响动，有点像踩在木质地板上的木响。白楚年照了照其他人，他们的听觉不如自己灵敏，都没发觉这点轻微的异响。

根据这片大空间中摆设的控制和监测设备来看，这里就是检测室的观察台，一般来说，负责检测实验体各项机能的研究员坐在这里，利用控制按钮操纵检测流程。

这里面所有的设备都断电关机了，不过也好，至少监控也跟着关闭了，他们不需要提心吊胆地躲监控了。

白楚年绕着设备转圈，脚下突然踢到一个硬物，骨碌着滚走了，在安静空荡的房间里显得声音很大。

他用手电筒照过去才看清是个打翻的保温杯。这些设备虽然都还完整，但椅子很多都翻倒在地，窗台的花盆打翻了，碎陶片和土撒在地上，土上留下了一些混乱的脚印。

白楚年蹲到地上研究土上的脚印，看上去是跑动时留下的，因为有滑动的痕迹。他趴到地上，嗅了嗅地面。

没错，血腥味是从光洁的地板上散发出来的，地面却很干净，没有一丁点血迹。

"椅子翻倒，说明是突发事件导致了混乱，可如果是出现了入侵者，或者有实验体暴走反抗，照理说地面总会留下些血迹才对。"白楚年摸着下巴自言自语，"那就是警报，警报通知出现了危险，然后所有研究员紧急疏散。至于地面上的血腥味，应该是在这之前，他们恰好击毙了一个暴走失控的实验体，然后叫来保洁擦掉了血迹。"

只有这个推测最合理了。

人偶师也在寻找蛛丝马迹，他靠近一个放置着打翻的水杯的操作台，然后从口袋里摸出一个小塑料包，把里面的磁性粉轻撒到操作台的按钮上，然后把手电筒调成紫光灯照了照。

白楚年凑了过来："没有指纹？"

人偶师微微点头："这些操作台上都没有指纹。就像没有人存在过。"

"真邪门。'白楚年手插兜，"人间蒸发也应该有指纹啊。"

厄里斯朝他们叫了一声："嘿，尼克斯，你过来看，这东西我认识。"

他们循声走过去，厄里斯指着检测区的入口，入口是双层的，要先开启一道门，走进去，关上门，第二道门才会打开，双层门之间的空间最多允许两个人前后站立。

门上的电子锁灯竟然是亮的。

为了避免意外停电造成正在检测中的实验体发生意外，检测区内的电源是独立的，主电源意外断电后，会立即启用备用电源，备用电源使用潮汐和风力发电，可以保证在主电源维修期间的平稳供电。

兰波瞥了一眼这道门，低头无聊地看指甲："实验体第一项检测，我也做过。"

兰波和厄里斯都在研究所总部待过，对检测室要比他们更熟悉。

检测室的作用是把有缺陷的实验体筛除，再给留下的实验体层层评级，以便定价贩售。

而这第一项检测是最简单的，红绿色盲筛查。

兰波说："会有电梯上来，红灯上一个人，绿灯上两个人。上错了就当场销毁，门里是焚化炉。通过之后会把我们送到武力检测区。"

厄里斯眉飞色舞地讲述自己从前的经历："我当然分得清红绿了，可我就是故意上错，脚下的挡板就开了，我掉进里面，火焰喷出来，他们以为我被烧成灰了，就拉开了焚化炉的抽屉，我一下子跳出来，把他们都塞进炉子里，然后开了火，哈哈哈哈哈哈，如果炉门是透明的就好了，我就能看见他们怎么在里面求我了。"

兰波皱眉别开头。他很怕火，所以那时候不敢上错。

经过他们的描述，白楚年听懂了规则，红绿色盲的检测规则是，当到达的电梯亮起红光时，电梯内仅允许一个活动目标存在；当亮起绿光时，电梯内仅允许两个活动目标存在；人数不对或是空梯，都会被识别成错误，然后启动销毁装置。

按地图上的标记来看，如果没有身份卡，不走电梯，那么只有从检测区穿过去这条路是可行的。

"上吧，谁先？"白楚年问，"没事，我拉着你，烫不到你。"

厄里斯看看他们，"喊"了一声："我先上，这有什么好怕的。"

厄里斯说罢随便鼓捣了一下电子锁，打开第一层门，走了进去，人偶师皱了一下眉，看起来不怎么赞成厄里斯满不在乎的态度，也跟着走进去。电子锁自动锁闭，他们开始等候电梯。

其实是个升降梯，里面的那道门是钢制的滑轨推拉门，有许多交叉的网格，如果环境不像现在这么暗，就可以看见升降梯里面的情况。

漆黑的升降梯到达，突然亮起了红灯。

许久没启动的钢制推拉门嘎吱作响，缓缓向一侧打开。

"看见了吗？就是这么简单，升降梯会把我们送到武力检测区。"厄里斯跳进血红的升降梯里，对外面的他们做了个鬼脸，扳动长棍似的开关，升降梯便载着他缓缓升了上去。

白楚年隔着透明的玻璃看着他们，的确很简单。

厄里斯慢慢上升，第二个漆黑的升降梯也一顿一顿地升了上来。

升降梯停在了人偶师面前。

突然，红灯亮起，照亮了升降梯内的空间，一个面部干瘪，眼窝只剩两个黑洞的实验体冲了出来，干枯的长臂从推拉门缝隙中挤出来，吼叫着朝人偶师扑抓。

他干瘦得像数天水米未进的样子。

白楚年冷不防惊退了一步，人偶师却无动于衷，单手插在兜里，默默抬起右手，怜悯地抚在他空洞灰白的眼眶上。

钢制推拉门无情地自动向一侧滑动打开，将挤在其中的干瘪实验体割成了碎块。

人偶师迈进升降梯口，轻叹了口气，缓缓升了上去。

他们都进去之后，白楚年拉着兰波也走进了双层门内，电子锁锁闭，升降梯开始向上移动。

白楚年问兰波：“怕不怕？”

兰波在他耳边哼笑：“我很想说害怕……”

升降梯到达他们面前，陡然亮起了绿灯。

然而在长棍扳手开关后，卡着一个枯瘦的实验体，头发盖在脸上，像从井里爬出来的女鬼，半死不活，痛苦地呻吟着。

规则要求，亮起绿灯的升降梯里能且仅能上两个人，里面的实验体算一个，那就只能再上一个了。

白楚年拍拍兰波：“去吧，到上面等我。”

钢制推拉门打开后，兰波爬了进去，无所谓地站在女鬼似的实验体身边，查看了一下那实验体卡住的情况。

“你的生命已至尽头，等我上去，帮你痛快了结此生吧。”兰波对其说。

兰波也乘升降梯升了上去。

白楚年静待着下一个升降梯，是红灯最好，如果亮起绿灯，里面却没有任何生物的话，以他的猫科身手应该可以从上方迅速爬上去。

黑暗的升降梯嘎吱到达，白楚年静默等待。

绿灯陡然亮起，与此同时，被关在里面的一个干尸般的实验体突然跳起来，朝白楚年狂叫，他的脸只有薄皮裹在骷髅上，嘴唇也干裂得皱缩到一块。

白楚年抹了把脸。

他走进去，把吼叫的凶猛干尸搂过来，搭着他的脖颈无奈地站着。

"兄弟，麻烦了，这电梯必须两人坐。"

升降梯到站，白楚年走下去时，利落地拧断了小干尸的脖子。

他仰头看了看，的确如厄里斯所说，墙上印有"武力检测"的凸起字样。

然而等在这里的却只有人偶师一人。

白楚年一怔："他们呢？"

人偶师摇头。

白楚年按住通信器，呼叫兰波："你上来了吗？"

"上来了。"兰波回答。

白楚年松了口气："你在哪儿？"

兰波仰起头，看着墙上凸起的"智力检测"字样，努力念道："日力木贝。"

厄里斯就在兰波身边，两只手揪着裤子背带到处转悠，嘴里念叨着："啊，这……这我可没来过。"

第五章

残酷竞赛

白楚年按着通信器，蹲到地上，挠了挠头发："哎哟，你们先看看你们那边有什么，能做什么。"

人偶师略微倾身："怎么回事？"

白楚年从背包里拿出备用通信器，递给人偶师一个："我估计检测区分好几种，走战斗突击路线的实验体被送到武力检测区，脑力型的实验体被送到智力检测区，大概还有辅助检测区、指挥检测区等等不同分类，楼下观察台有研究员看着的时候，研究员会根据实验体种类把他们分别送到相应的检测区，现在升降梯没人控制，应该是随机送的。"

"厄里斯和兰波都是武力突击型实验本，所以从前都会被送到武力检测区，无象潜行者这种应该会被送到智力检测区。"

他拿出地图在地上铺开，指尖在检测区上打圈："这一块是检测区，是竖着摞在一起的，所以功能分布被我忽略了。"

林灯教授在此处仅注释了"检测区"三个字，并未详解。

人偶师看了看白楚年给的通信器，其实他可以与厄里斯通信，因为他事先在厄里斯的耳朵里安装了微型通信装置。不过他还是把通信器戴到了耳朵上，心想白楚年还真是无时无刻不在试探他们的虚实，他不会轻易上当。

人偶师走到升降梯边，望了一眼已经完全锁闭的升降梯门，升降梯内已经被焚化炉的火焰吞噬，原路返回是行不通的。

他又返回武力检测区的入口，入口处严丝合缝地封着一面银色封层，他轻轻扫了下表面的尘土，从皮质围裙口袋里摸出目镜，确认材质是一种人造材料。

白楚年收起地图，到人偶师身边摸了摸这面挡住入口的墙，掌心抚在墙表面，抚过中央时，出现了一排小型激光数字："当前拳力：0 kg；平均拳力：0 kg；拳数：0。"

"测拳力的机器，大概要纯靠蛮劲把墙打穿才能进去。"白楚年立定呼气，将力量灌注在左手上，迅速击打出一拳。

"咚"的一声闷响，小型激光数字开始变化：

"当前拳力：586 kg；平均拳力：586 kg；拳数：1。"

白光数字变红，闪动的同时发出错误提醒。

白楚年甩了甩手腕，这一拳已经算是用上八分力量了。

人偶师微微挑眉，超过半吨的打击力仍然不达标吗？

也对，除了研究所总部自己培育的部分实验体，能被选拔到研究所总部的实验体都是从各大培育基地挑选出的头部精英，各项指标必然强悍得可怕。

白楚年又开始剑走偏锋，试着将手指放到表面，使用"骨骼钢化"能力，企图穿透墙面。

那面墙却纹丝不动。

人偶师戴着目镜探寻，缓缓道："这是人工合成的氮化碳材料，β-C_3N_4 结构，晶体硬度超过金刚石，你的骨骼钢化极限硬度大概不够。看上去只能徒手打破。"

白楚年又甩了甩麻木的手腕，看着这面墙研究："我不是武力突击型实验体。要不你上？你不也是 A3 吗？"

人偶师微微耸肩："我不是实验体。"

"像掰手腕这种比赛我从来没赢过兰波，制作理念本来就不一样，我是指引型，不喜欢暴力。"白楚年无奈地敲脑袋，"哦，我忘了，你是人类。那更完了。"

"关于这一点你们IOA应该调查过。"

"是调查过你的身份，红背蜘蛛。但是每次想到还是会很惊讶。毕竟兰波是实验体，我老以为驱使者也都是实验体呢。"

白楚年又埋头冥思苦想有什么其他办法突破这面墙。

"不，驱使者的共同点是能力由自然赋予，无人工干涉。"人偶师说。

在他们安静思考其他方法时，听见楼上发出乒嘟乒嘟、哐当哐当、嘎吱嘎吱的各种暴力噪声。

白楚年仰头看向天花板，按住通信器："你们砸门呢？"

兰波有些气喘："是啊。"

厄里斯的声音也挤了进来："什么啊，砸碎一道门就立刻升上来一道门，没完没了。"

"你们那边肯定有题目的，仔细找找。"白楚年坐下来，索性先从他们那边找找突破口。

厄里斯说："什么题目？门上除了一堆网格什么都没有。"

兰波补充道："有两支笔，电容笔，我给笔充了电。"

白楚年摸了摸自己面前这面坚固的墙，上面并没有网格，又摸出手机看了一眼，没有信号，拍照发题目也行不通。

人偶师问："笔能在门上写字吗？"

兰波试了一下："能，可以写出黑色的电子笔迹。"

兰波和厄里斯面前其实有两个正方形网格，分别显示在两扇门上，像两个棋盘。

发现电容笔能写字之后，厄里斯夺过一支笔，在网格上乱画一通，画上吊的火柴人，切腹的火柴人，砍头的火柴人，总之都是火柴人。

兰波则认认真真地往网格里写字，1、2、3、4、5、6、7……写满了整个网格。

不一会儿，网格线红光闪动，从门缝里一寸一寸地吐出一张纸，纸飘落到地面上，被兰波捡起来。

上面写着："成绩单。得分：2。评价：D。本项测试成绩不合格。"

兰波皱了皱眉，发现厄里斯也收到了一张成绩，上面写着："得分：1。评价：D。本项测试成绩不合格。"

兰波笑出声："破布娃娃，没有脑袋。"

厄里斯把成绩单搓成团向后一抛："比我高一分而已，评价都是D，你能好哪儿去，反正都不合格，只是因为你写的字多你分才高。"

兰波把成绩单折起来，塞进背包："我只和满分差三分，这是很好的成绩。"

"算了吧。"人偶师听着通信器中那两人的讨论，看向白楚年，"还是先想办法解决我们这边的困境。"

"退后。"白楚年拧了拧手腕，后退半步，深呼吸，将力量集中到拳心。一股白兰地酒味亚化因子瞬时激发，他光洁的手臂血管曲张肌肉膨胀，一只白狮前爪从指尖向小臂到大臂幻化，在空中略微停顿蓄力，以极快的速度向前击打而出。

咚！他带起的一阵风掀起了人偶师的风衣外套下摆，人偶师则在心中计算着他的力道。

一股用力过猛的酥麻感从拳骨迅速蔓延到了整条手臂，白楚年一脸吃痛的表情，拳骨的皮肉翻开，森森白骨也裂开了细纹。

白楚年抱着左手咬牙忍了忍，伤口才开始止痛愈合。他仰起头，看墙上的数字显示开始跳动。

"当前拳力：6794 kg；平均拳力：3691.5 kg；拳数：2。"

将近七吨，很惊人的打击力。人偶师在心中评价道。

显示数字的光变成了绿色，随即从墙侧的一个小缝隙中慢慢吐出了一张纸。

人偶师顺手接过那张纸："嗯，是成绩单。"

这是一张底纹很像奖状的纸，上面印着："得分：78。评价：A。本项测试成绩合格。"

坚固的击打力测试墙缓缓上升。

白楚年拿过成绩单扫了一眼，诧异不怠："我才78分？"他抬起头踹了墙一脚，"下来，我再考一次。"

通信器另一边，厄里斯突然打岔："哦？满分一百？"

兰波听到白楚年的自言自语，默默从包里掏出自己的成绩单，搓成团吃了。

击打力测试墙升起后，出现了一条走廊，两人沿着走廊向内走了三十多米。

本以为墙后测试就结束了，没想到，一排各种材质的正方体块整齐排列在第二个房间中，墙上的电子数字屏显示：粉碎力测试。

白楚年倒吸一口气，走上前去敲了敲那些正方体块，有花岗岩的，有精钢的和铸铁的，也有冰块。

"唉……"白楚年就地坐下，提起汗湿的领口抖了抖，拿着成绩单扇凉风，"我歇会儿。"

不多时，兰波的声音突然紧张起来："randi，randi。"

"火……"兰波的呼吸变得急促，"火从升降梯里追过来了。"

白楚年精神一振，警惕起来，向后望了一眼来时的路，他沿着走廊向入口处快步返回瞧了一眼，果然，火焰已经吞噬了升降梯，炽热的温度扑面而来，销毁装置并未停止，而是作为一种倒计时，缓慢地追逐，随时准备毁灭动作慢的实验体。

这是场残酷的竞赛，他此时感同身受。

"先帮他们把门破了。"白楚年有些急迫，飞快地跑回来，坐到地上，他知道兰波怕火。厄里斯的身体是陶瓷材质，他被烧到也无所谓，所以人偶师不会急。

人偶师却没有拖沓，轻声问："厄里斯，仔细告诉我门上有什么，不准遗漏。"

白楚年敏锐地抬起眼眸,打量着人偶师的表情。他看上去也没有那么冷静。

难道厄里斯的新机械核心是不防火的吗,有什么不防火材料适合做核心呢?

此时来不及多想,白楚年只能先考虑兰波的安全:"兰波,告诉我网格一行有几个格,一列有几个格。"

"七个。"兰波细细数着,"横竖都是七个格。"

厄里斯回答:"网格外面写着一个很小的数字,175。"

兰波:"我也是。"

白楚年和人偶师同时一顿,对视一眼。

"四十九格幻方。"

"把 1 到 49 填进网格里,横竖对角线相加是 175。"

"两个网格不能重复。"白楚年打了个响指,"这个简单。"

不过他们没有笔纸,只能靠心算来填。

通信器中,虽然兰波没有求助,但他的呼吸变得很粗重,肯定是温度已经上升到了让他痛苦的程度。

"别怕,我读你写,从第一个格开始,横着写。"白楚年闭着眼睛,在脑海里把网格想象出来,填完之后再凭记忆力将数字按顺序读出来,"30、39、48、1、10、19、28,第一行填完了吗?下一行,你别怕,听我的,烧不到你。"

其实四十九格幻方填起来不难,可以按规律从中间开始顺着填,但白楚年需要口述给兰波,所以只能从第一格顺着读。

人偶师这边需要填出一个不同的幻方,他坐下来,闭上眼睛在脑海中画出网格,戴着半掌手套的双手在空中微微比画,按顺序默念:"厄里斯,第一行,32、41、43、3、12、21、23……"

…………

兰波率先道:"开了。"

厄里斯从地上捡起两张成绩单，卖出上面的字："得分：100。评价：SSS。本项测试成绩合格。可恶，这种无聊的题目做出来有什么了不起的。"

他把兰波的成绩单塞给兰波，又看了看自己这张，低声念叨："得分：100。评价：SSS。本项测试成绩合格。嗯，不愧是尼克斯。"

兰波在火舌即将舔到自己的尾尖之前挤进开启的门缝，爬进了走廊里，厄里斯紧随其后，就地滚进门内，快步向更深处跑去。

成功帮助他们完成第一项测试后，白楚年重重松了口气。

人偶师轻轻拍了他肩膀一下，把手搭在了他肩头。白楚年睁开眼睛，慢慢吐着气："幸好赶上了，兰波差点没了。你手老是搭着我干吗？"

"我没有搭着你。"人偶师俯身用目镜观察地上那些用于测试粉碎力的正方体块，站在离白楚年四五米远的地方，"我一直在这儿。"

白楚年怔住，缓缓回头看向肩头搭着的手。

一只滴血的断手正搭在他肩头。

第六章

火焰来袭

———◇———

白楚年浑身一震，搭在肩头的断手便滑落在地，血溅落在地上，不过血量不大，颜色也发暗，可以看出这只断手不是几秒钟前刚斩断的。

断手的无名指上有一圈戒指痕，除去青黑氧化这一点，肤色与白楚年的吻合，指尖发黑，隐约可见烧焦的痕迹，气味也略带焦煳。

"这是我的手，我扔在一层楼梯间的垃圾桶里了。谁把它拿过来的?!"白楚年立即扫视四周，将整个检测室的角落都查看了一遍，但并无发现。

他抬头看向天花板，依然没有发现可疑生物，不过他仍旧断定："有东西跟着我们。"

可检测室并无任何能让生物穿梭的缝隙，唯一不封闭的道路就只有通往焚化炉的走廊。

人偶师眉头紧锁，远远望了一眼他们来时的走廊尽头，零星的火焰颜色升了起来，焚化炉正在向他们所在的位置移动。

"没时间了。"

"啧。"白楚年也知道时间紧迫，没工夫多想，于是把地上的断手往墙根踢了踢，免得碍事。断手在地上蹭出一道血污。

再审视现在这个房间，里面共放置着一百块不同材质的正方体块，用于测试粉碎力，那么就意味着必须将其一一击碎。白楚年以自己的力量来计算，每击碎一个正方体块用时三秒，蓄力击打两个正方体块之间需要间隔四秒，全部击碎最少也要十分钟，而从带着热度逐渐蔓延过来的焚化炉追上兰波他们的时间来看，焚化炉把他们挤扁加烧化的时间不会超过五分钟。

白楚年先把这些排成一排的正方体块尽量向前推，给自己争取一些时间，但发现各个正方体块都钉在地上，并不能推动。如果用死海心岩铸造成锤子，挨个砸碎，这样时间应该还够。

他边思考边摩挲花岗岩块的表面，人偶师俯身问："在泯灭？它认可自己的名字是花岗岩吗？"

"我来吧。"人偶师还算镇定，从皮质围裙口袋里拿出了一把银色方口钥匙。神圣发条在他掌心中机械伸缩变形，头部变平，尾部变尖，形成一枚机械长钉。

他俯身将长钉抵在正方体块上，银色机械钉身中有微型机械在上下做离心运动，速度越来越快，振动的嗡鸣同步到花岗岩上，使正方体块跟着一起共鸣振动，突然裂纹爬满岩石，随着一声裂响，花岗岩碎成了数块。

"牛牛牛，能变离心钉，你这东西可以。"白楚年衷心夸赞，将颈上项圈引到手中，铸造成一把长柄锤，和人偶师分别砸碎不同的正方体块。

两人埋头干活，又开始各自暗暗腹诽。被随机分到一组简直糟透了，许多不想暴露给对方的能力和弱点这下被迫公开示众了，今后再狭路相逢你死我活的时候就更难取胜了。

这不行。白楚年想。

不如趁着厄里斯不在，先把人偶师解决了。既然是人类，那么只要被死海心岩触碰到，想必就会受严重的创伤吧。

两人一同粉碎正方体块，进度快了许多，不到两分钟就清除了一多半。

白楚年计算着时间和剩下的正方体块数量，直到剩下的数量不多，自己也足够通过这项检测时，便暗暗操控死海心岩铸造了一块刀片，藏在掌心里。

按地图大小推算，后面的测试应该所剩无几了，等处理掉人偶师，再和兰波一起解决厄里斯。反正神圣发条不在厄里斯身上，杀厄里斯易如反掌。

他微微瞥了人偶师一眼，心中计算出手的角度，但无意间抬头，突然一怔：

"我……去！"

人偶师原本攥在手中的神圣发条尖端已经隐约向白楚年的方向倾斜，却被他的一声惊叹打断，人偶师默默收回了手，分出目光朝着白楚年愣愣望着的方向看过去。

刚刚那只被踢到墙边的断手消失了。

"哎，我去，真的假的，我就放这儿了。"白楚年快跑了几步过去查看，不仅断手消失了，连着地上的血迹也一起消失了，就像莫名蒸发了一般。

他用指尖蹭了蹭地面，不论有谁来过，什么痕迹都没留下，和来时没有指纹的观察台一样诡异。

"真没了，我什么声音都没听见。"

"先别管它。"

时间不等人，焚化炉越来越近，白楚年又跑回来继续砸正方体块，擦了一把额头上渗出来的汗。

正方体块全部被粉碎，房间尽头严丝合缝的墙才缓缓升起，并飘出了一张成绩单。

"得分：91。评价：S。本项检测合格。"

白楚年踩着成绩单直接沿着走廊向更深处的房间走去："这是按通过时间算成绩的吗？俩人一块才得91分，那100分的得有多逆天？！"

人偶师把神圣发条放回口袋里，走在他身后，向通信器中低声说："厄里斯，把题目读出来。"

厄里斯听话地读了出来。

他读的是英语，题目应该有不同语种的翻译，好在他认字。他发音很英式，带着明显的格拉斯哥口音。

"请简述股改对价及权证价格的计算方式。请简述医疗设备融资租赁方式。"

"救命。"白楚年搓了搓脸，"不会是要求手写答题吧?!"

兰波："有语音识别。"

"太好了。"

万幸跟着锦叔在公司里学了不少东西，白楚年努力回忆书上的内容："我说一句你跟着念一句。每份认股权证理论价值通过 B-S 模型……"

兰波："每份人骨全蒸里，论价值由必死模型。"

白楚年："你把通信器麦克风贴在语音识别口上，它识别得应该比你准点……"

人偶师淡淡解答第二道题。

智力检测的题目进行起来要比武力检测这边快上许多，白楚年掐着时间，可以先帮他们多过几项测试。

厄里斯读出了第三项测试的题目，不过读得很勉强，两人连蒙带猜才还原出问题。

"将函数 $f(x)=e^x$ 展开成 x 的幂级数。将 $f(x)=\sin x$ 展开成 x 的幂级数。"

"等着啊，我想想。"白楚年挽起袖口，用手指在空中划拉着计算过程，题不难，但是这种题目就算把答案铺在地上让兰波他们俩照着抄都有难度，口述就更难了。

人偶师已经开始给厄里斯读解题过程。很多名词厄里斯听不懂，人偶师不急不躁，平缓的嗓音不厌其烦地给他并述。他想起了自己的大学生涯，每到期末他总是先答完题交卷，再通过耳机把答案读给同寝室的室友们，平时不学无术的室友们连他读的答案都听不懂，他只能一遍一遍地重复。

白楚年教兰波磕磕绊绊写完过程后，开始摸索自己这边的题目，并顺便和人偶师搭话闲聊。

人偶师承认，他年轻时很喜欢作弊，尤其喜欢看考试结束后室友们对他感恩戴德的表情，这是他最大的乐趣。

"哦，喜欢被感谢。"白楚年简单总结了一下。

人偶师想反驳，但考虑后又默认了。

"为什么要去到处杀人，你手下有那么多实验体，干点什么不好。你缺钱吗？"

"不缺。红喉鸟的财产都在我手里。"

"那你图什么？"

人偶师悠悠回答："人类在食物链顶端站久了，就忘了自然界还有弱肉强食这么一套规则，我只是帮他们重新想起来而已，免得他们得意忘形。如果你认为这是错的，我也不会企图说服你。生与死不过是生命的两种状态，我唯一的罪过是让他们在死前感到恐惧，除此之外，我是个好人。"

白楚年自知无法说服他，便懒得再废话。

他们所面对的第三项武力测试是穿透力测试，面前的房间由数层半透明防弹玻璃钢板封死，材质和虎式坦克外壳一样坚固，每块玻璃钢板之间相隔两米左右，看样子是要让他们用身体撞破层层加固的玻璃钢板。

白楚年试着用死海心岩铸成的大锤砸碎一面玻璃钢板，结果数显成绩亮起红灯，不允许用利器或者钝器辅助破壁。

"这破考试能把人累死。"白楚年沉了沉气息，加上助跑，用力朝玻璃钢板表面撞了过去。

哐当一下，房间都跟着一起震颤，白楚年半边身体都麻了，那面玻璃钢板却只是裂了几道蛛网纹，但他也只能硬着头皮依靠骨骼钢化继续撞。

靠着惯性撞碎四块玻璃钢板之后，第五块玻璃钢板没能被撞碎，只出现了一些细小的裂纹，玻璃平面上沾了些血。

"疼疼疼……"白楚年的左半边身体都在渗血，脸颊被炸开的玻璃碎块崩出了一道伤口。

"不摘项圈吗？"人偶师的语气稍带揶揄，当初在伯纳制药工厂交手，白楚年使用驱使物死海心岩口枷的模样还历历在目。

"不是我不想摘。"白楚年坐下来歇口气，让撞破的皮肉和受损的骨骼有时间修复，想了想又道，"对，我就是不想摘。"

人偶师已经转头去询问兰波和厄里斯那边的题目。

随后白楚年也听见了通信器中厄里斯的咋呼："我们走进来之后，地板盖开了，弹出来两个魔方，花色是乱的，我把六面都在地上磨成同一个颜色了，只给我打了六分！"

兰波的声音听上去已经最大程度地压抑着怒火，牙齿咯吱摩擦："我把它咬散了，按颜色拼回云，成绩单给我打五分，说我不及格，又弹出来一个新的。为什么，比他低一分，wei（为什么）？"

"真棒，太棒啦！"白楚年欣喜夸奖，"真的，你竟然能拼回去，我想都不敢想。系统肯定故障了，你怎么也该比厄里斯分高啊！"

兰波听着这边逐渐变得沉重的呼吸声，忽然收起怒意，温声问："randi，累了吗？"

"没事，你把手里的魔方放在地上，按顺序给我读颜色，我告诉你怎么转。"白楚年坐了下来，眼看着走廊尽头又蔓延起火焰，心中默算着时间。

兰波听话地把魔方放到面前，按顺序给白楚年读每个面的颜色。

直到他读完第一行，白楚年才知道这是个七阶魔方，比三阶魔方难度大得多，而且他手里没有实物，全部都要靠想象和口述，这还是在兰波能完全按他说的顺序拧对的情况下。

"你把魔方举起来，方向别动，按我说的拧。方向千万别乱啊！"

兰波盘起鱼尾坐在地上，认真拧动魔方，听着通信器里有些疲惫的嗓音，让他有点焦虑。

他略一走神，手上的魔方变了方向。

"没事。"白楚年顿了顿，无奈笑了一声，耐心道，"别着急，你再放地上给我读一遍颜色。"

"太耗时间了。"兰波打断他，"你们走出来了吗？火离你们有多远？是不是快烫到你了？"

"放心，我有数。"

厄里斯听见人偶师那边出现了扇打衣摆的声音。

"尼克斯？"

人偶师回答："先等等，火快烧过来了，你先把魔方放到地上，别动它。"

厄里斯烦躁地放下了魔方，站起来来回踱步："我受够了，简直受够了，没完没了的题目，看也看不懂，软绵绵地使不上力，每道都要尼克斯教我，我最讨厌这样！"

兰波也放下了魔方，张望四周，注意到了魔方弹出来的位置——

在房间一侧，有两个嵌入式魔方展示台，他们就是把上一个魔方放在展示台上后，被发了不及格的成绩单。而在展示台对面五米处的地面上有个正方形缝隙，刚刚魔方就是从这里弹出来的。

兰波用尖长指尖抠了抠那块缝隙，但它和地面的材质一样坚硬，纹丝不动。

"倒霉蛋，"兰波朝厄里斯扬了扬下巴，"过来。"

兰波伸长尾尖，将地上的魔方卷起来，抛给厄里斯："把它放上去。"他用尾尖指了指对面的展示台。

"才拼了一半就交？"厄里斯吊儿郎当地走过去，把魔方拍在了展示台上。

展示台亮起红灯，估计又要吐出一张不及格的成绩单。

照例，在显示不及格的同时，系统会自动弹出一个新魔方。

兰波全身伏在地面上，以埋伏捕食姿态全神贯注地盯着那块小的方形缝隙，魔方从这小口弹出的一瞬间，兰波一把抓住了地面上掀起来的小方盖，结结实实地卡住了它。

两只长着蹼的手迅速鳞化，变成了布满鳞片如同龙爪的强劲利刃，兰波抠住那个小口，背鳍竖起尖刺，鱼尾霎时变成凶猛的红色。

"刺啦"一声巨响，整个铺地板用的厚重金属被兰波生生撕开了一道裂缝，露出了里面的弹射机关和排布密集的电缆。

兰波头朝下从扯开的钢铁地面缝隙中爬了进去，壁虎般顺着墙面游走。

"好吧，这是我喜欢的！"厄里斯见状也跳了进去。

白楚年和人偶师还在想方设法破坏玻璃钢板，只听通信器中兰波低沉的一声："你们靠边站一点。"接着里面只剩下嘈杂的玻璃炸裂声和兰波冷静的呼吸声。

从尽头开始，玻璃钢板就像薄纸一般被一张张捅破，隔着数道半透明玻璃钢板，白楚年隐约看见尽头出现了一团影子，影子在迅速突破玻璃钢板，突然，眼前的整片玻璃炸碎了，飞溅的玻璃碎片犹如溅射的海浪，簇拥着从中间飞跃而出的蓝色人鱼。

墙壁上的数显成绩开始飙升，到达尽头后显示∞正无穷标志乱码，穿透力测试成绩单掉落出来："得分：100。评价：SSS。本项检测成绩合格。"

"嗬！厉害，好厉害！"白楚年低头去捡地上的成绩单，被兰波鱼尾卷住脖子拖了回来。

"快走。"

背后的火焰即将舔舐到白楚年的脊背。兰波一口叼起白楚年的后脖领，像叼小猫崽一样把他从火口拖了出去，化作一道蓝色闪电向走廊尽头蜿蜒冲过去。

人偶师听见了天花板上的响动，头顶上方坚固的氮化碳厚板被踹出一个窟窿，厄里斯倒吊下来，脸正好出现在人偶师面前，银发向下垂动，手里拿着一张满分SSS成绩单，嘴角得意地扬到耳朵根："我从后边的关卡倒着打回来，如何？"

"没什么用。"人偶师双手插进风衣兜里缓步向前走去，从厄里斯耳边路过，擦出一阵风。

"兰波！前面空心地板塌了，有沟！"

在走廊尽头出现了一段漆黑的断层，兰波松口，白楚年翻身落地纵身一跃，双手挂在对面凸起的边缘，双臂绷紧向上一荡，灵活地爬上对面的平台，兰波也跳了过来，在黑暗的空中划出一道蓝色弧线，双手挂在白楚年探出的双手上，被拽了上去。

厄里斯紧随其后，抓着人偶师向前奔跑，到达断层时向上用力一跃，他开始下坠时，人偶师抬手发动 J1 亚化能力"棋子替身"，与厄里斯交换位置，取代厄里斯落到平台对面。厄里斯再次起跳，人偶师放出一根蛛丝人偶提线，绕到厄里斯腿上，把他拽了过来。

兰波落地时扑倒了白楚年，他们一起在地上滚了几圈才停下。

周边失去了照明，变得一片黑暗，白楚年躺在地上喘气，睁开眼睛时，隐约感到有什么东西从脸颊边蹭了过去，那种微热、软毛、肮脏的触感，一下子就让他的记忆回到了年幼时。

老鼠！

他瞪大眼睛，一瞬间脑子里一片空白，只感觉后背的汗毛爹了起来，头皮发麻。

身体却在下一刻被拉住了，兰波压低声音用仅两人听得到的音量说："不怕。"

然后兰波揉了揉他不知道什么时候冒出来的白狮耳朵——飞机耳压低紧贴在头上，非常紧张的样子。

越过宽约十二米的塌方地面，已经远离了检测区的灯光，他们重归黑暗。

在几乎没有光线的情况下，人偶师依旧看清了白楚年此时的状态，他躺在地上，虽然双手环住兰波做出保护的姿态，但耳部拟态在精神震荡下不受控制地出现，狮耳紧贴在头上，瞳孔涣散，微张着嘴急促喘气，这是应激的表现。

而附近有可能对他造成应激冲击的东西就只有——人偶师环视四周，昏暗中目之所及的只有角落中一闪而过的黑影——一只实验研究用白鼠。从医学院毕业之前人偶师每天都会与它们打交道。

见白楚年那副失了魂的狼狈相，人偶师却笑不出来，他观察到兰波安慰白楚年时熟练平常的动作和表情，这看上去像多年前就养成的习惯。

　　兰波对其他人漠不关心。白楚年埋头一会儿，便迅速收拾起精神，表现得若无其事，抬手把兰波的发丝拢起来，咬下手腕上的蓝色塑料小鱼皮筋给他在脑后扎成一个鬏。

　　"我没事，就是摔到了，有点蒙。"白楚年说。

　　"是吗？我捡到了一些东西，来看看。"脚步声到了他们近处停下，人偶师微俯下身，手里拿了一个金属质的什么东西，一松手，那东西掉落下来，掉在白楚年脚边"当啷"响了一声。

　　白楚年闻声转头过来看，这一看便立即瞳孔骤缩，像受到剧烈惊吓的猫一样炸起毛从地上弹飞了。

　　兰波被他的突然反应吓到，回头看了一眼掉落在地的东西，是把比普通型号大上不少的医用钳子，准确地说，是一把猛兽拔甲器。

　　"幼体时期留下的阴影会形成持续时间相当长的条件反射。"人偶师平淡叙述道，"稍微测试一下，实验体的亲人程度是否与幼年期受到的伤害成反比，看来并非如此，似乎成年性格更依赖后天养成而不是先天基因。"

　　"滚开。"兰波抬起眼皮凌厉地扫了人偶师一眼，捡起地上的医用钳子，攥在手中，一股电流从掌心涌现，钢铁通电泛红熔化，铁水流淌到地上冒出滚烫的烟，慢慢凝固在地上。

　　"你没事吧？"兰波匆匆爬到白楚年身边，轻轻拍他的后背。兰波寿命太久，在世上活了近三百年，许多痛苦、恐惧对他而言已经见怪不怪，可小白不一样，他刚出生还是一张白纸的时候，就被狠狠地揉皱扯烂了。

　　"没事啊。"白楚年双手撑着房间中央的桌沿，低着头甩了甩脑袋让自己清醒。

　　兰波轻轻在他耳边念着抚慰精神的句子。

　　白楚年的眼睑泛红，忍不住握住了拳，指尖似乎在隐隐作痛。

　　兰波把手轻搭在他手背上，另一只手在他腹部轻轻抚摸。

厄里斯不合时宜地笑起来，搭着白楚年的肩膀大声嘲笑："大哥，你好弱！"

"厄里斯。"人偶师叫了他一声，戴着半掌手套的右手一扬，一枚穿着带血丝线的缝合针掉落在厄里斯脚边，厄里斯吓了一跳，夸张地像触电一样跳开。

同时，胸腔核心中异样的节奏使他怔怔地抚住心口，似乎里面的仿真机械核心在剧烈地搏动。

"同理心。"人偶师低声训诫。

"Got it，got it（知道了）！"厄里斯讪讪地收起嘲讽的表情，无聊地溜达回人偶师身边，双手拽着裤子背带四处看看周围的摆设。

这个潮湿的房间里弥漫着一股快要散没了的消毒水味，以及一股几乎掩盖了消毒水味的恶臭。

白楚年握了握兰波的手示意自己没事，打开手电筒一寸一寸照亮房间中的摆设。

办公桌左边地上放着一个黄色的垃圾桶，里面装有医疗垃圾，人偶师的缝合针和医用钳就是从这里面拿出来的。

人偶师正站在办公桌前阅读抽屉里留下的文件。

"这里是通过能力检测的实验体做体检的地方。"人偶师放下长了霉点的文件，把装着听诊器、体温计等杂物的抽屉推了回去。

黑暗的角落中，老鼠在吱吱地叫，白楚年谨慎地把手电筒的光束移了过去，看见房间最深处靠右有道门，他用力推了推，门没动。

白楚年转过头，发现墙上裂了一条缝。

"墙裂开了。"白楚年贴着与老鼠最远的一面墙走到角落，指尖在裂缝上摸索，"像是隔壁打电钻把墙撑裂了。"不过裂缝太小，打着手电筒也看不见里面的情况。

他边摸边挪动，脚突然踢到了一个箱子，于是蹲下来察看。是个保鲜冰柜，地上散落着许多打碎的药剂试管，时间太久，许多药剂已经挥发了，在地上留下了一些污渍。

"小白，我刚刚吃了一个甜瓜。"兰波凑头挤过来，白楚年一回头，正看见兰波用两根指头倒提着吱吱乱叫的老鼠的尾巴转圈猛甩，然后往房间外的塌方沟里一扔。

"好了，它死了。"兰波安慰道。

"……你从哪儿找到的甜瓜？"

"衣架边的果篮里。"

"那不都烂了吗？都臭了。"

"甜瓜没烂。"

"哎，别乱吃东西啊。"白楚年发现冰柜无法直接打开，上面有个密码器，但因为断电，密码器屏幕是黑的。

这种密码和入口大厅楼梯间的差不多，通电的时候需要输入密码才能打开，断电的时候自动锁住液压锁，里外都打不开，除非暴力打砸，但锁的材质和测试拳力的那块金属板一样，不是随便一个人就能轻易砸开的。

"这里有电控箱。"人偶师用拇指手电照亮左边墙壁，掀开电控箱的外壳，仔细查看，"开关是人为关闭的。"他把总开关扳了上去。

只听头顶的照明灯发出一些咝咝声响，然后噗地亮了。

房间被照得十分明亮，除了厄里斯，三个人都遮住了眼睛以适应突如其来的亮光。

"不错，这下子光明多了。"白楚年面前的冰柜也亮起绿灯显示正在运转，密码器按键亮起，显示需要输入六位密码。白楚年耐着性子从背包里拿出解码器，接在密码器上等待读取。

"你跟柜子较什么劲啊，有门就砸开它啊！"厄里斯已经烦躁得等不及在砸门了，不过门的另一面好像有东西托着，很难推开。

白楚年这边解码器读取完毕，密码自动填入，冰柜的液压锁喷气放开。

柜盖一开，成群的苍蝇扑了出来，像一股嗡鸣的黑色旋风扑面而来，夹杂着剧烈的恶臭。

兰波尾尖放电，一张霹雳电网在小白面前拉开，罩住了冰柜，苍蝇噼里啪啦被电网烧焦坠落，一两分钟过去就被清理了七七八八。

这冰柜里血腥狼藉，四壁都被污浊的血迹铺满，一具高度腐烂的无头尸体蜷缩着蹲在里面，身上穿着109研究所的白大褂。

"嗝，这味！得死了不少时候了。"白楚年提起作战服衣领上的小型金属半脸防毒面具扣在口鼻上，"找找他身上有没有有用的东西。"

兰波便趴在冰柜沿上伸手进去翻找。腐肉污血和尸油沾到他的手臂上，但不消十秒就被净化了，翻找许久，他依然洁净。

人偶师不禁在心中感叹，人鱼的确是种古老神秘又圣洁的生物。只有这种能维护所居星球向复原而非破坏方向发展的高级生物，才配生活在世上。

兰波在尸体的口袋里找到了一张身份ID卡。根据磁卡上的信息得知，死者名叫艾比多，所属部门是"标本室"。

厄里斯还在砸门，不断发出噪声，白楚年又托腮思考起来，在脑海中复盘这间屋子里发生了什么。

人偶师："软组织被蝇蛆吃得差不多了，成虫孵化完全，死者应该死亡近四周了。有两个要点：一、失去头部的人类仅凭身体无法完成爬进冰柜再盖上盖子这么复杂的行动；二、尸体动作自然，并非人为放进冰柜。他把冰柜里的东西都扔出来，然后蹲进冰柜里，很显然是在躲避什么。这意味着凶手在后面追他。是人吗，还是实验体？"

白楚年："他跑出来，用密码打开冰柜盖，然后跑去关闭电闸，再回来躲进冰柜想把自己锁住，结果凶手抢先一步把他头砍了，把盖子拍上了。"

人偶师："或者他先蹲进冰柜里，然后凶手砍了他的头，再盖上盖子，最后关上电闸把他锁起来。"

白楚年："凶手把他的头带走了，或者咬掉吞了。"

"嗯。"

"算了，这问题没什么意义，等会儿再琢磨。"白楚年手插兜走到厄里斯身边，厄里斯还在用力砸门。

"这门没锁。但是推不动也砸不动。对面好像有很多东西抵着门呢。"厄里斯甩了甩手。

白楚年也试了试，的确不容易推动，门像实心的似的，似乎有东西在对面紧紧地抵着。

兰波也试着推了推。

门缝里隐约传出一串电蚊拍电蚊子的噼啪声。

门"嘎吱"一声开了，毫无阻力，兰波用力过猛一个趔趄险些跌进去，被白楚年抓住手臂拽了回来。

兰波皱眉扫扫肩头的灰尘："根本没有东西堵着。"

"先进去。"白楚年谨慎地探进半个头观察情况，里面由于电力恢复而变得明亮。这里和地铁安检机差不多，只不过地铁安检过的是行李，这里要过的是整个人。

在封闭的安检通道外有一个执勤桌，桌上放着电脑，用于检查安检成像。

兰波对这里还算熟悉，没犹豫就掀起遮光铅帘走进了黑暗的 X 光安检通道里。厄里斯也经历过研究所的安检，知道没什么可怕的，于是拖着人偶师追了上去。

白楚年刻意放慢了脚步，走上安检传送带时又无声地退了下来。

他悄声坐到安检电脑前，试着把艾比多身份卡上的权限码输入了电脑。

监控电脑成功显示出安检 X 光成像。

第一个走过去的是兰波，他只有骨骼能被照出来，所有内脏都被胡乱流窜的电流包裹，无法成像。

看来正因如此，兰波在培育基地和研究所中才未被发现体内珍珠的存在，被贸然注射了拟态药剂造成了悲剧。

"兰波……"白楚年深深叹了口气。

兰波的 X 光安检成像移动离开后，厄里斯跟着跑了过去，成像是个全身都是实心的球形关节人偶，只有后颈细胞团那一块像普通内脏那样成半透明像，其他部位都是陶瓷，白花花的，根本照不透。

　　白楚年最想看的其实是神圣发条被人偶师藏在了什么地方，他的围裙口袋里果然有机关，神圣发条就藏在机关夹层里。

　　除此之外，人偶师的其他器官和骨骼都和普通人类一样。除了心脏。

　　很奇怪，心脏这一块白花花的，照不透。

第七章

孢子婴儿

白楚年暗暗有了结论。

安检通道上方的绿色灯光显示牌上，已通过安检人数从 1 逐步跳到 3，为了不让他们起疑心，不能再继续耽搁时间了，白楚年拿上艾比多的身份卡，匆匆走进了安检通道中。

电脑屏幕上的 X 光安检成像显示出了白楚年的全身骨骼——头顶的狮子耳朵微微晃动，身后拖着一条尾巴，颈上的死海心岩项圈和尾尖上的死海心岩铃铛都是实心的，照不透。

白楚年通过后，整个房间都安静下来。电脑屏幕上的箭头慢慢地移动起来。

箭头移动到了右上角的叉号上，关闭了 X 光安检成像页面。

安检通道上方的绿色灯牌显示的已通过安检人数跳到了 5，然后跳到6、7、8、9……随后，整个房间的照明灯和绿色灯牌一起熄灭了。

白楚年走出安检通道时，掀起铅帘，眼前一片黑暗。

"这里电力没恢复？"他愣了一下，扛开了手电筒照亮。

光束未照到的阴影中，有人的影子凑近，白楚年反应奇快，迅速从通道里跳了出去，忙乱中拿着手电筒的手砸到了硬物，发出一声闷响。

他回头照向自己刚站的地方，地上倒着一个身穿研究所白色制服的研究员，他面向地面趴着，头部不翼而飞。

白楚年蹲下来仔细查看，这个研究员和死在冰柜里的死状差不多，断裂的颈部和腐烂的身体生满蛆虫。

身边多了一束灯光，人偶师俯身用拇指手电照了照尸体："和冰柜里的研究员死亡时间相差不多，仍能判断尸斑聚集在腿部，是站着死的。刚刚厄里斯移动了药剂柜，他就躲在夹缝里。"

"这是什么地方？"白楚年问。

人偶师将灯光打向墙壁，上面挂着"标本室使用须知"。

兰波从其他地方爬回来，吸附在墙壁上，甩了甩尾尖："地上还有五具尸体，都是研究员，都没有头。还有一些玻璃柜，盛放着标本。"

"我去看看。"白楚年匆匆跑过去。

标本室内靠墙摆放着许多立柜，可以透过柜门玻璃看见里面有贴着标签的试剂瓶、一些一次性手术用具、酒精灯等实验杂物。

研究员的尸体并不是散落在各自的工位上，而是藏在各种角落中，做出躲藏和防备的惶恐姿势。

算上刚刚倒下来的尸体，这房间里总共有六具尸体，藏在解剖台下的尸体手边散落着已经使用过的空液氮炮胶囊；藏在消毒柜里的尸体脚下扔着两支打空的 SH 屏蔽剂，柜门留下了被暴力打开的痕迹；藏在储物箱里的尸体紧紧抱着一把冲锋枪；只有死在房间中央的尸体拿着喷火器。

"嗯……"白楚年挨个端详，"反抗了，但没什么用。那一定是实验体了。总部研究员对付失控实验体的经验丰富，一般不会出现团灭的情况，这实验体的级别不低。"

标本室里排布着许多长条状的玻璃无菌柜，每一个都安装有独立电源和备用电源，以保持在意外停电时仍能运转，保证内部标本的安全。

白楚年手边的玻璃无菌柜中充满了液体，内部浮动着一条皇带鱼，身体无鳞，浑身覆盖着漂亮的银灰嘌呤。尽管标本鲜明生动，可它的眼睛已经完全失去了生的活力。

在无菌柜的左下角装有电子屏，滚动的文字讲述着此标本的来源和去向，这条皇带鱼是一年前从太平洋捕捞上岸的，虽改造失败，但因十分珍稀而被制作成了标本。

这些玻璃柜中安放的标本拟态程度各不相同，有纯动植物形体的，也有人类形体的。

白楚年抬头见厄里斯站在一个玻璃标本柜前出神，于是走到近前，看了看里面的东西。

是个人类少年，十几岁的年纪，白人长相，身体赤裸，浑身毛发也被剃光，双手相扣搭在胸前，像在教堂中祈祷的样子。

他安详地闭着眼睛，看上去只是睡着了，身体表面布满缝合接口，似乎从头颅开始，脖颈、躯干、四肢、膝盖、肩膀、手肘、指尖都是分离后再拼接到一起的。

白楚年仔细阅读了左下角电子屏的资料，这个少年名叫艾德里安，K017 年出生于英国格拉斯哥，被父母遗弃在了教堂门口，由神父抚养，K029 年，研究员发现他的分化潜力后，从神父手中将其购回。

经测定，艾德里安腺型为猫头鹰，亚化因子为欧石楠，改造后剔除了亚化细胞团内部分基因，使其适合首位编码 6 的无生命物实验体改造。

白楚年用手肘碰了碰厄里斯："看来你后颈的细胞团原本是他的。"

厄里斯露出一张夸张的笑脸："你在说什么蠢话，这身体原本是我的，分五十三次替换。"厄里斯神秘地凑到白楚年身边，举起双手，咧开唇角得意地问他："你猜哪根手指截断的时候最痛？"

白楚年想了想："左手无名指。"

厄里斯大失所望："什么啊，原来你知道。喊。"

白楚年的目光掠过玻璃柜里安静趴着的几只狮子幼崽标本，深吸了口气，打着手电筒去寻找这个房间的门。

标本室面积很大，走了许久才看见尽头。靠近墙壁的一个玻璃标本柜被打碎了，玻璃碎了一地，一株植物粗壮的根茎在此处扎根，汲取着玻璃柜中残余的黏稠液体。

左下角的电子屏也被打碎了，得不到任何有用信息。

这株植物已经长得十分大，大腿粗的枝条都向着墙壁上的一扇门生长，金属门是敞开的，但门口的空隙已经被粗壮的枝条全部堵死，根本走不出去。

白楚年努力扒着枝条的缝隙向下一个房间窥视，对面也一片漆黑。

"厄里斯，你回去看看之前有电闸的那个房间，是不是跳闸了，怎么这么黑。"

"为什么要我去？"

"哦哦，我懂了，你怕黑。我要去告诉人偶师。"

厄里斯跳起来："我不怕。开电闸而已。"他转身就走。

厄里斯回到安检通道门口时，人偶师在检查药剂柜里的药品，兰波在嗅闻尸体，翻找他们衣服里的东西，他随便打了声招呼就原路返回去，表现出不以为意的样子。

人偶师拿起一瓶浓氨水端详，随口与兰波攀谈。

"在华尔华制药工厂那次，我以为你会不惜一切杀死永生亡灵。"

兰波头也不抬："我会的，在杀死某些碍眼的东西之后。"

"可他伤害了使者。你如此记仇，在等待什么？"

"伤害小白的不只是他。"

人偶师微微哼笑："不报复，不像你的性格。"

兰波直起身子，坐在尸体旁边，手懒懒地搭在鱼尾曲起的膝头："我要让小白作为人的经历完整，否则他会永远对人类充满幻想。他被伤害得还不够多，我心疼他，却也只能由着他来。他充满热情，这是我天生缺少的。永生的秘诀是足够冷漠，你应该也有体会。"

人偶师听罢他的话，有些意外，转身拉过椅子坐下，专注地倾听起来，并适时地插一句话："实验体会被人类排挤是种必然，因为强大而数量少。只要数量足够多，被排挤的就是人类，弱小脆弱又全无信仰敬畏的生物靠着数量制霸全球，还沾沾自喜，看着就让人恶心。"

兰波轻轻用指尖卷了卷发丝："没错。人类是千万年前被海族驱逐上岸的败者，除了会破坏没什么用。偶尔有那么几个有良心的，数量可以忽略不计。"

两人相谈甚欢。

人偶师靠在椅中，骨节分明的手绅士地搭在膝头："看来，我们这边更适合你，考虑一下吗？"

"你不懂。"兰波不置可否，朝远处小白的方向望了一眼，"他的情绪在感染着我，让我真切地知道我活着。我怎么能让他失望。比起我曾经想要的，我更希望他一生热情不灭、悲悯不移，所有恶念杀戮可以全都沾染在我手里，"兰波悠哉地抽出匕首，重重插在尸体上，懒洋洋道，"我可不在乎。"

远处的墙角，白楚岑叫了他一声。

听见召唤，兰波朝人偶师竖起食指，挡在唇边做了一个保密的手势，靡丽阴郁的眉眼加上生有蹼的修长手指，颇有神话中塞壬海妖蛊惑人心的魅力。紧接着，兰波换上一副纯良温柔的圣洁模样，顺着墙壁飞速爬过去。

"来啦。"

兰波刚走，房间里的灯忽然亮了，一些电子设备重新运转，接连发出嘀嘀声。

一颗头突然从安检通道的铅帘底下伸出来，人偶师侧身瞧他，厄里斯歪头道："我刚刚去把电闸打开了，真奇怪，冰柜里的无头尸体没了，里面可干净了，和新的一样，不知道是谁擦的。"

"怎么会?!"人偶师一闪念，即刻转身，发现刚刚被兰波插了匕首的尸体竟然消失了，匕首上还残留着一些污血。

人偶师迅速退后，从围裙口袋里掏出手枪，朝匕首的刃开了一枪。

一声震耳欲聋的枪响过后，匕首旁跌落了一个圆头圆脑的雪白婴儿，缓缓从透明状态现身。

比墙还白的婴儿背上长着小小的蝙蝠翅膀，尾骨延伸出一条黑色的心形恶魔尾巴，他没有五官，整张脸上只有一张嘴，吐着猩红的舌头，嘴里正在嚼着最后一块尸体肢块。

他身上的弹孔慢慢愈合，自顾自地爬到匕首边，用小舌头一点点舔净刀刃上的血迹，嗦得津津有味，尸体和血迹被他舔得一干二净。

人偶师才意识到，从大厅进来后空无一人，没有血迹，甚至本该有人工作的地方连指纹也找不到，都是因为这个怪物吃完了尸体，把台面舔净了。

兰波循着白楚年的召唤往他身边爬去。白楚年正等着他，朝他挥挥手："过来帮我一下。"边说边转过了身。

"a（啊）。"兰波骤然停下，看见白楚年背上趴着一个雪白的婴儿，婴儿安详地睡在他肩头，头上鼓了一个淤青的包。

婴儿的体形不算小，安静地趴在白楚年肩头睡着，白楚年却像没感觉似的，若无其事地扒开堵住出口的树藤向下一个房间张望。

兰波顺着墙面爬过去，伸手想要抱起趴在白楚年肩头的雪白婴儿，指尖却轻飘飘地从他身体中穿过了，无法触碰到他。

白楚年疑惑地转过身："你干吗呢？帮我把这些树藤扒开，太结实了。"

"你肩上趴着一个白色的孩子。"兰波如实描述，"我摸不到他。"

白楚年听罢后背一凉，用力抖了抖身体："还在吗？"

"还在。"

白楚年小心地扭过头，努力看向肩头后方，一个雪白的婴儿的头顶出现在视线里。

婴儿发觉自己在被盯着看，慢慢抬起头，用没有五官的脸懵懂地望向白楚年。

"咝——"白楚年又炸起毛来，满墙满地地乱窜，却怎么也抖不掉身上的小鬼。兰波淡定地跟着把头从左转到右，从右转到上，从上转到下，看着小白满天乱窜。《如何照顾猫咪幼崽》里说得没错，小猫咪在紧张的情绪下真的很容易被吓到飞起来。

最终白楚年拍出大腿外侧枪带上的手枪，利落上膛反手到背后开了一枪。

婴儿被子弹的冲击力击飞，狠狠地撞到了墙上，然后像一坨面糊一样贴着墙流到地上，然后重新聚成婴儿的模样，身上的弹孔缓缓愈合，将弹头包裹吞噬进身体里。

婴儿揉了揉撞痛的头，咿咿呀呀地爬走了。

"……哪儿来的小东西。"白楚年蹲下来打量他，这小家伙没有脸，白白的脑袋上有两个尖尖的小恶魔角，小屁股蛋上方的尾骨延伸出一条细细的黑色尾巴，尾巴末端是倒心形。

白楚年想把他提溜起来，但手却轻易穿过了他的身体，他的身体是虚无的，无法触摸到。

"他是什么时候爬到我身上的，我一点感觉都没有。"白楚年用手枪托着下巴思考，在手表上输入了婴儿的外部特征，但并未查询到关于此实验体的资料。

没办法，研究所总部存在着许多尚未入库的实验体半成品，查询不到具体资料也正常。

兰波顺着墙爬到地上，挡住了无脸小婴儿的去路，小婴儿停顿了一下，转了个弯爬走了，肚子咕噜咕噜叫。

"他没有攻击性。"兰波很想摸摸他，可每一次手都会穿过他虚无的身体，"他饿了。"

小婴儿爬到消毒柜边，嗅到了里面尸体的气味，然后吃力地抬起小手小脚爬上去，关闭的立柜也挡不住他，他身体变形从柜门的缝隙中挤了进去，抱着腐烂的尸体张开了嘴。

猩红的嘴和舌头与雪白的身体形成强烈反差，他有滋有味地啃食着尸体，美滋滋地嗦净柜子里的尸油，不一会儿，消毒柜里的尸体就消失了，除此之外，什么都没改变，柜子里的东西依然完好无损。

兰波坐在消毒柜的玻璃门外，托着腮凝视他："可爱。"

小婴儿吃完了一具尸体，从门缝里挤出来，一头栽倒在地上，脸摔扁了，又慢慢恢复原状，继续爬向下一具尸体。

白楚年余光瞥见靠墙的一个标本柜里躺着一个肥胖的女人，直觉促使他走了过去。

女人的身材十分臃肿，简直像个相扑选手了，五官虽然能看得出来底子不错，然而已经被肥肉挤得变了形。她肚皮上有一道横切的剖宫产刀口，缝合得十分精致。

在左下角的电子屏上，不断滚动着标本简介，从简介中白楚年了解到，这女人名叫玛丽露恩，腺型为白蘑菇，生前是一名清洁工人，由于怀孕时出现了罕见的多胞胎，从乡下小镇长途颠簸去城市中心医院进行进一步检查。

研究所暗地与医院高层达成了交易，以医院技术水平不够为由，将玛丽露恩转送到了109总部。

白楚年还了解到，接手玛丽露恩的身体用于改造实验的是艾莲手下的一名实习生，名叫雷诺。

雷诺骄傲地在标本简介的最后留下了一段话："感谢恩师艾莲给予我如此难得的实践机会，奉上我的作品'实验体6125小清洁工'，旨在清除地球污秽，让我们生活的家园更加整洁美好。"

"太棒了，真是个好课题。"白楚年冷笑。

"喂！这小鬼趴在我头上怎么都弄不下来。"厄里斯远远地从安检通道出口那一端大跨步走过来，半路被正向着尸体爬过去的小婴儿挡住了，于是一边嘟囔着"怎么这里还有一个"一边抬脚把他踢飞。

小婴儿被踹飞到墙上，变成一摊稀巴烂的白糊，慢慢向下流淌，淌到地上又恢复了小婴儿的形状。

"哦，原来如此。"白楚年快速地伸手抓住趴在厄里斯头上的那个小鬼，这一次手没有穿过他虚无的身体，而是抓住了实体。

"实验体5125小清洁工，这小东西的身体是非牛顿流体。似乎只有受到重击伤害时才会从透明状态现身。之前吃我断手的大概就是他。我进门的时候不小心打到他的头了。"白楚年试着缓慢抚摸托在掌心的小婴儿，手会毫无阻碍地穿过他的身体，而用力快速地朝他屁股打一巴掌，则会明显听到"啪"的一声，并能摸到他柔软的皮肤。

"至于他为什么一直趴在你头上不走，可能是因为他觉得你的陶瓷脑壳里装着垃圾。"

"滚开。"厄里斯轻蔑地扫了扫自己的头发。

兰波也已经掌握了拿起小婴儿的诀窍，只要迅速一把抄起他，就可以把他抱起来。

"我给他起名'牛顿'。"兰波和长小恶魔角的小家伙贴了贴，然后把他高高抛起再接到怀里。

白楚年把手里另一个长着迷你蝙蝠翅膀的小东西抛给兰波："这个伽利略也给你。"

"我们得继续深入了，不知道发生了什么事情，有实验体潜逃，研究员反抗无效被杀死，这对研究所来说是非常严重的事故。"

人偶师从房间另一端走过来，一路上端详着周围的标本箱，不紧不慢地说："我回到上一个房间检查过，门后的确有曾被抵住的小凹陷，而且地上留下了摩擦痕迹，可以确定这座建筑里除我们之外还存在其他生物，并且游走在整个大楼中。"

"先把这藤蔓拉开再说。"白楚年掰住一段粗壮的藤蔓向左边拉扯，厄里斯枕着手悠哉走过去："让开点，招财猫，不摘项圈还不是一点力气都没有。"

厄里斯把白楚年扒拉到一边，用陶瓷手指轻轻抠住藤蔓的缝隙，用力向两端分开。

他的陶瓷球形关节随着肢体动作而滚动，肌肉跟着拉伸，虽为陶瓷材质，看上去却栩栩如生。

结实的藤蔓被他奋力撕开了一个缺口，白楚年抬了抬下巴示意人偶师先走，厄里斯皱起眉："干什么？你先走。"随后回头望向人偶师，"尼克斯，你走在我后面。"

"啰唆。我先走。"兰波先爬了进去，白楚年跟着迈了进去。

穿过这道门，仿佛进入了长满榕树垂藤的原始丛林，整个房间爬满了藤蔓，藤蔓上挂着金色花朵，有的果实已经成熟了，金黄的果实剔透饱满地垂在枝条上，直径基本都在二十厘米左右。

"就是这种甜瓜，很不错。"兰波揪下一个果实，掰开，露出金黄色果冻质感的果肉，咬一口脆爽香甜，汁水很足。

被藤蔓封死的房间里也弥漫着一股尸臭，来不及端详整个房间的布置，入眼便是满地的研究员尸体。

"别吃了……"白楚年默数散落在地上的研究员的尸体，有三十二具，加上外边的五具，一共三十七具无头尸体，而藤蔓上挂的果实——白楚年逐个数了起来。

三十七个。

"那不是甜瓜，是研究员们的头。"

兰波吃得更香了。

白楚年弯腰在地上翻找尸体身上的线索，发现其中一具尸体的制服胸口名牌上写的是"雷诺"，他口袋里也有一张身份 ID 卡。

白楚年把身份卡揣进兜里，踹了尸体一脚，轻啐道："回老家当实习生吧你。"

人偶师在资料架上翻了翻，由于藤蔓疯长，整面墙的资料架都被顶翻了，资料文件散落了一地。

他捡起一沓，对着光线阅读起来。白楚年走到近前，也拿了一份。

资料大多是关于 109 研究所与各大国家势力之间的光明合作，把实验体生化武器交易美化成了科技产品进出口贸易。

这很容易理解，一旦某个国家拥有了这种强大的武器，其他国家为了不低人一等，必定会努力持有相同级别的武器，拥有之后再追求更多的数量，相互压制制衡，而研究所已然成了最大赢家。

可惜研究所存在的时间还太短，或者说，给艾莲的时间太短，如果任由那个野心勃勃的女人将研究所高速发展下去，实验体交易迟早会开始吞噬小国的石油、矿产，再加上研究所本身强大的药物研发和军火技术，到时候，将没有什么能轻易撼动艾莲和她的109帝国。

"我喜欢这个疯女人。"人偶师感慨道，"看上去和我们的目的殊途同归，不过依然无法合作。智慧不会带来灾难，带来灾难的一向是自以为智慧和与智慧不匹配的野心。"

"这是什么？"白楚年从地上捡起半张实验体简介。

实验体编号：0520

代号：脑瓜藤

本体：榕树亚体

培育方向：净化（吞噬视线所及范围内的所有垃圾，并结出可食用的果实。）

培育结果：失败。她出现了意料之外的强烈攻击性，会吞噬视线范围内所有生物的头部，连鸟鼠甚至果蝇都不放过。

决定销毁，未批准，将压缩成种子放入标本柜中做展示用。

他们身后很近的地方突然发出咔咔的摩擦声，白楚年首先听到了这细微的声响，飞速转身跳开，他原本站立的位置下方突然钻出一截藤蔓，藤蔓顶端开出了一朵金色花朵，花蕊中央的尖锐牙齿不断开合，像个绞肉机。

人偶师用"棋子替身"与厄里斯换了位置，疾速生长的藤蔓缠住了厄里斯的手脚，被他抽出胫骨长刀斩断。

"刚刚抵住门阻止我们进来的大概就是这棵树。"白楚年灵活地跳上了资料架最上方，藤蔓生长过来，白楚年又翻身跳到另一个资料架上，无声地避开所有杂物和藤蔓。

"我们都推不开，兰波一推就开了。"

人偶师抬头道："她怕电击。"

白楚年朝兰波扬了扬下巴，兰波高高扬起鱼尾，向下重击地面，蛛网状的蓝色闪电以他为中心向四周霹雳裂开。

人偶师迅速结了一张蛛网垫在脚下绝缘以防触电，但脚下的藤蔓受到刺激挪动，使他站立不稳，身体重重地撞到了墙上。

白楚年和厄里斯也一样东倒西歪，虽然能保持平衡，却遭不住被藤蔓掀翻的杂物劈头盖脸砸下来。

一阵噼里啪啦的电击声过后，树藤被高压电击得蜷缩，潮水般向后退去，尖端被劈得焦黑冒烟。

而这看似空旷的房间里，被电到的不只是那一棵大树。

墙面上开始出现密密麻麻的白色婴儿，覆盖了整面墙、资料架和地板，他们爬起来，像白色沙滩在蠕动。

"我去！"白楚年看了一眼自己的胳膊，上面抱着两三个不断爬动的无脸婴儿，腿上也抱着十几个，再看厄里斯和人偶师，已经被蠕动的婴儿爬满了全身。

他们一直在。

第八章

脑瓜藤

藤蔓被电击退，却不死心，尝试着朝四人席卷而来，兰波第二次将尾尖蓄满电光，重重砸向地面。

"white!"他喉咙里发出沉郁的低吼。

扩大一倍的蛛网闪电爆裂开来，沉重的力量将地上的婴儿掀翻，电火花在不知死活疯长的藤蔓上爆起一串亮光，藤蔓痛苦地彻底缩了回去，短时间内都不敢再过来挑衅。

厄里斯纳闷嘀咕："white？白色的？"

人偶师低声纠正："不是英语，是人鱼语，'清除一切'的意思。"他对敌人和对手了如指掌，从初次遭遇兰波之后，人偶师就想方设法了解过这种古老神秘的语言。

粘满墙壁和天花板的雪白婴儿流淌，"啪嗒"滴落到地上，再恢复成婴儿的身体，嘴里咿咿呀呀哼唧着爬到腐烂的无头尸体旁，小口小口地啃了起来。

他们数量上千，吞噬力惊人，不消几分钟就把房间内三十多具尸体吞食殆尽。

厄里斯捏着鼻子大叫了一声："他们拉屎了！"

小婴儿们排泄出一种绿色的物质，但并没有异味，人偶师扫落往身上爬的小鬼们，蹲下查看他们的排泄物。

这些绿色的排泄物正在被刚被电击击退的藤蔓根部迅速吸收。

"这些小鬼似乎真的没有攻击性，只有尸体对他们有吸引力，他们能迅速分解有机物为植物提供养分，转换速度很惊人。"人偶师站起身。

"你拿来有用吗？"厄里斯看到人偶师感兴趣的表情，于是迅速弯腰捡了两个小婴儿塞到他皮质围裙口袋里，"装几个带回去。"

"是蘑菇孢子。"白楚年恍然大悟，"都是外面标本柜里那怀多胞胎女人的孩子。"他身上爬满了白色小鬼，扒掉了又爬上来，没完没了。

兰波爬过来，叼着白楚年的裤腰爬到书架上，从高处抖落趴在他身上的小婴儿。

"中央电梯都被藤蔓堵住了，你再放电把她击退一次。"白楚年双手挂在书架上，回头看向房间对面墙上被脑瓜藤堵死的电梯口。

兰波甩了甩光芒暗淡下来的鱼尾："在蓄电。要等两分钟。"

"趁着这藤蔓还没缓过劲来，我看得拔了她的根才能彻底除掉她。"白楚年双腿一蹬，从书架上方荡到了门口，从快要重新堵上门口的藤蔓之间挤了出去。

打碎的玻璃标本柜已经完全被藤蔓巨树撑破，狭长密集的根部深扎进地面，将地面和墙面都撑出了道道裂纹，谁也不知道这恐怖的根须已经生长到了多么庞大的程度，但可以想象，之前检测区与电控箱和冰柜所在的房间之间那处长达十几米的塌陷就是这藤蔓的杰作。

如果任她疯长下去，说不定藤蔓会吞噬整栋大楼，如果总药剂库也受到塌方波及，那里面的促联合素就危险了。

从离开住处公寓到现在，已经过去了一天时间，白楚年注射的一毫升促联合素作用仅能维持十天，如果他拿不到新的促联合素，IOA 医学会也没能在十天之内仿制出能发挥同样作用的药剂，那么他的生命就会进入短暂的倒计时。

白楚年一转念，同为全拟态使者型九级成熟体，如果他已经进入恶显期，那厄里斯和黑豹又能撑多久呢？

情况紧急不容乐观，必须加快脚步。没有时间与这些脱逃的实验体纠缠了。

白楚年踩着藤蔓挪到树干近处，绞肉机似的花朵又飞速生长朝他咬来，他只能不断躲闪。以他的机敏身手躲避吞人花朵绰绰有余，但他无法争取到时间拔除树干。

他环顾四周，发现有一根细藤蔓从根部延伸出来，一直通往怀孕女人的标本柜下方。

白楚年用钢化指尖抠掉标本柜下方的螺丝，将柜门开启，里面的景象令他吃了一惊。

女人所在的标本柜内部被人从底部掏空了，孔洞被女人肥胖的身躯遮住导致无人发现，她的身躯背后被刀划开了一个大的伤口，一个又一个的雪白婴儿正从她体内孕育，掉落而出，然后慢慢变得透明，从柜子下方的缝隙中流淌出去。

这些蘑菇孢子吸取了母亲尸体的养分，无穷无尽地散落出来。不知道这个孔洞是谁破坏出来的，唯一可以猜想的是，整栋大楼或许已经爬满了这种雪白的孢子婴儿，只不过没有受到冲击伤害他们才没有现身。

而脑瓜藤正是靠着一根细须从婴儿们吞食尸体后分解出来的物质中汲取营养，从而迅速疯长。

如果事件发生顺序是女人的标本柜被破坏，从而产生了过量的孢子婴儿，婴儿吞食尸体分解成营养物质，藤蔓吸收营养物质开始疯长并攻击研究员，那么，在此之前，一定有其他实验体出现，将研究员杀死，给了孢子婴儿分解尸体的机会。

白楚年有种不好的预感，他对于危险的直觉向来很准。

他正出神，肩头突然被拍了一下，白楚年身子僵了一下，兰波从他颊边探出头，说："你想退缩？"

白楚年仰起头呼气："是。我们现在还有退缩的机会。"

"我们不是说好了，如果失败，我就带你回家。有数百米深海压着你，你陪我掌管海族，陪我全球迁徙，直到你再也不能动，我们都不会分开。"兰波喃喃说着，"我对这个世界已经很厌倦了，所以只要有一丝可能，我都不会放弃让你健康活着的机会。"

兰波低语道："如果你决定要撤，我会尊重你的意愿。不过，如果哪一天，有人告诉我，只要杀够一亿个人类，就能换你回来，你猜我会不会去尝试？"

会的，甚至不需要任何证据。

"兰波，你不是很介意撒旦的话吗？"白楚年眉心紧皱。

"只是想让你哄我一下。"兰波宝石色的眼睛里电光流转，在他耳边轻声道，"我永远不会向恶魔赎罪。"

白楚年回过头，看见兰波眼底危险的光亮。

"海妖缠身。"兰波说，"神话书上是这样写我的吗？"

"咚"的一声，脊背撞墙的闷响，兰波还没反应过来，就被推到了墙上。

"继续走吧。"白楚年轻喘着说。

兰波笑起来，尖锐的利齿和指甲缩短变圆，恢复了原本的样子。

厄里斯蹚过满地的孢子婴儿跑过来："电梯里面被藤蔓堵死了，爬不下去，一根根砍哪儿耗得起。喂，你们干什么？"

"把她的根砍了。"白楚年松开手，指向藤蔓的根源——玻璃标本柜，种子必然在此生根发芽开始生长。

厄里斯二话不说开始砍树，一陶瓷骨刀下去，伤痕倒深，却迅速愈合了。

白楚年从项圈中分出一股死海心岩铸造成一把长柄斧，抡圆了朝树干砍去。

一道深深的沟壑，斧子砍进了树干深处，被死死卡住，细腻的红色汁液从伤口中渗了出来，藤蔓痛苦地胡乱甩动，盛开的花朵发狂地撕咬着周围的一切，白楚年只能不断跳跃躲避，寻找时机给她第二击。

发疯的藤蔓一口咬住了厄里斯的腿，绞肉机似的尖牙迅速磨损他的陶瓷皮肤，人偶师将神圣发条扔了过来，厄里斯扬手接住，银色钥匙在他手中机械变形，变成一把剪刀，他握在掌心，利刃剪断藤蔓，断口无法再生。

但这株植物的适应能力极强，被兰波电了两次之后，就学会了避开高压电。她的枝条覆盖了整个区域，唯独兰波所在的扇形区域不见她生长。

"她有智慧。"白楚年断定，"兰波，我们砍树，你把树心逼出来。"

四人的体力都在被慢慢消磨着，而藤蔓却源源不断地吸收着孢子婴儿分解出的养料，无穷无尽地生长，粗壮的枝条已经顶破了地面，让原本平整的地面千疮百孔。

有只老鼠从开裂的地面爬了上来，一朵金色食人花从它面前路过，起初并未注意到它，但老鼠没有智慧，爬到了花朵的视线中。

花朵疾速扑过去，瞬间包裹了老鼠的头部，一声咬断颈骨的脆响过后，断了头的老鼠尸体从空中坠落，花朵吞噬了老鼠的脑袋，迅速在藤蔓上闭合、枯萎，然后结出果实——一颗乒乓球大小的金色小瓜。而余下的老鼠尸体被一拥而上的孢子婴儿们争抢吞噬，排泄出的绿色营养物质又供给了藤蔓继续生长的力量。

"要是改良一下，倒是能移栽回去逗老鼠……"白楚年咬牙用力抽出卡在树干中的长斧，深吸一口气，用尽浑身力气将这一斧头砍了下去，其间，食人花朵朝他的脑袋飞来，被厄里斯凌空剪断，同时，他们也必须时刻警惕着自己的脑袋不被花朵一口吞下。

果真，枝干被砍出了一条喷血的缝隙，兰波见缝插针，鱼尾探入树心，一股强电流灌注进中心，整个树干燃烧起熊熊蓝火，枝条噼啪炸响。

树皮被烧得蜷曲起来，像卷帘门一样开启，里面竟有一方小小的空间，从树心中走出一个浑身盛开花朵的粉红女孩。

女孩的外貌看起来有四五岁，穿着一条裙子，裙摆上密集地盛开着各色花朵，双臂裙袖上也开满鲜花，包括她的头，头发被成簇的花朵取代，从鼻尖开始，上半张脸都被鲜花遮挡，只露出一张生有红色鲜艳梨涡的小巧的嘴和皮肤白皙形状微圆的下巴。

这些花朵的根茎是从她空洞的眼眶中生长出来的。

这是一名幼女体型亚体，实验体 0520 脑瓜藤。

小女孩看见他们，微微歪头，身上的鲜花抖动，花瓣飘洒，堵满藤蔓的碧绿房间中下起了一阵粉色花雨。

看似温柔的花瓣却犹如无形利刃，悄无声息地滑过人的皮肤，一瞬间，滑过之处皮开肉绽。

脑瓜藤 J1 亚化能力"食脑结瓜"：被她看见脸孔的一切生物都将被花朵咬断头部，不死不休。

M2 亚化能力"漫天花雨"：散落花朵有麻醉镇痛效果，目标将会在不知不觉中失血死去，死后寄生于血肉的种子发芽，花朵将取代腐肉覆盖骨骼。

白楚年在密集的花雨中穿梭躲避，但人偶师和兰波就没有如他般灵敏的避障能力了，身上的伤口密集崩开，血流如注。

"只有 M2 级怎么会这么难对付？"厄里斯不惧花朵利刃，但人偶师撑不了太久，越是没有痛感，死亡就来得越快。

兰波蓄电完毕，以他为中心又爆开一网电光，藤蔓被驱散，可轻薄的花朵却直接燃烧起来，火焰落到兰波身上烫得他难忍。

兰波的鱼尾愤怒变红，化作一道蓝色闪电出现在小女孩近点，利爪抓住她的手臂，布满尖牙的血口撕咬她的肩膀，生生将一条手臂撕了下来。

断处的伤口放烟花似的爆出一团花瓣。

小女孩也被触怒了，手臂迅速再生，更多的花朵密集盛开，而靠近她的兰波身上也被无孔不入的花瓣刀割得鲜血淋滴。

白楚年回头道："是恶化期的 M2，太邪门了太邪门了！尼克斯，我看见药剂柜里有硝酸银！"

人偶师听罢点头，指了一个地方，厄里斯先砍断藤蔓顶着花雨跑了过去，当他就位时，人偶师发动"棋子替身"，两人位置互换，人偶师站在了药剂柜前。

他在药剂柜中翻找，找到了白楚年所说的硝酸银。他又在混乱翻倒的药剂柜中挑出氢氧化钾、葡萄糖和硝酸铵，找到一个培养皿，于是戴上手套操作起来。

人偶师面容平静，手指也不见任何抖动，藤蔓花朵屡次生长过来企图咬杀他，但厄里斯一直守在他身后。

白楚年将死海心岩铸成镰刀与藤蔓周旋，可一茬藤蔓被砍断便又迅速生长出另一茬来，花瓣雨越发密集，在他身上割出了十几道伤口。

更可怕的是，孢子婴儿们嗅着气味爬过来，密集地顺着白楚年的双腿向上爬，用猩红的小舌头舔舐他的伤口，吸食他的血液，并源源不断产生养分去供养那一身花园的小女孩。

兰波的情况也不好，连续放电使他蓄电的速度明显降低，无法再一次驱逐藤蔓。那些孢子婴儿黏附到他身上啃咬起来，痛得他尖锐地叫起来，满墙爬动疯狂甩动鱼尾，电磁嗡鸣震颤，身上的小婴儿才被全部震落下去。

白楚年把兰波推进消毒柜里关上门以躲避密集的花瓣刀，自己则在飞散的花瓣和藤条之中飞身躲避。

他不断拖延时间，直到人偶师轻声说"成了"，然后朝他抛来半个培养皿。

培养皿底部由于银镜反应已经光滑如镜，白楚年接住圆镜，顶着重重花雨冲到小女孩面前，将镜面转向了她的脸。

"你很好看。"

女孩看着镜中的自己怔了几秒。

盛开着金色花朵的藤蔓从她背后高高扬起，然后俯冲而来，一口咬掉了女孩的头。

花女的头颅被藤蔓上的花朵一口咬断，截断的脖颈爆出一团粉红花瓣，地上的孢子婴儿嗅到血腥味，饥饿地一拥而上，手脚并用爬到花女身上啃食她的身体。

虽然如此，但孢子婴儿们排泄出的营养物质又被花女裙底覆盖的根部吸收，婴儿吞噬花女的速度逐渐赶不上她再生的速度，花女的头部开始有复原的趋势。

兰波扑出消毒柜，从白楚年颈上项圈中引出一把死海心岩匕首，冲破层层花瓣，一刀插进了花女的心脏。

"slenmei kimo（安息吧）。"兰波左手抚上她心口的伤，右手用力转动匕首，将她的心脏彻底搅碎，并同时割破她每一处大动脉。

花女的身体爆出一团血花，被孢子婴儿们争相撕咬吞噬，终于被吞吃殆尽。

树心一死，整株脑瓜藤都开始枯萎，根部停止吸收孢子婴儿的排泄物，枝条从生长的基点标本柜开始由青绿变为枯黄，渐渐枯萎。

兰波爬到墙上，抖了抖身体，把爬到自己身上舔舐伤口的孢子婴儿甩掉。花瓣刀割出的伤口不深，很快就愈合了。

白楚年松了口气，把抱在兰波身上甩不掉的小婴儿揪下来："牛顿？抱着人不撒手，下来吧你。"

兰波舔了舔肩头的伤："他不是牛顿。牛顿有两个小恶魔角。"

白楚年揪着小婴儿的后颈提溜到面前端详："还真是，这个脸上有一对黑点，是伽利略吗？"

"是莫扎特。"

"你都能认出来？还起名字了？"

"en。"

厄里斯捡起白楚年扔在地上的培养皿，费解地摸着下巴观察，培养皿的底部已经变为一面光亮平滑的镜子，镜中自己的脸清晰可辨。

"它为什么能变成镜子？"

"银镜反应，回去给你说。"人偶师习惯性将试剂瓶摆放整齐，摘掉橡胶手套扔进了医用垃圾桶，"神使脑筋转得真快。"

厄里斯把培养皿揣到兜里，瞥了眼正跟兰波贴着脸颊交头接耳的白楚年，小声嘀咕："他会给实验体 bug（漏洞），我不跟他玩了。"

"这里面的东西这么有用吗？装点带回去。"厄里斯觉得是药剂柜里的试剂神奇，一眼看中了柜底存放的浓硫酸桶，于是抄起铁桶，往人偶师的围裙口袋里塞。

"厄里斯……"

"好了，塞进去了。"

看似不大的皮质围裙口袋，装了手枪、神圣发条、几个孢子婴儿，加上一铁桶浓硫酸，从外表看上去竟然毫无改变，甚至没有鼓起来的迹象，人偶师也没有表现出承重的神情。

白楚年守在兰波身边，帮兰波舔了舔颈侧的伤口，将血污舔净。

兰波抬手搭在他头上，用力揉了揉。

"看来这些孢子婴儿不只吃尸体，只要有伤口就会引得他们过来啃食，数量又这么多，太危险了。"白楚年拉上兰波向被藤蔓堵死的电梯走去，"走，抓紧时间。"

堵死电梯的藤蔓因为枯萎而变得脆弱，刀割起来轻松了许多，但由于数量庞大，依然费时费力。

白楚年打着手电筒照了照，藤蔓层层遮挡，看不见最深处的情况，但按照自己的位置和建筑地图估算，向下爬十层左右就能到达艾莲的办公室。

厄里斯指了指地上的喷火器："用火烧怎么样？"

"不知道藤蔓长到哪儿去了，贸然用火烧可能会引起全楼大火。"白楚年权衡着，思考是否还有更好的方法，他担心会造成设备爆炸，连锁反应引起更大的麻烦。

但就在他们犹豫的时候，天花板上的一个孢子婴儿突然掉了下来，啪叽糊在了喷火器拔掉保险栓的开关上。

熊熊火焰轰地喷了出去，厄里斯和白楚年跳了起来，连忙退到远处，干枯的空心藤蔓易燃，火焰溅落到藤蔓上，迅速沿着电梯通道烧了下去，藤蔓被烧成了灰烬，在空气中轻轻飘飞，一股带着淡淡草香的灰烬气味弥漫开来。

虽然电梯通道被清理出来了，但电梯已经完全被脑瓜藤破坏，不能再使用了，电梯门后只剩下深不见底的竖向通道。

"哎！灭火器，带个灭火器下去。"白楚年迅速抱起墙角的一个灭火器，随着火焰一起跳了下去，顺着电梯钢索向下爬。厄里斯也跟了上来，将诅咒金线绕在腰上做成滑索滑下去。

这座大楼被脑瓜藤破坏得千疮百孔，他们下去后只看见了一整片被干枯藤蔓引燃的机器残骸，正燃着熊熊烈火。

白楚年喷空了一瓶灭火器也不过是杯水车薪，他朝电梯口伸出双手，对兰波大喊："过来，我带你冲过去。"

兰波想也不想就跳了下来，扑进白楚年怀里，蜷成一个鱼球，发动伴生能力"鲁珀特之泪"，进行自我防护。白楚年脱下防弹服裹着鱼球敏捷地穿越火焰缝隙，躲避每一块烧焦掉落的天花板。

藤蔓燃烧的速度比他想象中要快得多，墙壁上不断有白色的孢子婴儿被火焰烧灼刺痛而现身，又被层层火焰吞噬。耳边尽是婴儿的啼哭声、火焰的爆鸣声，还有不明设备爆炸的轰然巨响，白楚年只能避开所有被火焰堵住的出口，全速奔跑着撞进了一个封闭的走廊。

走廊尽头的房间密码锁屏幕亮着，白楚年抽出兜里的身份卡，刷了艾比多的显示没有权限，刷了雷诺的竟然显示权限通过，门缓缓打开了。

白楚年跑了进去，火焰在他身后舔舐着门口，被关闭的金属门隔绝在了外面。

扫视周围的摆设，宽敞的房间正中摆放着一张弧形白色办公桌，桌上有一台电脑，桌面上铺满了潦草的手稿。

种种迹象表明，这里是艾莲的办公室。

根据地图来看，一号药剂库与艾莲的办公室仅有一墙之隔。除此之外，办公室右手边的墙壁上有一个专用电梯，只能用虹膜密码开启，暂时不用管它。

兰波展开身体在墙壁上爬动寻找暗门，白楚年坐在艾莲的办公桌前，用雷诺的身份卡无法开启艾莲的电脑，他就拿出 K 教官给的解码器来破译加密过的电脑。

"找到了。"兰波停留在左手边墙壁右下角，鱼尾尖轻敲墙面，"这里面有空间。"

"等我一下，密码读取进度条还差一点。"

"不急。"兰波抬手照着墙面就是一拳。墙发出震动轰鸣，蛛网般的裂纹从他拳头落点处裂开，兰波随即又是一记重拳，金属墙面被他两拳打漏，厚重的承重墙被他又一拳打裂了。

白楚年盯着密码破译进度条，身边像邻居家请的施工队干活似的乒乓震响，天花板一块一块往下掉，白楚年习惯地歪头躲开一片，又抬手躲开另一片。

密码尚未破译完，兰波先把墙打穿了。他在办公室和一号药剂库之间拆出了一个大窟窿，然后爬了进去。

"你也太快了。"白楚年紧跟着钻了进去。

他们迈进药剂库的同时，厄里斯从小窗里挤进来，然后与人偶师交换位置，把人偶师换进来，他再重新爬进来。

人偶师的风衣衣摆还燃着火星，被他甩动了两下扑灭了。

药剂库里的景象与他们的想象截然不同，用于储藏药剂的冷柜里空空如也，都被人搬空了，只剩下零散的几支药剂。

几人搜遍了药剂柜，最终搜出了一盒盛装着红色促联合素的注射针，总共六支。

四人相互用余光观察对方，心思各异，眼神闪动。

兰波和人偶师对视了一眼，同时伸了手，死死按住药剂保温盒。兰波抬起眼眸，猱长上扬的眼睛恶狠狠盯看人偶师，宝石蓝的眼瞳微微上移："你不是要找战斗芯片吗，抢什么药剂？"

人偶师脸上淡然，手却丝毫不见松动让步："你们不是要营救 IOA 的卧底吗？"

药剂盒被按在桌面上在他们手中来回拉扯，白楚年翻上了桌面，狮尾伸出体外高高扬起用于保持平衡，尾端的铃铛叮当作响，他迅速掠过桌面夺取药剂盒，竟被一团从天而降的诅咒金线缠住，厄里斯奋力抓住金线向后扯，把白楚年从人偶师身边拖走，白楚年双手抠着地面向前爬，但无法挣脱实体化的诅咒金线，被厄里斯一寸寸向后拽，地上留下了八道长长的抓痕。

"你要这个有什么用？……"白楚年咬着牙在裹缠在自己身上的诅咒金线中挣扎。

厄里斯咬牙死命拖着他："我……不知道……尼克斯说有用……我就要抢……"

人偶师注视着白楚年颈上的项圈，突然惊醒，唇角上扬："白楚年，你已经进入恶显期了，对吗？你注射过促联合素，在靠药剂维持理智，所以你不论如何都不敢摘项圈吧？"

白楚年眼神微变，虽然立刻意识到自己神情的变化而收起了异样的眼神，但仍旧被人偶师捕捉到。人偶师冷笑："厄里斯，杀了他。"

"他敢吗?!"兰波怒了，鱼尾倏然变红，一把扣住人偶师的脖颈，将其撞到地上，鱼尾死死缠绕着他腿部的大动脉，双手利爪向他的亚化细胞团撕抓，人偶师拼命撑着兰波的手臂，抵住他即将捅进自己脖颈深处的尖长指甲。

兰波回头威胁厄里斯："放开他，否则这个人类就会立刻动脉爆炸。"
厄里斯果然迟疑退后。

"哈哈……哈哈哈哈……"
一阵女人的尖笑声从隔壁办公室的电脑中传出来。

白楚年抬起头，发现一号药剂库的上方有一个监控摄像头。摄像头对着他们，暗暗亮起的红灯显示它正在工作。

办公室桌上的电脑不知道从何时开始转了个方向，屏幕面向着他们。

屏幕上，艾莲托着一杯红酒坐在转椅中，殷红的唇色使她更显妖冶艳丽。她微笑着注视着四人，像全程目睹了这场争斗。

"啧啧啧。"艾莲放下红酒，轻轻鼓起掌来，"何德何能，让实力顶尖的使者和驱使者为我出演这场喜剧，可惜魔使不在，否则会精彩得多。或许他比你们聪明一些。"

艾莲大笑起来："神使、咒使，你们是我亲手创造出来的孩子，兜兜转转还是会回到我这里。我只遗憾不曾在你们的战斗芯片里输入认命的程序，否则你们就不会走到今天的绝境。"

"给你们看个好东西吧。"艾莲的影像模糊关闭，另一个影像窗口被打开。

在无人机拍摄的影像中，白雪城堡正在遭受数量庞大的亡灵召唤体的侵袭，奇生骨带领白雪戒堡内的实验体和守卫人偶奋力抵御。

来时人偶师将白雪城堡托付给奇生骨，那傲慢的女人翻了个白眼，甩手说她才不管。

而在残酷的镜头中，女人的裙摆已经被撕扯成碎片，她趴在地上用一只手支撑着身体，抬起血肉模糊的右手，紧攥着枪，朝最前面的亡灵召唤体射击，金蓝光华灿烂的华丽尾羽展开，守护着身后的城门。

另一个影像文件也被打开，是蚜虫市上空的俯瞰视角，不计其数的亡灵召唤体在市区行走破坏，平民百姓在车道中逃窜，连环车祸接连出现，军队和警车在开火抵抗和疏散市民，整个城市浸泡在炮火硝烟之中。

影像突然关闭，艾莲的脸重新出现在屏幕中。

"先生们，我毕生的愿望，就是让全世界有钱有势之人为了我的杰作而疯狂，我实现了。每个人都在为我的产品而疯狂，包括想要铲除我的你们。"艾莲轻笑，"我为地球和人类科学而献身，这是你们无法理解的高度。不赶快回去当救世主吗？"

人偶师脸色平静，但呼吸变得沉重起来，眼神逐渐阴郁。

白楚年狠狠攥紧拳头，抓起药剂盒，总共六支，从里面分出三支装进兜里，然后将盒子抛给人偶师。

"够了。把艾莲揪出来。"

一天前。

白楚年的常住公寓中。

陆言从催眠瓦斯造成的昏睡中醒来，揉了揉昏花的眼睛，摇摇晃晃地爬起来，只看见了茶几边毕揽星寂寞的背影。

陆言四处望了望，窗户都被打开通风了，却不见白楚年和兰波，一下子就急了，跑过去抓住毕揽星的肩膀，慌张地问："他们呢？"

毕揽星拿出从地上捡起来的促联合素空管，放在陆言面前："走了，走了很久。"

陆言瞪大眼睛："你说了，你说了不会让他们走的。他们要去研究所总部，你说过会想办法的，我们都会跟着去，不是吗？走，我们现在追上去，应该还来得及吧！"

毕揽星摇摇头，把手中平展开的便笺递给陆言："楚哥知道我醒着。"

信上是白楚年的字，一笔一画清晰端正。

  小鬼头们，我知道你们在想什么，别嫌我说话难听，现实不会像热血漫画一样靠勇气一往无前就能发生奇迹，A3以下级别的跟我们进研究所就是送死。如果想帮我，就留在蚜虫市，做你们该做的。

  揽星，我已卸任搜查科科长一职，会有新的前辈代替我的位置，但我已经书面向组长举荐你为副级，末尾附上了我的徽章。

  你们的任务比我的生命更重要，趁我们不在，想必会有人乘虚而入，或许是艾莲，或许是永生亡灵，或许是人偶师，也或许是其他任何势力，请务必在我离开期间替会长保护城市和居民，直到会长回来。

  哦，也可能我高估你们了，如果你们在我走了三天之后才醒过来看见这封信，那当我没说，废物点心，白教好几年，没屁用。

第九章

海滨广场

　　毕揽星握着方向盘，将车从白楚年的公寓小区里移了出来，驶向了回IOA的路。

　　"我们真的就这样回去吗？"陆言坐在副驾驶位上，忧心忡忡地抱着手机，屏幕还停留在发消息的界面，只有短短的一句"你们安全吗？"，是发给白楚年的，但一直都没收到回复。

　　萧驯坐在后座，把一只手伸到副驾驶位上搭在陆言肩头安慰："楚哥出任务的时候一般关机，不回复你也不意味着遇到什么麻烦了。而且这个时间他们应该还没到目的地。"

　　"嗯……"陆言依旧颓丧地耷拉着耳朵。

　　车窗外的人流和车流似乎突然没了秩序，前方红灯时一串联盟警署的警车闪着红蓝警灯从车道中央冲了出去。路上的平民都在往反方向跑。

　　陆言猛地坐直了身子："怎么了？快去看看。"

　　毕揽星抿唇沉静地掉转方向，将手扣里的备用警灯拿出来，安放到车顶上，逆着慌不择路的车流跟上了联盟警署的车队。

　　萧驯拿出通信器，使用J1亚化能力"万能仪表盘"调频，与前方警署车辆的频道对接："我是IOA搜查科探员萧驯，序列号8349297，现在什么情况？"

十几秒后，对方急促回应："海滨广场出现灰色亡灵召唤体，我们在执行紧急疏散任务，大量海滨居民受到波及，负责疏散的警员受到攻击，伤亡惨重，正在请求总部支援。"

萧驯道："亡灵召唤体特征描述一下。"

警员回应："据情报称目标是一个二分之一拟态的响尾蛇，他的眼睛会在空中飘浮，所有和他对视的警员都受到了石化攻击。"

这特征一出，三人顿感浑身一紧，陆言转过身惊诧地看着萧驯："那不就是蛇女目吗？"

他们在 ATWL 考试中面对的最后 boss（目标）就是实验体 1513 蛇女目，只要与他对视就会全身渐冻石化，是个极度危险的实验体。

"怎么办，肯定会伤亡惨重的。"陆言心急如焚，拿着手机不知道给谁拨电话才好，白楚年和兰波肯定早已出了市区，爸爸正在英国归途的飞机上。

毕揽星握着方向盘的手出了汗，呼吸也急促起来，但还没到慌乱的地步，他调出车载地图扫了一眼海滨广场的位置，大致估算了一下，然后平静地说："装备都在后备厢，两把 Uzi 带枪托，九毫米子弹带两条，M24 狙击枪匣，备用通信器。"

"现在有对付蛇女目经验的只有我们，你俩下车，去海滨广场支援警署，我回 IOA 和新搜查科科长对接。"毕揽星猛踩油门，瞬间提速，忽略了道路限速，灵活地与周身车流擦肩而过。

"亡灵召唤体只能继承本体 70% 的实力，没问题的。"车加速开到了天桥下，毕揽星猛打方向盘减速但未停，"现在下。"

萧驯和陆言早已习惯了白楚年的突然指令，毕揽星完全继承了白楚年的打法，决策迅速，计划制订后绝不犹豫。命令发出后，两人没有任何无所适从的表现，各自解开安全带，佩戴上特工组搜查科自由鸟徽章，服从命令。

萧驯跳了车，在地上滚了两圈站起来，陆言从车窗里爬了出去，从开启的后备厢里掏出装备，将子弹带挂在身上，枪匣抛给了萧驯，两人顺着天桥的桥墩向上爬，从栏杆上翻了过去，离开隧道的地铁也在时间计算之中，陆言翻身攀了上去，身形几次向前闪现，借着地铁的速度带动，使用了伴生能力"超音速"，空中只余下他身后的一串残影。

"For freedom（为了自由）。"两人离开时，习惯性用这句话来测试通信器是否正常。

"For freedom。"毕揽星回答。

车子只不过临时减速，他将两人放下后随即加速，顶着警灯，逆着车流朝 IOA 总部大厦返回。

总部大厦的气氛比毕揽星想象中还要混乱，走廊里的科员和特工来往匆匆，有的人甚至急到等不及电梯，从楼梯间向上跑去。

毕揽星索性也跑楼梯，用最快的速度赶到搜查科办公室，用钥匙打开门锁，再刷指纹推开了门。

里面却空无一人。

他舔了舔干涩的嘴唇，拿出手机给组长秘书打电话，一直占线，于是直接打给了组长本人。

许久，苍小耳才接了电话，听起来嗓音微哑，应该是已经在处理许多棘手事件。

"组长，新任搜查科科长在哪儿？我很急，海滨广场正受到蛇女目亡灵召唤体的袭击。"

"什么？又一个……"苍小耳捏了捏鼻梁，"新任搜查科科长是从军备科调来的，但蚜虫市突然爆发亡灵恐怖袭击，军备科更忙碌，我让他先回军备科了。"

"那搜查科呢？"毕揽星遏制不住抬高了嗓音，"蚜虫市市区内有十六名特工加入行动，相互之间沟通联络没那么迅速，没人指挥的情况下发挥不了最大作用，而且我们在考试里对付过蛇女目，有经验。"

苍小耳又忙着安排其他任务，最后终于分出精力喘口气回答他："我已经在联络军方了，PBB 在市区有部署，小星你别捣乱了，去干点力所能及的事，剩下的我会安排。"

"组……"没等毕揽星说完，电话就急忙挂断了，再打过去只剩占线的忙音。

他在办公室里转了两圈，静静地坐到了沙发上，摊开手心，白楚年留下的便笺不知何时已经被他攥烂了，自由鸟徽章的棱角扎得他手心麻木，沁出了几个血点。

他并不觉得无助，反而脑子里一直在涌现一套一套不同的战术，大脑在最紧张的时候反而比平时转得更快了。

在蚜虫岛特训基地学习时，白楚年先把他安排到了戴柠教官班里学习格斗，等他训练到格斗技巧足够自保时，就被战术班的红蟹教官抢走了。其间，红蟹教官时常会把他推到侧写班蹭郑跃教官的课，而每一次毕揽星向白楚年谈起各种课程上的收获时，白楚年都是一副早已了解的神态，若说这一切没有白楚年的授意，基本不可能。

毕揽星能感觉到白楚年不仅在用心培养自己，几乎每一个学员的优缺点他都了如指掌，训练手段狠得令人发指，可那些针对性极强的魔鬼训练又确确实实带给他们每个人最大的提升。

白楚年可以轻易掌控全局，甚至将他自己的命运都计算得清清楚楚，他似乎知道自己迟早有一天会离开，而当他离开时，他不会不负责任地抛下一切，而是给搜查科留下了得以为继的未来。

便笺被他攥碎了，边角掉落到地上，毕揽星才发现便笺背面的角落里写了一行几乎看不见的小字："听话的好学生当不成指挥，我从不走眼，却没有证据，你承认吗？"

毕揽星略微沉默，掌心渗出剧毒将便笺溶化消失，然后擦净双手，坐在了白楚年的位置上，打开电脑，寻找加密程序启动。

这一切他做得行云流水，即使搜查科新科长上任也不会比他更熟练，因为在白楚年濒临恶化不得不用解离剂维持理智期间，毕揽星一直在替他工作，被迫熟悉着搜查科科长每天要应对的事务。

连这些也在他的算计之中吗？

加密程序启动后，活动特工发送过来的请求和问询气泡爆满了屏幕，毕揽星熟练地优先读取蚜虫市市区内特工的消息，并按照区划纵向排布，每个区发生的事件便一目了然了。

从特工发来的临时报告中得知，已经有三个亡灵召唤体在城市边缘出现，并在向城市中心突进，造成破坏最大的就是出现在海滨广场的蛇女目亡灵召唤体。

毕揽星连通了海滨广场的通信，调出了同地点的各方向监控，并向技术部发送了一个无人机申请，要他们发射无人机在海滨广场区域内给予画面支持。

技术部收到搜查科的申请时，还以为是新任搜查科科长发来的呢，毫不犹豫地选择了同意，并放出了两架无人机前往海滨广场。

有了无人机实时传送的俯瞰画面，局势一下子清晰起来。

蛇女目盘踞在海滨广场的建筑尖顶上，眼眶空洞，那两只灰色的暂留眼在空中飘浮着追逐逃窜的居民们，有的人惊恐地回头看了一眼，与那灰色眼球对视，便当场硬化倒地，惨叫哭寻着逐渐石化，待到身体全部石化后，眼球从石化尸体眼眶中剥离，飞到空中，形成新的浮空之眼，再去追逐下一个人。

有的居民利用小聪明想对付蛇女目　摸出随身带的粉饼化妆镜，企图利用倒影来逃跑，但这同样会被石化。

天空上的浮空之眼数量呈指数级爆炸式增长，在天空中如同密集的黄蜂，死命追逐着人群。

负责疏散的警员不得不捂住眼睛开枪，可浮空之眼体积本就不大，又在空中肆意飘浮，子弹很难命中，而即使侥幸命中一颗眼球，消灭的速度也远抵不上浮空之眼增多的速度。

IOA 医学会在海滨广场外搭起临时救助站，穿着白大褂戴着 IOA 红十字白鸽袖章的实习生们在韩医生的带领下忙碌地掰安瓿，调配药剂，给局部硬化的市民们注射以缓解疼痛，耐心地安抚着惊恐的市民。

蛇女目被市民们发出的哀号和尖叫声吸引过来，扭动着蛇尾向救助车冲过来，被陆言从正面截住。

陆言拿海滨商店出售的运动头带当眼罩，遮住视线，M2亚化能力"四维分裂"发动，与他并排出现了六十个时间轴上的陆言，其中一个摘掉眼罩，用自己被蛇女目石化的代价来给其他兔子报位置。

蛇女目被六十个速度飞快，并在狡兔之窟中穿梭的陆言闪得眼花缭乱，身上不断挨子弹，疼痛使他不得不掉转方向，放弃捕食那些哀号的人类，转身逃去了新二区的方向。

救助车重获安全。

韩行谦的A3亚化能力"天骑之翼"虽能消除己方负面状态，却也只能消除市民们的石化状态，而已经硬化受损的肢体就是受损了，就算消除了硬化状态，痛苦也只增不减。

被石化的市民和警员越来越多，韩行谦的能力消耗也渐渐变得快了起来，他不经意回头，余光瞥见了远处教堂顶上闪过反光，似乎有狙击手趴在上面。

这时，有几颗浮空之眼冲破了警署的防线，无孔不入地钻进了救助车附近，韩行谦避开视线掏出手枪，但不依靠任何倒影去射击，几乎是不可能命中的。

一发狙击弹贴着他的衣摆掠过，准确地穿过了浮空的眼球，眼球爆出一团灰白雾气随即消散，接连几发狙击弹弹无虚发，将救助车附近的浮空之眼清除殆尽。

韩行谦似乎有所预感，摸出手机看了一眼，第一条便是萧驯发来的消息：

"请放心工作，不会有东西干扰到您。"

韩行谦微微皱眉，抽空回复："远距离与浮空之眼对视也会受到石化攻击。"

萧驯回复："我蒙着眼睛。"

教堂顶上，萧驯从 T 恤下摆上撕了一条布蒙在眼睛上，依靠 M2 亚化能力"猎回锁定"来搜索目标，再利用 J1 亚化能力"万能仪表盘"精确测距测速瞄准狙杀。

教堂内大门紧闭，人们躲在长椅下发抖，即便如此，仍然有人不慎抬起头，与彩色玻璃外的浮空之眼对视，后者撕心裂肺地号叫，抱着石化的身体满地打滚，其他人更是吓得瑟瑟发抖，藏在椅下不敢动弹。

撒旦安静地坐在长椅上，单手托着《圣经》，缓缓站了起来，走到因石化而痛苦哀号的人面前，蹲了下来，抬起手，指间挂着的金色怀表垂落，指针倒退了一格。

那人身上的石化痕迹迅速退去，时间回溯到之前抬头的一刹那，在他又一次向窗外抬头时，撒旦用苍白纤瘦的手遮住了他的眼睛，阻隔了他与浮空之眼的对视。

"孩子，你要为你不合时宜的好奇忏悔。"撒旦轻声叹息，抬起头，向穹顶最高处的彩色玻璃望去，看见了教堂顶上神情坚毅冷静的年轻狙击手和他胸前闪着金色光泽的自由鸟徽章。

对一个狙击手而言，蒙着眼睛完成射击不仅困难，更意味着将自己的生命放在了任务之后，他身边没有近战队员辅助，安全便没了保证。

耳中的通信器响了起来："萧驯，转点转点，你被发现了。蛇女目已经接近你百米范围内，浮空之眼正在靠近，站起来，不要摘眼罩，对，面对你现在的方向跑，十米后急坡八十五度，跳！"

萧驯心里很清楚，自己正在高耸的教堂穹顶上奔跑，没有视觉辅助，此时他没有任何东西能依靠，只能全神贯注听着通信器中毕揽星发出的指令，并且毫不犹豫地照做。

毕揽星："三秒后出现落脚点，用你全身的力气再向前跳。"

他应声而跳，身体迅速下坠，就在即将失去平衡要坠落时，脚下却出现了一个承载他的小平台，使他能再次蓄力纵身一跃，安全地落到了更大的平台上。

成功转移后，萧驯摘下了眼罩，回望了一眼脚下，是几十米高的天台，而刚刚为自己垫脚的，竟然是 IOA 的导弹无人机。他顾不上后怕，背着狙击枪向下个隐蔽的制高点跑过去。

此时身在蚜虫市市区内的特工共有十六位，算上萧驯和陆言共十八位，赤狐风月也在其中。

听着通信器中不算熟悉的，甚至还稍显青涩的嗓音，风月有些不安。

以往发生大型恐怖袭击时，特工组基本会指派两三位特工前往支援，白楚年在监控全局的情况下为他们的行动做协同指挥，特工习惯单兵作战，每个人都有一套独特的应对方式，如果没有一个合适的指挥将他们联合贯通在一起，就不可避免地会出现战术冲突。

这回十六位特工同时在城市各个角落活动，足以说明蚜虫市此时处在怎样的危机之中，而这样前所未有的危急时刻，指挥位坐着的竟然不是白楚年。

通信中声音有些杂乱，显然不止一位特工对指挥位的变动表示不满，一位性格激进的孟加拉豹猫甚至当场出言质疑："你谁啊，也敢坐这位置？换楚哥上来。"

豹猫的声音带着傲慢的敌意，她本身就不服强亚体，小白上任时都没少给他找麻烦，对一个听声音就知道没什么资历的小孩就更没耐心了。

另一个通信频道，雪虎淡淡笑了一声："我知道他，是楚哥提拔的学生，十九岁，M2 级箭毒木，红蟹亲自教的，成绩还挺不错呢，呵呵。"

女特工们还愿意搭理毕揽星一句，其余人话都懒得说。

风月和白楚年关系好，才肯给毕揽星解围，问了一句："弟弟，你行吗？不行我们就自由结组了。"

毕揽星没回答，不知道是心虚了还是脸红了，频道内的讥笑嘲讽也渐渐弱了下去，人们都开始准备无指挥战斗。

风月此时的位置在距离海滨广场最近的教堂附近，萧驯从教堂穹顶转移的全过程都被她看在眼里，只见那孩子蒙上了双眼，义无反顾地向空中一跃，而从远处飞来的导弹无人机精准地飞到萧驯的最低落点下，为他垫了一下脚，让萧驯能顺利完成二次跳跃，落到对面的高楼天台上逃出生天。

在蒙着双眼的情况下还能完成行云流水的逃脱行动，这种判断力让身为元老特工的风月也为之惊诧，灵猊世家的小鬼有这么厉害吗？

通信器中传来冷静的命令："风月，戴上眼罩。"

风月一怔："开什么玩笑。"

毕揽星平静重复："风月，戴上眼罩。蛇女目和上百个浮空之眼在接近你。"

风月低着头，看见脚下逐渐被阴影遮挡起来，别无他法，只能按命令戴上了眼罩。

她不敢抬头，身体却能感觉到有一些飘浮的有弹性的圆球在触碰自己的身体。

毕揽星："你被浮空之眼包围了，但它们没有近身攻击性。现在把冲锋枪换成步枪，能听见无人机的声音吗？"

"能。"

"跟上去，蛇女目现在没有视觉，你贴到蛇女目背后。无人机会随时飞在你面前直线方向，跟着声音跑，我在操控，你不会撞上杂物。"

风月下意识听从了命令，闭着眼睛跟着无人机的嗡鸣飞奔，无人机准确地在市区公路上引导她的移动路线，在撞毁的车辆和满地倒塌的广告牌之间穿梭。

通信器中指挥的声音虽然青涩，听久了却仿佛三年前的白楚年在说话，那时候白楚年还不像现在一样悠然自若。竭尽全力用冷静掩饰着紧张，这像一个崭新的轮回，坐在指挥位的少年接替了他。

毕揽星："豹女，你的位置距离风月最近，开车到我标记的路口，然后蒙上眼睛下车，同样跟着无人机靠近风月，你们的无人机嗡鸣频率不同，别混淆了。"

"哼，无证指挥可是要枪毙的罪，小子，等死吧！"豹女穿着短款皮马甲和包臀短裤，靠在路边的敞篷跑车上，一头脏辫，烟熏浓妆下的眼睛睫毛卷翘纤长，听罢命令轻哼，吐了口香糖，扛上轻机枪，坐进了跑车里，一脚油门朝着车载地图显示的红点开过去。

毕揽星："蛇女目有两个心脏，一个在上半身，另一个在蛇身中，如果只毁掉一个心脏，他会即刻再生。"

风月和豹女被导弹无人机引导到了最佳位置，但浮空之眼也追了上来，其中两个眼球飞回了蛇女目的眼眶中，使他临时恢复了视觉。

毕揽星："注意，他的 M2 亚化能力是'沼泽'，将会软化地面。我数到一的时候离开地面，三……"

蛇女目恢复了视力，发现风月和豹女已经贴到了近身，暴怒之下扬起双手，发动了 M2 亚化能力"沼泽"。

"二。"

地面迅速软化，柏油马路上的车辆被沼泽吞噬，地面上的建筑开裂倒塌，断裂的承重墙和立柱发出震耳的巨响。

"一！"

风月和豹女同时跃起，两架导弹无人机精准地悬停在她们脚下，将她们托了起来，送上了半空，转移到了蛇女目背后。

毕揽星："你们在他背后，现在看不见他的眼睛。"

导弹定位到了蛇女目的后颈细胞团，轰然发射，豹女举起机枪，对着蛇女目的上身疯狂扫射。

风月抽出战术匕首，反握在手中，掀开眼罩飞身落地，一刀插进了蛇女目的第二心脏。

两个心脏加亚化细胞团同时被毁，蛇女目的身体爆发出一团黑雾，逐渐消散，朝着大海的方向飞去。

本体毙命消散，浮空之眼顿时自行爆炸成黑雾，随大溜一起流窜去了海边。

风月松了口气，本想夸赞毕揽星几句，但似乎那边已经结束了通话，只能听见毕揽星在公共频道中说："亡灵召唤体蛇女目已清除，新二区确认安全，医院设备未损坏，可以收容受伤群众。"

豹女转过头看了看附近，的确有一所大型医院，在战斗过程中，毕揽星一直在有意识地让她们把蛇女目往反方向引，原来他竟然在指挥杀死目标的同时还有精力保护医院不受袭击。

"哼。"豹女又嚼了个口香糖，扛着轻机枪朝无人机比了个拇指。

无人机朝海滨广场的方向飞去。

四维时间轴上几十个模样相同的陆言扯掉眼罩，守着海岸线，此时的天空乌云密布，像被飓风搅过的残云越来越黑，而海面也逐渐浑浊起来。

他听见一声遥远的变了调的鲸音，诡异空灵。

海水涌动，一个雪白的身影冲破海面，天空紫电爆裂，从云层中向下蜿蜒，紫色闪电在空中炸开，照亮了跃出海面的一具虎鲸的雪白骨架。

成群的虎鲸跃出海面，全部都是雪白骸骨组成的幽灵，在紫色闪电中忧郁鸣叫。

拥有洁白鱼尾的人鱼少年坐在骷髅虎鲸头顶，微卷的白色发丝上披着亡灵斗篷，无神的蓝色眼瞳注视着岸上的人们，仿佛在扫视一群尸体。

可他身上也留下了许多伤口，一道道布满了鱼尾，鱼尾上淡粉的塞壬鳞片暗淡无光。

永生亡灵就趴在他身边，仅剩的一只左手托着腮帮，翘着腿荡来荡去，一眼就看见了海滨广场中心的兰波雕像许愿池。

"嘻嘻，大水泡，你去拆了那个雕像，我去拆了那只小兔子。"

珍珠皱眉摇头："他身上有大兔子的气味。"S4级亚化细胞团的压制阴影牢固地刻印在了他的记忆里，他完全不想再跟这样的对手扯上关系。

永生亡灵嬉笑的表情突然阴郁："他爸爸把我们揍惨了，我要他儿子也死得一样惨。"

第三卷

末世之歌：我未远去

第十章

蚜虫市海岸

———◦———

海滨广场中的市民已经疏散完毕，警署将整个蚜虫市海岸拉上了警戒线，不允许闲杂人等进入危险区域。

空旷无人的海滩上，只有陆言站在中间，飓风裹挟着乌黑的云层从遥远的海平面中央接近岸线，成群的骷髅虎鲸在海面上跳跃长鸣，一阵阵空灵的鸣音逼近岸边，强大的压迫力笼罩而下，逼得陆言后退了两步。

面前逐渐接近的是两个 A3 级实验体，扑面而来的压力让人恐惧，陆言回头看了一眼，身后警戒线外不远处停着医学会的救助车，医生们脚不沾地在抢救伤员，再将情况不算紧急的伤者送上救护车，转运到附近的医院。

警员和消防员们仍在坍塌的建筑废墟内搜救被困住的市民，人们的呼救声和警犬的狂吠声此起彼伏。

陆言回过头，不敢再后退，暂时回收了四维分裂出的兔子实体来保留亚化细胞团的能量。

他咬着嘴唇给冲锋枪换上新弹匣，耳中的通信器突然接通："别怕。"

毕揽星的声音给了他最大的安全感，背后似乎不再空旷，仿佛有人和他站在一起。

"对面是两个 A3 吗？"陆言环视四周，海滨广场为了给市民们提供最佳的游乐环境，几乎没有设置任何障碍物，因而他此时无处藏身。

毕揽星："是，白发蓝眼白尾的人鱼是 A3 级成熟期全拟态实验体 8107 冥使者，另一个是 A3 级恶化期实验体 200 潘多拉永生亡灵。"

陆言苦笑。

毕揽星："援兵在路上。军方派出的 PBB 特种部队还在清除城市各区出现的亡灵召唤体，阿言，你要拖住他们至少二十分钟，市民才有生还可能。"

"……嗯。"陆言闭了闭眼睛，深呼吸，再睁开眼睛时，眼神变得坚定，"海岸太空了，揽星，给我掩体。"

救助车边的韩行谦在抢救伤员的同时也在观察着海岸，他和萧驯在接应狂鲨部队的舰船时，见识过永生亡灵驱使珍珠时的破坏力，凭陆言一个十七岁的 M2 级垂耳兔，无论如何无法与他们抗衡。

他给萧驯发了语音消息："来我这儿拿药箱和麻醉枪。"

消息刚发出去，通信器就响了起来。

毕揽星："他的位置在距离海岸线八百六十米的电视塔上，麻醉枪射程不够，先放着。"

韩行谦有些意外："你在监控我？陆言怎么办？"

毕揽星："我盯着所有人呢，韩哥。"

韩行谦望向海滩中央的陆言，却看见海滩上的沙粒在微微颤动，有什么暗藏的生物在地底蜿蜒行走，逐渐向陆言的方向爬去。

"小心点，那是什么？"

"是我的种子，韩哥。"

不久，虎鲸群也已被冲至岸边，庞大的骷髅骨架哀鸣着搁浅在沙滩上。

永生亡灵从虎鲸头顶跳下，飘浮在空中，珍珠也顺着虎鲸的白骨滑落到岸上，鱼尾化作双腿，站立在沙滩上。

柔软温暖的沙粒从脚趾间上涌，雪白的海浪冲刷过来，沙粒从脚心中慢慢溜走。这样的触感让珍珠感到一阵晕眩。

他微微转身，注视着搁浅在沙滩上的虎鲸白骨化的身体，下意识抬手抚摸它的骨架。虎鲸痛苦地扭转身体，避开了珍珠的触碰，空洞的眼眶中若眼睛还在，那眼神一定是带着疼痛和厌恶的。

虎鲸望天哀鸣，终于停止挣扎，死在了岸上。

珍珠感到心口莫名刺痛。他将手抚在胸前，仰头望去，一眼便看见了矗立在广场正中央的兰波雕像。高约十米的人鱼雕像威严神圣，右手握着一把象征海神高贵身份的三叉戟，鱼尾之下建造了一座许愿池，池水与海水贯通。

珍珠不自觉地用指尖触碰自己大腿外侧的粉色鳞片，同样拥有塞壬鳞片，同样拥有统治海洋的权力，可珍珠不止一次感受到云泥之别，对方的神格气场和淡然博爱总是让他无地自容。

随着时间的推移，珍珠日渐不适，越来越感到与永生亡灵之间的联系变得微弱，杀戮和破坏时也越来越迟疑，每一天，仿佛都能听见兰波低沉悲郁的嗓音在脑海中问自己："这是你认为正确的事吗？"

"喂，大水泡，你去把雕像砸了，做那么大，看着就让人生气。"永生亡灵并未发觉珍珠情绪的异样，他的注意力完全放在了挺直脊背面对他们的小兔子身上。

陆言双手握着 Uzi，枪托抵在肩窝下，连作战服都没穿，身上只有一件卡通胡萝卜图案的黑色短袖和白色的运动短裤，毛球尾巴挤在裤洞外，小小的个子背对身后拉满的警戒线，一个人把他们拦在了城市之外。

带枪的警员越过警戒线想跑过来支援，被陆言回头喝止，犹豫着停下了脚步，缓缓退了回去。

"你怎么敢站在这儿的呀？"永生亡灵向前飘飞，在空中荡来荡去，嗅着陆言身上散发的蜂蜜味亚化因子，这小兔子最多 M2 级，竟然有勇气挡在自己面前。

"嘻嘻，那我就给你个痛快。"永生亡灵尖笑着向下俯冲，轻易掠过了陆言的身体，与他擦肩而过，几秒钟的时间停滞，陆言咽喉爆血，慢慢倒了下去。

"不禁打呀，不禁打。"永生亡灵嘲笑着，向拦路的警戒线飞了过去。

就在他向前飘飞时，脖颈间突然一令，一把匕首刀刃在他亚化细胞团后闪过，永生亡灵惊险躲过，回头一看，正对上陆言聚焦的目光。

被割喉杀死的那具兔子尸体消失，陆言腾空跃起，转瞬间便消失了踪影，永生亡灵嗅着他的气味跟随，突然伸手，死死攥住了陆言的脖颈。

小兔子在他手心里死命踢蹬挣扎之时，匕首的寒光竟又一次从永生亡灵的后颈闪过，又一个陆言出现在他身后，这一刀出其不意，真在永生亡灵的亚化细胞团上留下了一刀深深的伤痕。

一刀得手，陆言迅速与他拉开距离，换上冲锋枪倒退射击，身体落到十米之外的沙滩上。

永生亡灵才发觉，这小兔子有分身能力，杀死分身根本伤不到陆言分毫，而自己竟无法识破他的本体是哪一个。

但即便如此，M2级人类与A3级恶化期实验体的实力相比也存在着无法跨越的鸿沟，这是任何技巧都无法弥补的差距。

"找死。"永生亡灵被激怒了，愤然落地，脚下迅速展开一面潘多拉魔镜，覆盖了以自己为中心一整片圆形范围的海滩。

陆言只能用伴生能力"超音速"加速奔跑，让脚下魔镜中的鬼手无法抓住自己，一旦被抓住，恐怕就会被拖进无底深渊中再也爬不上来了。

镜面一望无际，周围连一块岩石都没有，在毫无掩体的情况下，陆言完全处在被碾压的绝对劣势中。

"还没跑累吗？我看你能跟我耗上多久，我们来玩个游戏吧，嘻嘻，只要你不死，我就不过警戒线，饶那些人一命，怎么样呀？"永生亡灵扬起唇角，在陆言身后飘浮跟随。

陆言边逃边回头大声道："玩！说话算话！"

他一个滑铲，从光滑的魔镜镜面上溜走，突然，一直蠕动潜伏在地底的生物猛然拔地而起，漆黑色的粗壮藤蔓顶碎了镜面，主茎上伸出带刺的枝条，在陆言脚下迅速盘绕生长。

沙滩顿时被黑色藤蔓占据，如同荒漠被原始丛林覆盖，密集的漆黑荆棘相互缠绕生长，为陆言提供了足够的隐蔽掩体和藏身之所。

毕揽星操纵植物的能力能远程发动，只要有种子的地方，种子就能被他催发生长，变作天荆地棘。海滨广场海鸟繁多，吞食过种子的海鸟将种子带到沙滩，再以排泄的方式将种子留在岸上，成为毕揽星操纵的主体。

不过短短几十秒，平坦沙滩变作原始森林，陆言的身形在其中若隐若现，永生亡灵的视线被密集的荆棘所遮挡，根本无法确定陆言的位置。

不过几根藤蔓还拦不住他，他伸手触碰藤蔓，墨色藤蔓即刻变灰变脆，散落成一股黑雾，永生亡灵便以此方式从中穿梭，搜索小兔子的踪迹。

时间一分一秒过去，永生亡灵开始逐渐失去耐心，在藤蔓交织而成的密林中横冲直撞。

"我玩够了。"永生亡灵停了下来，脸色极其阴沉，缓缓降落到地上，身上蒸腾起灰白烟雾。

潘多拉魔镜在他脚下迅速铺开，镜中的鬼手顺着藤蔓向上攀爬撕扯，将整座藤蔓森林一寸一寸吞噬。

藤蔓向下坠落，陆言的躲藏空间变小了，从藤蔓缝隙中被逼了出来，永生亡灵锁定了他的位置，冲破层层藤蔓飞了过去。

在他飞行时，余光中出现了一个异样的花苞，从藤蔓分枝的枝丫窝里生长而出，永生亡灵扫视四周，这样的花苞越长越多，刹那间，花苞盛开，陆言从嫣红的花朵中央跳了出来，每一朵盛开的箭毒木花中央都飞出了一个双手持枪的小兔子，每一个分身身后都连接着一根空心植物茎管，空管连接着藤蔓主茎，犹如脐带一般将能量源源不断输送给每个兔子实体。

在远处紧张观察战局的韩行谦最先发现了端倪："共生关系？他竟然能抵抗永生亡灵这么久。"

在钟医生的文章《关于亚化细胞团之间联合、融合、共生以及驱使关系的研究》中，亚化细胞团之间只要存在四种关系之一即可实现"一加一大于二"的可能，其发挥的威力就会远大于普通合作的两个人。

毕揽星和陆言的亚化细胞团存在高契合度和物种相关性，随着年龄增长，亚化细胞团逐渐发育成熟，竟然出现了罕见的共生关系。

陆言的 M2 亚化能力"四维分裂"能将时间轴上的自己扯进三维现实世界，扯入的分身越多，消耗能量的速度就越快，但此时兔子实体不再仅消耗陆言自己的能量，同时有藤蔓进行能量供给，六十个兔子实体具有相同的实力，相当于六十个具有高度协同默契的 M2 级特工同时进攻。

面对数十个外貌相同、气息相同，根本无法分辨区别的兔子实体，永生亡灵愣了半晌，发现自己被包围了。

六十个陆言同时向永生亡灵开火，冲锋枪的火花如星爆闪，连发的枪声密集起伏，犹如一整个冲锋战队。

永生亡灵正面迎战，尖笑声在天际回荡："真没想到，你能在我面前活这么久，现在的兔子真是厉害。"

此时的 IOA 总部大夏搜查科办公室中，毕揽星坐在电脑前紧张地观察全局，目不转睛地盯着屏幕上分开的二十四个无人机拍摄画面。

PBB 风暴特种部队王从北六区向海滨广场的方向推进，最快也要五分钟后才能赶到海滨广场。

能在恶化期实验体面前以一人之力擎上十五分钟，已经是 M2 级人类的极限了。

毕揽星透过屏幕紧盯着与永生亡灵酣战的陆言，兔子实体的数量锐减，陆言身上的伤口也在一道一道增加。

他几次想从电脑前站起来冲到陆言身边，挡在他前面，可理智又将他拉回现实，他很清楚只有坐在这个位置，才有可能找到挽救局面的办法。

"阿言，他快失去理智了，注意把握时机。"

陆言的速度比最初时慢了许多，他的体力也快被耗尽了。

永生亡灵杀死了最后一个兔子实体，夺过他手中的战术匕首，朝着陆言本体飞来，那一瞬间，陆言所在的位置突然出现了一个黑洞，陆言跳进洞中，永生亡灵眼中杀意毕露，手中的匕首便跟着一同刺了进去。

而另一个狡兔之窟黑洞却从永生亡灵后颈出现，陆言从洞口中跳了出来，永生亡灵握着匕首的手也从身后的狡兔之窟中追了出来，一刀划过陆言腰眼的同时，狠狠刺入了自己后颈的亚化细胞团之中。

重伤的永生亡灵哀号着满天乱飞，尖声诅咒："好啊，你拖到现在，在等人来救你吗……我让他们谁都来不了，滑溜的小兔子，我要亲手磨你到死。"

一阵嗡鸣波动从他身体中向外震颤，"死神召唤"的鸣音诡异地回荡在城市的每个角落。

电脑前，毕揽星眉头紧锁，在屏幕上的二十四个无人机监控画面中，高耸的大楼上突然浮现一条灰白巨蟒，公路桥墩下爬出巨型蜥蜴，建筑之间飞出一片灰白黄蜂，城市中的亡灵召唤体数量骤增，正急速赶往海滨广场的 PBB 特种部队和 IOA 特工都被死死拖住脚步，无法向前。

"风月，豹女，新二区出现新亡灵召唤体了，注意保护医院。"毕揽星逐个给各区特工发布调遣命令，同时分出最多的精力关注着陆言的情况。

陆言后腰被砍了极深的一刀，重重摔在地上，已经爬不起来了。

毕揽星在屏幕前看着他，额头渗出冷汗，咽喉不断上下咽动。

"阿言，快起来。"藤蔓生长到陆言脸颊边，用蜷曲的小芽推动他的脸蛋。

"阿言，醒醒，快起来。

"阿言……可以了，你已经做得很好了。"

陆言趴在地上，血浸湿衣裤，淌落到身下的沙粒上，沙子都结了块。他额头伤口渗出的血淌进眼睛里，让他的视线一片血红。

藤蔓爬到他身边，蜷曲的枝叶将他卷起，向警戒线外拖去。

距离警戒线尚有十米时，陆言的手指微微动了动，抠着沙子，缓慢挣扎着抬起头，另一只手艰难地将枪口举起，用已经视线模糊的眼睛瞄准对面的永生亡灵。

"只要你爹我……还……能动……都不会……让你过去……"

永生亡灵笑起来，飘到陆言面前，微俯下身逗弄他："你说脏话，你是差生。"

通信器中，毕揽星突然开口："到位置了，萧驯！"

话音落时，一发狙击弹破空而来，撕裂空气闪电般没入永生亡灵后颈，随后，永生亡灵后颈出现了一个红色方形准星，附加上了萧驯的 M2 亚化能力"猎回锁定"。

等在救助车边的韩行谦终于找到机会，将从药箱中拿出的注射枪用力朝永生亡灵抛了出去。

被萧驯命中过的目标会被锁定，其位置将共享给友方，周围队友的射击会受到"万能仪表盘"的修正，命中率大幅度提升。

那被抛出去的注射枪经过路线修正，以不可能的角度回旋命中了永生亡灵的亚化细胞团，将内部药剂全数注入了亚化细胞团之中。

"这是什么?!"永生亡灵才知自己靠得太近中了他们的圈套，脸色骤变，一把扯下亚化细胞团上的注射枪，转身飞上天空，回头向站在兰波雕像下发呆的珍珠大喊："快回来！"

陆言吃力地抬起下巴，海平面上似乎出现了一艘舰船，他视线模糊，怎么都看不清。

藤蔓包裹保护着他的身体，细藤蔓绕到他腰间，封住伤口为他止血，并释放出轻微毒素为他止痛。

"阿言，援兵到了，你可以多趴一会儿。"

遥远的舰船上打了一发信号枪，PBB 狂鲨海军陆战队先一步赶到，甲板上放下十几艘中型快艇，狂鲨部队特种兵背着装备枪械乘风破浪朝海岸驶来。

同来的不只有狂鲨部队。

天空中鹰影盘旋，小丑鱼手抓着红尾鸳实验体哈克的手悬挂在空中，在哈克贴地飞行时松手落地，横截在陆言与永生亡灵之间，双手持步枪扫射，将永生亡灵从陆言身边逼退。

"联爆！"谭青谭杨率先登陆，双手相扣，氢氧交融联爆，空气被凭空引爆，一连串炸向永生亡灵，永生亡灵被迫飞向天空。

萤骑在身材魁梧高大的非洲象实验体头顶渡水而来，海岸沙滩上出现两个圆形洞穴，两个仓鼠实验体从地底挖了上来，布偶和暹罗亚体抱着冲锋枪从洞穴中翻越而出。

陆言身体一轻，一双冰凉的手将他抱了起来，他睁开眼睛，看见了一张被雪白蛛丝包裹的木乃伊的脸。

金缕虫让木乃伊抱着陆言向后撤，自己则抱着装有丝爆弹匣的 AK74，枪口对准永生亡灵的脑袋扫射，永生亡灵在空中游荡躲避，大腿还是不免中了一发子弹，伤口迟迟无法愈合。

PBB 海军陆战队登陆，在鲸鲨队长的指挥下冲上海岸形成包围圈，而那些穿着蚜虫岛特训服的学员接连上岸飞奔，冲到沙滩尽头，沿着警戒线自动排开，手持武器，背对着整座城市，将在废墟中搜救的警员和救助车旁抢救的医生护在身后。

萤对着通信器大声道："总部命令，坚守海岸线，保护市民和医生撤离！"

一连串的"收到"从守着警戒线的学员们的口中喊出。

陆言用枪撑着身体站起来，和昔日的同学们站在一起，蹭去脸上和唇角的血污，抓住断裂的黄色警戒线缠到腰上，咬牙仰起头。

席卷天空的昏暗云层裂开了一道伤口，金蜜色的光线落在陆言扬起的脸颊上，日光在他的眼睛里闪闪发亮。

"你过不去的……"

永生亡灵顶着蒲公英实验体迎面吹起的狂风艰难地向前飞，凭他恶化期的实力和不死之身，挨个抹杀这些年轻的学员简直易如反掌。

可他们怎么敢呢？怎么敢站在这里，用脆弱易碎的身体挡在前面？

金缕虫站了出来，挡在了重伤的陆言身前，抬手将陆言拢到身后。永生亡灵有些忌惮他手中的那把 AK74，他的弹匣很特殊，无限子弹，且能对实验体造成难以愈合的重大伤害。

但这也不算什么毁灭性的威胁，永生亡灵并未退缩。

从学员们以身体铸成的防线中，无象潜行者缓缓走出，站在最前方，面对着永生亡灵。

"324。"永生亡灵挑眉冷笑，"我在销毁名单上见过你，但没能召唤出你的灵魂，原来你没死。叛徒可真多呀，嘻嘻。"

无象潜行者没有应声，只是一步一步向永生亡灵走去，仿佛穿过了一面无形的镜子，走出来时，身体一比一变为永生亡灵的样子，除了背后拖着一条卷在一起的变色龙波板糖尾巴。

他飘浮到空中，脚下铺开一面魔镜，镜中鬼手攀抓到永生亡灵的双腿，撕咬着将他向下拖拽。

无象潜行者 M2 亚化能力"镜中领域增强"，模仿目标能力"船下天使"，威力增强 200%，持续时间由亚化细胞团能量决定。

"少校嘱咐我，不准让你活着留在这儿。"无象潜行者嗓音乖乖的，却对永生亡灵露出了一张与他一模一样的灰白笑脸，瞳孔缩小，病态疯狂的笑容与永生亡灵如出一辙。

第十一章

永怀敬畏之心

无象潜行者的"镜中领域增强"是连白楚年和兰波都为之头疼的模仿能力，大多数情况下，对手都从没想过如何防备和打败自己。

永生亡灵被一股比自己释放出的鬼手更强大的拉扯力向下拖拽，漆黑的鬼手从无象潜行者复制出的魔镜中伸出，数不清的鬼手抓住永生亡灵的脚腕和手腕，缠住他的脖颈，捂住他的眼睛和口鼻，让他无法呼吸。

那些鬼手发出变调扭曲的叫声，在永生亡灵耳边如蚊蝇般低语："救救我……金曦……救我……求你救我……"

永生亡灵仿佛无助的溺水者，在泥淖里奋力挣扎，灰白眼睛里淌出两行黑水，他仰天尖叫，一阵一阵强烈的震颤波动以他为中心发散开来，刺耳的嗡鸣让无象潜行者不得不掩住耳朵，口鼻中渐渐渗出血丝。

永生亡灵用左手攀抓着地面，身体已经被拽进镜中大半，可他死咬牙关，与缠绕在自己身上的鬼手相抗，就是不甘坠落。

以 M2 级的级别去模仿 A3 级恶化期实验体的能力未免太吃力，无象潜行者的身体开始发抖，但永生亡灵终究被困住了，趁他无法飞行躲避，金缕虫抬枪点射，永生亡灵眉心便爆开了一朵冒着黑烟的花，灰白烟雾从孔洞中向外流淌，金缕虫目不斜视，凝重地注视着他，毫不犹豫地扣下扳机，击碎了永生亡灵仅剩的左手。

永生亡灵失去平衡，又向下坠了两寸，但依然用手肘卡着地面，充满恶意污秽的眼睛倏然抬起："嘻嘻，要我拉你们一起死吗？"

他体内爆发出一阵强烈波动，距离他最近的无象潜行者和金缕虫被猛地掀翻出去，木乃伊凌空接下金缕虫，却一同被这凶猛的冲击撞了出去，在空中以羽翼盘旋的哈克接住了无象潜行者，轻放到地面上，小变色龙的尾巴无力再卷起来，疲惫地垂着。

永生亡灵生生将身体从镜中拔了出去，模仿出的魔镜被瞬间击碎，无象潜行者被冲击反噬，当场喷出一口混合了内脏碎块的污血，趴在地上蜷缩成一团。

永生亡灵脚下重新展开一面潘多拉魔镜，镜中鬼手朝无象潜行者迅速移动，像地刺般锋利地向上生长。

距离无象潜行者最近的于小橙跑了过去，趴到他身上，紧紧抱着他转过身，召唤出一朵金色海葵，将自己和遭到严重反噬的无象潜行者严严实实包裹住。

"萤！接着！"于小橙奋力将无象潜行者推出了警戒线，用金色海葵将自己紧紧包裹成一个散发金橙色光芒的球。金色海葵被鬼手一层一层撕扯剥落，所有人都将枪口转向了金色海葵上缠绕的鬼手，可鬼手数量极多，打碎一个就又但出另一个。

突如其来的变故导致警戒线内爆发了混战，手持武器的学员们向着永生亡灵疯狂进攻。

空中盘旋的红尾鸢发出一声悠远凄厉的啸鸣，哈克收起羽翼径直俯冲而下，猛地将金色海葵撞出了鬼手的攻击范围，但鬼手行动迅速，趁机抓住他的羽翼，哈克如同陷入沼泽的鹰，身体被扯进镜中越陷越深。于小橙被摔出了几米远，连滚带爬狼狈地爬回哈克身边，朝他伸出手。

"快出来！别被拖下去了！"

哈克将手递了过去，紧紧握住眼眶红得快滴血的小丑鱼的手，不顾一切向上爬，终于，身体突然一轻，哈克猛地扑进于小橙怀里，将他撞了个跟头。

他露出劫后余生的笑容，却只看见于小橙缩小的瞳孔和空洞茫然的目光。

哈克这才在他眼中看见了自己被鬼手撕下了左翼，连着左半边身体一起被撕裂，残破的左胸和下半身一同坠入了镜中，鲜血像掉在地上的奶茶杯一样溅得哪儿都是。

原来身体被斩断也不会立刻死去，意识依然清晰。哈克用指尖在沙滩上写了一个"赢"字，然后仰起头，对着于小橙被眼泪淹没的脸，露出了一个老被嫌弃憨傻的笑容，可能他太笨，汉字又太难学，于小橙教了他许多字，最终他只记得这个。

哈克睁着眼睛，想把面前于小橙痛哭流涕的好笑丑脸印在脑子里，身体里的血在愈合前先一步流干了，于是记忆如愿停在了这个瞬间。

受到亡灵召唤波动的影响，站在兰波雕像下发呆的珍珠终于回过神来，离开了许愿池，横截在永生亡灵和守卫警戒线的蚜虫岛学员之间。

珍珠一甩右手，一把死海心岩唐刀从掌心伸长，握在了手中，冷蓝眼睛扫视着面前的少年们。

陆言吃力地用枪撑着身体，粗喘着气面对着眼前白发蓝眸的少年，少年身上散发出荼蘼花香，便让他产生了一种似曾相识的错觉。

"好像……长得好像……"陆言喃喃自语，"像兰波。"

毕揽星在通信器中急声道："阿言，闪开！"

但陆言没躲，珍珠已化作一道紫色闪电贴至他面前，手中长刀刀尖距离陆言的喉咙只余一厘。

唐刀由死海心岩铸造，人类一旦触碰，就会被瞬间吸走生命力，成为一具干枯的只剩皮骨的残骸。

陆言不敢动，微扬着下颌，口水都不敢用力咽，颤声问："你……你认不认识兰波？"

珍珠有些走神。

骷髅海鸟扇动只剩残血骨架的翅膀在空中盘旋，衔来枯败水草做成的王冠戴在珍珠头上，鸣唱着赞美塞壬的歌。

他与永生亡灵从威斯敏斯特渡海飞来，一路上击沉轮船，引爆海底矿场和火山，在他身后跟随的骷髅鱼数量剧增，逐渐在海域中扩散。

珍珠回望了一眼海岸，几具搁浅的虎鲸骨架吸引了许多苍蝇，苍蝇在交配，然后将卵产在骨架残存的腐肉上，清澈淡蓝的海水被鲸鱼骨架上的血肉侵染，浑浊发黑。

而警戒线外的城市不知何时已经燃起熊熊火焰，高楼大厦相继倾倒，黑烟向上汇聚在天空中。火焰取代了太阳，将昏暗浓云照得鲜红，浓烈的焦烟气味在空气中弥漫。

海滩上的混战仍在继续，永生亡灵虽然受了伤，同时面对近百人的集火[1]冲锋的确困难，但他拥有以一敌千的战力，区区人类的力量根本无法铲除他。

少年们也负了伤，却不知道哪儿来的勇气让他们一次次爬起来，仿佛和永生亡灵一样顽强，永远无法被打败。

沙滩被鲜血覆盖渗透，涌起的海浪都冲不净。

珍珠望着这座在炮火硝烟下失控的城市，似乎这一切都因自己助纣为虐而起。

兰波的声音再一次在他耳边回响："这是你认为正确的事吗？"

永生亡灵叫了珍珠一声，用失去手的手肘支撑着身体半跪在地上，仰头狞笑："大水泡，你快杀了他们。"

珍珠像受了刺激一样突然转过身，一扬手，手中的锐利刀刃在渐近的火焰下闪过暗紫反光，隐光划了一个圆弧，刀尖掉转，将身后的永生亡灵从腰部一斩为二。

永生亡灵惊诧怔住，难以置信地将目光从珍珠脸上缓缓移到自己断开的身体上，黑雾从伤口中爆发，黑烟四处流窜。

1.集火：与附近的队友集中火力攻击锁定的敌人。

他仍旧不敢相信眼前的事实，抬起头，对上珍珠清醒敌视的蓝宝石眼睛。

杀红了眼的学员们也渐渐停下脚步，海岸变得无比安静，只听得海浪上涌，海鸟悲鸣。

陆言被突然反转的局面惊住，小声问："这是怎么了？"

毕揽星道："刚刚给永生亡灵注射的是医学会以促联合素为基底，结合解离剂制作的解联合素，能暂时解除驱使者与使者之间的驱使关系，永生亡灵一直没有补充促联合素来维持和冥使者的驱使关系，他们之间的操纵联系已经非常脆弱了。"

"你想逃离我吗？可我们才是一类人。"永生亡灵尝试继续释放操纵波动，珍珠被这嗡鸣波动震得头痛欲裂，他抓住这短暂的清醒时刻，扛着一次次袭来的波动和四肢百骸由于抵抗驱使者命令而爆发的疼痛，毅然转身背对永生亡灵，脚步沉重地朝兰波的雕像走去。

城市中接天的火焰燃烧着堆积的云层，天光黯红，夜幕已至，飓风即将登陆，乌云裹挟着雨点袭来。

珍珠将死海心岩刀重重插进地面，膝弯一松，跪在了兰波的雕像前。

兰波的雕像是由渔民们联合请愿立在此处的，最有名的雕刻匠主动揽下了这活，分文不取。他们将兰波的面容雕刻成虔诚想象中慈悲的海神，微微低头，悯视众生。

——永怀敬畏之心。这是兰波最后一次告诫他的话。

珍珠抚摸自己腿侧的粉白鳞片，突然将它掀起，狠狠咬牙用力一拔，将鳞片从大腿上撕了下来。

剧痛让他蜷起身体，无力地靠在雕像的鱼尾下喘息。

带血的鳞片从他手中飘落到地上，珍珠撑起身体，一把拔起插在面前的死海心岩刀，双手反握刀柄，向下重重一刺，刀刃穿透了鳞片，半透明的鳞片四分五裂，光芒彻底消失。

虚弱的珍珠面对兰波的雕像低下了头，虔诚郑重道："我自愿放弃塞壬身份，放弃王座，成为您的信徒，我的精神将忠于神明，我的身体将忠于海洋，不为永生亡灵所驱使。"

永生亡灵凉得身体一滞。

搜查科办公室的门被敲响，毕揽星目不转睛盯着屏幕，在高度紧张中被惊了一下，进来的人是爬虫。

爬虫把一个 U 盘放到毕揽星手边："白楚年临走前把这个放在我这儿保管，他说，如果永生亡灵来袭，而你们已经全力以赴，再僵持下去会伤亡惨重，就给永生亡灵看 U 盘里的东西。"

毕揽星谨慎地接过 U 盘："里面是什么？"

爬虫摇头。"他说，你只能选择给他看，或者不给他看。现在已经到山穷水尽的地步了吧，你还有什么选择？再拉锯下去，那些学员，还有军队的士兵、警署的警员，都活不成。"

毕揽星闭了闭眼："是，我们尽力了，永生亡灵不是以我们现有的力量能够打败的。"

"放吧。"爬虫将 U 盘接到了电脑上，连接了无人机的投影装置，将 U 盘内唯一的视频文件在海滨广场高空播放了出来。

人们纷纷仰起头，汪视着空中的屏幕，永生亡灵也望了过去。

视频内容是一段录像，但相机有点摇晃，突然，一个亚体的身影出现在了视频中，视频只拍到了脖子以下，但毕揽星完全能认出来这就是白楚年。

在抖动的镜头里，白楚年从车前盖上跳下来，绕到后备厢，掀开了后备厢盖，里面竟然躺着一个男人。

男人被绑着手脚，嘴被胶布封住不能说话，毕揽星一看见那男人的脸，脸色顿时变得铁青。

这些天 IOA 一直在调查这个男人，他是红狸市警署高层人员，但当得知自己的儿子在英国学校内坠楼身亡，而凶手在儿子尸体上插了一张银行卡后，就立即人间蒸发了，连 IOA 特工都找不到他。

他就是当初将金曦从楼顶推落，让金曦挽救坠亡学生来为自己儿子脱罪，事后扔给金曦一张银行卡作为报酬的、红狸一中坠楼事件中肇事学生甄理的父亲。

永生亡灵一直在寻找他。

视频中，白楚年给男人扎上了输送营养液的针头，然后将镜头从男人身上向上移，移到了背景中的科技大楼上，正是109研究所的大楼。

毕揽星在监控中清楚地看见，永生亡灵看完无人机投影播放的视频后，眼神变得偏执又疯狂，他飘浮到了空中，朝着109研究所的方向飞去。

"楚哥……他疯了吗?! 他把永生亡灵引过去，那他们既要在危机重重的研究所里找到促联合素，又要对付一个恶化期实验体?"毕揽星立刻拔了U盘，一下子醒悟，"怪不得他要卸任，要与IOA撇清关系……他绑架了甄理的父亲，就为了在永生亡灵侵袭城市的时候用这个抢来的筹码把他引走。"

"他不能……"毕揽星声调微哽，"楚哥一开始就不打算回来了。"

手边的电话铃响了，毕揽星顺手接了起来，赫然是会长的声音。

"我马上赶到海滨广场，组长说你私自接手了特工指挥位，怎么回事?"

时隔多日终于听见令人安心的声音，毕揽星心中的一块大石头终于落了地，他如释重负："我……我接受处罚。现在城市居民都还安全，永生亡灵已经朝研究所去了。"

言逸："国际会议通过了取缔109研究所的提案，军方已经向研究所总部派遣特种部队辅助取缔进程，我是带着搜捕令回来的。"

毕揽星的眼睛亮了起来。

涂装IOA自由鸟标志的直升机驶入海滨广场上空，螺旋桨的轰鸣在雷鸣暗光中震响，言逸抓住扶手，将半个身子探出机身，眉头紧锁，俯瞰整座燃烧着的城市。

他意外地看见，拉满海岸的警戒线外，学员们身穿被雨水和血水湿透的特训服坚守在雨中，其中一个学员认出了直升机上的会长，便将枪背到身后，站直身子，仰起头，右手掌心向上靠近左胸，向直升机上的会长敬礼，口中轻念："For freedom。"

学员们仰起头，纷纷收枪立正，用训练了千万遍的特工组敬礼向会长仰头致敬，一声声"for freedom"交织在暴雨中。

言逸看着他们，少年的身影与记忆中的小白重合，曾经小白小心翼翼躲在窗外的角落，对他抬手在胸前敬礼，用澄澈的眼神无声地说，手中无武器，我心忠诚。

他们就是小白给 IOA 留下的忠诚。

边境无人区的荒草被午后的烈日暴晒发干，109 研究所屹立在海岸悬崖边，背后海浪涌起，冲刷着嶙峋礁石，海风吹过礁石被水蚀出的气孔，发出宁静的鸣音。

看似无声矗立、风平浪静的研究所大厦，在数百米地下，延伸如蚁穴的庞大建筑中，连成一串的爆炸和机枪开火的响声深埋于地底。

原来艾莲早在办公室内布下陷阱，白楚年他们刚跨出药剂库，就被从天花板上伸出的自动机枪瞄准了脑袋。

重机枪足有二十架，全部带有自动热感定位装置，不给他们一点反应的时间，枪管出现的一瞬间便开始开火。

整个办公室被机枪的火光照亮，射速超高且密集的子弹在房间中扫射，逼得他们只能向外逃，无法靠近通往总药剂库和艾莲最可能藏身的实验体培育区的电梯。

白楚年滚到门口想拉开办公室的门逃出去，但门被完全锁闭，材质又是与测试拳力的金属板相同的氮化碳合成材料，用"骨骼钢化"也无法突破。

兰波倒是有纯靠武力砸开大门的能力，但他速度不够快，也不如猫科灵活，躲不开重机枪弹。

他们被逼回了一号药剂库小房间，但墙壁经不住重机枪弹的连续射击，已经有破裂迹象。

人偶师提议："再纠缠下去还有意义吗，不如离开。有了促联合素样本，想仿制出来也不困难。"

白楚年坐下来，靠到墙边，手搭在膝头思索。其实他想一次性夺走足够数量的促联合素，这样就不必再返回 IOA 了，可以直接跟兰波回加勒比海。

因为促联合素造价昂贵，每支光材料成本就高达六百一十万，又是消耗品，一支三毫升的药剂只能维持三十天压制恶化的效果，纵然 IOA 财力雄厚，这样烧下去又能维持几年，他又怎么能心安理得地接受这些无法偿还的恩惠。

白楚年只能寄希望于艾莲制造了足够的促联合素，让他能无忧无虑地生活几年。

他探头向外瞄了一眼，但子弹仿佛长了眼睛，疯狂朝他射击，又将他逼了回来，他坐下来，端详着手中的三支药剂："你确定这些药剂是真的话，你们就走吧。总药剂库有成分鉴定仪器，我要去确认一下。"

人偶师掂了掂药剂盒，的确，他无法用肉眼辨别药剂的真伪，艾莲或许会故意留下假的药剂，目的就是让他们注射后自取灭亡。

"厄里斯，去想办法把室内电梯的门撬开。"人偶师权衡利弊之后，决定再冒一次险。

四人中只有厄里斯不受重机枪热感探测锁定，他灵活避开密集的子弹，挪到了电梯门前，用指尖紧抠住门缝，打算靠蛮力将紧闭的金属门掰开。

但门有针对性地加固过，两道门的接合处严丝合缝，厄里斯根本找不到着力点，使不上劲。

"打不开，只能用密码。"白楚年远远观察着厄里斯的情况，"我有解码器，但我过不去，这枪跟长了眼似的，太准了。"

"给我。"人偶师冷冷瞥了他一眼，接过了解码器。

他后颈散发出一股清冷的龙舌兰亚化因子，J1 亚化能力"棋子替身"发动，将自己和厄里斯位置对换，瞬间出现在电梯口，厄里斯被换了回来，站在了白楚年身边。

人偶师从围裙口袋里拽出一块一人高的折叠防爆盾牌，立在身后阻挡热感探测，将解码器揣在了门边的密码盘上。

白楚年扒着缝隙向外张望，看得一愣："这大玩意是怎么装进去的？"

厄里斯目不转睛地注视着人偶师。

解码器进度条逐渐拉满，在进度到达 100% 时，解码完毕，密码盘亮起可通行绿灯，电梯门缓缓开启。

然而事不遂人意，电梯门虽然打开了，但里面的电梯已经被破坏，并没升上来。

"厄里斯，下去探路。"人偶师举起手电向漆黑的电梯中照亮，猜测它的深度。黑暗中隐约发出黏稠蠕动的声响。

突然，一条极长的粗壮有力的触手从黑暗的电梯口中冲了出来，一把卷住了人偶师的腰，将他拖了下去。

那是一条灰白色的章鱼足。

人偶师整个身子都被拖了下去，双手扒住了电梯边缘，奋力向上爬，但又一条章鱼足缠了上来，卷住了他的左腿，并逐渐发力，向下撕扯。

白楚年惊道："克拉肯亡灵召唤体！"

厄里斯已经在人偶师受到攻击的那一刹那迎着枪林弹雨冲了出去，反应前所未有地快，一把抓住了人偶师的手臂，将他向上拖拽，口中大喊："尼克斯！'棋子替身'！"

章鱼实验体克立肯虽然只有 M2 级，又因亡灵召唤仅仅继承了本体 70% 的实力，但他体形巨大，力量无穷，非武力型 A3 级被他缠住一样难以脱身。

厄里斯虽然也具备强大的力量，但在他们中间被拉扯的是个人类，他不敢，不敢用力向上拉，他害怕极了，怕落在手中的只剩一截断裂的小臂。

他半个身体都探入了他所讨厌的黑暗之中，一寸一寸跟着快要被拽进深渊里，他死死抓住人偶师，好像对面有人在与他争夺光明。

人偶师沙哑道："厄里斯，我要被撕碎了。"

厄里斯一惊，在这一瞬间的松懈中，布料从指间滑脱，人偶师掉了下去，被章鱼腕足扯进了看不见底的深处，随即传来一阵幽灵般的咀嚼声，有什么东西被嚼碎发出咯吱咯吱的声响，像在咀嚼骨肉。

"尼克斯——！"厄里斯朝着黑暗深处咆哮，却只听见自己声嘶力竭的回音。

白楚年看见厄里斯的眼睛瞳仁逐渐消失，淡绿瞳孔隐退，两个只剩白色的眼球表面生出了黑色的叉号，像极了死亡晴天娃娃的样子。

一股强烈的欧石楠亚化因子向周围冲击，连白楚年和兰波都被震退了两步。

"恶显期！他恶化了！"白楚年吼了一声，"兰波，杀了他，别让他恶化——！"

全拟态使者型实验体一旦恶化，必然产生毁天灭地的破坏力，等这十六分钟的恶显期过后完全恶化，进入无差别毁灭状态，他们就彻底无法控制局面了。

兰波和白楚年顶着重机枪的火力冲了出去，兰波用鱼尾缠住厄里斯的脖颈，将他从电梯口拖出来，白楚年拿着死海心岩匕首猛地扑上去，撞倒厄里斯，两人在地上滚了好几圈。

白楚年骑在厄里斯身上压制住他，将匕首对准了厄里斯的心脏，奋力向下刺，如果他猜得不错，人偶师一定是将自己的心脏换给了他，只要毁掉这颗心脏，厄里斯失去承载战斗芯片的核心，必死无疑。

厄里斯的神志也在逐渐变得模糊，一股让他陌生的强大力量正在体内流窜蔓延，他双手架着白楚年咬牙刺下的匕首，刀尖已经抵在了他左胸上。

但在白楚年被项圈限制的情况下，身为纯武力型实验体的厄里斯力量要远大于他，厄里斯用球形关节手紧攥着刀刃，艰难地将它一厘米一厘米地从左胸移开。

"我认输，别刺我的心脏。"厄里斯仰头凝视他，打了叉的双眼竟涌出一股泪，顺着他的陶瓷眼眶向下淌，"这是我最珍贵的东西。"

白楚年手上的动作略微停滞，看着厄里斯的脸，不由得埋怨起人偶师，为什么要把厄里斯的脸做成现在这个样子，像个小孩，他下手的时候会有负罪感。

他突然闪过了一个念头，给厄里斯注射刚抢来的促联合素，让他来试真假。

之前与恶化期蜜蜂甜点师交手时的教训白楚年还牢记着，如果不在恶显期解决他，进入恶化期就没机会了。

白楚年突然甩掉匕首，抽出一支促联合素，扎进了厄里斯的后颈，将药剂注进去三分之一。

不论是谁，只要被赋予了人性，被逼到绝境时总会产生自私卑劣的残忍想法。那一刻，白楚年说不准自己在期待着这支药剂是真的，还是假的。

"有谁说过你很多疑吗？"厄里斯毫无防备被扎了一针促联合素，痛苦地扬起唇角，'就算你选择加入好人堆里，骨子里也还是个杀人机器，我很同情你，你在两方都是异类，每一次行动都要自己做决定，然后负起责任来，而我只要一直追随着尼克斯就好了。"

厄里斯一脚踹开白楚年，退到电梯口，狭长口裂向上翘起："下次再见面，我会把你钉在墙上，切下大腿骨给尼克斯做台雕刻架，等着吧。"

他张开手，直直地侧面跳了下去，跳进了深不见底的电梯口。

白楚年有些恍惚，动作慢了一步，兰波扑了过来，将他从原地撞开，重机枪弹横扫过来，将他们刚才的站位扫出一溜深深的弹痕。

兰波抱着白楚年滚了出去，也一头栽进了电梯里，兰波用鱼尾卷着他的腰，在相互交织的钢铁建筑架上以电磁吸附攀爬。

他们进去时，厄里斯和克拉肯都不见了，眼前一片漆黑。

白楚年靠坐在悬空的铁架上，仰头靠着墙壁急促喘气。

兰波察看四周确定暂时没有危险，才爬过来靠到小白身边，发现他左手紧压着小腹，一股血腥味从鼻腔蔓延开来。

白楚年胸口剧烈起伏，慢慢挪开了手。小腹在向外涌血，一枚重机枪弹破开了作战服，深深钉入了体内。

"子弹上涂了 IN 感染药剂……"白楚年的脸色越发苍白，"愈合不了……帮我弄出来，快点。"

"randi。"兰波伸出鱼尾轻轻卷住他的身体，让小白靠在自己怀里，不会从细窄的钢梁上掉下去，嘴唇贴到他渗出冷汗的额头上，低声安慰，"乖，不动。"

兰波将手指抵入他齿间，食指和中指夹住了他的舌头，鱼尾慢慢缠绕到他双腕上，强迫他将双手背到身后，舒展身体露出伤口，随即喉咙里发出一阵轻柔的歌声，声线无法分辨男女，空灵冶异，和白楚年在人鱼岛上听见的歌声相同。

白楚年慢慢失了神，突然，小腹传来一阵剧痛，兰波修长的手指狠厉决绝地钻进了他小腹腐烂的弹孔中。

白楚年痛到浑身哆嗦，尖牙不受控制地深深咬进了兰波的指骨中。兰波轻轻皱了下眉，用拇指替他抹去了无法闭合的唇角中渗出的涎水。

"轻点。不要咬到舌头。"

第十二章

环游世界

白楚年体内承袭了兰波一部分的净化能力，但只能维持弹头里填塞的感染药剂在体内不扩散。

兰波用两根手指夹住他的舌头，让他微张着嘴，尖牙咬在自己指骨上，免得他太痛控制不住咬伤自己，另一只手双指探进汩汩流血的弹孔中，夹出了弹头。

白楚年痛得浑身紧绷，僵直着身子，不受控制地咬紧了兰波的指节。

"拿出来了，不痛了。"兰波的手指被他的犬齿咬出了两个孔，血丝丝缕缕地渗出来，滴在他被夹住的舌尖上，与透明涎水混合到一块，顺着无法闭合的口角淌下来。

"不痛了，好了。"兰波嘴上说着，指尖却再一次探进了血流不止的弹孔里，微微弯曲，将残留在血肉里的感染毒素刮出来。

难以承受的剧痛让白楚年战栗不止，充血的眼球爬满血丝，眼泪不由自主渗出泪腺，模糊了视线。

"好了，弄干净了。"兰波最后一次抽出手指，从装备背包里拿出医用绷带，给白楚年缠了几圈，等待伤口愈合。

"……真给劲，疼死我了。"白楚年精疲力竭，微弱地呼吸着，缓慢地恢复着体力。

兰波为避免他从悬梁上掉下去，轻拍他脊背，放出安抚因子，发现右手皮肤上还残留着白楚年的血。

他抬起右手，举到面前端详，鲜红的血液顺着指尖流到了手心，在雪白皮肤的细纹中蔓延。

血液在掌纹中流成了一幅抽象画，兰波出神地观察着，看得有些痴迷了。

白楚年疲惫地坐起来，懒懒地打了个哈欠，斜眼望见兰波手里的弹头，特殊弹头刻有花纹，浓缩过的感染药剂就压缩在这些纹路中。

"破弹头你还攥着它干吗呀，快扔了。"

"不扔。我会原样还给她的。打不过就掏枪，玩不起。"兰波将弹头塞进了自己的肚脐里，乍看上去像一枚闪闪发亮的银色脐钉。

兰波这记仇的性格白楚年最清楚，从前有仇当场就报，现在不一样了，表面上轻描淡写，眼睛里却露着狠劲。

"行了，别气了，眉头都扭成麻花了。"白楚年说。兰波很受用，耳朵变成了尖长半透明的蓝色鳍耳，又缓缓变红，卷了卷，鱼尾尖舒服得卷成了心形。

"起来，先下去看看。"白楚年动了动腰，枪伤已经愈合了大半，支撑身体站起来是没问题了。

兰波绕着电梯钢索爬了下去，白楚年在横梁之间横跳缓冲，灵活向下爬。

这个电梯井竖向非常深，至少向下爬了一二百米才到底，电梯坠毁在底部，一直到触底，兰波都没看见别的东西。

白楚年叼着手电筒，落地后照了照四周，发现横梁之间留下了一些打斗划痕，看形状是神圣发条变形成的银色剪刀留下的。

他低着头仔细查看，发现其中一道横梁表面落了一小摊水。

白楚年小心地撕了一截医用绷带，放在那摊透明液体上面。

绷带被腐蚀，由于碳化变黑，被烧出了一个大洞。

是浓硫酸。

"哎哟。"白楚年抱憾悔恨地重重捶了横梁一拳，"之前厄里斯给人偶师围裙口袋里塞了一桶浓硫酸。没折在这儿真是算他们走运。死也应该拉上他们的。"

"我看见你给破布妵娃打了一针促联合素。"

"是打了，但他跑得太快，还没看出效果。"白楚年拿出那管只剩三分之二的注射枪端详，"你说这是真的还是假的？"

"给我。"兰波拿过注射枪，直接扎进自己脖颈里，推了一半红色药液进自己体内。他的净化能力远强于人类制造的药物效果，就算这是一管强效毒药也不能拿他怎么样。

等了一会儿，兰波确定地看向他："反正不是毒药。"

"不是毒药……"白楚年想了想，如果是艾莲留下的药剂，她没理由留下真的促联合素给他们，还一次留六支。他嗅了嗅针管上的气味，上面似乎有一点淡淡的亚化因子香味，有点熟悉，但太淡了，他想不起来。

"假如我是艾莲，我想看热闹，我为什么不只留一支药剂，看人们争抢，最好这支药剂是毒药，抢赢了的人注射完就嗝儿屁了，这多有戏剧性。留六支这么多……那我们当场达成共识，一人分三支，这可能性不是更大吗？"白楚年有点纳闷。

白楚年猛地坐直身子："电脑上放的是录像吗？艾莲提前录好的，检测到我们之后自动开始播放。对……我们当时没和她对话。"

"她说魔偵没和我们一起来……她一定提前看见黑豹了。"白楚年又仔细嗅了嗅针管，寡淡的银莲花亚化因子被灵敏的嗅觉捕捉，与记忆中黑豹的气味对比。

他与黑豹最近一次接触是在红狸市培育基地附近，黑豹赶来在他和厄里斯之间劝架，并用出了A3亚化能力"魔附耳说"来阻止他杀死厄里斯。

那时候，他们都淋着暴雨，雨水激起的尘土气味掩盖了黑豹的亚化因子，但循着记忆思索，他身上的气味和针剂上沾染的气味很像。

银莲花亚化因子。

白楚年掂了掂手中的针剂："黑豹给我们留的吗？他来过了。"

兰波也凑过去嗅了嗅，若有所思地得出结论："果然猫猫头就是讨人喜欢。"

"如果电脑上放映的是录像，那艾莲一定不在原地了，她是在误导我们深入，大概有陷阱等着我们。"白楚年收起促联合素，仰起头看了看上方。上方出口有重机枪守着，来时的路也被火焰堵住，不知道熄灭了没，但能想象温度一定奇高无比，兰波根本受不了，想回去是不可能了。

"硬着头皮走吧，边走边看。实在不行你就把这破研究所给淹了，谁怕谁呢。"白楚年打着手电筒向前走。

像在触摸一朵温暖的海葵。

海洋生者之心与兰波胸腔相连，因此地球海面上掀起的每一场飓风和海啸，都是神在心动。

"小白，我……"

白楚年回头看他："嗯？"

兰波认真道："我想带你巡视领地，全球范围的。"

白楚年笑出声："那叫环游世界。"

兰波摇头，觉得他说得不够准确。

"我想把你介绍给我古老的朋友们，以及每一只海蛞蝓。"

白楚年用骨骼钢化的左手拧下了一截钢铁横梁，将一端捏成锋利的薄片，插在封死的电梯门缝之间，用力撬。

"有灯光，小心点。"

"en。"

等撬开一条缝隙之后，兰波将双手指尖伸进缝隙中，用力一掰，将封死的厚实金属电梯门撕开来，从孔洞中爬了出去。

白楚年也跟着跳了出去。

走出封死的电梯后，他们进入了一个亮着紫光消毒灯的小房间，前方是一道密码重门，但门是打开的，向两侧一推就开了。

"厄里斯他们跑了，还顺走我一个解码器，倒是还我啊。"白楚年边摸索边埋怨。

接连穿过几道开启的密码重门之后，两人都被门外这一片称得上广阔的空间晃了下眼。

密集的无影灯和壁灯将这片大空间照得明亮晃眼，他们习惯了黑暗的眼睛颇有些不适应。

白楚年回头瞥了眼门上的标识，写着"总部培育区"。

出现在眼前的是一整片数以千计的透明培养舱，像图书馆书架那样整齐排列，培养舱边的操作台都空着，本应在此处操控设备的研究员们不知所终。

白楚年屏住呼吸，竖起耳朵聆听房间中的动静，兰波爬上了天花板，寻找和破坏监控摄像头。

"幼体培养舱。"白楚年在其中一个小型透明罩边蹲下来，拍了拍透明板，但里面是空的，而且连接氧气泵的开关被人为关闭了，在培养舱右下角贴有原本在此处进行培育的幼体照片，是个浑身覆盖雪白绒毛的海豹幼崽。

"幼体培育区整个都是空的，所有培养舱里都没东西。"白楚年拍了拍掌心的尘土，站起来沿着通道向深处走去。

兰波在竖直放置的透明胶囊形培养舱之间爬行游走，鱼尾左右摇摆保持平衡，电流在半透明鱼尾中刺啦闪跳。

走过幼体培育区，便进入了培育期实验体区，这里也同样空无一物。

"之前研究所打算在华尔华制药工厂集中销毁一批实验体，被人偶师他们中途截和，带回了加拿大，不知道那些被集中销毁的实验体里有没有来自总部的。"

白楚年拿出地图翻看："好复杂，看看地图怎么说。"

地图关于此部分的注释写着：略。

"……"白楚年挠挠头合上地图，"总药剂库在最深处，但林灯没注释这些实验体区域内部的路线。估计艾莲把实验体买卖做大之后才开始划分区域，林灯那时候已经被赶出去了。"

兰波闭上眼睛，微扬下颌，鼻息过滤着空气中微弱的气味，再睁眼时，眼神变得冷冽："我感觉到了相似的气息。在最深处。"

白楚年顿了一下，继续向前迈去："去看看。"

穿过培育期实验体区后，走过一段走廊和失效的密码重门，再映入眼帘的就是成熟期实验体区，但这些培养舱也全是空的，照理说成熟期实验体已经进入了贩售黄金期，应该不会全部销毁才对，但这么短的时间内想全部转运出去也不现实。

白楚年心中升起了一种不好的预感，加快脚步向最深处跑去："抓紧时间，我们从总药剂库的南墙炸开通道，然后尽快离开这儿。"

穿过几道门后，墙面上出现了金色底纹的激光刻字："精英区"。

进入精英区后，排布在房间内的就不再是透明胶囊形的培养舱了，而是一个一个单独摆放的、全封闭的方盒单间，每个坚固的方盒外有一扇金属门和一台独立控制器，除了能从门牌上看见里面关押的实验体的名字和编号，白楚年什么都看不见。

他试着在操作台上按了两下，发现操作面板已经被锁定了，于是摸出口袋里两个研究员艾比多和雷诺的身份卡刷了一下，屏幕提示说"您没有操作权限"。

"没操作权限……"白楚年靠近全封闭方盒培养舱，把耳朵贴在上面，试着聆听里面的声音，里面似乎有一些水流声。

白楚年在方盒培养舱外发现了一根液体输送管，沿着走廊侧方向深处延伸。每个方盒培养舱外都延伸出了一根同样的管子，有规划地汇集到一块，一时找不到它们通往何处，只能顺着管道流向继续走。

白楚年边走边端详这些方盒培养舱，似乎精英区的培养舱全都属于 A3 级实验体，并且成熟期等级低于五级的都不配饲养在这里。

方盒培养舱的数量多得让白楚年脊背发冷，自然规律下出现 A3 分化亚化细胞团的概率微乎其微，艾莲却培养出数量如此惊人的A3级实验体，这在纯自然条件下是不可能做到的，只能依靠药物。

而那些依靠药物强行将分化级别冲上A3的实验体，与提前透支生命一样，畸形或者短寿，但研究所不在乎，只要这些商品的体检表上成功盖上了A3分化的检验合格章，他们就能心安理得地打包装箱，交易给买家换取数十亿的利润。

沿着左右密集的方盒培养舱向深处走，地上突然出现了一摊血迹，白楚年蹲身查看，血迹已经完全干涸变黑了，一抹就碎成了渣。

越向深处走，血迹越多越密集，转过又一个弯时，白楚年微微一惊，向后退了两步。

地上横七竖八躺着武装安保人员，死状惨烈，其中一个人的头颅破碎，似乎是被抓住面骨后无法挣脱，最后被活活捏碎半个头颅而死的。

兰波爬到了一个开启的空方盒培养舱上，尾尖轻点门牌："编号200，是永生亡灵的培养舱，他是从这儿跑出去的。"

兰波爬进空培养舱内，里面除了一张床没什么别的东西，床下扔着两张揉皱的纸巾，他凑近嗅了嗅，上面沾着还未消散的茶蘼花气味。

是珍珠的亚化因子气味。

白楚年也走进来，见兰波对着两张用过的纸巾发呆，于是悄悄蹲到他身边安慰。

"他哭过，是在想念吗？"白楚年垂下眼皮。

"有什么好哭的。"兰波甩了甩头示意自己不需要安慰，转过身，尾尖扫落了那两团纸巾。

兰波犹豫了一下，又悄悄把纸团叼了回来，塞进背包里。

他偷偷摸摸的小动作全被白楚年看在眼中，白楚年只能忍下心酸愧疚地拉着兰波向外走。

他们离开了培养舱，刚要往总药剂库方向跑，白楚年却警惕地感知到了异样。

他猛然回头，来时的走廊不知何时被一个方盒培养舱堵死了，白楚年匆匆跑去察看，趴到地上向底部缝隙中窥视，发现地上有滑轨，这个培养舱是被人操纵移动到这儿的。

兰波正在向总药剂库的方向爬，一个方盒培养舱沿着滑轨迅速移了过来，移动速度极快，兰波被夹在侧面越来越窄的缝隙中，为了不被压成饼子只能飞速往回爬。

白楚年一把抓住兰波的手臂，猛地将他从缝隙中拖了出来，鱼尾尖脱离缝隙的最后一秒，培养舱彻底将去路堵死了。

兰波失去平衡，甩了甩尾巴尖看看有没有受伤，鱼尾气愤地变红了。

"nali（怎么了）？"

"艾莲设下的圈套。"白楚年环视四周，首先观察自己的处境。他们被十二个异常坚固的方盒培养舱包围在一个狭窄的长方体空间里，脚下是地面，头顶是天花板，经过检查，没有任何身体能钻过去的缝隙。

白楚年拉起兰波的鱼尾测量了一下距离，拖着兰波从一端量到另一端，兰波的鱼尾是长度很标准的三米，量过后发现前后两个培养舱之间距离九米，左右距离三米。

"兰波，你去天花板试试能不能出去。"

"en。"兰波爬上去就是一拳。沉重的一拳在天花板上打出了一个凹陷，接连几拳下去，实心金属天花板被捶得很紧实，但并未损坏。

兰波又用同样的暴力方式检测了地面，结果一样。

"算了，不白费劲了。"白楚年知道，他们此时处于研究所底层培育区，头顶距离地面数百米，艾莲就是算好了这地形优势，想把他们连着总部培育区的证据一起永久埋葬在地底下，之后就算接受调查，也死无对证，她一样坐不了牢。

"小白，培养舱在动。"兰波卷了卷尾巴尖。

他靠坐在一个培养舱下，放平鱼尾，刚刚鱼尾尖还将能触及对面培养舱外壁，此时却伸不直了，这意味着培养舱在缓慢移动，不断缩小他们所在的空间。

这个发现让白楚年的心揪了起来。

"一定有漏洞能出去。"白楚年皱起眉，观察每个培养舱的外部结构。

他将手心贴在培养舱光滑的外壁上，闭上眼睛慢慢抚摸，突然，他睁开眼，仔细用指尖感受金属的起伏。

"兰波，这里有个接缝。"

"en?"兰波爬过去，伸长尖甲，按白楚年所说的位置一直抠，果真将外部的漆皮抠掉了一块，看见了里面肉眼几乎能忽略的金属皮接缝。

"真的有。"兰波用力一抠，指尖将金属皮掀了起来，露出了皮下的螺丝。

白楚年从背包里摸出多功能军刀，弹出平口螺丝刀，挨个拧螺丝。

他至少要先打开一个培养舱，这样如果时间太久，培养舱移动太快，他们可以暂时进入培养舱内部，避免被活活挤死。

培养舱的螺丝都是利用机器拧上的，白楚年担心螺丝刀会别断，小心翼翼地拧得有些吃力。

六个螺丝被拧下来后，兰波将厚达十厘米的金属皮一角用力掀起来，露出了里面聚集的电线。

"好，给我。"白楚年跪在地上，弓身分拣电线，按照电路板接头走向挑出了一根主线，用刀将外边的绝缘皮套割掉，露出导电金属丝。

兰波将鱼尾探了进去，尾尖滋滋放电，培养舱顿时短路，封闭的外壁突然变得完全透明，此时培养舱内部的情况一览无余。

充满培养液的封闭舱内悬浮着一个人形实验体，背后垂着一对白色毛绒翅膀，头顶长着白绒触角，赫然是个女性飞蛾实验体，她紧闭双眼，像在噩梦中沉睡。

"不是空的吗？"

培养舱还在向中间缓慢移动，领地意识强烈如兰波已经开始因空间变狭窄而烦躁。

兰波放出一股强电流，电流通过电线当场贯穿所有连接在一块的培养舱，一时间，十二个培养舱外壁同时变得透明，每个培养舱中都悬浮着一个沉睡的实验体。

白楚年透过变得透明的外壁，发现这些培养舱上都接出了一根管子，循着错杂的管子寻找，发现它们都连接着同一个培养舱，为舱内的实验体供奉养分。

可以说，这些等级高达成熟期八级的 A3 级实验体不过是饲料而已。

而接受饲料供奉的培养舱中，竖立悬浮着一个通体灰白，不见其他颜色的白化魔鬼鱼人鱼。

"珍珠……"白楚年的掌心骤然渗出冷汗，兰波也爬了过来，贴在透明外壁嗅闻。

"这才是珍珠的亡灵召唤体，"白楚年恍若惊醒，"那外面那个，被永生亡灵操控的那一个，他有颜色，有蓝眼睛和粉白鳞片，他是——"

"尸体。"兰波轻声道。

盛放珍珠亡灵召唤体的培养舱外，独立控制台屏幕突然解除了锁定，自动弹出了一个视频框。

艾莲托着高脚杯坐在转椅中，优雅地醒了醒红酒，支着头轻笑："我知道你们总会找到这儿来，既然来了，那么我要送你们一份礼物，他可是很强的。"

第十三章

永别之时

白楚年扶着方盒培养舱变得透明的外壁，将脸贴近冰凉的金属面，端详困在里面的小人鱼。

之前他都没有找到过机会好好看看珍珠，虽然他只是个通体灰白色的亡灵召唤体，但他是珍珠的灵魂。

他稍圆的娃娃脸还没长开，但依然看得出是个骨相漂亮的小家伙，卷翘的长睫毛低垂，乖巧沉睡着。

"蔼蔼。"白楚年小声念着他的名字，他翻了许多书，给珍珠起了这样一个名字，因为白矮星有几十亿年的寿命，永恒不死，他希望珍珠和兰波一样，与海洋同寿。

兰波爬到白楚年身边。

"如果他活着出生，我也会一遍遍刮掉他的鳞片，让他在海里独自锻炼出保护自己的鳞甲，就像我的母亲和父亲对我做的那样。他会流血，哭泣，逃跑，再被我抓回来。"

白楚年摇了摇头。

"而且他有塞壬鳞片，我不希望我的孩子身上长有塞壬鳞片。"兰波抬起指尖，隔着透明培养舱外壁抚摸里面的小人鱼，小人鱼腿侧也有一片特殊的鳞，虽然是灰白色的，但兰波依然认得出。

兰波抚摸的动作很温柔，眼睛里的感情却有些复杂。

兰波还不想沉入深海沟里，未来千万年都与黑暗为伴，他想陪着小白，想兑现自己的承诺，在小白寿命到达尽头之后将他的骸骨镶嵌在王座上，因此他不想退位。

海族王位更迭时总会爆发一场恶战，旧王有两个选择，自愿让位给新王，永远不再露面；或是选择与后辈厮杀，胜者为王，一旦落败，新塞壬将会取而代之，继承旧王的族群。

上一任塞壬自愿让位给兰波，没有一丝一毫抵抗，因为他有一位心爱的王后，才不敢冒险与实力强悍的兰波厮杀争斗，因为他没有百分之百的信心守住王座，更舍不得让出自己的爱人。

这些心事兰波向来压在心底，没有向小白透露过。从前小白质问他为什么对珍珠如此冷漠，他无法回答。这是人鱼族血统中自带的残暴慕强的习性，谁也无法改变。

"你不爱他吗？"白楚年见兰波怔神，耸了耸肩叫他。

兰波怜悯地望向沉睡的小人鱼："我注定无法给他太多。养大他，打败他，这是我能给予他的爱。"

两侧的培养舱仍在微小地向中间移动，空间越发狭窄了，兰波的鱼尾渐渐变为警示的红色。

"我们得尽快离开了。"白楚年的指尖离开了培养舱的壁面，"恐怕艾莲想毁灭证据，把我们一起埋葬在她的实验体基地里。"

白楚年转过身，回头看了睡在培养舱中的珍珠最后一眼。

却不料，猛地对上了一双圆睁着的灰白的眼睛。珍珠瞪着无神的双眼，趴在透明培养舱壁上，寂静地盯着他。

白楚年惊诧地向后退去，而珍珠所在的培养舱门突然亮起了通行绿灯，显示已经开启。

舱内的培养液水位迅速下降，他的鱼尾变成双腿，珍珠站了起来，死气沉沉垂手站着，湿透的白发紧贴着脸颊。

"糟了，他要出来。"白楚年当机立断朝培养舱门挡了过去，用身体抵住门口，他当初答应过兰波，再见到珍珠，会杀死他，送他回海洋重生，况且此时在培养舱里的只是以灵魂实体出现的亡灵召唤体罢了。

珍珠突然抬起头，朝亮起绿灯的培养舱门冲了过去，猛地撞上去。

一股恐怖的强大力量从舱门中传来，迅速透过金属门传到了白楚年顶住舱门的左半边身体，白楚年先是感到半边身体酥麻，然后被一股强劲力道击飞了，身体向后飞云。

兰波一惊，立刻伸手抓他，但脱了手，白楚年的脊背狠狠撞到了背后的培养舱上，将厚重坚固的金属门都撞出了一个凹陷。

白楚年跪到地上，单手撑着地面，口鼻向外渗出血。刚刚那一下将他五脏六腑都震出了血，麻木了许久才感到四肢百骸的剧痛。

他慢慢抬起头，撞言的眩晕使他眼前模糊，隐约看见珍珠从培养舱中推门而出，那高贵蔑视、傲气凌人的姿态像极了兰波。

"好强……怎么会这样……"白楚年咳出一口血沫，抓住一侧培养舱外的扶手，撑着身体站起云。

兰波挡在了白楚年身前，血红鱼尾蓄起火焰般的电光："亡灵召唤体继承了本体的 70% 实力，本体……不是尸体，比外面那个依靠亡灵斗篷才能产生意识的珍珠更强。他拥有 Siren（王）的力量，而且是……"

"恶化期。"白楚年远远望见珍珠所在培养舱外的控制面板，上面显示着珍珠的成长状态，心凉了半截，"艾莲给他注射了 Accelerant 促进剂……这疯女人。"

白楚年颤抖着伸出手，一把抓住兰波将他拉回自己身边："你想硬碰吗？自从进来之后，我们都消耗太多体力了。"

珍珠冷冰冰地向前迈进，手掌心汇聚起一道黑烟，黑烟凝聚成死海心岩，再铸造成一把细长的薄刀，紧握在手中。

被培养舱圈起来的这块地面只有不到三十平方米，没有任何掩体，没有避战的可能。

珍珠仍在接近，白楚年保持着冷静，钩住了自己颈上的项圈。

但他还未松开项圈，手就被兰波按了下去。

"别摘。"兰波深深看了他一眼。

白楚年的手犹豫着垂落回身边。

他知道，死海心岩项圈是道自欺欺人的枷锁，注射过促联合素后，他与兰波的驱使关系更加紧密，以至于死海心岩可以完全将他控制在恶显期，只要不摘项圈，恶显期就能无限维持下去。

这道项圈寄托着兰波所有的希望，一旦解开，就是永别之时。

珍珠冲了过来，身形灵活如电，脚踩侧壁跳跃，他拥有双腿和全拟态恶化期的实力，在陆地上对付远离水源太久的兰波，怎么会落下风。

兰波从白楚年项圈上剥离了一小块死海心岩，铸成匕首握在手中，他甚至不敢铸造更大的武器，生怕死海心岩取得太多，让项圈支离破碎。

珍珠已经接近身前，兰波倏然反身，手中匕首凌空划出一道锋利蓝弧，珍珠的反应速度非常快，在刀刃触及咽喉时脚踏墙面，拐了个弯。

兰波沿着墙壁向上爬，抓住珍珠贴墙缓冲的时机，匕首刀刃狠戾地向下贯穿，珍珠却惊险避开，反手一刀，兰波后撤避开，却被长刀挑断了腰侧的鳍，一片薄鳍飘落在地上。

双方都持有死海心岩，白楚年无法贸然插入这场你死我活的争斗，只能目不转睛地描摹着珍珠的动作，在脑海中归类分析。

"格斗方式偏向柔术，力量和速度都有所加强，他用的是二代战斗芯片。"白楚年说，"二代战斗芯片有个 bug，加强了惯用手的力道，导致下盘不稳跟不上攻速，不知道这个 bug 改了没有，兰波，试试攻他左腿。"

兰波听罢，身体被蓝色闪电覆盖，风一般沿着墙面游走，珍珠紧追过来，长刀朝兰波后心刺去，兰波早有准备，偏离方向闪开这一击，鱼尾卷住了珍珠的左腿，用力一掀。

珍珠陡然被掀翻，兰波将他的身体缠住，鱼尾迅速收紧，左臂从背后卡住珍珠的咽喉，右手紧握匕首向他咽喉割去。

珍珠感知到生命受到严重威胁，突然团成了一个球，用"鲁珀特之泪"抵挡了兰波的致命一击，随后散发出一股浓烈的荼蘼花亚化因子，猛地一挣。

兰波的鱼尾被拉紧，扯落的鳞片簌簌掉落，鳞片脱落处露出了嫩红的血肉，不断向外渗着血丝。

兰波爬回白楚年身边，守巢般将白楚年圈在领地中，鱼尾变得火红，尾尖高高扬起，烦躁抖动，鳞片摩擦发出威胁响声，向对方露出尖锐鲨齿示威。

珍珠也在喘息，张开长满利齿的嘴向兰波低吼。

此时的两位人鱼首领就如同争夺族群权力的野兽，剑拔弩张。

能与恶化期实验体僵持不下，兰波的战斗力的确已经达到了武力型实验体的巅峰，就算在海洋中迎战前来挑衅的后辈，也绝对无人能从他手中夺走王座，只要他愿意，他将永远统治海洋。

几次交手之后，珍珠明白对方不是善茬，无法轻易击败，手中死海心岩唐刀便在掌心熔化，重新铸造成了一把手枪。

珍珠的 M2 亚化能力是"水化钢"，水化钢出现在 M2 级亚化能力上，威力要比兰波的伴生能力高出一截，他能用死海心岩铸造热武器，这一点兰波做不到。

他将枪口指向兰波，毫不犹豫扣动扳机，死海心岩子弹破空而来，兰波倏地收拢成一道蓝色闪电离开原位，顺着墙壁快速攀爬，珍珠的枪口便随着他移动，接连扣动扳机，每一发子弹都紧随在兰波尾后。

兰波被迫爬动躲避，但这不免将身后的小白暴露在珍珠的射程之内，珍珠突然将枪口掉转，冲着白楚年开了一枪。

两侧的培养舱已经向内移动了一米，现在他们所在的空间已经异常狭窄，中间只剩下一米宽的通道，连展开双臂都困难，白楚年虽然拥有过人的速度，但他无处可躲。

两发子弹朝他飞来，白楚年当即蹲下躲过了胸前的那一发，但下方的一发他无法躲开，就在他将手搭上项圈，准备将这道禁锢摘下时，身体被紧紧抱住了。

兰波抱住了他，身体猛地颤了一下，白楚年摸到了他背后的弹痕，死海心岩在汲取着兰波的生命力。

"小白，只要有一点机会，就不要摘项圈，好吗？我还……能起来……我会救你。"兰波尖声长吼，用指甲将背后的子弹从伤口中挖了出来，像感觉不到痛苦似的。

他鲜少说出这样祈求的话，原来雍容傲慢的王也会低头。

白楚年抱着他蹲坐到地上，嗓音按捺不住哽咽："你别这样。"

珍珠一步一步朝前走来，抬起重新上弹的手枪，指向了兰波的后颈。

白楚年瞳孔骤缩，想要推开兰波，但兰波固执地不肯躲开。

"我总不会让你破灭在我眼前。"

因为两侧的培养舱已经收拢得太窄太窄，宽度只能容纳两人前后站立，意味着他们之间总要有一个人挡在枪口前。

"不会的，我保证。"白楚年将双手遮住兰波的要害，冷冷凝视步步逼近的珍珠，在脑海中寻找将他毙命的方法。

珍珠扣下扳机的一瞬间，白楚年一跃而起，越过兰波蹿到上方的空间，一脚踢在珍珠腕上，一枪放空，子弹朝天花板飞去，将天花板打了个窟窿。

但子弹也擦过了白楚年的前胸，死海心岩轻而易举撕裂了作战服，将他胸前陈年的伤疤重新揭开，血淋淋敞开伤口。

白楚年捂着胸前的伤口一头栽落在地，死海心岩造成的伤口无法愈合，血流如注，很快将衣服浸透了。

珍珠变得愤怒，死海心岩在手中聚集，越聚越多，逐渐铸造成了一架手提式重机枪，枪口面向他们。

重机枪的扫射范围远比一把手枪来得庞大，在如此狭窄的空间里，连白楚年也想不出能从枪口逃脱的办法了。

兰波终于承认这是一个死局，一把抓住白楚年，用鱼尾将他裹住："我会信守承诺，带你回家。"

"等我下辈子回来找你。"白楚年指尖用力扯住项圈。

在他扯掉项圈的前一刻，珍珠突然僵直了身体。

白楚年看见珍珠像突然受到了一只无形的手的摆布，被强压着跪了下来，呆呆地放下了重机枪。

兰波的战斗经验极其丰富，但凡有一点空隙都会被他抓住机会反杀，他瞬间转过变得冷漠阴毒的脸孔，叼着匕首，捡起地上的死海心岩手枪朝跪下的珍珠爬去。

珍珠却以一个皈依的姿态跪在地上，手摸向腿侧的鳞片，那片特殊的鳞突然化作黑烟消失，珍珠倒在地上，面向兰波虔诚地仰起头。

白楚年看出了端倪，放声大吼几乎破音："兰波！住手！他在认输！不要动他！不要动他！！！"

但兰波已经杀红了眼，眼睛里本该拥有的慈悲和神圣被绝望和疯狂取代，他将枪口对准珍珠的左胸，决绝地扣下了扳机。

一发子弹穿透了珍珠的心脏。

空气变得寂静，似乎也变得寒冷起来，将声音冷冻，连呼吸声都消失了。

珍珠的亡灵召唤体仍旧双手合十安详跪坐着，慢慢倒下的竟是兰波。

兰波眼前一片空白，躺在地上喘息。

他胸口出现了一个大洞，能直接看见胸腔中漆黑的矿石心脏在跳动，矿石爬满了裂纹。

他无力地转过头，看向珍珠的腿侧，发现那枚证明塞壬血统的鳞片竟然消失了，只剩下一块因拔下鳞片撕裂的伤口。

"兰波——'白楚年扑过去，兰波的脸色却肉眼可见地灰败了下去。

兰波挣扎着伸出手，颤抖的指尖抚摸着珍珠虔诚低下的头。

"孩子，你在信奉我吗？所以我杀你，会被十倍反噬。"兰波声音嘶哑，变得哽咽，"是我错怪了你。"

兰波终于松开了握枪的手，手枪当啷掉落在尾下。

他垂眼望着那把枪，枪熔化，化成一摊流动的漆黑的水。

"这是人类最疯狂的发明，原来我从拿起它的那一刻就错了。"兰波疲惫地半阖上眼，"是我的错。"

我在为疯长的私心和陷落的神性赎罪。

两侧的培养舱仍在向中间挤，此时两侧距离只剩下三十厘米，白楚年甚至无法横着身子站立，空气也开始变得稀薄，他忍下心痛，把兰波拖进了之前珍珠所在的培养舱内。

空间终于稍大了些，兰波终于能躺下，半阖着眼，浅金睫毛簌簌颤抖。

白楚年极度痛苦地弓下身："兰波，你能复原的吧，没有你做不到的事情，是吗?! 你快告诉我！"

"我有很多做不到的事。"兰波的嘴唇渐渐褪去血色，"比如，救不了你。"

白楚年再无法控制拟态，狮耳紧贴在发间，内心深处的恐惧透过本能展现在外。

"我不该来这儿，我该跟你回家的。是我太贪心……从一开始你就在迁就我，为了我留在陆地上，为了我冒险进研究所，对不起……"

"吓你的，这点小伤而已。"兰波用拇指指尖给他抹了抹眼泪。

白楚年一下子抬起头，鼻尖泛红望着他，吸了吸鼻子："真的?"

兰波抹了一把他的眼睛，转头看向讪讪停在门口的珍珠。

珍珠心口也中了兰波一枪，死海心岩子弹洞穿了他的身体，子弹留下的孔洞向外冒着黑烟，无法愈合，珍珠的身体也因灵魂在破碎而一点点变得残破。

珍珠跪在地上，小心地扶着门框不敢进来，直到看见兰波朝他勾了勾手，才急忙膝行爬进来，跪坐在兰波身边，小手谨慎地搭在膝头。

"Siren。"珍珠背着双手，低下头，额头快要触及地面，向首领展示臣服姿态。

兰波也不清楚发生了什么，但能猜到，是留在外边跟着永生亡灵的珍珠尸体最终选择了向他臣服，面前的亡灵召唤体才会突然停止攻击并认输。

兰波勉强抬手，揉了揉珍珠柔软的鬈发，指尖钩起他下巴，让他抬头看小白："你知道他是谁吗？"

珍珠呆呆地观察着白楚年，摇摇头。

兰波一个音节一个音节教他："daimi。"

"daimi。"珍珠小声重复，听话地蹭到白楚年身边，小狗一样用脑袋拱他的手。

白楚年愣了，抬着手不知道该干什么。上一刻还在为兰波重伤而起的杀心，此时又熄灭了，他还是做不到怨恨这个未能出生的可怜孩子，他只怨恨艾莲，也怨恨他自己。

"daimi，daimi。"珍珠似乎感应到了面前的白楚年身上温柔的亚化因子，本能驱使他想被抚摸和哄慰，他柔软地黏在白楚年手臂上，汲取本该拥有却缺失多年的安抚因子。

白楚年张开手臂将珍珠揽进怀里，释放出大量安抚因子，将他圈在自己身体的庇护之下。

兰波用醇和磁性的嗓音在珍珠耳边缓声道："daimi给你起了一个好听的名字，白蔼星，你喜欢吗？"

珍珠沉溺在无边的幸福中，闭着眼睛点头："en。"

他背后的弹孔还在向外冒着黑烟，重伤的灵魂在流逝，珍珠的一只手和一只脚都消失了，躯体上的弹孔也越扩越大，吞噬着他灰白的身躯。

"你认可这个名字吗？"兰波问他。

珍珠的身体还在不停地破损消散，此时他甚至无法跪着保持平衡了，只能留恋地把脸颊贴在白楚年和兰波的手上，真诚地回答："我认可。"

当他做出回答时，身体突然停止了消散，转而逐渐压缩凝固，越来越小，被空气挤压成了一枚小小的玻璃珠。

神使M2亚化能力"泯灭"，以球状非晶体形式留存灵魂，玻璃珠被碾碎时，被泯灭者将会从世界记忆中泯灭，除了白楚年和打碎玻璃珠的那个人，其他人将会失去对那个人的记忆，同时失去探寻他存在的兴趣。

遗忘是比死亡更纯粹的离去。

虽然珍珠的亡灵召唤体是灰白的，落在白楚年掌心里的玻璃珠却是粉白色的，像凝固的草莓味牛奶。

白楚年将玻璃珠攥进掌心，小心地放进口袋，生怕它破碎，眼泪止不住打湿兰波上身绑的保湿绷带。

兰波更加疲惫了，呼吸也变得更弱。

"randi。"兰波艰难抬手，勉强扯起唇角轻笑。

兰波皱眉哄他："我是永生不死的，任何力量都不能杀死我。把我扔进海里，埋进沙子，海洋会供养我直到痊愈，几十年后我又会完好如初。可等我醒来的时候，我就再也见不到你了。我要守在海底翻找几亿只海星，才能找到你变的那一个？"

"别说了，我带你出去。"白楚年很轻地将兰波平放在地上，掰下矿石鱼骨耳钉上兰波给予他的心脏一角，精心地用那块矿石将兰波破了一个大洞的胸腔补了回去。

矿石一角补上了心脏的缺口，心脏的裂纹便开始缓慢黏合，虽然恢复速度很慢，但聊胜于无，兰波稍微好受了些，躺在地上闭着眼睛休息。

看见兰波安稳些许的表情，白楚年才意识到，这一小块掰下来给自己做耳钉的矿石对兰波来说也不可或缺，并非什么可有可无的东西，或许失去心脏一角的每一天他都在隐隐作痛，但他不在乎。

白楚年极力让自己清醒冷静下来，在培养舱中沿着每一寸墙面摸索，寻找出路。

如果找不到出路，这座培养舱将会成为他们埋葬在此处的透明棺材。

白楚年注意到珍珠留下的死海心岩重机枪，快步跑去将它搬了进来。

透过变得透明的金属培养舱壁，白楚年看见了许多沉睡在各自培养舱内的 A3 级实验体，如果他要破坏培养舱逃出去，势必会放出其他实验体，他们体内安放着二代战斗芯片，屠杀欲望会让他们六亲不认只知道杀戮和破坏，短时间内沟通合作是不可能的。

白楚年犹豫着，回头看看，兰波蜷缩在地上，把自己卷成了半个球，虽然他嘴上不说自己有多痛，白楚年却感觉得到。

白楚年扔下背包，摘掉身上的弹带，尽量让自己负重最少，然后将死海心岩重机枪夸在身上，一手托着机枪，另一只手把兰波抱起来。

兰波已经很难睁开眼睛了，微弱地问："重吗？"三米长的鱼尾很沉，但他现在也实在没有力气变为人类拟态了。

"抓紧我，没事。"白楚年抬腿用膝头顶了顶兰波，让自己抓得更结实一些，"两吨的轿车我都搬得动，二百斤的你算什么。"

"搬得动和搬着跑是一样的吗？！"

"你跟汽车也不是一样的啊。"

"hen（好吧）。"

白楚年退后几步，背靠在舱门处，抬起重机枪，对着自己判断的培养舱最薄弱处开枪。

枪声震得耳中鼓膜嗡鸣，密集的子弹在超高的射速下撞击舱壁，漆黑的弹壳向外跳动，再重新铸造成子弹填回弹带上。

舱壁被冲击变了形，缺口出现了，白楚年开着枪冲了出去。

但一同被击毁的不止这一个培养舱，坚固的培养舱挤压堆积在一起，将白楚年他们包围在最里层，白楚年必须从正中央一路冲出去。

培养舱被破坏，舱内的培养液水位迅速下降，实验体一一苏醒。

白楚年一路飞奔，身后传来起伏的低吼，奇形怪状的实验体慢慢从培养舱中站起来，仰天长啸。

无限子弹的死海心岩重机枪握在白楚年手中，冲破了又一道门又一面墙，被引燃的脓瓜藤还在走廊中燃着熊熊烈火，迸出的滚烫弹壳在白楚年脸上划出血痕，他努力挡住设备燃烧爆炸时飞来的火焰。

终于退回到检测区后方塌陷处，十几米的横断口内火焰冲天，白楚年停下脚步，回望一眼身后，墙上火光映出了无数个追逐他而来的怪物的剪影。

身上挂着一架重机枪，抱着兰波，助跑距离几乎没有，白楚年怎么也不可能飞跃到十几米的鸿沟对岸。

他扔下了重机枪，麻木的双手将兰波紧紧抓住，哑声安慰："抓紧点。"他急促地呼吸，喉咙快要被灼烧冒烟了，声音干枯得像滋不出气的灭火器。

白楚年眼前有些模糊晕眩，扶了一把墙才站稳。他的体力已经耗尽，向前的每一步都在靠着意志力苦苦支撑。

兰波轻声问："外面，天已经亮了吧？"

他沉默不语。

兰波又说："我们要到此为止了。"

白楚年的眼睑慢慢变红，握紧拳头狠狠砸向墙面："不可能，你别想甩开我……"

"randi，我要向你坦白一件事。"兰波淡笑起来。

"这件事我隐瞒了很久。"

"什么？"

"当我离开研究所，意识清醒过来时我的第一个念头是——我将会带领海族吞噬陆地。"兰波说，"离开研究所后，我被贩卖人口的团伙抓住，那很好，人类的忤逆和不敬将会是我侵袭和淹没陆地的理由。但那时候，你出现了，从天而降，你来救我。我才搁置了计划。"

"什么？不是你指名我去救你的吗？"

"你说什么呢，我从没让你去救我。我原本打算淹没陆地时，去 IOA 抢走你，绑回加勒比海人鱼岛的。我不知道为什么你主动来了。你为什么来救我？"

白楚年彻底想不通了。"不是你向 IOA 求救，点名让我去救你的吗？会长说，你用莫尔斯密码点了两个单词，white lion，白狮，不是在呼唤我吗？"他说着，突然顿住，"你……不懂英语……"

"a（哦）。"兰波闭上眼睛，恍然一笑，"原来是这样啊。在你的语言里是白狮的意思吗？"

"好了。"兰波闭上眼睛，"这样告别已经足够了。泯灭我吧，带我出去，把我扔进大海，我会在海里重生。和你带着我的身体出去结果是一样的，我们许久不能相见了。"

"想我的时候就去海边，等一个海螺被冲上岸，捡来扣在耳上听。我会让大海送它过来告诉你，我未远去。"

第十四章

坠落的白光

———o———

兰波将手搭在小白颈上，引动死海心岩项圈形变，铸造成一副口枷，锁住白楚年的利齿。

白楚年体内一部分力量被突然释放，一股白兰地亚化因子爆炸开来，接近他们的实验体受到强烈冲击，皮肤表面凝结了一层玻璃质。

项圈控制变弱后，泯灭失控，对范围内目标进行无差别攻击。

兰波低语："我真的，很喜欢你给我的名字。"

"兰波，兰波，别走！"白楚年的视线被泪水模糊，身后实验体癫狂的怒吼将他唤醒，他手里一空，突然找不到兰波了。

一枚剔透的蓝色玻璃珠悬浮在空中，内里流窜着闪电，像一枚圆润无棱角的蓝宝石。

玻璃珠内部闪电流转爆裂，在白楚年脚下引出蛛网闪电，将他身后的实验体瞬间击退十数米。

兰波的声音于旷阔空间中回荡，在白楚年耳边安慰："还没结束，如果生命真的会轮回往复，我想我会再次找到你。我赐给你口说神谕的能力，我的使者，在我沉睡时，暂且替我掌管海洋吧。"

玻璃珠飞入白楚年被口枷锁住的口中，自动镶嵌进了他舌间，一缕电光从玻璃珠内延伸而出，在白楚年舌头上形成了一个宝石蓝色的眼睛。

活着的眼珠的瞳孔拉长成一条竖线，在白楚年鲜红的舌头上灵动轮转。

云层吞没落日时不慎被点燃，于是烧成了连绵的一片，火焰的颜色铺满了天空。

屹立在红云荒草中的研究所大楼在隐隐颤抖，金属和砖块被震落，掉进断崖外侧嘶吼的海浪中。

涂装 PBBw 标志的迷彩直升机已经将大楼团团围住，风暴特种部队队员严阵以待，四人一组将枪械雷达架在直升机上。

"队长，异形雷达开了！"贺文意探身到何所谓身边，迎着猎猎劲风高声报告，压在头盔和护目镜下的发丝在风中飞扬。

贺文潇守在异形雷达前，戴着耳机，全神贯注盯着雷达显示屏，大楼内部出现了许多飞速移动的红点。

"队长！里面的实验体要冲出来了！"

何所谓戴着防光墨镜，抓着扶手半身悬挂在直升机上，举起对讲机："机载重武器准备，引爆点准备，严防死守，不允许任何实验体冲入城市防线。"

"是！"

远处一架涂装军蓝色飞翔之鹰标志的直升机从后方飞入前线，与何所谓他们的飞机并排，何所谓盯着对面直升机里的亚体瞧了半天，训练有素的熟练动作和从未懈怠锻炼的身形让他十分熟悉，传言说飞鹰集团现任 boss 多年前也曾服役于 PBB 秘密特工组织，现在看来的确有迹可循。

陆上锦扶着舱门，探出上半身，由于螺旋桨的嗡鸣不得不抬高音量，朝何所谓吼道："我家孩子还在里面！谁敢引爆！"

何所谓皱眉凝思，对方位高权重身价无量，凭他一个上尉的确惹不起。

陆上锦见他没反应，给言逸发起通信："你跟他们领导说，小白还没出来，楼炸了就全埋底下了！"

何所谓一听，眼睛瞪得老大，一把摘掉墨镜："什么？那姓白的在里面呢？！跟这几百个实验体掺和在一块？"

"喷，起来，我看看。"何所谓把雷达边的贺文潇拽起来，自己坐到操作台边，观察着屏幕上奔跑的红点。

跑在最前面的一个红点速度非常快，何所谓点击了一下红点，启动了雷达分析，屏幕上立刻拉取到了亚化因子检测分析——

特种作战武器编号9100

代号：神使

分化等级：A3

本体：全拟态使者型猛兽实验体

成长阶段：∞

分析结果：极度危险，不可正面对抗。

"真的是他！成长阶段这个符号是啥？不是成熟体吗？难道恶化了?!"何所谓戴上墨镜，把贺文潇按回雷达前，拿起对讲机重新部署爆破规划。

陆上锦也得到了言逸的回答，在嘈杂震耳的螺旋桨声中，言逸的声音坚定清晰："我们已经到达目的地上空，先遣部队负责清除威胁，国际警署和我们的人准备进入研究所内部搜索嫌疑人和证据。"

这时，一道黑影从远处掠过，是一位身穿翼装背降落伞包疾速滑行的IOA特工，陆上锦仰头向高空望去，近百位翼装战士俯冲而下，冲破吞噬夕阳的厚重云层，朝地面飞去。

陆上锦极目远眺，用极限视力在战士之间搜寻，果然看见了陆言的脸。

那孩子脸上的血污和汗水混合在一块，脖颈和手腕缠绕着绷带，似乎受了不轻的伤。

陆上锦也不知道是从哪一天起，娇气的小兔子突然就不再撒娇卖嗔哭哭啼啼，变得比陆上锦见过的任何同龄孩子都坚忍顽强。

他在俯冲降落的战士们中间发现了许多年轻稚嫩的脸，有的看起来和陆言一样还没成年，却和身经百战的士兵一样一往无前，无所畏惧。

翼装飞行的战士们到达一个高度，拉开了降落伞。上百朵绿底金纹的降落伞接连在空中盛开，每一个降落伞伞面上都清晰地印着 IOA 三个字母和一只展翅飞翔的自由鸟。

陆言落地后抱着冲锋枪冲在最前方，毕揽星在队伍中段，关注着身边每个人的情况。

萧驯降落时直接跳到了信号塔高架上，熟练地组合狙击枪，架在钢制栏杆的缺口上，紧接着就进入了一动不动的观察状态。

多米诺扇动夹杂着蓝色修补纹的火红蝶翼，穿过层叠的直升机和螺旋桨从空中飞来，双手提溜着爬虫的背包，爬虫悬挂在空中，单手托着电脑，利用自己的 M2 亚化能力"地球平行位面"来拉取研究所内此刻的损坏情况。

"看样子里面发生了多处坍塌和大型火灾。"爬虫分析道，"现在不能突入，先等里面的实验体出来再灭火，然后进入。"

毕揽星回复："好的，我去向上级报告。"

多米诺在直升机间隙中插空飞行，在高处搜索研究所附近的荒草堆，突然发现了白楚年留下的那辆吉普车："是视频里那辆车！里面关着人质的那辆，要去救吗……会把永生亡灵引来的吧？"

"别管那么多了，研究所的背面防护大门在一道道受击损坏，他们要冲出来了！还有一百米，速度好快，五十米，二十米，五米！他们出来了！"

特种部队的机载重武器突然调整瞄准，齐刷刷转向了研究所背海的那一面。

何所谓举起右手高声命令："注意识别！准备射击！"

研究所最外层靠海的一面墙突然塌出了一个直径足有二十米的大洞，紧接着才是震耳欲聋的童裂声和爆破声。

断崖下的海浪受到召唤，浪涛变得汹涌愤怒，撞击岩石时掀起万丈浪流，冲天而起，在空中凝固，冻结成一座比大厦顶端更高的平台。

一道明月般洁白的影子率先冲出大楼，在烈火夕阳中划出一道拖着蓝光的弧线，庞大圣洁的白狮巨兽如同明月穿云，落在海洋凝结的高台顶端，尾尖挂着一枚漆黑的死海心岩铃铛，铃音响动，摄人心魂。

白狮慢慢回转身体，两只眼睛燃烧着蓝色火焰，随着身体回转拖出两道暂留的蓝光。

他俯视万物，张开血红巨口怒吼咆哮，震动万里行云的吼声让排布在天空的直升机都被气流激荡得颠簸晃动。

身后追逐的实验体被震慑，放慢了飞奔的脚步。

白狮茂密蓬松的鬃毛已经生长完全，他看上去不再稚嫩年幼，脱胎换骨长成了真正的雄狮。

白狮巨口微张，舌面上镶嵌着一只宝石蓝眼睛，瞳孔竖细，富有生命似的诡异转动。

白狮的身体渐渐缩小，毛发消失，有力的四肢化为人类。

幻化白狮消失，白楚年仰头坐在了海浪高台之上，手搭在膝头，一条腿垂在空中。

他的头发变得雪白，双眼完全蜕变成宝石蓝色，通体洁净，唯有颈上死海心岩项圈和口枷将他死死禁锢。

白楚年眼中昔日明亮神采已然万劫不复，此时漠然望着前方。

汹涌的海水撞击海浪凝结的高台，古老厚重的鲸音长鸣，用高低起伏的缓慢声调带来了深海的质问：

"使者，你为何而来？"

白楚年抬手扶在口枷外侧，向下一掰。死海心岩竟应声而断，口枷和项圈从他颈上脱落。

白楚年将口枷从脸上移开，微张开嘴，尖牙抵着薄唇，舌面上镶嵌的蓝色眼睛在灵活转动，凌厉傲慢地俯视脚下万物，仿佛扫视一片尘埃。

他哽咽回答："神，遣我来。"

神使自由体，A3亚化能力"神遣我来"，指引型能力，被神使点名者最高能力、威力将再进化，且消耗能量不变，维持时间由神使决定。

蚜虫岛的学员们都懵住了，愣愣仰头看着高台上的教官，虽说曾经开玩笑给教官起外号"食人魔狮涅墨亚"，却不曾想过一语成谶，真有一天能见到本体。

陆言也被这震撼场面惊呆了，突然，脚下不知不觉浮现了一个蓝光圆环，他走到左就跟到左，走到右就跟到右。

"我……我好像被他点名了……"陆言难以置信地看向自己掌心，试着发动自己的 M2 亚化能力"四维分裂"。

霎时，陆言身体爆发出一串十字残影，三千六百个兔子实体无声无息地出现在战场上。

陆言的 M2 亚化能力"四维分裂"发生了类 A3 进化，能力变为"秒速时间轴"，发动能力时能召唤一个小时内每秒的自己，且相互独立，一个受伤不会连累另一个。

毕揽星随时关注着陆言，突然发现自己脚下也浮现了一个蓝色光环。

一瞬间，以毕揽星为中心，辽阔荒野中的荒草疯长成粗壮藤蔓，毕揽星试着动了动手指，发现周身一切植物的行动都在受他控制。

毕揽星的 M2 亚化能力"天荆地棘"发生了进化，变为"万物生长"，他所在地区任何植物都受他掌控。

蓝色圆环接连在蚜虫岛学员们脚下浮现，谭青的能力"超氢化"被提升为"原子聚变"，与谭杨合并能力时发生的"联爆"进化为"核爆"。

趴在高架上准备狙击的萧驯也发现了自己脚下浮现的点名蓝环，他检查了自己的能力，M2 亚化能力"猎回锁定"已经被提升至"十环校准"，子弹命中后，协助校准范围内友方武器射击精度，命中率达到百分之百。

被多米诺拉着浮在空中的爬虫竟也被蓝环选中，M2 亚化能力"地球平行位面"进化为"平行位面破解版"。

爬虫大受震撼，试着使用能力拉取研究所大楼内的建筑构造。

此时他拉取出的建筑图纸不再是平面图，而是可以移动的彩色 3D 建模图，他甚至能在电脑上直接推动建筑里的摆设。

爬虫试着在建筑模型上点了一下研究所大楼外的玻璃，右键单击，选择"删除"。

他小心抬头，发现研究所大楼外相应位置的装饰玻璃已然不翼而飞。

"我去——?!"

爬虫迅速熟悉了自己升级后的能力，"平行位面破解版"的确强大，但也存在限制，虽然能选择建筑某部分删除，但一次只能选中一个东西，且必须确定删除的部分非承重结构，否则一不小心就会造成建筑大楼轰然倒塌。

他用鼠标选中删除了一些堵死道路的障碍物，填补塌陷，维修建筑内故障的灭火系统，将破损的电线和变形的水管用画笔补上残缺部分，然后重新接通，修改灭火程序，并打开总开关。

爬虫又制作渲染了一个移动室内环境表，安放在大楼内部检测温度和氧气密度，等数值达到合适指标时才能通知先遣部队突入。

"里面还有活人，躲在地下防空所里集中避难。"爬虫说，"可能是幸存的研究员。"

大量精英实验体从撞破的大楼一角爬了出来，仿佛巢穴被灌了水的蚂蚁，密密麻麻向外拥，沿着大楼表面四散爬行。

PBB直升机上的机载雷达检测到了这些危险实验体的级别和强烈攻击意图，何所谓举起对讲机命令道："实验体已经全部离开大楼，A3级风暴精锐小队掩护先遣部队进入研究所，其他人保持围剿队形，不允许任何实验体冲破防线，IOA特工加入作战，注意两方协同。"

下达命令后，何所谓志忑地回头看了一眼坐在高台上的白楚年，他眼神空洞，面无表情，让人不由得为他捏一把汗，何所谓不禁怀念起那人从前贱兮兮的鲜活神态，他曾亲眼看到白楚年从朝气蓬勃变得病弱苍白，再变成现在这般行尸走肉的模样，他有些后悔，埋怨自己不曾多拉他一把。

"去，你们去帮助掩护。"何所谓道。

"是。"

贺家兄弟带上联络装备，背上伞包，纵身一跃，整齐划一。

由于人类武器对实验体无法轻易造成致命打击，战局渐渐向实验体倾斜，部队伤亡越来越多。

贺文潇先注意到了白楚年脚下的海浪冰柱，几个漏网的实验体发现了是白楚年在操纵着整个战局，开始不顾一切地向上攀爬。

"小心。"贺文潇掉转枪口，抬起瞄准镜，最接近白楚年的实验体出现在十字准星中，被三发子弹精准击落，仰头栽了下去，被固化的海浪尖刺穿透身体，深深钉在了上面，怎么挣扎都无法脱身，只能眼睁睁等着血液流干。

但贺文潇身后的蝙蝠实验体趁他背后无防备，伺机冲了过来，一口咬在他肩头，利爪在他背后撕扯出数道血痕。

"文潇！"贺文意听见身后的痛叫便回过头，一脚踹开那吸血蝠，趴到贺文潇身上，用身体遮挡住贺文潇，蝙蝠的利爪狠狠抓在了他颈后，贺文意反手一枪爆了蝙蝠的头，趁蝙蝠迟滞片刻，贺文意低头与贺文潇额头相抵。

北美灰狼双子亚化细胞团瞬间融合，魔犬加尔姆 J1 亚化能力"坑中火焰"。

一股紫色火焰冲天腾跃，蝙蝠向高处躲避，却仍旧沾染上了一丝紫火，紫火像胶水一样黏稠，无法熄灭，并迅速席卷蝙蝠全身，烧得他满地乱滚。

白楚年稳坐高台，冷蓝瞳仁微微向右移，注意到了他们，于是一个点名蓝环出现在了贺家兄弟身下。

北美灰狼亚化细胞团一次融合成的魔犬加尔姆亚化细胞团发生了二次融合，进化形成地狱三头犬亚化细胞团，M2 亚化能力"冥世之门"。

紫色火焰将他们二人黏稠包裹，紫火不散发任何热量，却将两人周身的地面熔化成紫色岩浆，岩浆蔓延成一扇地狱之门的形状，靠近他们的实验体不慎掉进岩浆中，顿时被紫火吸附住，向深处拉扯，实验体痛苦尖叫着扒着边缘向上爬，慢慢化为一股灰烬。

双子亚化细胞团分开时虽然毫无用处，但融合时远比同级普通亚化细胞团强大数倍。

白楚年也注意到了靠近自己脚下的实验体，他们发现了整场战斗的指挥者，正不知死活地向上爬。

他双唇微张，口中的宝石蓝眼在鲜红舌面上转了两圈，目光死死盯住脚下正在爬动的实验体。

"退下。"白楚年说。

实验体们不约而同停止了动作，像受到了无形命令的摆布。

白楚年抬手，海浪高台上刺出万根冰刺，将靠近自己的实验体万箭穿心。

解决了脚下的麻烦，白楚年又将目光投向混乱的战场。

陆言冲在最前面，三千六百个擅长近战突击的兔子实体用身体保护着后方部队和远程狙击手，毕揽星操控植物生长成围墙，将实验体牢牢圈在研究所附近。

风暴部队的突击队员们射击精度因萧驯的"十环校准"，射出的子弹百发百中。

可即便如此，A3级人类的力量想单挑同级实验体还远远不够，A3级实验体已经具备了智慧，他们渐渐开始协同合作，人类伤亡数量剧增。

兔子实体数量锐减，陆言对抗永生亡灵时留下的伤口也撕裂了，他向前一个踉跄，半跪在地上，但并未倒下，而是奋力撑起身体，紧了紧腰间渗血的绷带，拉着手边的藤蔓挣扎着站起来。

场上每一个突发情况都被白楚年尽收眼底，点名仍在继续。

韩行谦和钟医生与PBB雷霆援护小组乘同一架飞机赶到研究所外，先把白楚年藏在吉普车后备厢的人质救了出来。

人质正是红狸一中坠楼事件中肇事学生甄理的父亲，他被绑在后备厢里将近三十个小时，靠身上扎的一管营养剂维持生命，此时已经严重缺氧，医生们迅速搬来仪器进行临时抢救。

飞机尚未降落时韩行谦就看见了坐在最高处的小白，那副冰冷漠然的样子让他感到陌生。

从前陆上锦把他捡回来时，他重伤濒死奄奄一息，可即便如此，小白仍在渴求活着，他忍着剧痛竭力向身边的医生护士展示着自己的乖巧无害，他想得救，很想活下去。

韩行谦也清楚记得，不久前自己趁他不设防时用独角读了他的心，那时候白楚年的心里在苦苦哀求"我不想死"。

他对生的渴望曾经如此强烈，可现在，韩行谦在他脸上看不到一丝求生的欲望，仿佛有人在信徒面前打碎了他的信仰，让他原地徘徊只剩绝望。

"看见异形雷达上显示的成长阶段了吗，他进入自由体阶段了。"钟医生也在观望着小白的状态，"成熟体未满十级之前意外进入下一阶段会导致恶化，如果升到十级再注入下一阶段，就会成为自由体。小白早已达到了九级巅峰，一定是某些契机促使他升到了十级。"

"是兰波。"韩行谦发现了白楚年舌头上灵活轮转的宝石蓝眼睛，直觉告诉他，兰波的身体已经被白狮吞噬，化为他成长的养料，兰波在一念恶化一念自由的临界点用自己的力量推了白楚年一把。

谈话间，钟医生发现自己脚下也出现了蓝色光环，白楚年将他的 M2 亚化能力"愈伤术"升级成了类 A3"天使俯首"。

韩行谦："陆言不行了，先给他治疗。小白一定在观察着所有人。"

钟医生尝试着发动能力，指尖青风藤缠绕生长，地面上随之生长出柔嫩的绿芽，在陆言脚下绽放出一朵白花。

花瓣将小兔子包裹住，再松开时，陆言身上的伤口迅速愈合，余下的治疗能力以溅落方式递减，传递给周围的伤者。

"好强的能力。"钟医生被自己展现出的前所未有的强大治愈能力震惊，眉头紧锁，抬手遮挡迎风飞来的木叶和土渣，"这样下去太危险了，得阻止小白了。"

韩行谦抿唇思索："看起来，他点到的人会得到暂时的能力提升，但相应地一定会产生巨大消耗，自由体的能量是无限的吗？"

"绝不可能，必然有个上限。他的能力是以崩掉世界现有力量体系为代价的，想必副作用会非常恐怖。"钟医生连连摇头，"你看他点名时大多只选 M2 级的进行强化，这是能量消耗最优解，强化 J1 级的会造成能量浪费，强化 A3 级的会让他消耗过快。"

"他不想活了吗，把能量全部耗尽，他会怎样？"韩行谦忍不住上前，被钟医生拉了回来，"我感受到了，他很痛苦。"

白兰地亚化因子笼罩了整个研究所大楼，弥漫在亚化因子气味里的悲伤浸染着每一个人的情绪。

虽然有钟医生的治疗留住场上的伤员，可部队伤亡数量仍在增加，甚至隐隐有被实验体倾轧的苗头。

白楚年慢慢站了起来，因长时间处在恶显期的病痛中而消瘦的身体有些单薄，在风中摇摇欲坠。

陆上锦让直升机努力靠近白楚年，想把他从不胜寒冷的百米高空中接下来，他也是 A3，知道发动如此大面积增幅的能力对自己的身体是一种何等强度的摧残。

但白楚年先一步发现了他，挪动脚步面向他，勉强一笑。

陆上锦诧异地发觉自己脚下出现了一圈蓝环。

他的 A3 亚化能力"强化瞬膜"被升级成了类 S4 级别的"强化封印"。

陆上锦直接被催发了能力，游隼飞翼展开时，全场实验体被当场控住，无法施展能力，目标从单个扩大成了群体范围，时间从一瞬延长到了整整三十秒。

韩行谦和钟医生立即变了脸色："局势不利，他开始点 A3 了吗?!"

"小白！住手！"韩行谦朝空中嘶吼，但已经来不及了，自己脚下也浮现了点名蓝环，他的 A3 亚化能力"天骑之翼"被提升至类 S4"圣兽荣光"，飘落的羽毛自行变为锋利飞刀，破甲穿入实验体体内。当体内攒满三根羽毛时，实验体眼睛亮起微光，当场倒戈，与其同伴反目成仇，撕咬厮杀，血腥相残。

将输的局面即刻扭转，实验体的能力被暂时封印，部队抓住这短暂的时机发起反攻，下手利落，杀伐凌厉、果断，迅速将失去战斗能力的实验体斩杀。

陆言跳起来用双腿从背后抱住一个实验体的头，匕首猛地插入大块头的后颈，双手用力一扳。实验体的颈骨连着亚化细胞团一同被斩断，热血向外喷洒，大块头的身体慢慢向后倒去，陆言跟着一起被砸在了地上。

他躺在地上，大脑一片空白，眼前天空倒转，云层鲜血淋漓。

"拜托了，这一切，快结束吧。"陆言剧烈喘息着，看着天空发呆，汗水混着眼泪和血污从眼角淌下。

他忍着痛艰难转过头，看向白楚年的方向，还有战斗能力的实验体破釜沉舟朝着白楚年所在的海浪高台爬去，索命般凄厉嚎叫。

一股力量促使陆言翻身爬起来，不顾一切朝着那个方向跑去，展开双臂做出阻拦的动作。小兔子把战术匕首横咬在齿间，双手端起插上最后两个弹匣的 Uzi，娇小的身体挡住实验体进攻白楚年的去路。

一根藤蔓蜿蜒爬来，毕揽星一条腿缠着藤蔓挂在半空，抱着步枪将缺口堵住。

趴在高架上的萧驯放弃狙击对自己威胁最大的实验体，将瞄准镜对准了白楚年脚下的目标。

先遣部队成功突入研究所，外部实验体失去反抗能力。

陆言已经忘记自己打空了多少个弹匣，冲锋枪的后坐力让他的手在发抖，最后变得麻木，失去知觉，只知道机械地瞄准射击。

他的鼓膜被枪声震得麻木，听声音都仿佛隔着一层雾气，恍惚间不知道是谁大喊了一声"小白——"。

陆言下意识向后看了一眼，瞥见了一道坠落的白光。

"楚哥！哥——！"

陆言撕心裂肺的一声尖叫成了白楚年失去意识前听到的唯一的声音。

他终于支撑不住，后颈细胞团爆出一团滚烫热血，整个人从百米高台跌落，如同上帝随手扔下的一把报废的枪。

天空早已被一片寂静灰蓝取代，时间变得无比漫长，兰波离开的第一个小时，白楚年想念了他三万六千次。

坠落的身体在落地之前陡然停滞，白楚年的身体被七八根凝固的海浪尖刺穿透，尖刺从背后没入，染红的尖端从胸前、大腿、侧腰、小腹穿出，血流顺着尖刺向下流淌。

白楚年仰起头，僵硬地抬起手。

原来他以为兰波永生不死，所以不够珍惜，他只会占有，与兰波的深沉相比是否太轻了？

固化的海浪慢慢融化，将白楚年从尖刺上放了下来，海水聚拢成一双手将他温柔捧起，让他漂在水面上。

白楚年嗅到了兰波的气息，急切地想要拥抱这团海水，但海水无形，嵌不进他的怀抱里。

"我感激锦叔和会长收留我，感激医生们奋力救我，感激学员和朋友们信我，感激你爱护我，这些感激，在我活着的时候还能不能还清呢？"

"我现在不敢大声说话，怕牙齿不小心把你咬碎，我怕世人忘了你，让你在其他神祇面前丢了面子……我不允许神被遗忘。"

白楚年自己身下浮现了一个蓝环。

"现在一切我都还清了，只是还欠你太多。我要你远离家乡，陪我留在陌生的地方，要你放弃悠闲生活陪我出生入死，要你自愿泯灭嵌在我身上，这些亏欠我实在还不清了，只好用这破烂身体换你永恒不灭吧。"

他点名自己，将自己的 M2 亚化能力"泯灭"进化为类 A3"复苏"。

舌尖的宝石蓝眼脱落，与捧起他的透明巨手结合，海水流淌成人鱼的形状，从透明开始幻化成形，海浪冲刷着他鱼尾上的蓝鳞，坚硬锋利的鳞片一块一块拥有了形状和颜色。

汹涌海水中，金发人鱼顶破浪涌直起身子，海水从他打湿的发间簌簌滴落，他垂着头，抱起失去血色的小白："randi……你违抗我的命令？"

由"泯灭"进化为类 A3 的"复苏"变为一种回溯能力，生死互换，以自己被泯灭的代价换回一个灵魂，修补他的身体，消除他的伤痛，让他新生苏醒，完好如初。

白楚年骤然被压缩成了一枚雪白的玻璃珠，从空中坠下，从兰波指间滑落，掉入海水中。

"nono, nowa（不）。"兰波慌忙扑进水中，狼狈地在浅滩上摸索寻找，海水被他搅翻，沙粒沾在他的肩膀和脸上，碎贝壳和水草卡进了他憔悴凌乱的鳞片缝里。

研究所大楼在战争中多处炸毁，内里储存的燃油和药剂大量泄漏，沿着断崖向海水中倾泻，海水变得浑浊，表面浮起一层彩色油膜。

兰波浸泡在肮脏油污中，失魂落魄地寻找不知在哪片沙子里的玻璃珠，皮肤被油污和带有颜色的药剂染得斑驳不堪。

岸上的人们被突如其来的变故惊得鸦雀无声，韩行谦突然发现异常："怎么回事，兰波的净化能力不见了？"

一枚洁白的玻璃珠从沙粒中滚了出来，兰波一把抓住，在污浊的海水中洗净，举到面前端详。

洁白的玻璃珠一尘不染，摇晃一下，玻璃珠就会发出一声"喵"。

玻璃珠中冰封着一片蓝色的塞壬鳞片，如琥珀般熠熠生辉。

兰波握紧了那枚玻璃珠，痛苦地蜷曲身体，把脸颊埋在臂弯中。

肮脏的水流让他的金发沾染污秽，他也曾设想过小白寿命将尽时的悲伤诀别，可这一天真正到来时，他从未感到如此失落。

是真的失去他了？兰波迟迟无法消化这个事实，他在水中睁着眼睛，沙粒在他眼前飞舞，再缓缓降落，与沙子融合，消失不见。仿佛小白的人生。

一阵空灵的笑声从天边游荡而来，被切断一左臂和一右手的永生亡灵随着夜幕降临。

永生亡灵已变得更加癫狂失控，他朝着停留在荒草中的吉普车飞去，将吉普炸得粉碎，却没发现里面的人质。

"人呢？把那男人交出来，交出来！"尖锐变调的嗓音带着一阵阵波动向外扩散，永生亡灵朝着援护小组的医疗飞机飞去，已经毙命的实验体受到死神召唤，灰白色的亡灵召唤体缓慢地从尸体上方爬起来，顿时场上如同丧尸围城，可不论是 PBB 部队还是 IOA 特工和国际警署警员，都没有力气再与亡灵召唤体一战了。

有的人开始祈祷，甚至潦草地写了几句遗言塞进头盔里。

"吵死了，别来烦我。"兰波从水中抬起头，双眼恢复了最初被捕捞上岸时充满野性的空洞蓝眼，喉咙里发出响彻万里海洋的悠长鸣音。

他身后的海洋开始暴躁涌动，巨浪从十米暴涨到三十米。

兰波背后的滔天巨浪成为一片与天空相接的深蓝背景，一张鲸鱼的庞大脸孔在浪涛中若隐若现，忽然张开巨嘴，发出一阵穿透云霄的鲸鸣之音。

潜于深海九千年的蓝鲸老爷子首次跃出海面，当这庞然大物跃起时，水位明显下降，蓝鲸坠入海中，滔天巨浪朝着研究所砸了下去，海水回流时，研究所被潮汐带动，大楼开始倾斜坍塌。

兰波的鱼尾尖在海面有节奏地敲击，频率很像莫尔斯密码。

鱼尾拍击水面的振动引起了大海的共鸣，兰波愤怒道："white lion（扫清一切，结束残局）！"

海中的人鱼聚集过来，数量成千上万，用尖锐利爪向上攀爬，长有鳞翼的人鱼在空中盘旋，随时准备用有力的脚爪抓碎亡灵召唤体的脖子。

海族登陆，海洋入侵，看似温柔承载万物的水，其蕴含的恐怖力量可以摧毁一切。海平面不断下降，露出了九个漆黑的凸起小岛。

小岛竟在移动，突然，其中一个小岛从水面拱了起来，一只直径足有十米的生有鳞甲的爪子破水而出，一把攥住岩石，沉重岩石在她的利爪之下显得十分渺小，片刻后，一个长满珊瑚和尖刺的硕大头颅从海中抬起，猛地睁开了金色的眼睛，一滴眼泪从泪腺中滚了出来，掉落进水里，凝固成一枚夜明珠，将漆黑的海水照得无比明亮。

兰波将脸颊贴在九爪海龙的一片比自己身体还大上十倍的鳞甲上，轻声怨诉。

陆地被海中升起的庞然大物遮蔽，岸上的部队被密密麻麻沿着断崖向上爬的凶猛人鱼逼得节节后退。

人鱼们接连跳到亡灵召唤体身上，张开血红大口，用锋利鲨鱼齿啃噬亡灵召唤体的身体。

人鱼的吞噬能力有目共睹，在数量的碾压下，亡灵召唤体数量锐减。

断崖下的大海在咆哮，仍有人鱼在向上攀爬。

萤因为害怕而端起步枪，对准了扑到面前的一条人鱼，然而那鳞片华丽的人鱼速度极快地一甩鱼尾，便从萤枪下躲了过去。

萤慌张后退，本以为那条人鱼已经走了，背后突然一冷，一个冰冷的身体缠了上来，脖颈环上了一双湿润洁白的手臂，粉蓝渐变的鳞片流光溢彩，指间有蹼，指甲尖锐。

一双妖艳的眼睛与萤不知所措的目光对视，人鱼柔软地从萤颈间游走到面对他的方向，语调魅惑。

人鱼是母系氏族，强亚体依附谄媚弱亚体，大多人鱼弱亚体鳞片灰暗，体态强壮高大，嗜血好斗，承担着保护族群的任务。近百年来，权力与美貌并存的兰波一直是涯族万千强亚体仰慕崇拜的对象。

在海底，漂亮可爱的小弱亚体是很少见的，人鱼们见到陆地上的柔软小弱亚体自然而然被吸引。

兰波充满威严警示的悠长鸣音从岸边响起。

人鱼受到王的震慑，亲了萤脸蛋一口，迅速向战场爬去。

"欸……"萤抱着枪，脸变得滚烫通红，好在作战服还算厚实，能遮挡住他闪闪发亮的屁股。

海中巨龙听到兰波的哭诉，皮甲纹路愤怒地亮起金红光线，像在漆黑岩石之间流淌的滚烫岩浆。

海龙的一只巨爪缓慢地搭在了断崖上，断崖在她掌心就像烂泥一般，被踩进海中。泥石融化，与海水融为一体。

她每向前一步，就有一大块山石被按进水中，水位不断上涨，有限的陆地面积在缩小。

她在蚕食陆地。

何所谓在直升机上看见了这骇人的景象，连忙向上级报告。

上级回答："我们在请求 IOA 会长前往与其首领交涉，在此期间我们的人务必不要与海族发生冲突，以免进一步激怒首领。"

"是。"

永生亡灵一直围绕在援护飞机边，他嗅到了那男人的气味，于是发了狂，但他已经失去了一条手臂和另一只手，只能用残损的身体重重撞击援护飞机来发泄愤怒。医护人员抱着头逃离永生亡灵的攻击范围。

兰波从海中走了上来，鱼尾变作修长双腿，海水凝结成丝绸，缠绕在他身体上，他犹如从古希腊的神秘壁画中走出来一般，每一步落地时脚下的地面都会刺啦绽开几道闪电。

兰波走到援护飞机旁，一拳击穿飞机外壁，将里面浑身插着急救设备的甄理父亲生生拖了出来，攥着脖子提在手中，与提着牲畜家禽并无分别。

附近的援救医生们根本不敢靠近阻拦，恐怕多迈近一步就会被高压电打成灰烬。

兰波提着那男人，一步步朝永生亡灵走去，男人痛苦地想要掰开攥在自己脖颈上的手，但那看似纤瘦的手指不论他如何挣扎也纹丝不动，男人只能任由兰波攥着，在砾石地上拖出一道白印。

兰波掂了掂手中还剩一口气的男人，对永生亡灵道："想要？拿我的东西来换。"

永生亡灵一见那男人的脸，笑声变得更刺耳了，他从口袋里摸出一颗粉白的大珍珠，抛到空中，珍珠悬浮在他面前："你说这个？反正也没用了，给你就给你。"

珍珠自动飘浮到永生亡灵的白布斗篷下，躯体伸展成一名洁白的蓝眸少年，顶着亡灵斗篷站在地上。

他腿侧留有一道尚未愈合的伤，是生生拔掉塞壬鳞片留下的。

珍珠不过是个早已死亡的躯体，因为驱使物亡灵斗篷的存在才得以获得意识。他的灵魂已被白楚年泯灭，尸体也无法在世间停留太久了。

"去啊你，磨蹭什么?!"永生亡灵从身后撞了他一把。

珍珠有些迟疑，小心地朝兰波走去，距离兰波还有两三米远的时候，就害怕地停了下来，仿佛攥着不及格的试卷在门外徘徊的小孩子。

兰波将手中的男人地给永生亡灵，单膝蹲下，朝珍珠张开手。

珍珠海蓝色的眼睛忽然明亮起来，加快脚步一路小跑，扑进了兰波怀里。

"Siren。"珍珠软软搂着兰波的脖颈，崇敬地呼唤王的名字。

珍珠把脸颊埋进兰波颈窝亲昵吻他："boliea youyi（我有罪）。"

兰波低头吻他眉心："blasy kimo，slenmei kimo（保佑你，安息吧）。"

永生亡灵得到那男人之后，兴奋地在脚下铺开了一整面潘多拉魔镜，永生亡灵张开双臂，胸下镜中倒映着一位金色天使，镜中天使脚下乞讨的手对应着镜面外扭曲的鬼手。

永生亡灵微笑："J1亚化能力'船下天使'。"

"救命，救命!"男人惶恐地拼命爬起来想逃走，却被鬼手缠住手脚，一寸寸向镜中拉扯。

"在里面体会永生吧，你会见到你亲爱的儿子，今后每一天，你们都会体验坠楼的死法。"永生亡灵露出残忍笑容，体内的波动一阵一阵向外辐射，被这波动波及的队员和医生，猝不及防喷出一口鲜血，瘫倒在地上。

韩行谦把钟医生保护在身后，但恶化期的实验体爆发的波动对他而言也是不小的冲击。

"这么多天没有补充，永生亡灵的能量也总该耗尽了……"韩行谦虽然还能勉强站立，唇角却也在不停地向外渗着血丝。

珍珠抱了兰波许久，才依依不舍地松开手，噘起嘴乖乖在兰波颊边亲了亲，然后推开兰波，从他身上跳了下去。

珍珠朝着永生亡灵的方向奔跑，化成一道紫色闪电，在永生亡灵身后突然现形，紧紧抱住永生亡灵的身体，向镜中重重一坠。

珍珠沉入镜中时，仰头用口型对兰波无声地说："daima，onoyi（永别）。"

永生亡灵毫无防备被他拖下了水，珍珠双腿并拢恢复洁白鱼尾，死死抱着永生亡灵向魔镜深处游去。

永生亡灵堕入镜中，镜中的金色天使被换了上来。

天使舒展六翼，双手怀抱自己，金色羽毛簌簌飘零。

"是金曦！"韩行谦认了出来，他和小白去红狸一中查探情况时，金曦同学的照片就压在班主任办公桌的玻璃板下。

兰波踏上镜面，化身蓝色闪电出现在天使面前，扣住天使脖颈，召出一把水化钢匕首，插进了天使的心脏中，动作凌厉，没有一丝犹豫。

金色天使扶着插在心口的匕首倒下，躺在镜面上剧烈喘息。水化钢匕首消散，天使的伤口开始缓缓愈合。

而魔镜之上，所有重伤濒死的队员忽然感到痛苦减轻，身上的伤口在跟着天使的伤势一同愈合。

金曦的 J1 亚化能力"云上天使"，当他的受伤程度与伤者重合时，将会带领伤者一同痊愈。

战场硝烟渐渐散去，重伤倒地的战士们惊讶地检查自己身上的伤口，诧异地爬起来，翻看双手和四肢。

永生亡灵的魔镜消失了，珍珠只剩一个空壳，掉落在地上，光洁的表面砸出了裂纹和窟窿。

一股微风吹来，破损的粉白大珍珠朝海水滚去，在沙粒和水草中找到了白楚年带出来的那枚草莓牛奶玻璃珠，把玻璃珠套进自己的空壳里，消失在无边无际的大海中。

兰波沉默地站了一会儿。

许久，他转身向岸边走去，向后轻身一跃，坐在了巨兽海龙的头顶上，轻蔑扫视脚下的人类，宝石蓝眼冷漠扫动："逃吧。看在小白的分上，给你们活的机会。"

海龙抬起趾爪，向更前方的陆地爬行，她每落下一步，爪下的一块陆地就会坠入海洋，融化成水，与大海合而为一。

"请您住手！我们会长有话跟您说！请您住手！"一位IOA特工端着笔记本电脑挡到海龙面前，电脑上显示着言逸的实时视频通话。

屏幕上言逸穿着军装，手托军帽，严肃而不失恭敬："Siren，很抱歉我此时正在进行抓捕艾莲的工作，无法脱身与您面谈，请你冷静，不要冲动。"

兰波挑眉："言逸，你想与我对抗吗？"

言逸回答"我不想，我知道你失去小白很痛苦，我们也一样痛心，但陆地是无辜的，让所有人一起陪葬也救不回小白。"

兰波突然瞪大眼睛，手指抠在海龙鳞甲上越发用力，青筋暴起："无辜吗？他全部的寿命不过一百年，我想好好陪他到生命结束，为什么要从我手里夺走他……杀白楚年，毁我海洋，我分不清你们的区别，你们都该死。"

"小白不会想看到陆地被湮灭的局面的，对吗？"

兰波眼神颤抖，沉默良久。

"离开吧。"言逸恳切劝道。

"好，我可以不动手。但我要告诉你一件事。"兰波抬手举起白楚年湮灭成的玻璃珠，洁白的玻璃珠内封存着一枚美丽的蓝色鳞片。

"塞壬鳞片被湮灭在了里面，我的净化能力也一起被封印了。"兰波笑了一声，"海族供养人类千万年，予取予求，现在我收回所有恩赐，你们……自生自灭吧。"

"等你抓到艾莲，送到加勒比海，跟我换一个再谈的机会。"兰波拍了拍海龙的鳞甲，"我们走。"

他双腿合并成鱼尾，跃入海中，海龙拖动沉重庞大的身躯，掉转方向，沉入水中，岸上的人鱼纷纷跟随入水。

炎炎夏日，海面开始结冻，冰封从断崖下开始延伸，向大海中央凝结，覆盖封存了整个海面。

离开后，兰波沉入了深海，躲进砗磲缝里颓废地睡了半个月。

珊瑚里的小鱼殷勤游来用嘴吻给兰波按摩和清理身体。

兰波翻了个身，不耐烦地扫开一条笨手笨脚的小鱼："滚开。"

他因倦疲惫地翻了个身，趴在柔软的砗磲里发呆。

他身边放着一个扇贝，缓缓张开贝壳，里面含着小白的玻璃珠。

兰波拿起小白的玻璃珠端详，轻晃一下，玻璃珠就"喵"一声。

他亲吻了一下小白的玻璃珠，玻璃珠一下子从洁白变成粉红，还有些发热。

这让他感到了莫大的安慰，吹了个水泡把玻璃珠放在里面，带着小白在海中散步。

墨西哥湾暖流从佛罗里达海峡启程，裹挟着暖意席卷了大西洋，兰波仅能在海洋里找到这样一点点陆地的痕迹，怕小白想念家乡，于是捧着玻璃珠伸进温暖的洋流中，让他感受风的形状，向流浪的风介绍他的姓名。

第四卷

我未远去：神使重生

第十五章

艾莲的审判

　　海族撤离了陆地，海水退潮，露出即将崩塌的断崖，研究所大楼地基受损，隐隐有倾倒的趋势。

　　陆言追到断崖边努力张望，兰波已经带着小白的玻璃珠和粉白珍珠不知所终。

　　"别走……带手机了吗……什么时候回来呀……"陆言筋疲力尽，忽然感到浑身一阵酸软，眼前模糊就倒了下去。

　　身体被一团柔软的藤蔓接住，轻托起来，陆言浑浑噩噩蜷缩起来，小小一团被托在交织的藤蔓里。

　　毕揽星飞奔过去，把陆言抱出来，轻手轻脚坐在地上，让他趴在自己肩窝边，释放着所剩无几的安抚因子。

　　"楚哥不会有事的，我相信他。"毕揽星并非无法接受白楚年被泯灭的事实，这么长时间以来，白楚年的稳健让他无比信任，这给了他极大的自信，让他坚信楚哥不会轻易死去。

　　"你伤势怎么样？"

　　陆言作为前锋突击手，是最容易受伤也最消耗体力的，这次战斗中，面对上百个 A3 精英实验体，他一步都不曾后退。

　　陆言迷糊地睁开眼睛，看见毕揽星的脸挨在自己近侧，便立刻红了眼眠，鼻音浓重：

"楚哥死在我面前……我没有抓住他。"

"他不会死的。"

"为什么？"

"不为什么，我就是知道。"

毕揽星坚定的语气让陆言安下心来，仿佛楚哥真的只是和平常一样去出差了。陆言呼吸平稳了许多。

毕揽星试着检查他的伤势，却在他身上摸到了一手血。毕揽星慌忙寻找伤口，发现他的作战服被撕破了，十几道伤口皮肉外翻，露着森白的骨头。

"别动，别动。"陆言闭着眼嘤咛，"你一动我就疼得恶心。"

"我把你抱到援护飞机上。"

"不行，我动不了了，别动……"陆言用受伤最轻的左手抓住毕揽星的衣襟，拽了拽，"……你放开我……我刚刚看到我爸爸了……"

毕揽星尽量用其他话题转移他的注意力："让陆叔叔教训我吧。"

毕揽星轻轻捏了捏陆言："别睡。"

战场残局混乱，陆上锦跳下飞机焦急地在人群中寻找陆言，分开几个工程兵挤过来时，刚好看见毕揽星护着陆言那一幕。

他快步走过去，俯下身子蹲下来，把陆言小心地接进怀里，给他释放大量安抚因子。

父亲的高阶安抚因子给足了陆言安全感，陆言趴到陆上锦肩头昏昏欲睡。

陆上锦扫了眼毕揽星身上的伤："去清理伤口包扎一下。……咱俩回头找时间认真谈。"

毕揽星还在担心阿言会不会挨骂，听罢立刻站直身子，给陆上锦敬了个礼，严肃道："是。"

陆上锦无奈，把最后的安抚因子也释放完之后，将陆言送上援护飞机，交给了韩行谦。

昏迷的金曦也被医生们抬到了担架上，戴上控制器和手铐，送上援护飞机进行抢救。

先遣部队成功深入研究所大楼内部，在地下防空区找到了躲藏在里面避难的一百多位研究员。

部队带着研究员离开避难区，当心有余悸的人们陆续跑出研究所时，一阵断裂声响从大楼内部发出。

楼内的设备启动了自毁程序，设备内部的炸弹接连引爆，一连串的爆炸让大地都在震颤。

"糟了，主承重结构被炸毁了。"爬虫观察着电脑上的平面图，他被提升成"平行位面破解版"的能力在白楚年泯灭后发生了降级，无法远程修补大楼。

多米诺扇动蝴蝶翅膀带着爬虫飞离爆炸波及范围，恨恨道："炸毁证据，毁尸灭迹，艾莲早有准备。还会死灰复燃吗？我很害怕。"

爬虫突然发现电脑平面图上显示已经坍塌的位置发生了变化，有人在从已经塌陷的位置向外爬。

这时，负责监测异形雷达的队员突然大喊了一声："发现了两个幸存的A3级实验体！"

"两个？"爬虫刚放松下来的神经又紧绷起来，无意间抬头，遥远的大楼顶端出现了一个颀长的黑色身影，与背后的黑夜几乎融为一体。

大楼内部早已被炸弹爆破成蜂窝，从承重结构开始坍塌，主承重终于不堪重负，从中间碎裂开来，那高耸入云的大厦顷刻间坍塌，爆破的浓烟一下子溢满了空气，战士们戴上防毒面具向内部搜索。

何所谓在直升机上看得更清楚，他看见废墟中有人爬了出来。是一个衣服破烂步履蹒跚的球形关节人偶，背着一个人类艰难地从废墟中爬出来。

人偶娃娃的衣服被爆破弹片切割成褴褛碎片，一条条挂在身上，光洁的陶瓷躯体后腰印有一只红背蜘蛛图案。

人偶师所烧制的绝版人偶都会印有这样的品牌 logo，这是使用能力"上帝之手"时必然留下的印记。

"是厄里斯和人偶师！"何所谓当场准备发布围剿命令，但当他拿起对讲机时，嘴似乎被封住了，声音哽在喉咙里，无法说话。

他警惕地低头搜寻，发现了大厦顶端的那个黑色身影。

那人穿着风衣，金色竖线猫眼凝视着何所谓，抬起食指竖在唇边，食指指根的蓝宝石戒指闪过一丝寒冷的光。

何所谓暂时无法说话，于是立即举起手，向身边其他队员以手势传达命令。

距离厄里斯位置最近的精英队员接收到了命令，启动亚化能力朝厄里斯追去。

厄里斯此时状态非常差，体力消耗极大的同时还背着一个身材高挑的人类，面对精英队员的追杀或许无法全身而退，这是击杀厄里斯的最好机会。

立于顶端的黑豹转过身，对追捕队员竖起食指，贴在唇边，双眼在黑夜中泛起暗金光泽：

"魔附耳·兑。"

追捕队员的亚化能力即刻被封禁，速度陡然变慢，与厄里斯拉开了距离。

厄里斯趁机放出一缕诅咒金线，借力带着人偶师逃出了精英队员的包围。

黑豹冷漠收手，轻身一跃落下高楼，隐没进夜色中。

更深露重，警犬在废墟中嗅闻排查炸弹和搜索证据，国际刑警在废墟中收集证据，一些战士在打扫战场。

大厦坍塌炸出的烟雾散去，空气中仍旧弥漫着一股火药燃烧后的刺鼻气味和血腥味。

陆上锦独自坐在断崖下的砾石滩边，抓了一把石头向海里扔。

手机振了一下，有人来电，陆上锦接了起来。

是言逸打来的，但没有说话，只是静静地用呼吸声陪了他许久。

"言言，我上一次感到这样无力还是十七年前。"陆上锦轻搓手中卵石，"我的孩子们是普通人就好了。"

"锦哥，来找我，我在红狸培育基地废墟附近。"

凌晨时分，红狸市还在沉睡中，公路上车辆稀少，暗淡的路灯排列在道边，周围寂静无声。

红狸培育基地被白楚年洗劫之后便废弃了，远远望去灰败陈旧，没有人把注意力放在一个无人问津的破建筑上。

陆上锦收拢羽翼，轻身落在路灯上，抖了抖羽毛将翅翼收回。

言逸托着军帽在路灯下徘徊，昏暗灯光映着他的侧脸，通红的眼眶里嵌着一双布满血丝的眼睛，身边的一面墙上多了几个碎裂凹陷的拳印，言逸的右手拳骨擦破了皮。

他听见了空中羽翼拍打气流的声响，勉强整理了一下情绪，戴上军帽，转身面向红狸培育基地的破旧入口："我让警员和军队在一公里外待命，我们亲自进去。"

言逸摘下耳上的通信器扔到脚下，轻踩上去踩碎，与监听人员切断了通信。

陆上锦从路灯上跃下，落在言逸身侧后方，戴上了一双黑色手套，摸出一把手枪上膛。

"嗯。"

培育基地内被雷电劈中引发火灾烧成了废墟，桌椅被焚烧殆尽，墙面也覆满了炭黑。

积水沿着破裂的天花板向下滴，一片黑暗中，只听得见静悄悄的水滴声。

言逸一路向最深处走去，直到看见走廊尽头的门缝里透出的一丝微光，两人加快脚步，一脚踹开了门。

门内强光照了出来，言逸抬手遮挡，这房间里灯光明亮，家具摆设都是崭新干净的，中央摆着一张大的银色弧形办公桌，艾莲就坐在电脑后，手边的桌面和地板上横七竖八扔着空红酒瓶。

她红发干枯凌乱，颈窝深深凹陷，瘦得脱了相，她跷起腿，转动转椅面向门口站立的两名不速之客，穷途末路，姿态却依然优雅。

"会长先生。"艾莲先开了口，观察了一番言逸的神态，"我不过销毁了几个货物，你怎么这样伤心？"

"是吗？对你来说，那些有思想有感情的实验体就只是货物吗？"

"我的初衷只是制造武器，和普通的军火一样，怪他们自己有了思想，疼痛就明显了许多。"艾莲倒了两杯红酒推给他们，"来吧，喝完就带我走吧，上国际法庭，我愿意回答你们的问题。"

艾莲知道109研究所已然被彻底炸毁了，里面的一切秘密都将永远埋葬在地下，没有证据能指控她进行非法人体实验，她有恃无恐。

言逸端起酒杯，转了转观察成色："倒也不急这一时，你不好奇我为什么知道你在这里吗？"

艾莲冷笑："你手下有上百名秘密特工，有什么是你不知道的?!"

"我没有动用特工。"言逸道，"有人告诉我，这里是你们共同建立的第一个项目基地，唯一美好无忧的时光是在这里度过的。"

艾莲的脸色倏然变了，她放下酒杯，冷声质问："谁？告诉你的?!"

"你心里清楚。"

"林灯。"艾莲用力攥着玻璃杯，把牙咬得咯吱作响，终于慢慢冷静下来，"我放了他一马，他又背叛了我一次。看来分手的决定是正确的，我讨厌不忠的男人，下次见他，我会杀了他。"

言逸端详着她的反应，她似乎对于林灯还活着这个消息并不惊讶。

"另外，"言逸又扔给了她一个一次性U盘，"你可以自己看一下。"

艾莲狐疑地抬眼瞟了言逸一眼，摸走U盘，插进电脑读取内容。

她全神贯注盯着电脑上弹出的文件，表情从冷静逐渐变得难以置信。

艾莲猛地站起来，一把推翻了电脑显示屏，又掀翻了办公桌，满桌的红酒瓶坠落在地上，噼里啪啦摔碎，红酒溅到艾莲的白西装裤上，染红了一大片布料。

艾莲失去理智，抽出 U 盘在手心里攥成了碎片。

U 盘里的内容是 109 研究所特种作战武器计划的完全复刻版，只有艾莲身边最亲近的人才拿得到如此周全的证据，这小小的一个 U 盘会成为铁证，让艾莲再无翻身的可能。

言逸又从指间翻出一个同样的 U 盘："你尽管砸，我还有许多副本。"

艾莲撑着断裂的桌面站稳脚步，她真的没想到，在即将一无所有之前，她花费所有心血保下来的萧炀会从背后捅自己最致命的一刀。

"我……人生唯有两次心软，一次是放走林灯，另一次是……放走萧炀。"艾莲攥碎了地上的酒杯，掌心扎得鲜血淋漓，"他们怎么那么像。"

"你去告诉林灯，"艾莲狠狠瞪着言逸，"告诉他，我收买了他做换腺手术的小医院，他的换腺手术是我做的，换下来的灯塔水母亚化细胞团被我做成标本放在了别墅床底的巧克力盒子里，他没有逃离我，是我放他走的。"

艾莲说这话时，手摸进了口袋里，迅速抽出了一支粉色药剂，朝自己脖颈动脉扎了下去。

陆上锦的反应速度远超艾莲的手速，一枪打中艾莲右手，将药剂从她手中击飞。

艾莲一脚踹翻桌面挡住言逸，蓝玫瑰亚化因子从后颈爆发，背后展开一对翠色羽翼，悬停于空中，施展 A3 亚化能力"灵魂虹吸"。

蜂鸟 A3 亚化能力"灵魂虹吸"是能量抽离型能力，范围内目标使用亚化能力时将触发虹吸，距离艾莲越近，能量被吸走的速度越快。所吸收能量将持续供给艾莲本身使用。

一旦被"灵魂虹吸"刺中，目标会被抽干能量和体力，浑身无力瘫软倒下。

但言逸并未倒下，他的能量被艾莲汲取进体内，却面色如常，反而是艾莲血液流速变得极快，浑身血管都膨胀到从皮肤上突了出来。

"吸 S4 的能量，你承受得住吗？"言逸话音未落，身形原地消失，瞬间在半空现身，抓住艾莲的手臂，在她腹上用了 J1 亚化能力"高速弹跳"。

这强大的冲击力当即打断了艾莲一侧的肋骨，后脊将金属墙壁撞出了一道深坑，她喷出一口血雾。

艾莲目眦欲裂，挣扎伸手去摸桌上的枪。

言逸身形隐现瞬移，出现在她面前，手中枪口抵在艾莲眉心，军服胸前的流苏微微摆动。

"特种武器时代结束了，不要再反抗。你应期盼自己能被判处死刑，海族首领在指名要你，如果落在 Siren 手里，你会是怎样的下场，需要我现在替你做个设想吗？"

艾莲还试图脱身，用左手指尖去钩墙面上的尖尾螺丝，陆上锦抬手一枪点射，断了她的无名指第一指节。

艾莲被收押，在此期间接受了国际刑警的调查取证，从出生至今的一切经历，再追溯到父母和祖父母，全被查了个遍。

他们发现艾莲的父亲在她六岁那年逝世，他一生有两任妻子，两任妻子均已辞世。

在两任妻子的年龄上，警员发现了疑点，第一任妻子的年龄与第二任妻子相差极为悬殊。

警方继续追溯，发现艾莲父亲的身份经过了伪造，他的实际寿命长达一百二十二岁，但并没有引起媒体注意，他也没有在任何书刊和报纸上炫耀过自己的长寿秘诀，显然在刻意隐瞒自己的真实年龄。

警方调出关于艾莲父亲的蛛丝马迹，发现仅能找到他十九岁之前的照片，似乎他的容貌停留在了十九岁。

确认艾莲父亲的真实容貌后，调查工作进行得顺利起来，因为他是那个年代非常有名的一位魔术师，随着时间推移，他的技巧逐渐过时，慢慢淡出了大众的视线。最潦倒窘迫时他带着女儿在巴黎街头表演街头魔术，他将手捧的蓝玫瑰变成白鸽，女儿站在身边给他拉小提琴。

人们并不在乎他晚年过得怎样，只记得他名誉满身时高傲地说过一句风靡世界的名言：

"我至高无上的理想，是让全世界为我的谜团而疯狂。"

艾莲的档案被整理封存，一起移交给了国际刑事法院。

国际刑事审判庭。

十二位法官威严落座，审判长宣读法庭规则，顿挫庄严的嗓音在空旷的大厅内回荡。

国际刑事法院指控 109 研究所院长艾莲在药物研究中涉嫌非法进行人体实验，非法制造生物武器，将以危害人类罪对其提起公诉。

旁听席上全是身份贵重的国家领导人和国际组织主席，法庭内外均由高阶特种武装部队和国际刑警负责安全保护。

言逸座位面前的名牌印有 IOA 自由鸟标志和名字，他身边坐着的是 IOA 南美分部的犰狳会长，一位女性 A3 亚体，拥有健康的小麦色皮肤和一条包覆鳞甲的有力长尾。

犰狳在桌下用手肘轻碰了碰言逸，浓密的睫毛微微上扬："李妄那老浑蛋来了。"

言逸抬起眼皮，瞥了一眼被保镖簇拥着走进来的亚体，男人脊背微驼，却长着一张年轻的脸，明显的下三白眼稍显刻薄狡猾，手中握着一把黑伞，军服外套扣子忘了系，衬衣领口一半掖在里面，一半露在外面，与从前任职国际监狱典狱长时同样邋遢随性，让人觉得他不该穿脚上那双高定软牛皮鞋，而应该趿拉两只人字拖。

李妄为荧光蝎的突变种，赫拉魔蝎，曾服役于 PBB 风暴特种部队长达十一年。

李妄将黑伞递给身边的黑衣保镖，自己手插着兜悠哉地走到言逸身边坐下。他桌前的名牌上印有"国际监狱　典狱长　李妄"的字样。

"警署公开监控我看过了，会长抓捕艾莲的英姿我欣赏了许久，以为凭她的'灵魂虹吸'至少有可能阻一阻你。"李妄手肘抵着座椅扶手向言逸旁边探身，"一招制敌，潇洒。永生亡灵被收押之后，再也没 A3 与你有一战之力了。"

言逸不想接他的话，只是淡淡寒暄："官复原职，恭喜。"

"同喜，同喜。"李妄歪扭着肩膀坐着，在一众端庄严肃的公职人员间显得格格不入。

"来。"李妄慢腾腾伸手进西服兜里翻找，摸完左口袋摸右口袋，言逸皱眉瞧着他，等他的下文。

李妄摸索许久，从裤兜里找到了东西，摸出来攥在手里，递给言逸。

言逸不知道他要耍什么花样，一粒糖果却落在了手心里。

"喜糖。"李妄重新歪扭地坐了回去，军服上的流苏随着他的动作晃荡，凌乱地挂在纽扣上。

言逸冷冷地扯了一下嘴角，把糖扔给自己的保镖。

半个月前，金曦在 109 研究所前被国际警署逮捕，并且暂时收押，随后国际警署在世界范围内清点损失，永生亡灵 M2 亚化能力"死神召唤"所召唤出的亡灵召唤体在各大城市造成大型灾难，伤亡不计其数，城市设施也受到了严重破坏，金曦或将面临终身监禁的惩罚，他的父母被指控虐待罪，此案尚未开庭。

不过，在这场永生亡灵灾难中，国际监狱也受到了亡灵召唤体的袭击和破坏，犯人死伤过半，典狱长直接被撤职，连言逸都没机会保他。

李妄聪明地从众人观线中隐退，避开了这场灾难，尘埃落定之时，顺利官复原职。

虽然 109 研究所已经被取缔，但尚有大量的实验体流落在民间，以原红喉鸟成员尼克斯为首在加拿大成立的反人类实验体组织"白雪"，仍对人类安全存在极大威胁。

　　一部分党派和国家力挺李安复职，理由冠冕堂皇，实际上却是为了削弱 IOA 的权力，以免 IOA 同时联合掌控 PBB、国际商联和国际监狱，将来势力膨胀一手遮天。

　　李安自嘲走运，言逸心里却很清楚，他的运气另有来由。

　　"清扫战场时，是你的人放走了厄里斯？"言逸边说边瞧了一眼站在李安身后的保镖，黑豹面容冷漠，金棕色皮肤，棱角分明的脸上嵌着一双金色猫眼，黑手套外食指上戴着一枚蓝宝石戒指。

　　"话不能乱说，你这是诬陷，嗯……"李安瘦长的手指在扶手上悠闲轻敲，品味了一下言逸口中"你的人"这几个字，顺势抬手去扶身边的保镖，黑豹不动声色往远处挪了一步，让李安抓了个空。

　　李安倒也不恼，尽量坐端正了些："开庭了。有的人啊，就是喜欢硬碰硬，不肯服软，总要受到严厉惩罚的，你说是吗，会长？"

　　言逸当他是在说艾莲，点了点头。

　　站在他们椅后的黑豹手垂在身侧，拳握得太紧，骨节轻响，拳骨微微打颤。

　　艾莲接受审判的同时，流浪实验体抓捕行动也已经悄然展开，由于实验体人权尚未被完全承认，因此除去归各国家、组织所有的实验体，不允许无主实验体在外流窜。

　　一部分在外流浪的实验体愿意投诚 IOA，但也有相当一部分实验体不信任人类，选择逃往加拿大劳伦斯山脉中的白雪城堡。

　　风暴部队派遣的追捕小队由何所谓带队，他带领一支精英队伍进入了劳伦斯山脉。

　　暴风雪将他们追逐的一个实验体的脚印迅速掩盖，飞扬的雪沙遮挡了队员们的视线，前方隐约能看见一座城堡的轮廓。

　　追捕队伍继续行进，直到看清城堡全貌，何所谓举起望远镜，朝那座被皑皑白雪覆盖的城堡观望，看样子他们的目标已经逃进去了。

城墙外留下了许多爪痕和弹孔，显然这里不久前刚经历过一场保卫战。

蓝白相间的连绵城堡安静矗立在中央，可以看见每座独立的尖顶圆楼的阳台都种植着月季，鲜花盛开，品种颜色各不相同。

每一扇阳台小窗透出暖黄色的灯光，一个白裙子女孩忽然推开窗户，端着水壶探出半个身子给月季浇水，浇完一个阳台后，就展开蜻蜓翅膀提着水壶飞到另一个阳台。

何所谓向更深处窥视，一扇未拉蕾丝窗帘的小窗后，有个身穿墨绿旗袍的女人坐在梳妆台前挑选口红，对着镜子试颜色。

何所谓仔细对照她的样貌，确定她正是通缉名单上的逃犯，孔雀奇生骨。

城堡里时不时发出一些小孩打闹的吵嚷声，精致的木刻齿轮小鸟在院中飞翔和鸣叫。

这座白雪戒堡与墙外的暴雪狂风俨然两个不同的世界，望着里面的盎然景色，似乎能暂时忘却身上的寒意。

何所谓将望远镜向上抬，在城堡最高处的尖顶钟楼上发现了危险分子。

大钟的表盘上显示现在的时刻是下午三点五分，厄里斯坐在横平的钟表时针上，双手攥着短裤背带，两条球形关节腿在空中荡来荡去，两只眼睛的瞳仁诡异地变成了黑色叉号，身后背着一把一人高的银色剪刀。

厄里斯察觉到城堡外陌生且带有敌意的气味，叉号眼珠向他们所在的方向偏移，突然抬起双手，钩住唇角猛地扯到耳根，对他们做了一个恐怖的鬼脸：

"走开。"

唯独恶化期实验体能发出的强烈压迫感沉重地压了下来，城堡外围一圈的生物都受到震慑，逃窜离开。

何所谓脊背一冷，命令所有人后撤十几米，见厄里斯没有冲过来的迹象才停下，向身后打了个手势。

贺文潇将异形雷达扫描出的结果告诉了他——

特种作战武器编号 61012

代号：咒使

分化等级：A3

本体：全拟态使者型无生命实验体

成长阶段：恶化期

分析结果：咒使情绪平稳，无攻击欲望。

何所谓拿起对讲机："目标已进入白雪城堡，咒使守在入口，请指示。"

"撤离返程。"

"是。"

有了对付永生亡灵的经验，面对恶化期实验体坐镇守卫，几乎没有人会选择正面冲突。

城堡上的大钟分针向前走了几个格，碰到了厄里斯的头。

厄里斯回头看了一眼表，三点十分。

"三点十分！三点十分！"厄里斯欢呼着从高处跳下去，双手攀住阳台的月季花架向里一荡，花瓣绿叶簌簌飘落，引来奇生骨的几声臭骂。

厄里斯翻进了人偶师的工作间，随手推门进去，工作台边的壁炉燃着暖烘烘的火焰，三个白胖的孢子婴儿趴在地毯上津津有味地嗦着半条章鱼足。

"谁让你们进来的？"厄里斯挨个一脚踢飞，孢子婴儿啪叽贴到墙上，流淌下来又圆润地恢复原状，爬回地毯上继续嗦。

人偶师正坐在工作台前用麂子皮擦拭一对新淬出来的玻璃眼珠。

听见厄里斯进来，人偶师头也没抬："把头摘下来放桌上。"

厄里斯迈过满地堆积的尚未打磨组装的娃娃肢体，小心落脚，免得踩坏任何一个小零件。

他双手抱住自己的头，用力向上提，从脖颈上摘下来，拿掉金属钩上的筋，把头放到人偶师的工作台上，然后自己去壁炉边捡了根小木棍，穿过用来钩住头的皮筋架在脖颈上，避免皮筋缩回去，回到床上坐着等。

人偶师沿着细缝撬开了厄里斯的头壳，把眼珠从里面抠出来。

这对眼珠变成了叉号，着实影响美观，人偶师不允许瑕疵出现在自己优秀的作品身上，于是耐心地给厄里斯换上了一对新眼珠。

然而刚把新眼珠粘上去，浅绿色的漂亮瞳孔就又变成了叉号。

人偶师叹了口气。

他已经尝试过陶瓷、树脂、木头、玻璃四种材料，可不论什么材质的眼珠，一旦按进厄里斯的眼眶内就会立刻打上黑叉，这是恶化期不可避免的表现。

人偶师揉了揉鼻梁，舒缓疲劳的眼睛。他有些后悔当时急于摆脱白楚年他们的视线，没提前与厄里斯商量就假装被章鱼克拉肯拖进深渊，他知道厄里斯一定会追下来，却没想到这一做法竟然直接刺激厄里斯进入了恶化期。

"我会像永生亡灵一样失控吗？"厄里斯的头在人偶师手中开口问，"你会为了保护家里那些没用的小孩而打碎我吗？"

"不会。"人偶师回答。

拿到促联合素后，人偶师夜以继日研究了半个月，用厄里斯做实验，检测亚化细胞团的变化，发现恶化失控的根本原因在于亚化细胞团成长阶段过高，与身体内脏和大脑细胞不兼容，因而引发精神失控暴走。

然而厄里斯既没有身体，也没有内脏，更没有大脑。

"好吧！"厄里斯高兴起来，"我们什么时候去把他们都杀了？"

人偶师边组装他的脑袋边道："未来二十年都不会轻易踏出这里了。"

"为什么？"

"109 研究所已经倒台，如果我们动作太频繁，让众多国家忌惮，从而联合起来针对我们，就得不偿失了。"

"IOA 呢？"

"IOA 刚刚失去了白楚年，兰波也离开了陆地，他们损失惨重，这时候是不会倾尽人力来剿杀我们的。"人偶师合上了厄里斯的头壳，梳理了一下头发，"倒是李妄，屡次派魔使帮我们，让我们稳固扎根、扩张势力，变成继研究所之后 IOA 的下一个眼中钉，IOA 一定会把未来规划的矛头指向我们，而不是急于收揽权力。李妄自己回归典狱长的位子上悠闲养老，真是狡猾。"

厄里斯似懂非懂。

突然，"咔嚓"一声响，在厄里斯躯体上钩着皮筋的小木棍突然断了，皮筋一下子缩了进去，厄里斯的四肢散了架，稀里哗啦摊在了床上。

"我说过了，用结实点的木棍，拉筋是很麻烦的。"人偶师无奈地站起来，把手中厄里斯的头放到桌上，坐到床边组装厄里斯散了架的躯体，顺便打磨一下之前没来得及细抠的细节，脚趾、手指之类的地方还有些粗糙。

人偶师专心组装散了架的娃娃躯体时，免不了要转动方向，当娃娃的陶瓷脊背朝上的时候，印在后腰上的红背蜘蛛图案被放在桌上的厄里斯的头看见了。

"logo？"厄里斯的头瞪大了眼睛，太过震惊以致忘记了控制能力，J1 亚化能力"噩运降临"自行启动，床头置物架一面的螺丝突然松动，木板倾斜，鸡零狗碎的东西一连串砸在人偶师脑袋上。

"哦哦哦哦哦！logo！给我的！我竟然一直没发现！我太喜欢了，能印在我脸上吗？"

"别吵。"

第十六章

白玻璃珠

加勒比海风平浪静，淡蓝绿色的透明水流宁静地穿越人鱼岛沉船区，随着洋流漂来了一些船只的残骸。

日光透过浅海熄灭，幽暗海洋中漂浮着移动星星般的蓝光水母，海底珊瑚群上方承托着由珊瑚、宝石和黄金相互嵌合而成的王座。

兰波坐于王座之上，懒懒地支着头闭眼休息，鱼尾鳞片凌乱，一些鳞片脱落的地方露出了泛红的血肉，他胸前和双臂上留下了不少爪痕，雪白皮肤被利爪割开，皮肉翻卷，被海水浸泡得发白。

一些珊瑚残肢掉落在地上，附近的海水中弥漫着淡淡的血丝。这里刚刚发生过一场殊死搏斗，胜负已分。

一具人鱼的尸体倒在珊瑚间，后心插着一把死海心岩匕首，血雾是从伤口中散出来的。

他鱼尾侧生长着一枚闪烁碧绿光辉的塞壬鳞片，鳞片随着生命消逝慢慢失去光亮。

又一名挑战者倒在三座之下，海洋霸主的地位依旧未曾动摇。

兰波休息了一会儿便睁开眼睛，鱼尾无聊地搅动水流，形成的水泡舒展开身体，化为星星点点的水母。

他把注意力转移到了身边架在鹿角珊瑚上的珠母贝上，用尖长指甲轻轻挑开贝壳，珠母贝听话张开，露出包裹在贝肉里的洁白玻璃珠。

玻璃珠上包裹覆盖了薄薄一层富有光泽的珍珠质，整体直径似乎比最初大了一毫米。

兰波捏起玻璃珠，微眯眼睛端详："半年了，就只长了这么一点，你在戏弄我？"

珠母贝瑟瑟发抖。

玻璃珠在兰波指尖动了一下，兰波冷漠的表情便一下子柔软下来，轻轻搓了搓玻璃珠的表面。

玻璃珠"喵"了一声，顺着兰波的手臂滚上去，卡在锁骨窝里，找到一个舒服姿势睡着了，时不时发出呼噜呼噜的声音。

兰波心都要化了，索性靠在王座中不再动弹，纵容玻璃珠在自己身上小憩一会儿。

远处游来一个人鱼，穿过珊瑚之间的缝隙停在王座下，他扫了一眼地上的人鱼尸体，小小吃了一惊，但没表现出来。

他跪在兰波尾边，双手扶在兰波膝头，脸颊贴近鳞片，垂下眼皮："Siren。"

人鱼脖颈上挂了三串宝石珠链，是族群中阶级的象征，珠链越多代表人鱼地位越高，拥有三串珠链的人鱼力量强大，擅长厮杀搏斗，能为族群争夺更广阔的领地和充足的食物，因此被归为小领主和贵族。

但即便身份尊贵，到了 Siren 面前也只能以最低的姿态跪在王座下，且不能直视 Siren 的眼睛，以免冒犯。

人鱼低低禀报了一句，见兰波点了头，便安静地去收拾地上的尸体，用海草擦拭珊瑚上的血迹。

不多时，另一个人鱼强亚体分开水草游进来，他的鱼尾是半透明的冷蓝色，鳞片色泽浓艳，脸孔美艳动人，裸露的腰腹线条流畅优美，狭长蓝眸妖冶惑人，其美貌在众多以美相争的人鱼强亚体中也算得上数一数二，但他颈间只挂有一条珠链，在族群中地位不高。

"Siren。"人鱼跪下来，扶到兰波膝头，脸颊轻贴他尾侧的鳞片。

兰波支着头，垂眸睨他，表情冷淡。

人鱼游到兰波身后，趁他不注意时一把拿起他锁骨窝上熟睡的白玻璃珠举到面前把玩。

"你的鳞片果然在里面，打算何时拿出来？"人鱼试着摇晃玻璃珠，玻璃珠发出了一声"喵"，他觉得十分奇特，又晃了好几下，玻璃珠不停地"喵喵喵喵喵"，像被晃晕了。

兰波抬手把玻璃珠夺回来："找死吗？"

人鱼忽然笑出了声，笑脸明艳，趴到兰波肩头："这就是弱小的代价，你那么想要保护他，却保不住。现在能理解我和你母亲的苦心了吗？"

他正是兰波的父亲，不过在人鱼族群中地位低下，即使身为王的父亲也并无特权。

"别生气。"人鱼讨好地跪回原位，扶到兰波鱼尾上，抬手轻碰那枚玻璃珠，"我见过这样的能力，能把灵魂挤压成一个小物件，但一旦被压缩就不能对外界做出反应了，你带来的这一枚显然不同，是你的鳞片保护了他，我能感受到，这里面有生命存在。"

兰波挑眉："你有办法恢复？"

"没有，现在不是挺好的吗？"人鱼指尖轻扫兰波的鳞片，"是你母亲让我来看望你，嘱咐你不要玩物丧志，忘记王的职责，外面的世界已在水深火热中熬了几个月了。"

人鱼进来时就注意到了地上的尸体，是一名幸运的、生有塞壬鳞片的新继承者，从遥远的海域跋涉至此，只为挑战兰波。胜者生，败者死，这是人鱼族群的规则。

"他想当人类的英雄，在他们陷入苦难时去拯救他们。我不允许。"兰波摊开掌心，海水将尸体身上的塞壬鳞片切割下来，送入他手中，"人类不需要救世主，只需要一点教训。"

人鱼看着兰波将鳞片嵌入王座，问："Siren，你在等待什么？"

兰波漫不经心地看了看指甲："等言逸送我要的人来。"

人鱼知道兰波记仇最狠，如果真惹烦了他，自己的命恐怕也要搭进去半条。

他只好讪讪转身离开。

兰波丝毫不在乎，人鱼还没走出珊瑚礁，他就侧躺到了王座上，拨弄了一下白玻璃珠。

水草轻摇，珊瑚微晃。

玻璃珠上覆盖了一层柔润的粉白色珍珠质，直径大了一圈，现在看上去有乒乓球大小了。

玻璃珠晕头转向滚了几圈，藏进珊瑚里不动了。

兰波翻了个身，趴在扶手上，指尖探进珊瑚缝隙，轻戳玻璃珠的表面。

"别藏起来，randi。"

陆地上又度过了普通的一天，除了海鲜价格上涨飞快，什么都没发生。

因为大量海域表面凝结出了许多大块的类似水化钢的坚固封层，许多渔船开不进远海，只能在尚未凝冻的海域捕捞鱼类，但海域有限，且在不断缩小，人们能捕捞到的海鲜越来越少，市场上的价格也就越来越高，以往十块钱一斤的带鱼价格上涨到了离谱的二百六十元一斤。

这个冬天未曾下雪，二月份本应是最寒冷的时候，可气温提前暖了起来，大多数人都脱去了棉服，换上普通毛衣和羊绒衫在街上行走。

气象专家说今年是个暖冬，或许夏季会出现极端天气。

普通市民还没感受到诸多不便，沿海工厂却已经被开了不少罚单，原因是海面固化，一些工业水无法顺利处理，直接在海面上形成了又一个异色海面。

劳伦斯山脉上的白雪城堡也受到了波及。

城堡顶上冰挂越发多了起来，庭院花园里嬉戏打闹的实验体幼体太多了，时不时被断裂掉落的冰挂砸伤，于是人偶师做了几个举着小锤的敲冰人偶去收拾屋顶。

厄里斯趴在窗沿边，双手托着头瞧着外边的敲冰人偶干活，两条小腿悠闲晃动。

人偶师坐在缝纫机前给人偶的春装锁边，脚边的纸篓里扔着丢弃的碎布头和十几对打叉的眼珠。

"不是才做过冬装吗？"

"暖和起来了。"

"啊。"厄里斯感受不到炎热还是寒冷，对他来说，季节的变化只体现在衣服的变化上。

"这很不平常。"人偶师戴上铜顶针，给人偶衣服钉纽扣，"窃听人偶看见海面固化，外界降雨很少，我们这里也不再下雪了，风倒是很大。"

"兰波还没消气。当然，他不会轻易平息愤怒的，听说他的鳞片被泯灭在了白楚年的玻璃珠里，就算他想发慈悲，没有那片重要的鳞片的话，他也做不了什么。"

厄里斯翻身坐起来："去打碎那个玻璃珠把鳞片拿出来不就行了？让臭鱼罐头忘记白楚年，他也就不会生气了。"

人偶师哼笑："人被逼急了总会想办法，我们看好戏吧。"

"嗯。"

工作间的木门被笃笃敲响，女仆人偶站在外边，端来了两份午餐。

一份是给厄里斯的抛光条三明治和一玻璃杯齿轮润滑油，另一份是人偶师的黑麦面包和沙丁鱼罐头，罐头是空的，里面没有沙丁鱼。

问起才知道，采购人偶今天没有买到新鲜的鱼和海鲜罐头，因为都被人们抢光了，但厨师人偶的程序设定很呆板，非要给人偶师找到沙丁鱼罐头不可，于是去垃圾桶里翻了个罐子，认真烹饪摆盘，然后让女仆人偶端上来。

厄里斯叼着三明治："嗯……我还是去把那玻璃珠打碎了吧，尼克斯。"

…………

世界规模的混乱并非由一个大型爆炸或是某区域的地质灾害而突然引发的，它始于第一家连锁超市内的矿泉水被抢购一空，商家兴高采烈，却发现到处都进不到货。

在兰波带领海族撤离研究所之后的第八个月，60%的海域表面已被固化封存，海上运输业被迫停止，国际贸易全线崩盘，大批工人失业，相关公司倒闭，股票一片绿光，繁华的商业中心每天都有普通市民举牌游行，愤怒的平民将怨气一股脑撒向政府，殊不知政府也束手无策。

几乎所有的破冰船都被下放到海域内用来清除海面上的固化封层，但也只是杯水车薪罢了，清除的速度远不如固化的速度快。

有限的地下水和江河湖泊中的淡水被数量庞大的人口迅速消耗，由于缺少海洋调节，加入循环的仅有未使用的淡水和使用过的污水，世界各地都不再降雨，即使少量降雨也尽是酸性沉降。

最先枯萎的是粮食种植区，紧接着便轮到陆地各个角落的绿色植被，从卫星地图上可以看出，雨林地区每天都在肉眼可见地缩小相当大的面积，前所未有的大规模干旱席卷全球，沙尘风暴登陆，洗劫每一个裸露在外的建筑。

虽然国家在努力调控水价，但仍然免不了有人恶意囤积饮用水并高价售出，标价三百元一瓶的普通矿泉水甫一上架就被抢购一空，再迅速提价到六百和八百，仍旧有人买账。

再后来，价格停止上涨了，因为钱已经不再值钱。

严重缺水的确促成了人类短时间内的团结，人们相互分享食物和淡水，但这种良好互助的气氛仅维持了一个月，人们从慷慨变得疯狂，冲上街区和住宅中抢夺库存的矿泉水和压缩粮食。

边境冲突愈演愈烈，石油不再是人们眼中的珍贵资源，反而是那些拥有淡水湖泊的小国被频繁侵略。

气温升得更快了，空气中的放射性物质也诡异地增加到接近临界值。

才四月份而已，北半球的平均气温飙升到了四十二摄氏度，城市居民只能全天开着空调来维持正常生活。用电冲突导致跳闸，电路烧毁，然后一整栋楼都被炎热的干燥空气吞噬。

由于炎热和干燥，各地区燃起山火，猖狂的火焰迅速吞噬了仅存的绿洲。

这些天，PBB 军队一直在街头维护秩序和安抚人们的情绪，烈日暴晒下，何所谓抹了一把汗，蹲到装甲车阴影里休息。

平民暴乱频发，因此士兵们不得不穿着厚实的防弹衣和作战服保护自己的安全，已经有十几名队员中暑昏迷，被医学会来人拉走了。

贺文潇偷偷拿来一瓶水，做贼似的看了看周围，然后拧开盖子给何所谓往嘴里灌了一口："队长，你快喝两口。"

"你哪儿拿的？"何所谓舔了舔干燥起皮的嘴唇，冒火的喉咙经过一点浸润舒服了许多，他把水瓶推回去，"你喝吧，我不渴。你跟文意分分。"

"他有，IOA 的训练兵给我们的。"贺文潇捋了把头上的脏辫，蹭了蹭满头热汗，坐到地上用头盔扇风。

不远处印有 IOA 标志的半挂车上，医学会的医生在分发药物，其中有两个身后贴着蚜虫岛训练生标志的小孩，拥有氢氧元素亚化细胞团的谭青和谭杨正忙碌着造水分给平民，人们提着打水的工具焦急排队等待。

烈日炙烤下，铁皮集装箱内温度惊人，谭杨消耗太大，膝弯一软就倒了下去。

"小杨？医生！韩老师！我妹妹晕倒了！"谭青慌忙跪下来，把谭杨抱进怀里释放安抚因子帮她恢复体力。

在队伍后边等水的市民们不知道发生了什么，只觉得队伍突然不动了，骂骂咧咧骚动起来。

有的人直接冲到半挂车上抢夺医生们清洗仪器的水，韩行谦只能把自己的实习生保护到身后，争执中不慎被提刀的平民划伤了手臂，白色制服上的一点血迹越洇越大，一个抱小孩的母亲竟扑了上来，发了疯般把襁褓里的孩子按到韩行谦手臂上舔他的血。

"退后！放开医生！"何所谓朝天开了两枪，震耳的枪声终于将失去理智的人们吓退。

从兰波带着恨意和悲伤离开陆地那天起，一切都仿佛刹车失灵般失去了控制。

IOA 大厦外，保安拼命拦下了又一拨抗议的武装平民组织。

言逸坐在办公桌前，电脑上还开着远程多人会议，但他无比疲惫，不停地揉搓干涩的眼睛和胀痛的太阳穴。

一些组织的领导人问起言逸的意见，言逸强打起精神，叹息回答："半年前我已经说过了，把艾莲交给他，这件事才有商量的余地。这是唯一的机会，我现在依然坚持我的意见。"

几个月前严词指责言逸不负责任的那几位领导人一起沉默下来。

他们并非对艾莲抱有多大的同情心，仅仅只是难以接受，他们引以为傲的强大武器和财富在对抗海洋时展现出的脆弱和不堪一击，这对于人类的骄傲和自尊是一种侮辱。

"你能保证，Siren 接手艾莲之后会立即解封海域？"

"Siren 很早以前就表现出对我们的极度厌恶，但一直未曾有所动作，想必仇恨积攒至今，又被触及底线才会如此愤怒。"言逸回答，"我与 Siren 打过交道，他完全由感性支配行动，复仇心理远大于理智，如果不满足他的要求，他会将海域永久封存下去，绝不会心慈手软。"

"如果将他引出来之后采取暗杀行动，可行吗？"有人问。

言逸无奈扶住额头："先生，那样只会更加不可收拾。就算得手，我们获得了短暂的胜利，几十年后他仍会从海中苏醒，再发起疯狂报复。"

人们沉默良久，终于有人点了头，于是其他组织的领导人也纷纷被迫赞同，同意言逸带人前往与兰波谈判。

合上电脑，言逸用力搓了搓脸，困倦地趴在桌上。

一只大手搭在他背上。

"你休息会儿吧，这段时间一直都睡不好。"

陆上锦说："艾莲被押在国际监狱里，离最终审判还太遥远，她死咬无辜装疯卖傻不配合调查，明显是还有后路可走，等支持她的势力暗中将她暂时保下来，多年后无罪释放也不是没可能。"

言逸抬起眼皮，疲惫的眼睛里闪过一丝痛快："放心，只要落在兰波手里，就没人能救得了她了。"

虽然外界一直处在水深火热之中，但与世隔绝的蚜虫岛其实一直都没受到波及，固化封层始终没有封存蚜虫岛特训基地，蚜虫岛依然风和日丽。

韩医生取下小块固化海面封层观察化验，发现这些封层其实是海水中混杂的杂质垃圾。杂质上浮凝结成封层，因此可以推断，区域内海水杂质低于某个值时海面不会固化。

白楚年曾在蚜虫岛特训基地立下了一个规矩，每天安排两个学员轮换着打扫海岸线和附近海域，这习惯长年累月地坚持了下来，救了岛上的孩子们一命。

现在还留在岛上的学员不多，只有一些考核成绩还没达到离岛要求的学员和收留在此的实验体，以及在研究所清剿行动中重伤的 IOA 特工，被勒令在此养伤。

陆言和萧驯身上的伤早就痊愈了，但由于大量海面固化，轮渡开不过来，纵使他们心急如焚也无法跨越海面飞回市区。

陆言只能天天跑到海岸线边转圈，等一艘轮渡的影子。

今天意外遇到了于小橙，从上岛那天起，小丑鱼就一直把自己关在宿舍里，陆言都没有见过他。

陆言小心地坐到于小橙身边，然后一点一点挪过去，扶着膝盖歪头瞧他。

于小橙双手拿着一沓照片出神，最上面一张是学员和教官的大合照，后面是他好不容易要到的和白楚年的合影，还有和哈克的搞怪自拍，脚边的沙滩上已经挖了一个坑。

陆言小声说："可是埋在这里，很快就被海浪冲走了。"

"把我也一起冲走吧。"于小橙扔下那沓照片，靠到陆言肩头。

陆言抬起兔耳朵，盖在于小橙脸上，心情也一起低落下来。

身后有人踩着沙子走来，陆言回过头，见金缕虫和木乃伊抱着两团杂物往这边走来。

"文池？你拿的什么？"

金缕虫见到他们也有点意外，匆匆走过来蹲在他们面前，把怀里的东西放在沙滩上。

都是一些蛛丝织的小包和工艺品。

"要给兰波寄去。"金缕虫坐下来，拿起其中一个精心织的小网兜，"楚哥变成玻璃珠，容易滚丢了，装在兜里可以系在身上。"

"这包是小虫写的信，这包是萤自己做的牛轧糖，这包是兰波喜欢吃的酸溜溜。"金缕虫把东西都打包在一起，"我的丝很防水的，让水下无人机拖过去就可以了，每一程都有水下基站可以充电。"

"啊啊啊啊，我也有我也有。"陆言把自己的手机拿出来，想也不想就放进了蛛丝包里，"我还有备用的。这样兰波收到就能打电话过来了。"

于小橙犹豫着把照片递了过来："那这个也……也寄给他。"

"好。"金缕虫用蛛丝打包了所有东西，挤掉里面的空气再封口，木乃伊蹲到水边，把水下无人机放了下去，末端挂住蛛丝包裹，慢慢没入海中。

"要多久才能到呢？"

"可能要一两个月才能到加勒比海吧。"

"噢……好久。"

约定谈判的日子定在八月中旬，谈判地点定在了国际监狱所在的海中心岛。

典狱长李妄站在正冠镜前随便整了整领口，艾莲就关押在他所管理的重刑监狱内，今天言逸要过来提人，他不得不出面陪同。

"昼，进来帮我打个领带。"李妄拉开抽屉随便摸了一条深蓝色领带搭到脖颈上。

几分钟后才有人推门进来，黑豹一脸冷漠的烦躁，抓住李妄垂在胸前的领带系了起来。

"嗯……上次老兔子嫌我邋遢，这回多少打个领带让他高兴高兴。你今天听话得让我意外。"

黑豹一言不发，打完了领带就撤到一边的沙发上，给自己装备保镖制服和枪套。

"你别忙活了，今天没打算带你出去。"李安满意地稍微松了松勒颈的领口，"兰波要来，肯定要带着他那宝贝玻璃珠来，谈判时人多眼杂，免不了要有人打那珠子的主意，你要救得太明显，这火恐怕要引到我身上。"

黑豹指尖一顿，怔了一下。

李安手插着兜慢慢踱到黑豹身后："我一直在放养你，你想去哪儿我从不约束，也随时给你留着家门，你要知趣。这么久了，我只命令你保咒使不死，你却回回在神使和咒使之间拉偏架，独自潜入潜艇实验室帮神使脱身，清剿研究所那次要不是我拖了你一会儿，你去晚了些，恐怕神使也能被你保下来，和我对着干到底能得到什么好处？"

"见你得意，我不爽。"黑豹轻描淡写。

李安双手扶着黑伞，伞尖拄在地上，转身背对他："没关系，你觉得解气就好。不过这一次你可不准插手，在房间里好好待着吧。"

伞尖轻点地毯，一圈黑色烟环便扩散而出，套在黑豹脚腕子上。烟雾消散，黑环消失。

黑豹被猛地禁锢住，左右挣扎也无法离开沙发，两只漆黑豹耳从黑发中伸了出来，被激出了拟态。

既然如此也只能听从驱使者的命令，坐在沙发上一动不动。

这把黑伞就是驱俘物"恶魔荫蔽"，李安发出的命令由黑伞传达给魔使黑豹，让他别无选择只能听从。

"等我回来。"李安想顺手揉一下黑豹的耳朵，然而黑豹塌下耳朵向后缩，一只手冲破禁锢摁住了李安的脸。

"今天是八月十四号，我把谈判日期稍微向窃听人偶透露了一下，希望厄里斯别让我失望。"李安直起身子，小心地整理了一下领带，悠哉踱出了房间。

正午将至，炽烈的阳光正穿过稀薄的大气直接抛洒在发烫的地面上，万里无云的天空突然变暗，一些水汽蒸腾聚集，集结成一团昏暗乌云，并在几十秒内覆盖了天空。

一阵冷风吹来，拂走了地面上的热气，国际监狱外站岗的狱警扬起头，抹了一把脸上的汗，按捺不住满心狂喜："是要下雨了？"

监狱大门慢慢敞开，身穿制服的保镖整齐有序列队而出，参与谈判的组织领导人在保镖的簇拥下走了出来，军队的异形雷达车缓缓跟随，随时预防周围出现危险实验体干扰谈判。

言逸走在最前面，李安陪同在侧。

狱警押着戴上纯黑头套的艾莲走到言逸身侧，言逸转身掀开头套，指尖抚上她脸颊边缘检查是否有面具痕迹，毫不遮掩地当众确认了一遍人质身份。

短短一年间，艾莲像老了十岁，狠狠抬起松弛的眼皮，冷笑道："公报私仇，我以为你是什么正人君子。"

"私仇？"言逸盖上了她的头套，背手站立等待，"私仇指什么？是在保卫城市中身负重伤和壮烈牺牲的 IOA 特工和学员吗？"

接近正午十二点，天空风云变幻，固化的海面封层逐渐开裂，裂纹蜿蜒扩大，爬满了封印的海面。

突然，一股激流冲破海面，形成高耸入云的海龙卷，乌云中电光流转，蓝色闪电不断爬下天空劈裂海面，海浪翻涌，水化钢逐渐铸造成王座。

一条通体蓝光，身体透明能观见骨骼的巨大蝠鲼冲出水面，张开近十米的双翼，在空中划出一道震撼的蓝光。

透明蝠鲼化为人形体，坐上王座，支着头垂眼睥睨众生。

一只珠母贝随之跃出水面，落在水化钢珊瑚支架上，张开巨嘴，露出里面圆盘大小的圆润珍珠，然后猛然闭合，紧紧锁住，保护着内里的圆珠。

尽管被珍珠质厚实包裹，塞壬鳞片的光辉依旧不可遮蔽，淡淡轮廓从珍珠内部透出蓝光来。

兰波担心自己离开加勒比海后会有人对小白不利，只有随身带着才稍微安心，但玻璃珠已经生长到无法拿在手上的地步，只能存放在珠母贝中。

"我来了。我要的人带来了吗？"兰波的声音低沉有力，带着些许鲸鸣回音。

言逸向前迈了一步，示意艾莲就在自己身边，但没有立刻把人推过去："请您解封所有海域吧。"

兰波用尖长食指卷了卷金发："你有什么底气和我谈条件？"

兰波微抬眼皮，鱼尾化成修长双腿，踩着水化钢阶梯一步一步走下王座。

他分开汹涌海浪，每落一步，脚下都会展开一面蓝电流转的水化钢平面。

兰波与言逸擦肩而过，走到艾莲面前，掀开她的头套，用覆盖冰凉鳞片的手爪抬起她下巴端详，当着所有谈判者的面摆弄他要的猎物，黑色的尖锐指甲在艾莲脸上划出一道血痕，低头嗅她血液的气味。

"我不会立刻杀死你的。"兰波轻抚艾莲耳侧，随后将人一把夺了过来，推入海中，水化钢牢笼将艾莲封在一个完全封闭的灌有空气的透明长方体块中，缓缓没入深海。

被无尽深渊吞噬的恐惧让艾莲本能地敲打外壁求救，但也无济于事，不久她就完全消失了踪迹。

"我们已经把人交出来了，您兑现承诺解封海域吧。"

"如果我不呢？"兰波挑眉淡笑，"看你们的狼狈样子我发自内心高兴。"

"但海陆割裂遭殃的不仅是我们，如果真的爆发海陆战争，两败俱伤的局面不会是您想要的。陆地上生存的不仅人类一种生物，您要赶尽杀绝吗？坐在王位上，这样是否失职呢？"

兰波缓步走回海中，冰冷海水没过了他的小腿。

"抱歉。"言逸真诚道，"事情发展到如今这样的局面，是我们的错，我们会尽力挽回的。"

兰波沉默下来，不再回答，这时，双眼瞳仁忽然亮起金色纹路，伴生能力"锦鲤赐福"感应到时机自动释放，一个不知道哪儿来的包裹从水中漂了过来，撞到了兰波右腿。

兰波露出轻蔑讽刺的眼神，却嗅到了蛛丝包裹上熟悉的气味。

他怔了怔，蹲下来打开包裹，里面装满了贴着标签的小礼物，蛛丝网兜、手工牛轧糖、几包酸溜溜和一沓在蚜虫岛上拍的照片，还有一部套着肌肉兔子手机壳的手机，似乎因为漂泊时间太久，手机早就没电关机了。

兰波轻触照片上站在自己身边的小白，眼睑慢慢泛红。

他已经快要接受小白变成玻璃珠陪伴在自己身边的事实了，可是看见照片上小白鲜活的模样，他又清晰地感到细密的疼痛依然在他胸口久久沉积着，从未释怀。

正在他出神时，装甲车上的异形雷达突然报警，警示音反复播放："恶化期实验体正在靠近！"

所有保镖立即举枪戒备，人们屏息凝神不敢妄动，突然，一道诅咒金线缠绕到了珠母贝上，强行撬开贝壳，缠绕在其中的大珍珠上。

监狱最高处的尖顶上不知何时悄然出现一个实验体，厄里斯坐在高台边缘晃荡双腿，扯起嘴角做了个鬼脸。

言逸和兰波同时感应到气息异常，朝珠母贝飞奔过去。

兰波跃入海中，双腿恢复鱼尾，从海浪中穿梭回援，言逸飞身一跃，在空中几次瞬移，贴近珠母贝保护里面的白玻璃珠。

"不要打碎他——！"

但"噩运降临"的气息突然笼罩下来，玻璃珠从言逸指尖滑脱坠落，兰波不顾一切将玻璃珠接进怀里，后脊却狠狠砸在了海面上，从高空坠落时海面与地面一样坚硬，巨大的冲击力让兰波眼前一黑。

虽然接住了玻璃珠，但玻璃珠表面爬上了裂纹，裂纹越爬越多，突然碎裂开来。

兰波躺在水化钢浮冰上，顾不上骨骼震裂的剧痛，艰难爬起来将散落的玻璃珠碎片拢进怀里。

塞壬鳞片从玻璃珠内部爆了出来，失去载体后，闪烁蓝光的鳞片自动回到了兰波身上。

他慌张地想要把玻璃珠碎片拼回原样，却发现根本做不到。

"不要，不要忘了，randi，别让我忘了你。"兰波狠狠攥住一块碎片，掌心渗出血来，让疼痛逼迫自己不要遗忘小白。

眼泪断了线般坠进海里，兰波跪坐在漂浮的水化钢上，仰头痛哭。他所端着的王的威严在这一刻彻底崩塌，复仇的喜悦在巨大的悲伤面前不值一提。

"兰波，别哭。"言逸在他身边说。

兰波快要失去理智时，突然感到有什么温热的小东西贴在了自己手背上。

他含着眼泪低下头，看见了一只白毛绒的小爪子搭在自己手背上，很小很小。

言逸忍不住弯起眼睛，单膝跪在水化钢浮冰上，用指尖摸了摸白里还透着粉色的小狮子幼崽的头。

"小白？"

小狮崽刚刚睁眼，只会嘤嘤叫。

躲在监狱高台尖顶上故意挑起纷争的厄里斯也愣了，一下子站起来："什么？那是我大哥？我去把他踩死。"

人偶师见兰波并没有忘记一切的迹象，捂住厄里斯的嘴带他跳下高台："别出声，撤。"

第十七章

小狮崽

○

确定小狮崽没事，两人的目光同时转向了监狱尖顶，冷厉搜寻那一缕淡淡的欧石楠亚化因子气味。

言逸直接追了上去，身影从原地消失，再从数十米之外悬空出现，凌空再次瞬移，不过两个呼吸间便踏上了监狱最高处的尖顶天台。

尖顶上旗帜随风猎猎作响，厄里斯和人偶师正用诅咒金线向更远处的平台荡去，一缕金线末梢不经意拂过言逸脸颊。

"想走？"言逸一把抓住即将消逝的诅咒金线，快速缠绕在自己小臂上，用力一拽。

厄里斯腰间蓦然一紧，他只来得及用力把人偶师推上对面高台，自己却被言逸狠狠拽了回来。

以厄里斯恶化期的实力，至少有力量与言逸一战，但言逸吸取了与永生亡灵战斗的经验，并不近厄里斯的身，而是突然松开手中的诅咒金线，让厄里斯重重撞击在平台下的墙壁上。

厄里斯单手挂在了高台边缘，整个身体都悬在高空中，下意识摸了一下印有蜘蛛亚化标记的后腰有没有被撞碎。

他仰望言逸，脸上的十字纹线随着他露出令人毛骨悚然的笑容而变得扭曲：

"我只是做了人人都想做的事，如果他碎了，人类得偿所愿，谁会感谢我？你们可真虚伪。"

"还用不着你们多管闲事。"

"没关系，尼克斯让我转达给你，你无法铲除一切，无法给予任何种族失衡的公平，神明也只能默许黑暗存在，陆地白雪永不消融。"

言逸弓身抓住厄里斯的手腕，他研究过厄里斯的构造，因此目标明确直取他胸前核心。

厄里斯扬起唇角，一缕诅咒金线缠上言逸的指尖。诅咒金线能分享伤害，如果言逸强行拆他的核心，自己的胸腔也会遭到破坏。

僵持之时，言逸隐隐嗅到一股龙舌兰亚化因子的味道。

他抬起眼皮，瞥见对面高台上，人偶师臂弯中抱着一个人偶娃娃，正注视着他们，嘴唇微动："后会有期，会长先生。"

人偶师的"棋子替身"能力顿时笼罩厄里斯，言逸掌心一松，原本被牢牢锁在手中的厄里斯被掉换成了一个小陶瓷娃娃。

言逸望向对面，人偶师和厄里斯已经不见了。对方根本无心恋战，很难不让人怀疑他们此行是不是虚晃一枪，另有所图。

他低头打量手里的玩具娃娃，发现娃娃背后有个拉环，言逸将它贴近耳朵，确定里面没有安放炸弹后，谨慎地拉出了连着线的拉环。

随着拉环自动缩回去，人偶娃娃手脚摆动，播放了一段录音。

"八月十四日正午十二点，海陆谈判，兰波大概会带来好东西，这是永久铲除神使的最后一次机会了。"

这熟悉的声线的主人不是别人，正是典狱长李安。

播放完这段录音，窃听人偶自毁装置启动，肢体分离脱落，散成了一堆齿轮和陶瓷碎块。

"好啊。"言逸早就有所怀疑，现在更是心中了然，清楚是谁在从中作梗。

他转身跳下了高台，返回兰波身边。

兰波无心关注其他，全部的心思都放在了玻璃珠孵化的小狮崽身上。

小狮崽还没法站稳，身上的绒毛也没长齐，趴在水化钢浮冰上冻得瑟瑟发抖，兰波小心地收回尖锐指甲才敢捧起这易碎的小东西，可他掌心温度太低，小狮崽一直冷得打哆嗦。

兰波有些无措，言逸把双手伸过去捧成碗形："我比较热。"

兰波依旧不大信任言逸，但他也看见了玻璃珠坠地时言逸慌张冲出来的样子，这才谨慎地让他稍微捧一下，然后迅速褪去鱼尾，变为人类拟态，盘腿坐在浮冰上，把小狮崽接回怀里，用人类的体温暖着他。

"破布娃娃敢来找我的碴。"兰波终于有心思分神记仇，狠狠咬着这几个字，"我记住了。"

"如果没有小白，恶化期的厄里斯就是现存最强的实验体，白雪组织有恃无恐，也更加不想让小白活过来。"言逸忍不住又伸手摸了摸小狮崽的头，轻声保证，"IOA 终会拿下白雪，这只是时间问题。"

不过在此之前，还是要先除掉李妄那只暗中搅弄风云的老蝎子。

他脱下军服披风，披在兰波身上，人类拟态无法抵御海上浮冰的低温，兰波却只顾着暖小白，丝毫不在乎快要冻得失去知觉的手脚。

小狮崽依赖地扒着兰波，闭着眼睛嗅着气味在兰波胸前寻找，两只前爪本能地在兰波胸上一按一按，但兰波又不像母狮一样能给他产出什么吃的，小家伙饿得直哼哼。

兰波连忙抓了条小鱼上来喂他，但抓到的最小的鱼也比这小东西大上两三倍，小白还没长牙，根本咬不动。

好在言逸比较有经验，安慰兰波："得喂羊奶才行，我去给你找。"

兰波茫然扬起头，眼前只见言逸温柔关切的脸。

言逸轻身跃起，离开浮冰，落到地面上，拍了下李妄的肩："去给我找盒羊奶，羊奶粉也行。"

李妄见厄里斯这一手竟没把玻璃珠摔碎，心里已经在暗暗憋气，没想到竟然还把神使给摔出来了。看来那泯灭玻璃珠外包裹的珍珠质实则是供养灵魂的卵壳。

李安只能面带微笑，让留在办公室里的黑豹去食堂打点羊奶送过来。

他察觉到言逸的眼神里多了一层平和深沉的敌意，刚刚言逸跳上高台与厄里斯交手，距离太远很难看清他们是否有交流，但不免令人联想，言逸是不是知道了什么。

李安不动声色地攥紧伞柄，指节发白。

黑豹依照命令送了一瓶羊奶和一个注射器过来，一走出监狱大门便敏锐地捕捉到了海面浮冰上的兰波和他怀里的狮子幼崽，以及站在言逸身边黑着脸被迫保持绅士微笑的典狱长。

他把东西交给言逸，转身离开，与李安擦肩而过时不明显地笑了一声。

听见这声满带嘲讽意味还有些痛快的笑，李安又释然地耸了耸肩。

兰波从言逸手里接过羊奶，迟疑地看了他一眼，自己先喝了一口，再灌进注射器里喂给小白狮。

"你可以先住在蚜匕岛，等小白长大一些再带他回来。岛上有食物有医生，房间也很暖和。你觉得远吗？我也可以让南美分会长在洪都拉斯为你安排住处。"言逸言语体贴，带着恰到好处的分寸感。

兰波舔了舔嘴唇，垂下浅金眼睫："不必，你们回去吧。"

他仰身一跃，头朝下翻入水中，双腿合并收拢为蓝光闪烁的鱼尾，抱着小狮崽没入水中。

天空乌云尽散，一缕日光穿透云层照在海上，海面的凝固封层自行开裂，大块凝冻的平面断开分离。

言逸让人去清理海面上破碎的浮块，把浮块打捞上来之后，海水远比凝冻前干净清澈得多，且海面也没有再凝固，在午后太阳的照耀下波光粼粼，浅水白沙清澈见底。

参与谈判的其他人也终于松了一口气，但也有人不满，觉得在海族首领面前姿态放得太低，会失了人类的尊严。

"可他从未真正伤害过我们。"言逸单膝蹲在海岸边，捡起一块肮脏黏手的海水固块对着光观察里面的杂质，不再理会耳边的聒噪。

浑浊的固块里凝着一个生锈的可乐拉环，像琥珀一样记载着被故意忘却的东西。

兰波潜入水中时，鱼尾卷着漂来的蛛丝包裹一起下沉。他吹了个气泡把小狮崽放进去。

可即便有气泡保护，海里的温度仍旧太低。兰波在蛛丝包裹里发现了一个细密的蛛丝网兜和一对蛛丝织的保暖手套，正好把小白放进蛛丝网兜里，再塞两个手套来垫窝。

金缕虫的蛛丝厚实、绵密、柔软，保暖性极佳，小狮崽寻着暖意拱进手套里，团成小小一团睡着了。

兰波带他返回加勒比海人鱼岛，顺便去岸上的农场里顺了一头母羊回来，绑在沉船区甲板上用来喂小白。

兰波一回来就躲进了寝宫，寝宫里摆了一个倾斜的华丽砗磲床，砗磲一半浸泡在海水中，另一半则翘出海面，小白狮就睡在干燥的那一面。

兰波半个身子浸泡在海水中，双臂搭在砗磲中央的海水分界线上，歪着头轻轻用手指摩挲小家伙的身体。

小狮崽翻了个身，四只爪子摊开仰天昏睡，粉嫩的爪垫一起对着兰波。

"噢……randi……"兰波一手支着头，弯着眼睛轻碰白狮的爪心，忍不住喃喃自语，"我给你天赋、健康、容貌。"

兰波指尖掉落蓝色星尘，随着抚摸融入白狮幼崽体内。

他看了狮崽太久，直到滴水的金发都晾干了，自己困倦得睁不开眼睛。

可他又怕小东西半夜跌落进冷水里，便用臂弯圈着他，一直盯着看到意识模糊睡着。

恍惚间，兰波梦到玻璃珠炸碎，周身只剩一片苍茫，他突然忘记了小白，浑浑噩噩寻找了成千上万年。

在梦里，有人在他耳边温柔轻笑："我也不许神遗忘我。"

兰波忽然惊醒，昏昏沉沉发了下愣，脸颊边已经积攒了一摊形状不规则的黑珍珠。

除此之外，还有一个毛茸茸的温热小身体柔软地团在他颊边，依赖地紧贴着他。

他身上稀疏的绒毛变得蓬松雪白，看上去比自己睡着前稍大了些，少了一些脆弱的易碎感。

“randi！”小白的生长速度让兰波惊喜得没了睡意。

小白半睁开眼睛，哼唧着在砗磲上蠕动，嗅到了兰波的指尖，开始卖力地嘬起来。

兰波又给他喂了些羊奶，喂到肚子滚圆，然后用蛛丝网兜把他装起来保暖，吹了水泡迫不及待地带着小白潜下了水。

塞壬鳞片回到了兰波身上，他欢快游过的地方被蓝光照得明亮如白昼，水流被瞬间净化，清澈的颜色向四周扩散开来，鱼尾搅动出的气泡变成蓝光水母，跟随兰波缓慢漂浮，身后成群的鲨鱼追逐着水母吞食，争抢塞壬的赐福。

兰波降落在海葵谷内，里面有不少人鱼宝宝游来游去，开心地用小手玩海葵和寄居蟹，婴儿的父母在边缘看着孩子，有的在缝补水草床单，有的在吹水泡陪孩子玩。

兰波带着小白从他们中间游过，一些人鱼连忙起身行礼。兰波游过之后，觉得还没让所有人鱼都看清，又原路返回重游了一遍。

终于有人鱼发现了王怀里抱着的小东西，是个毛茸茸的白毛球，眼睛像蓝宝石一样漂亮，爪子又粉嫩，莫名讨人喜欢。

人鱼们都围了上去，纷纷夸赞这只奇异的小怪物可爱，小狮崽也不怵，在水泡里打滚露肚皮，引得人鱼们阵阵惊叹。

兰波听得很满足，抱着小白游走了。

他游到蓝鲸老爷子的地盘，把小白举到老爷子眼前：“erbo（老爷子）！”

老爷子眼神不好，看不清楚是个什么白乎乎的小玩意在水泡里爬，但只要兰波喜欢，他老人家也没意见。

老爷子记性不好，忘了自己早给过礼物，又长鸣着张开巨嘴，吐出一个装满宝石文物的宝箱，当作见面礼。

不出一个上午，好事的海豚就把消息传遍了海域，整个人鱼岛都听说王现在拥有了一只可爱的、毛茸茸的白色小生物，龙颜大悦。

巡视了一天领地，兰波也累了，抱着小白沉进海沟里，靠在一个漆黑岩洞边休息。

岩洞忽然如帘幕般向左拉开，一只金色眼睛突然睁开。这高耸的岩洞不过是一只龙眼，整条海沟洋脊才是海龙的身体。

兰波就靠在海龙眼边，曲着鱼尾抱着小白，安详地依靠着她。

"ermo，boliea hong na sei（奶奶，我无比满足）。"

海龙眨了一下眼睛，一些漂浮在水中的金色浮游生物便拥到兰波身边，替奶奶拥抱抚摸他，小狮子蒙蒙地趴在水泡里，盯着那些发光的生物看。

"randi muna fei（他也会想念朋友）。"海沟内的漩涡嗡鸣将海龙的声音送到兰波耳边。

兰波垂下眼眸。

"en。"

十一月初，陆地气候回归稳定，人类投入大量资金研发回收和净化设备，全球海域封层几乎清理完毕。

考察船在海上航行，科学家们仍在不懈追寻海面凝固的谜团，他们收集了各个地区的固块样本进行比较和分析，最后一站是从未被海水固化波及的蚜虫岛。

海面清澈宁静，船上的工作人员悠闲地晒着太阳吃午餐，摄影师在拍一些海上风景，拍得太过入神，兜里的备用胶卷不慎滑落到栏杆外。

"Oh no（哦，不）！"摄影师慌忙趴到栏杆边向海中寻找，却发现考察船底被一片阴影笼罩，是一个庞大的神秘生物。

那片黑影倏地加速，趄越了考察船，随即从船头的海面破水而出，纵身跃出海面，在天空划出一道蓝光弧线。

是一只翼展近十米的巨型蝠鲼，且通体透明呈淡蓝色，生长着洁白鱼骨，如梦似幻。

蝠鲼顶着一只白狮幼崽，看上去只有两个月大。白狮威风地站在蝠鲼头顶，发出非常凶恶的嘤嘤叫声。

人们都惊呆了，全然忘了自己在干什么，仰头仰到脖子酸都舍不得换个姿势。

一位科学家突然反应过来，大叫了一声："The deep sun（深海太阳）！"

这是海洋研究界给人鱼首领兰波起的名字，因为他像在海底穿梭的太阳，光芒供养着整个海洋。

透明蝠鲼在空中化作人形体，兰波轻盈落下，优雅地坐在了考察船的栏杆上，小白狮子趴在他肩上，伸出爪子调皮地拍打空中的水花。

科学家们谨慎地站在安全距离外，不敢轻易靠近，以免惊扰了这和谐美丽的画面。摄影师激动得双手发抖，立刻把这一画面拍了下来。

兰波只是半途游累了，看这艘船的航向与他要去的地方差不多，于是上来搭个便船。

他从腰间的防水蛛丝袋里摸出陆言的手机，将鱼尾尖伸进充电口里，刺刺放电开机，准备通知一下陆言他要过去。

人们呆呆地看着神秘的人鱼首领坐在栏杆上，优雅地拿出一个套着肌肉兔子手机壳的手机，熟练地拨通电话，然后贴在耳边等对方接听。

科学家们大惊失色，高声大呼："Amazing（奇迹）！！！"

第十八章
家庭合照

蚜虫岛特训基地教学区。

红蟹教官正在给学生们上战术课，这些天，红蟹教官重新整理了文件，暂时把白楚年亲手设计的策略战术抽了出来，免得孩子们触景生情，又在课上哭得一塌糊涂。

他自己也不想多提那个人，还在埋怨白楚年走之前甚至没回岛上来见他们几个老朋友最后一面。

但他们其实都知道，白楚年前往研究所前濒临恶化，身体已经大不如前，说是千疮百孔也不为过，他虚弱苍白的样子不想给任何好朋友看到。

也许死了对他来说是种解脱，不用再因为恶化的身体而痛苦，一生承受着剧痛和恐惧的折磨。

教室外，走廊尽头突然响起一阵急促的脚步声，讲台下的学生不由自主一同望向窗外，好奇是哪个不要命的在教学楼里走路带风。

教室大门竟被一脚踹开，陆言带着一群格斗班的学生冲了进来。

红蟹一看这架势不对像是要打架，自己班里文文静静的学生哪里打得过格斗班那群小暴脾气，连忙挽起袖口上去拦着："怎么回事你们？串班打群架啊？"

陆言激动得满地蹦："楚哥回来啦！快去接他呀！"

班里的学生一听就炸了，也顾不上听教官的话，拔腿就跟着往外跑，给红蟹撞得一个趔趄。

"这群小崽子……"红蟹扶着讲台站稳，抬头一看人都跑光了，"谁回来了？"

整个教学区一下子被搅和得乌烟瘴气、鸡飞狗跳，其他教室里的学生一听楚哥回来了，二话不说就跟着陆言往外跑，剩下教官在讲台上一头雾水，满脸疑惑地也跟着追了出来。

红蟹匆忙往外走的时候撞见了同路的袋鼠教官，赶紧追上去问："这是要干吗去？"

戴柠一脸欣喜："刚刚兰波打电话回来，说他带楚哥回来了，孩子们都激动得要命，尤其那小兔子，满教室乱蹦，我想着反正课也上不下去了，干脆一起出去看看。"

"真的假的?!"红蟹半信半疑，却也跟着加快了脚步，"楚哥不是……嘿，兰波不会是带着，咯，带着盒回来的吧？你问清楚没，我怕孩子们空欢喜一场。"

"哎呀！你真晦气，快走快走！"

学员们小蚂蚁似的从教学区拥了出去，一路跑过训练场，跑过操场中央竖立飘扬的自由鸟旗帜，跑过特训基地外缘的椰子林，踩着金黄松软的沙粒向海边跑去，跑得鞋里灌满沙子，眼睛也迎着风慢慢被水雾浸湿模糊。

住在新建公寓的实验体从窗外看见他们，也不明所以地跟着跑下楼来，汇入地上疯跑的孩子群里一同往海边飞奔。

陆言跳上了海边最高的岩石，举起八倍镜向海平线望，搜寻许久，一艘海洋考察船出现在倍镜中：

"来了来了！我看见兰波了！"

金缕虫也有点激动，挤在人群里小心地踮起脚向远处张望。身边的人太多，金缕虫个子又不算很高，木乃伊于是蹲下身子，把金缕虫放到自己脖颈上再站起来。

科研考察船上的船员也在甲板上用望远镜观察蚜虫岛，科学家们十分纳闷，虽然得到了 IOA 的允许，破例让他们靠近蚜虫岛进行调查研究，但也不至于举行这么大阵势的欢迎仪式吧。

经过短暂的旅程相伴，他们已经习惯了兰波的存在，尤其是在发现他会打电话之后，两个种族之间的隔阂戒备一下子少了许多，中途他们还一起分享了午餐。

考察船缓缓靠岸，虽然得到了 IOA 的批准，允许他们研究蚜虫岛附近的水质，但不准他们上岸，因为特训基地也属于军事机密，私自上岸与非法登陆入侵罪名相同。

岸上的学员们一看见兰波，立刻沸腾起来，口中激动地大喊"白教官"和"老涅"，忍不住踩进水里，蹚水过去迎接，训练服裤子和鞋袜湿透了也不在乎。

一群孩子朝考察船拥了过去，却只看见兰波，没看见楚哥，有点疑惑。

"楚哥呢？"陆言仰着头踮脚在甲板上寻找，竖起的兔耳朵摇摇晃晃，到处不见白楚年的影子，激动的心一下子冷了半截。

兔耳朵慢慢耷拉下来，陆言垂着手，失望地望向坐在栏杆上的兰波，眼睛里镀了一层水膜，眼看就要哭出来，别提有多委屈了。

可兰波却拍了拍栏杆，一个雪白的影子从背后蹿出来，陆言还没看清是什么东西朝自己扑过来，便被猛地扑倒了，直直躺进清澈透明的浅滩里，溅飞大片的水花。

陆言边吐海水边坐起来，头发湿漉漉地贴到了脸颊上，一只圆头圆耳的毛绒小白狮崽威风凛凛蹲坐在陆言头顶上，身上挎着蛛丝网兜装着自己的塑料奶瓶，亮出锋利的猛兽尖牙，对着学员们威严咆哮：

"嗷——嘤——！"

"……"

热烈的欢迎队伍突然鸦雀无声。

可小白狮身上散发的独特的白兰地亚化因子又有力地证明了，这就是他们那位有食人魔狮涅墨亚之称的魔鬼教官，千真万确。

学员们面面相觑，呆呆地看着这可爱到呲火的小家伙。

红蟹教官"扑哧"笑出声："这小玩意……哈哈……哈哈哈哈哈，真有你的啊。"

"嗯……我可以摸一下吗？"金缕虫有点想摸，但还是先抬头看向兰波请求允许，但兰波已经不在考察船上了，而是游到了稍远的地方，枕着一块水化钢浮冰仰面漂浮在海上，闭眼休息，似乎默许了他们的久别重逢，不想打扰。

金缕虫小心地摸了摸小白狮的头和下巴，脸颊慢慢红热起来："好软，毛是丝丝软软的。"

小白狮骄傲地挺起胸脯，身上挎着的奶瓶跟着晃了两下。

"我也要摸！让我也摸摸白教官！我也要我也要！"

学员们一拥而上，争抢着要撸教官，场面一度失控。

"住手！住手！"陆言把小白狮抱进怀里，"这么多人一起摸他会难受的啊，你们把他头上的毛都摸乱了，排队排队，一人只能摸三下！"他见过白楚年的白狮本体，立刻就接受了白楚年现在的这个状态，一点也不意外。

"凭什么你能抱着教官，我们只能摸三下？"

"你们摸我哥……不对，"陆言转念一想，这小东西还挂着奶瓶呢，当哥也太不合适了，于是理直气壮道，"你们摸我弟弟，当然我说了算了，快，排队！"

小白狮挂在陆言臂弯里倒也不挣扎，仰头用肉粉色的爪子够陆言的头发玩。

学员们撸狮心切，自动站成一排，一个一个摸起来。

教官们在一旁看着，无奈地相视一笑。红蟹看着那毛绒小家伙一会儿舔爪子，一会儿打滚露壮皮撒娇，心也有点痒痒："你别说，看着是挺好玩的，嗯……要不咱们也去……"

"哎！洛仑兹已经混进去了！"戴柠一眼看见撸狮队伍里多了个混子，

狙击教官早就排到队伍里等着摸小狮子了，五大三粗的蛇雕亚体，一身腱子肉，两条花臂的大猛男，此时抱着小白狮一顿猛吸，嘴里还念念有词："哦，咪咪乖，好乖好乖，哎呀！"

一百来号人从下午摸到了天黑，小狮子有点困了，躺在陆言怀里打哈欠。

陆言拿起他背着的奶瓶，喂到他嘴边。

小狮子饿坏了，嗅着奶瓶想喝，陆言逗他："你叫我，叫哥哥，就给你喝。哥哥。"

小白狮还没发育出这个功能，只会嘤嘤叫。

陆言耐心教他："哥——哥。"

"en！"小白狮突然应了一声。

陆言泄了气，便宜好像又被白楚年占走了。

天色渐晚，食堂开饭，教官哄着学员们散了。

月光下的沙滩上只剩下陆言和躺在干爽沙粒上熟睡的小狮崽。

直到这时候兰波才回来。

他原本是想叼上小白回去休息的，没想到刚爬上岸，那小兔子忽然跳起来，抱住了他。

"我以为你们再也不回来了呢。"陆言紧紧拥抱着兰波，兔耳朵软绵绵贴着他。

兰波先是一愣，慢慢弯起眼睛，轻轻拨了拨陆言的尾巴球："bani（兔兔）。"

"走！我带你去食堂吃饭，今晚应该有胡萝卜馅饼和杂粮甜粥，巨好吃，晚了就没了，我去给你抢。"

"en。"兰波俯身叼起睡得直打呼噜的小白，跟上陆言向岛内去了。

晚上，兰波叼着小白从窗户爬进教官的单人别墅，白楚年的房间因为长久无人居住有些落灰。

兰波甩了甩尾尖，尾尖拍打地面，一股水汽从尾尖开始向房间内弥漫，整个房子都被净化得整洁如新。

他把小白抱到床上，身体卷成半个球，把小白圈在怀里，打了个哈欠，小白不老实地往外爬，兰波就用尾巴尖把他卷回来。

小白在海滩上睡饱了，现在正精神，在床上翻腾蹦跳扑咬兰波的尾巴尖，兰波侧躺在床上，悠哉地支着头，尾巴尖在空中甩来甩去逗他玩。

小白玩累了，跑过来用脑袋蹭兰波鼻尖，两只爪子踩在兰波胸前一按一按。

他应该是意识到，只要在兰波身上踩踩，就能得到饭吃，于是养成了这个习惯。

兰波拎起小白的后颈皮，仔细观察他。

由于经常被兰波叼着后颈满世界搬运，被提起后颈时就莫名有安全感，小白老老实实被拎着，一副乖巧的模样。

兰波打量了他许久，靠近他毛茸茸的小耳朵，在他耳边轻声细语：“什么时候才能长大啊，小鬼。”

小白动了动耳朵，两只厚实柔软的爪子轻搭在兰波脸上。

兰波被爪子刮得有点痛。

“今晚来梦里找我吗？我好想你。”

兰波带着小白在蚜虫岛教官宿舍住下了，平时教官上课，学员训练，他就带着小白出去散步，累了就回来休息，学员们一有空闲就带着零食过来看小白，小白每次都特别开心，蹿上跳下满屋子跑酷，跑累了再去扒拉水龙头舔水喝，时常浇了一头水最后还没喝到。

最近蚜虫岛的学员们一直在加紧操练，为了年终考核而努力加训，陆言、萧驯他们已经不是训练生了，但也要帮着学妹学弟们临阵磨枪，临时补补课提高一下成绩。

与往年考核不同的是，今年会长先生会亲临考核现场，飞鹰集团董事长届时也会到场，为新的军事投资项目实地考察。

又是平常的一天，兰波泡在玻璃鱼缸里，上半身趴在床边，专注观察小白埋头舔他做的鱼肉泥。

岛上的冬天并不冷，但也有点凉，金缕虫织了一筐蛛丝小衣服给小白穿，最近他学会了蛛丝染色工艺，给小白织了一件荧光黄的四爪连帽卫衣，让小白狮走在外边潮酷拉风。

无象潜行者也拿了一些书过来给兰波解闷，不过显然不太能用到。

等小白吃饱了，兰波就叫他去阳台晒太阳。

所以当言逸和陆上锦两人特意避开人群，忙里偷闲来看望一眼小白时，便看见了阳台上这样温馨的一幕——

兰波坐在阳台的摇椅上，拿着一本数学书，小白摇着尾巴坐在他怀里，听他用性感迷人的声音讲："一加一等于几？空格里要填什么呢？填十一。"

"嗯？"小白一脸疑惑，爪子拍在书上扒拉。

阳台之下，陆上锦扶了扶额头："完了。"

听见楼下有响动，小白忽然竖起耳朵，跳到阳台栏杆上向下张望。

陆上锦一惊，低声呵斥他："去，退回去，别摔下来——"

小白有力的后爪猛地一蹬，径直从二楼窗口跳了下来，可把陆上锦惊了一身汗，快步迎上去伸手接。

小白稳稳地无声落地，又纵身一跳，扑进了言逸怀里，认真嗅他的脸颊。

"锦哥，他认得我的气味。"言逸痒得直笑，抓了抓小狮子的下巴，惹来一阵舒服的呼噜声。

"哎，你是不是偷偷放亚化因子了，小猫咪爱喝奶，你又是奶糖味的，他当然先奔你去了。"眼看着小白越过自己先扑到言逸怀里，陆上锦有点失落。

小白忽然从言逸怀里蹿出去，爬到陆上锦身上嗅他的气味，陆上锦连忙抱住了，掂了掂："这么沉，看着不大点，再过两天都能赶上锐哥家那条大狗了。哟……好软和，他呼噜呼噜叫是生气还是高兴呢？"

正当他们专注地逗小白玩时，角落里有只老鼠飞快跑过。

蚜虫岛丛林植被丰富，偶尔有野鼠出没也无法避免。

兰波忽然紧张起来，想立刻翻下阳台捂住小白的眼睛安抚他，又怕自己动作太大起到反作用。

然而小白循着吱吱声探头看了一眼那只路过的野鼠，的确吓了一跳，但很快就回过头继续玩陆上锦的领带了，并没表现出病态的恐惧来。

兰波松了口气，倚在阳台木质栏杆上，侧身垂眸瞧着他们，拿起桌上的冰马天尼喝了一口，手肘搭在栏杆上轻轻摇晃玻璃杯，杯中冰块轻响，引得言逸和陆上锦抬头望来。

"mou lan yi jeo（上来喝一杯吗）？"

兰波难得有心情主动邀请人类进入自己的领地范围内，他窝进沙发一角，鱼尾卷来两瓶鸡尾酒，尾尖推开瓶盖，卷着酒瓶将酒倒进玻璃杯中，鸡尾酒在倒出的过程中被冰镇，杯壁结起一层冰霜。

兰波将两杯低度酒推给他们，鱼尾收回，变作两条修长笔直的腿。他穿着一套灰色的休闲居家短袖短裤，胸前印有一个粉色的大猫爪 logo，半长金发慵懒蜷由地披在肩头，此时的他似乎不再是昔日高高在上俯视众生的王了。

气氛略微有点尴尬，陆上锦问了一句："你把艾莲处理了吗？"

兰波眼皮也不抬，淡然回答："她就在你脚下。"

陆上锦缩了下脚，怎么听着有点瘆人呢。

"岛上物资不全，有些买不到的东西我就带来了点，日后再缺东西就能让轮渡送来了。"言逸把提来的一整袋鲜肉主食罐头和冻干零食放到桌上，里面还装了不少小玩具，还有猫薄荷球。

"嗬，爸爸的好大白，来梳梳毛。"陆上锦拿了个钢梳给小白通毛。小白被梳舒服了，仰起头在陆上锦身上蹭来蹭去，粘得西装外套上全是白毛，呼噜呼噜叫着四脚朝天躺在了陆上锦腿上。

"这么乖，还躺下了，来梳梳肚子。"陆上锦毫无防备顺手摸了上去，小白突然翻脸，一口咬在陆上锦手上，两只前爪抱着陆上锦的手不松开，两条后腿疯狂乱蹬，顿时白毛像下雪，满屋飘飞，粘满了陆上锦的高定西装。

"怎么就生气了？还敢踹你老子，信不信我揍得你嗷嗷叫。"陆上锦手抽不回来，又舍不得打这调皮的小猫头，只能任由西装外套被小爪子抓脱了线，笑着叹了口气，"这小崽子。"

"对了，兰波，你就别教他数学了，我看你也不太擅长这科，别勉强小白，也别勉强自己了。"

兰波一只手搭着沙发靠背，懒散地跷起一条腿，微抬眼皮："我不教，他怎么学习知识？"

"嘿，他现在学习知识全靠抵抗力强。"陆上锦托着小白狮腋下举起来，"我还指望他长大能帮我打理打理公司呢。算了，要是一直这样下去，也挺可爱的。"

"不行的。"兰波说。

陆上锦噎了一下，面对如此回答突然不知道怎么接话了。

小白今天格外开心，兴奋地满屋子乱窜，一会儿跳到桌上，一会儿顺着陆上锦裤腿向上爬，一会儿又蹦到言逸肩上用爪子扒拉兔耳朵玩。

言逸也不凶他，甚至翘起兔耳朵逗他玩，一边逗弄一边录了几段像，准备带回去跟老朋友聊天的时候拿出来分享。

别墅一楼突然传来门响，有人鬼鬼祟祟钻了进来，扛着不少东西，轻车熟路地噌噌噌爬上木楼梯。

"嘿嘿！我今天趁他们训练的时候偷跑去娱乐中心了，这么长时间总共夹了一千次，娃娃机都被我夹空了，刚刚终于夹到了那个大奖，给小白玩！"陆言跑楼梯时兔耳朵直晃荡，背着一个塞得鼓鼓囊囊的背包，怀里抱着一个大胡萝卜毛绒玩具。

特训基地也有娱乐中心，平时假期不训练的时候可以去里面看电影、打台球、玩 VR 游戏之类的，昨天中午午休，陆言带小白去玩了一次，结果这小狮子趴在娃娃机前不走了，盯着里面的一个巴掌大的蓝色毛绒小鱼哼哼唧唧，好像很想要的样子。

陆言想当然就以为小白想要的其实是豪华大奖巨型胡萝卜，作为大哥，小弟想要的东西能不给？陆言努力夹了一下午，兜里的钱全换游戏币了，也没夹出那个大胡萝卜来，今天一早就跑去二战娃娃机，终于胜利归来。除了大胡萝卜，抓出来的其他娃娃塞满了背包。

他兴高采烈冲进屋里，与正在撸狮的言逸和陆上锦撞个正着。

"嗯？你们怎么来了，我以为你们直接去训练场看他们年终考核呢！我想死你们啦。"陆言欢快地给了他们一人一个敷衍又迅速的拥抱，就直奔小白去了，路过兰波时从兜里拿了两包摇摇冻给他，"阿姨说今天只有咖啡味的了，我还给你带了包辣条。"

"球球还是老样子，一点也没变。"言逸笑着摇了摇头。

兰波很自然地把零食接过来，就像每天都如此一样，在陆言转身的时候捏捏尾巴球，再盘起腿来撕开一包辣条挤出来吃，顺口道："今天他们考核，食堂有饭吗？"

"有啊有啊，每次年终考核日都做大餐，超好吃，今天我们早点去。"陆言脱下背包，然后赶紧跑去把柜子上的小白拖下来，挂在臂弯上抱回沙发里。小白上半身挂在陆言手臂上，下半身拉了一个长长的"猫条"。

小狮子长得很快，而且断奶之后能舔肉泥吃奶糕了，这让小白的体形比刚来时又大了两圈，现在大约有十六斤重，和一只成年大布偶猫差不多，陆言抱起他来有点吃力，像在抱一个大毛绒玩具一样。

陆言满怀期待地把大胡萝卜玩具放到小白面前，小白嗅了嗅，扒拉了两下，便抬爪迈了过去，跳到陆言扔下的背包边，一头扎进去翻找，最终叼出来一条蓝色毛绒小鱼，开心地自己玩了起来。

"喂，这胡萝卜我夹了好久呢，你给我过来玩啊——"

言逸被逗笑了，举起手机给他们拍了几张照片。

"难得一家人都在，拍张合影吧。"言逸把手机支在桌面上，设定倒计时，然后拉着陆上锦坐到了沙发上。

"我来了，我来了。"陆言把叼着蓝鱼玩具的小白兜在臂弯里抱了回来，挤进了沙发中间。

兰波很不习惯这样过于温馨的场面，依旧靠在沙发一角，托着下巴淡淡望着窗外。

午后的阳光透过窗帘，在几人身上洒下一道金蜜色的光带，快门声响起，照片定格，将一缕新鲜日光夹在其中，压成与众不同的代码，长久留存下来。

但小白怎么会老老实实保持一个姿势待上一分钟，一蹬腿就从陆言怀里挣扎飞了。他飞起来的一瞬间被连拍的相机拍了一张，后腿踩到陆上锦脑袋上，前爪钩在肩膀上又被拍了一张，然后飞到言逸怀里叼着兔耳朵拉扯被拍了一张，最后跳进兰波怀里，四脚朝天又被拍了一张。

拍完之后，言逸翻着照片直笑，陆上锦拿起粘毛的小滚轮在身上清理白毛，有意无意地暗示陆言："喀，有空我们爷俩找个地方好好谈谈。"

"好啊，谈什么？"陆言趴在沙发上逗小白玩，根本没认真听。

他完全不知道和毕揽星分开的这几个月里，揽星被老爸约谈了多少次，倒是他每次和揽星通电话的内容似乎和从前不太一样了，揽星偶尔会说点与工作无关的话，逗得他开怀大笑。

陆上锦咳嗽了一声："嗯……你现在十八岁了，有些事情得好好谈谈。"

"先别谈了，我们走吧。"言逸看了眼表，快到时间了，他们不能避开保镖和相关人员太久，得提早去考核现场等待学员入场了。

今年年终考核总体成绩不错，言逸亲自挑选了表现优异的几名学员宣布毕业，来年他们便能进 IOA 总部实习工作，毕业生名单包括边牧亚体段野，元素亚化细胞团谭青覃杨兄妹，布偶亚体莉莉丝和暹罗亚体派吞。

考核结束的那个晚上，兰波倚在阳台边陪着小白，小白跳上了阳台栏杆，向训练场的方向眺望。

学员们陪伴驯化的实验体安安静静等在外边，期待着自己的小训练员能拿一个好成绩，又担心他们考得太好，离开蚜虫岛之后就见不到面了。

很快，学员们三三两两拿着成绩单走出训练场，小白专注地凝视着每一名学员，直到目送最后一人离开了，他才转身跳下栏杆，迈着猫步踱回卧室。

对于这个举动，兰波有点惊讶，走回卧室拉上窗帘，躺到了小白身边。

小白有点反常，爪子底下压着陆言夹来的小鱼玩具，忧郁地看着墙壁发呆。

兰波抬手摸了摸小白的头："你想起什么了？"

小白衔起小鱼玩具，爬到兰波臂弯里，团了个舒服的姿势，依偎在兰波身边趴了下来，哼唧着用脑袋蹭了蹭兰波的下巴。

往年年终考核过后，学员们就可以放假回家和家人团聚了，不过今年有些特殊，大部分学员都要去当海上志愿者，帮助清理残余的浮冰固块垃圾。

小白的成长速度变得更快了，经常在兰波一觉醒来后就变大了一圈，看来本体的巨型基因还在，令人不由得担心万一他要长到巨型白狮那么大可如何是好。

这时候的小白已经长到了一只成年德牧犬那么大，体重飙升到八十斤，饭量也与日俱增，而且身上的绒毛蜕变成了月下薄雪般的银白色，身体是完美漂亮的流线型，皮毛下偶尔能看见结实的肌肉线条浮动。

他的眼眸也从憨厚可爱的圆眼变得上挑微尖如杏核，宝石蓝的瞳仁与兰波如出一辙。

以他现在的体形，已经很难像小时候那个小毛球一样被轻易抱在怀里了，而且他越发调皮，时而躲在角落里蓄势待发，做出捕食者的姿态，压低身子一动不动，等兰波走过时便如离弦之箭弹射而出，把兰波撞飞到床上或者沙发上，用有力的爪子紧紧压着他。

兰波的反应的确不如一只大型猫科生物迅速，常常被他偷袭成功，压在沙发上动弹不得。

白狮生性优雅而富有压迫感，迷恋淡淡的白刺玫香，这气味对他的吸引力比猫薄荷还大。

他排布倒刺的粉嫩舌面上出现了一个蓝色圆形竖线眼瞳印记。兰波曾经赐予他口说神谕的能力，这是他亲口承认的使者印记。

兰波问："randi mebolu jeo（小猫咪想我了吗）？"

白狮抖了抖毛绒耳朵，背对着兰波坐下，发出呼噜呼噜的声响。

虽然本体的状态、智商还没回来，但他好像知道兰波是他重要的人。

兰波坐了起来，发现胸前皮肤被踩了太久，印上了圆圆的爪印。

他连忙拿起手机拍下来，再配上几张小白甜美露肚皮撒娇的图，发到了陆言新教给他操作的朋友圈上，列表里还没几个好友。

半晌。

言逸回复：好可爱。

陆上锦回复：又长胖了不少，主食罐头我订了二十箱，回头让小宁捎过去。

何所谓回复：保存！保存！

第十九章

告别日

小白的成长速度逐渐进入了爆发期，每天一觉醒来兰波都会发现他长大了许多，现在他的体格要比普通成年雄狮大上好几倍，以他现在的体形已经无法再睡在卧室里了，因为只是蹲坐着，身体就占了床的大半，所以他只能蜷在一楼的地毯上睡。因为太大，他也没法称重了，体重已经以吨位计。

他的智慧也在随着体形固定而成熟。

清晨，白狮懒懒睁开眼睛，一缕蓝火随着眼皮打开燃了起来，他压低身子伸了个懒腰，然后回头用舌头梳理睡乱的丝质背毛。

白狮舌面上的蓝色眼纹已经生长完毕，宝石质地的凸起圆眼球嵌在生满倒刺的舌头上，金色竖线眼瞳富有生命般移动，暗暗窥视着四周。

在白楚年使用"泯灭"提升后的能力"复苏"时，舌上镶嵌的兰波玻璃珠自动脱落，且死海心崖已经视他为主人，追随他一同被泯灭，取代前者嵌进他口中，成为死海之眼，从此海洋生者之心搏动于神胸腔内，死者之心长眠于使者口中，二者已经无法分开。

白狮踏上楼梯，尽管身躯庞大，四爪落地却依然无声。他潜入了二楼卧室，顺滑的银色背毛拂过房间内的摆设，却没撞倒任何东西。

他轻踩上床，低头轻嗅被窝里熟睡的兰波，伸出舌尖舔了舔兰波伸出被子外的脚心，兰波笑出了声，把脚缩了回去。

"好痒。"

白狮又去舔兰波的头发，大粉鼻头贴近兰波后颈嗅闻白刺玫的香味。

兰波揉着眼睛翻下床，直接掉落在白狮大片松软的绒毛里。他托腮趴在白狮身上，小腿交叉悠闲晃荡："早安。"

白狮突然四爪朝天躺了下来，正好把兰波抛起来又用软腹毛接住。

"又想梳毛了啊。"兰波召来一股水，凝结成水化钢梳子，给小白刷肚皮毛，小白舒服的呼噜声震得墙皮直往下掉。

自从小白以本体状态重生之后，兰波每天都会给他梳毛。被梳理毛发时小白格外听话，很享受这个充满爱意的过程。

兰波给他从脖颈梳到腿根。

白狮突然停止撒娇，抬起头看着兰波，两只鬼火蓝眼眨了眨。

"我准备了一件漂亮的礼物给你，"兰波转身倚到白狮脸颊边，指尖轻卷他的胡须，"奖励你的忠诚，惩罚你的违抗。"

白狮小声地"呜"了一下。

"到时候再给你。走吧，出去玩。"兰波拍了拍他脸颊，从白狮身上直接跳到窗台上，从窗口钻进阳台，手一撑栏杆翻下一楼。

看上去阳台的窗户十分狭窄，只够小白伸出半个脑袋，但小白像液体一样，脑袋从窗口挤出去后，身体顺滑地流了出去。

从别墅外边看起来，这一幕就像一个小洞里吹出了一团柔软洁净的白色大毛球。

今天是蚜虫岛特训基地毕业生正式离岛的日子，决定假期去做海上志愿者的学员们也要跟着一同远行，相当于整个蚜虫岛在未来两个月里都会很安静。

接送学员的轮渡已经排列在码头，学员们整齐列队，正在专注聆听教官训话。

远处，雪白的影子从岛内深处飞奔而来，白狮无声潜行，兰波侧坐在他背上。白狮奔跑时身后拖出一道闪烁的蓝色尘埃，尘埃降落在地面上，地面被净化洁净。

学员们在登船前都来拥抱小白，把脸埋进他柔软干净的绒毛里，喃喃告别："白教官，我们走啦，开学再回来看你哟。"

陆言大力'吸'了小白一口："你大哥我得回总部工作了，你要好好照顾自己，别挑食，别拆家，知道了没？"

白狮从鼻子里哼出气来，抬起前爪，拍了拍陆言的脑袋瓜。

金缕虫给小白和兰波留下了一包自己织的衣服和床单被套，抱了抱小白，然后和木乃伊一起登上了船。

"教官，这个给您留作纪念吧。"布偶和暹罗偷偷把两本被翻烂了的装订本塞到小白爪边，红着脸跑走了。

白狮瞧着这破本子的封面眼熟，这就是那本《教官吻我99次》，原来作者是他俩，俩小屁孩反侦察能力超强，想当初钓鱼执法抓了几个学期都没抓着。

白狮回头瞟了兰波一眼，确认兰波没看懂书上写的什么才放心。

无象潜行者轻轻抚摸小白的脖颈，低声告别："我要回PBB军事基地了，回少校身边帮他做事，可能好久都回不来。谢谢你让我得到现在的生活，希望你也永远幸福。"

白狮望向别处，装作若无其事的样子，在无象潜行者转身离开时趁他不注意，突然坏心眼地叼住他垂在身后的变色龙尾巴，把卷成波板糖的尾巴拽直了，好奇这尾巴到底有多长，惹得对方一声惊叫。

萧驯依然不习惯和人拥抱，站在白狮面前端正道别，不过其实他们都在IOA总部工作，相见的日子和机会多的是。

白狮吐出舌头，刺溜舔了他一口，从下巴舔到头顶，舔得萧驯都愣住了，满脸白兰地香。

白狮露出诡计得逞的微笑。

学员登船，轮渡启程离岸，慢慢驶向了远方，宁静的海水波纹渐渐散开，白狮蹲坐在沙滩上，注视着几艘船远去。

学员们挤在轮渡上，于小橙不经意向窗外看了一眼，却见白狮正在海面上奔跑。

他叫了一声，学员们便全都向窗外望去，惊讶地探出半个身子向后招手。

白狮在海面上轻盈奔跑，追逐着渡船，四爪落在水上便瞬时凝结出一片能够落脚的水化钢，脚爪离开时水化钢再化成水。

兰波侧坐在白狮背上，鱼尾垂在水中，划出一串漂浮的蓝光水母。

他将脸颊贴近小白，听他不舍的心跳。

小白是最特别的，他可以给予希望，创造希望，他永远热情，如日月不熄。

轮渡终究驶出视线之外，小白慢慢停了下来，坐到海面凝结的水化钢上，有点沮丧地趴下来，鬼火蓝眼里盈满打转的眼泪。

兰波坐在水化钢浮冰上，手搭在小白头上安慰：“好了，不难过，我带你去看个好东西，要不要看？”

白狮抬起眼皮，点了点头。

“跟我走。”兰波仰头一跃，从浮冰上跃起扎入水中，鱼尾没入清澈透明的海水，白狮也跳进水中，跟随兰波下潜。

白狮口中的死海之眼帮助他过滤氧气，相当于鳃的作用，让白狮在水中闭气的时间更久。

小白睁开眼睛，阳光下的浅海清澈见底，海底白沙洁净如雪，色彩斑斓的热带鱼成群游过身边。

兰波就在不远的前方，蓝光鱼尾在水中轻摇，腰边薄鳍展开成翼，光芒闪烁，成群的蓝光水母在身后追逐，簇拥着水中的精灵。

兰波穿过蚜虫岛学员们轮流守护的珊瑚保育区，接近了小岛下方的礁石，粉色的珊瑚多了起来。

再穿过几个七扭八拐的蚀洞，似乎进入了一整片粉红鹿角珊瑚的矿区，目之所及都被生机勃勃的粉色珊瑚占领，这些美丽的小动物像吸收了什么物质的供养一样，飞快地生长着。

在鹿角珊瑚深处，一个大珠母贝沉睡在角落中，兰波游了过去，勾手示意小白过来。

他抚摸了一下珠母贝，贝壳感受到王的命令，缓缓张开。

生有保护利齿的凶猛贝壳中心，含着一颗粉白的大珍珠。

小白看愣了，他奋力游到珍珠前，用头轻轻拱了珍珠一下，大珍珠微微摇晃，发出微小可爱的声音。

"daimi。"

小白心里一阵柔软，又蹭了蹭大珍珠，大珍珠吹出了一串水泡。

兰波趴在贝壳边，用手指轻轻拨动珍珠，珍珠又晃了晃，发出一声甜甜的"daima"。

小白喜欢得要命，差点要把大身子也挤进贝壳里一起睡。他陪珍珠玩了好久。

趁小白玩得开心，兰波游到了一个有密集的粉色珊瑚遮挡视线的角落中，悠哉地趴到沙粒上，一只手支着头，指尖在白沙中轻扫，扫开了一块，露出坚韧透明的水化钢方棺一角。

兰波用指节叩了叩，里面的生物似乎被惊醒了，愤怒地凑过来，露出了一双血丝密布的眼睛，透过水化钢狠狠注视着兰波。

兰波拨了拨水化钢上的沙粒，直到露出的平面能完整看到艾莲的脸为止。

"为什么那么愤怒？"兰波隔着透明水化钢抚摸艾莲，"你感到痛苦吗？不应该如此，你应该无比荣幸。"

艾莲疯狂撞击坚硬的四壁，声音却无法从水化钢内传出来，兰波只能看见她一张一合的嘴。

她的下半身已经融进水化钢中，与水化钢合为一体，周身的珊瑚在疯狂汲取她的能量，艾莲此时像一块一次性电池，供养着附近海域的生物。她是人为制造的鲸落，是塞壬选中的奉献者。

兰波竖起食指贴在唇边："安静点，别被小白发现了，他会怜悯你，让我给你一个痛快。但我不会。"

"我赐给你容貌，健康，你就待在这下面，供养我的子民吧。"

兰波拂上白沙，将水化钢方棺一角盖住，鱼尾轻摆，向珊瑚外游去。

白狮的氧气快要耗尽了，他亲昵地蹭了蹭珍珠，转身跟随兰波上浮。

珠母贝缓缓合拢，将珍珠保护在了柔软贝肉中。

白狮冲上水面，一路狗刨游到了沙滩上，用力抖掉身上的水，甩了兰波一身。

雪白毛发水火不侵，甩干后立刻恢复蓬松干燥。白狮拱到兰波身边蹭他，把他身上的水都抹干了。

在海里玩了一大圈回来，两人都有些累了，白狮非要挤在卧室床上卧下，他一卧下，床都塌了。

兰波也没办法，懒洋洋依靠在白狮身上看电视，不一会儿便枕在柔软白绒里睡着了。

兰波似乎没有什么欲望，也不会对未来之事产生期待和急迫感，他想念小白，却也享受与白狮相处的朝夕点滴，他喜欢自己漫长生命中的每一天。

所以即使小白永远只是一头白狮，兰波也不会觉得无趣，他可以找到无数乐子，只要身边陪伴的是他就好。

枕着厚厚的白狮肚皮毛，兰波睡得十分舒服。不知道睡了多久，感觉头枕的地方没那么软了，硌硌棱棱的，有点硌脑袋，不过白兰地香气依然浓郁，温柔安抚着他。

兰波还没醒，略略翻了个身，脸颊贴在了一片白皙的腹肌上。

白楚年侧躺在床上，单手支着头，用指尖卷了卷兰波搭在额上的金发。

白楚年的身量要比泯灭时结实漂亮了许多，白发凌乱稍长，在颈后垂着几缕狼尾，双眼是与兰波相同的宝石蓝色。

看着兰波的睡脸，白楚年笑起来，露出半颗虎牙尖。

他本想小心地捉弄一下兰波，但这时放在枕边的手机突然响了。

是兰波的手机。

白楚年顺手拿起来看了一眼，屏幕上显示您收到一条点赞。

怎么回事呢？笨蛋还会发朋友圈了？白楚年随便试了几个密码，兰波的密码太简单太好猜了，试了 123456 和 000000 之后，814814 确认正确。

白楚年疑惑地点开朋友圈，稍微浏览了一下兰波发布的照片和收到的回复。

"……"

"……"

"我去——?!"

"……"

好死不死，何所谓这时候来了条消息。

穿军装的狼："过两天军犬大赛，能把小白借我们装一装吗？"

对面何所谓正拿着手机美滋滋地想象怎么牵着一头大白狮子在表演赛开幕式上拉风呢，突然收到了兰波的回复。

爱猫猫 randi♡："我是你爹！"

第二十章

救世主

———○———

白楚年捧着手机陷入沉思。

本体白狮化状态于他而言就像人类睡觉一样，是种沉睡和休息状态，那么白狮化期间的行为就像睡觉做梦一样，梦里的自己自有一套行为准则，不完全受主观意识控制，而且记忆不会完全消失，会保留一部分，虽然醒来之后不能事无巨细地全记住，仔细回忆却也能回想起点点滴滴。

白楚年精力充沛地回忆刚发生的事，送走了放假的学员们，有点舍不得，抓到了多学期在逃未能逮捕的《教官吻我99次》的作者，不错，出于好奇揪了一下无象潜行者的尾巴，这也不算什么出格的事，以及随便舔了一口萧驯的脸……糟了。

……不过只要下次快点应该不会被踹到，问题不大。

还有会长和锦叔来探望的时候，撒娇让他们抱，锦叔给自己梳毛的时候翻脸咬他还踢腿乱蹬，叼着会长的兔耳朵玩了好久，还拍了照……天哪……白楚年咬着嘴唇把脸埋进臂弯里。

还有被学员们排队撸，被教官们偷着撸，被洛伦兹那大块头花臂猛男抱着使劲吸；爬上K教官的电脑趴下，抬起一条腿勾引他停下工作来撸自己……白楚年越回忆血压越高，现在只剩两种办法了，泯灭自己然后自行滚到地上摔碎，或者是搬迁到太阳系外。

白楚年看同枕在自己肚子上睡得正香的兰波，忽然记起他们最后一次告别的情景。

　　那时兰波被反噬重伤，虚弱地说把一切都给他，把心爱的海洋，百亿子民都交给他，让他作为使者替自己传递神谕，掌管十分之七的蓝色星球。

　　兰波被强行唤醒，困倦地半睁开眼睛，瞳孔惊讶缩紧，诧异地注视着面前的人。

　　眼前的白楚年还是熟悉的少年模样，眼睛是他最喜爱的宝石蓝色，似乎更剔透了。

　　白楚年扬起头："我没有项圈了。"

　　"你不需要那个，你已经是自由体了，高于一切实验体的生长级别，大海给予你重生的机会，作为我的使者，与我分享无边寿命。"

　　兰波关注着白楚年的表情，虽然已经突破恶化期限制，不会再失控了，但自幼留下的阴影没那么容易被磨灭，他还需要时间。不过兰波最不缺的就是时间。

　　他打了个响指，白楚年口中的死海心岩受到召唤，向外延伸，在白楚年颈上铸造了一圈黑环，项圈前还坠着一枚漆黑的晶石铃铛，摇晃起来叮当轻响。

　　项圈后延伸的锁链攥在兰波手里。

　　这是一种奇异的精神寄托，项圈扣在颈上的一瞬间，白楚年感到自己不会再被丢弃，才有了为所欲为的勇气。

　　"你已经完全属于我了。"兰波说，"未来千万年，都是我的使者。"

　　除了何所谓，戴柠教官是第一个发觉白楚年回来的，因为他就住在隔壁独栋，听了一夜墙角，昨晚动静真够大的。

　　清早日光透过窗帘缝照到了白楚年眼睛上，他睁开一只眼，控制死海心岩变成钩子，把帘子拉上，然后把头埋下睡回笼觉。

　　碎片化的记忆又让他清醒了些，他忽然坐起来，蹑手蹑脚下床，去阳台张望海滩。海滩一片宁静，清澈如常。

他又拿兰波的手机上了会儿网，看看新闻。关于海域解封，固块几乎清除完毕的新闻让他揪起心来，又长舒一口气。

兰波俯身凑近他："在看什么？"

白楚年盘腿坐在摇椅里，仰头问："我不在的这段时间，你真和人类翻脸了？"

兰波慢慢走到栏杆前，手一撑便坐了上去，望着不远处的海滩："是啊。"

"你们打仗了吗？"

"没有。"兰波引来一股水流，水化钢在掌心铸造成一把手枪，兰波熟练地向里面装填子弹，淡淡道，"我很清楚人类武器的杀伤力有多强，正面相抗的话，海族会死伤无数，这对我的子民而言是场无妄之灾。其实这个星球上已经没有部落能与人类对抗了，能让那个种族消亡的只有他们自己。"

"大海是最宽容的，你得罪她的时候，她会宽限你一个时间去挽救，而不会立刻报复你。"兰波将手中的透明枪攥碎，水流顺着指尖淌到脚下，"可大海也是最难哄的，当她真正愤怒的时候，做什么都晚了。"

"但你的那些孩子让我觉得那个族群至少还有救。"兰波谈起蚜虫岛的学员们时眼里噙着笑意，"救世主，这个词送给他们最合适。"

"要跟我回加勒比海玩一阵吗？"兰波回头瞧他，"其实我有不少朋友，我想把你介绍给他们。"

"好啊。"白楚年站起来，当即着手收拾东西打包行李，"对了，临走前我想去城市看看。"

兰波微抬下巴："走。"

与蚜虫岛上的教官们简单告了个别，白楚年便化身巨兽白狮，载着兰波踏水而去。

正午时分，海面也被照得温暖起来，兰波引起水化钢阶梯，白狮便奔跑到高空。阶梯突然破碎，飞溅的水流又在白狮肩胛处铸造成一对翅膀，白狮借力滑翔，重新落回水面。

高空的水流破碎，落回海面，像晴朗天空中下了一场太阳雨，空中延伸出浅淡的彩虹。

兰波侧坐在白狮背上，指着蚜虫市最高的钟楼："我们去那儿，那儿能看到整座城市。"

白狮在林立的高楼大厦间穿梭跳跃，站在了城市最高点钟楼上，本体拟态消失，人形态出现。

恰巧钟表指向正午十二点，大钟敲响，悠远的钟声在城市上空缓缓飘荡，路上的行人习惯性抬头向钟楼望去——

白楚年垂下一条腿坐在时钟顶点，臂弯里悠哉地挎着一把死海心岩长柄镰刀，白发随风凌乱扬起。兰波侧坐在他肩头，手里握着从亚体项圈后延伸出的锁链，摊开掌心，手心里托着一只半路撞上的蜻蜓，吹了口气赐予它健康。

"商量件事。"

"嗯？"

"你把朋友圈删一删……就算不删，起码把老何屏蔽了……"

世界另一角，与世隔绝的白雪城堡沉寂在星月夜中，城外暴风雪呼啸而过，城内静谧温暖，每一扇窗都亮着暖灯。

厄里斯守在钟表盘下打瞌睡，午夜钟声缓缓敲响，他忽然惊醒，打着哈欠揉了揉眼睛，从他的位置能刚好透过窗户看见人偶师工作间的桌子和台灯，人偶师专注地在桌边裁剪衣服图样，其实他今天也在冥思苦想寻找新的娃娃眼珠材料。

国际监狱的位置正在蚜虫市与白雪城堡连线的中点，孤寂岛屿黄昏落日，黑豹蹲在监狱最高处眺望，纯黑色豹尾缓缓摆动。

今日天象奇特，夕阳未落，弯月已升，黑豹所立之处平分日月，左手尚光明，右手已至黑夜，他仿佛站在天平中央，关注着光与暗的平衡。

二周目

支线结局

恭喜通关《人鱼陷落》一周目，达成 happy ending（快乐结局）成就。bad ending（悲伤结局）线开发失败。

白楚年角色成就：

1. 嘴炮王：说出至理名言"天哪，为何这样的我竟然是十九岁呢"成功气死陆言的"柠檬精"同学，陆言好感度 +1000000。

2. 本场 MVP（最佳）：最后一战中使用 A3 亚化能力"神遣我来"，力挽狂澜。

3. 黑化：被哈瓦那特工贝金误伤后对人类失望，目睹厄里斯杀人而无动于衷，得知兰波实验详情后对红狸市培育基地展开疯狂报复。

4. 浪子回头：经历过人间温暖后全力守护人类。

5. 最佳指挥：在白楚年的指挥下，小队作战伤亡人数为零。

6. 神使者：获得口说神谕的能力。

二周目开发者将更新支线剧情番外，预告如下：

兰波的朋友们：众神之约

灵猩与天马：论狗狗把头放在你胸前认真看着你的时候在想什么

兔与箭毒木：三日之约

咒使往事：金苹果

魔使往事：我好烦

蜘蛛兄弟：双想丝

老狼与小狼：家有二哈

美洲狮与小虫：相框

第一章

兰波的朋友们：众神之约（1）

在悠远静谧的钟声口，路上行人的视线纷纷向这城市的最中央投来，但钟楼顶上已无两人踪影。

两人在林立的高楼之间奔跑跳跃，在海滨广场附近的教堂落脚，白楚年蹲坐在教堂十字架顶端，尾巴摇来摇去保持平衡，侧耳倾听唱诗班孩子们吟唱。

"你在这里不要走动。"兰波嘱咐他，然后挽起衣袖，"我下去揍那个撒旦一顿。"

"哎！回来！"白楚年一把扯住他胳膊，"干吗呀?!"

"他让我抽牌捉弄我的仇还没报。"兰波想起来就恨得咬牙，不管抽多少次都抽不到想要的，简直岂有此理。

白楚年赶紧拦住他："算了算了，算了。"

两人掠过教堂的彩色玻璃远去，教堂中的唱诗班仍在吟唱赞歌，一袭黑袍的撒旦坐在豪华绮丽的管风琴边，膝头托着《圣经》，合眼弹奏着《我来到你的王座前》，混在九十九张恶魔牌中的唯一一张天使牌悬浮在撒旦面前，贴于管风琴上，卡牌焚毁，展翼的天使烙印在了琴木上。

白楚年特意避过 ICA 大门的保安队员和扫描报警器，悄悄从后墙花园溜了进来。

他已经辞去了搜查科科长一职，其实本没有资格再走进这栋大楼了。可他还是想多摸一摸 IOA 的墙砖和地面，舍不得这个最初收留自己的地方。

"这儿的花照顾得也太好了吧。"白楚年蹲下身子，鬼鬼祟祟瞧了瞧，看上了一丛名为果汁阳台的淡橙色月季，朝兰波摊开手，"给我个剪子，我偷几朵。"

一只裹着绷带的手递来了一把园艺剪。

白楚年顺手接过来，偷偷剪了两朵之后发觉不对，回头一看，蹲在自己身边的是个木乃伊，裹满绷带的脸面对着他。

"我嗬！"白楚年往后蹭了两步，偷花被抓了个现行，有点尴尬。的确，IOA 的花园一直由金缕虫照顾来着。

木乃伊又拿了一把园艺剪，挑选新开的花剪下来，攒了一小束，熟练地抽出一根丝带扎住花茎，打了一个蝴蝶结，把花束递给白楚年。

"谢了。"白楚年接过花束，确实比自己乱剪的好看。

不过木乃伊应该是靠金缕虫的双想丝操控行动，金缕虫一定就在附近。

白楚年起身张望四周，在花圃门口发现了正在给月季浇水的金缕虫。

"文池，谢啦。"白楚年朝他摇了摇手里的花束，又提起身上的 T 恤领口晃了晃。他身上这件衣服也是金缕虫用蛛丝织的，保暖透气柔软贴身，十分舒服。

金缕虫点了点头，捧着水壶露出一个淡淡的笑容。

"快走，趁着花还没蔫巴。"白楚年一手捧着花，一手拉上兰波，从医学会病房这一边混进了大楼里。

医学会病房的巡逻队很少，因为要照顾到病人休息，比较容易混进来，但也有个不妙的地方，就是想穿过病房到达会长办公室，必须得先经过韩行谦的办公室。

白楚年才刚把韩哥得罪了，这时候根本不敢撞见他，只能一小步一小步悄悄跨过去。

好在韩哥办公室的门关得很严实，白楚年顺利溜走，不过也不知道韩哥大白天锁办公室门干吗，明明屋里亮着灯呢。

混进大楼里之后就顺利多了，虽然白楚年离职了，但往来的都是原来的同事，谁也不会在通行证上为难他。

他本来要乘电梯去会长办公室的，但先路过了自己的办公室，不过他没打算进去，直接往电梯方向走了去。

等电梯时，白楚年忽然从光滑的门上看见了自己的影子，在手中花束的侧枝上，似乎附着一片不属于月季花的叶片。

他把叶子摘下来，观察了一下，竟然是个仿叶窃听器。

"真是教会徒弟饿死师傅，都开始算计我了。"白楚年把叶片贴近唇边，很大声地吹了一声口哨。

与此同时，坐在搜查科副科长办公室里的毕揽星捂着一侧耳朵从座位上蹿了起来。

陆言坐在他旁边的电脑前，盯着监控屏幕上的白楚年和兰波窃笑。

"噢……被他发现了，可恶可恶。"

监控屏幕上，白楚年抬起头，很快就找到了他们的监视器，对着他们做了个开枪的手势："pㄧu！"

陆言先按奈不住从办公室里跑出来，把白楚年扯到走廊边小声说话。

小兔子认认真真上下打量了他一遍："头发挺酷的……我也要留一个。"

白楚年揪起兔耳朵把这小孩拎起来："净学没用的，十八岁了怎么没长几厘米个呢，你去人家剿科长办公室混什么去了，怎么回事，我看你俩作风非常有问题。"

"烦死了，放开放开！"小兔子被拎起来乱踢蹬腿，从白楚年手里挣脱出来，"午休时间我去看会儿电影不行吗，我房间网不好……"

兰波手揣着兜，俯身嗅了嗅陆言："bani。"

毕揽星这才锁上办公室门走过来，他已经与白楚年身量相当，是个稳重成熟的亚体了。

他见到白楚年时有一瞬间的激动，但竭力忍了下去，白楚年朝他伸出手，毕揽星怔了一下，抓住他的手重重握了一下，两人贴近相拥，毕揽星酸了眼眶。

白楚年拍拍他肩膀："我上楼去给会长换束花，然后就休假去玩了，你好好干，我歇够了再回来看你们。"

"啊？你不回来了啊？"陆言一把抓住他裤腰带，"你去我爸公司不行吗？他一直想让你去……我肯定是废了，我连账都算不清，我也不喜欢做生意。"

"真能干的话也挺好，等我环游世界回来再说，你们先体验 007 加班地狱吧，我溜了。"

白楚年和兰波进了电梯，陆言目送他们逐渐被合拢的电梯门遮住，不停地招手。

第二章

兰波的朋友们：众神之约（2）

白楚年迈出电梯，随便抓了个同事问："会长来了没？"

同事说没看见会长来上班，白楚年便安心拉着兰波往会长办公室去了。

门没锁，一压门把就进去了，可能昨晚下班太着急，忘了锁门，不过会长一般会把重要文件放在休息室保险箱里，办公室面上只放一些不重要的东西。

白楚年扫了一眼休息室的门，锁着呢，这才放了心，快步走到办公桌前，把昨天的红蔷薇从花瓶里抽出来，换上自己带来的那一小束"果汁阳台"。

他小心地整理了一下枝杈，余光瞥见桌上似乎多了一个相框。

白楚年随手拿起来看看，便愣住了，照片很新，才洗出来不久，背景是蚜虫岛的教官单人宿舍，会长和锦叔坐在沙发里，兰波斜倚在沙发一角，支着头望着窗外，陆言坐在中央，双臂兜着一只小白狮子，白狮嘴里还叼着一个蓝色小鱼玩具。

而照片右下角有一行隽秀的笔迹："全家福拍摄于蚜虫岛特训基地，K036 年 12 月留念。"

白楚年翻来覆去看了半天，最终默默放回了桌上，伪装成无人动过的样子，收回手时险些因为走神打翻了桌上的玻璃杯。

兰波抬手替他扶稳玻璃杯："你喜欢这张照片吗？我可以直接向言逸要，让他发来，你想要几张都可以。"

"你们有这么熟吗？"白楚年怔了一下，兰波便举起手机面向他，聊天界面上方正是言逸的名字。

爱猫猫 randi♡："（语音消息）小白在你办公室换花束。"

"哎！你别说啊，撤回，快撤回！"

白楚年正想把手机抢过来撤回消息，里间休息室的门锁忽然打开了，言逸从里面走出来，边走边把兔尾巴球塞进西装裤里，披上西装外套。

两分钟后，锦叔也来了。

"小白？"陆上锦自然地拍了拍白楚年的肩，"你背对着我们干吗呢？让我看看变样了没。"

白楚年本没想与他们打照面的，这全怪内鬼兰波叛变。

"锦……锦叔……"白楚年僵硬地转过身来。

陆上锦一看，血压立刻升高了，这小子，舌头上是镶了个什么，舌钉？头发不光雪白雪白的，发梢还长出一截狼尾，眼睛不知道戴了什么，蓝得像他上周花三千万拍来送言言的蓝宝石，睫毛跟头发同一个色，脖颈戴着一条细黑项圈。

兰波走过来，放出一缕白刺玫压迫因子宣示主权。

两人等级相同，兰波的亚化因子没有让陆上锦感到压迫，同样陆上锦的压迫因子也威胁不到兰波。

白楚年尴尬道："那个，你叫叔叔。"

兰波和陆上锦对视了几秒，似乎都在等着对方叫叔叔。

场面更加尴尬。

言逸淡淡笑了一声："别叫叔叔了。"他从上锁的抽屉里拿出一份文件递给白楚年，"研究所被查封之后，所有实验体的发票都作废了，我让人走了收养程序，这是你的户口档案和身份证。"

白楚年眨了眨眼睛，手心在裤子上蹭了蹭才局促地去接。

他的户口与陆言的叠在一起，身份证是崭新的，不过走收养程序有年龄限制，所以白楚年的新身份证上印的是十七岁，生日日期就是他从玻璃珠里破壳出来的日子。

"老大，谢谢，我……"白楚年舔了舔嘴唇。

"老大？"陆上锦手揎兀调笑。

"嗯……叔……叔叔……"

"叔叔？"

"那……爸。"

白楚年脱口而出，叫完总觉得有点别扭，抓了抓头发，逗得陆上锦直笑。

言逸把兰波叫到窗边，递给他一杯新煮的咖啡。

兰波接过咖啡，倚到落地窗边，摇摇马克杯抿了一口，是冰的，里面放了一些冰块，让咖啡的温度迅速降下来。

"你的追求者一定很多。"兰波透过落地窗，望着最远处的海岸线说，"你有魅力让人爱上你。"

言逸笑笑："之后打算去哪儿？"

"带小白巡视领地，我答应他了。"兰波回答，"哦，他说这叫环游世界，都一样。"

"那真是不错，想来我们也好久没认真旅行过了。最近我打算建几所学校，专门教人鱼语，你家族里有愿意来陆地当老师的吗？"

兰波想了想，居然想到了合适的人选。

"建吧。"兰波放下空杯，趁言逸不注意顺手捏了捏他的兔耳朵。

直到两人离开办公室，陆上锦还在嘱咐小白要是被欺负了就赶快跑回来，简直比对兔球还操心。

两人进了电梯，电梯门缓缓合拢。

白楚年到现在手还有点抖，虽然没把激动和欣喜表现在脸上，但心里一直在雀跃。

兰波凑近他，挑眉问："叫别人'爸爸'，让你这么开心？"

"不是，那不一样，那能一样吗？"白楚年耐心地给这条鱼细细解释，代表家庭牵绊的父亲称呼。

"我不听。"兰波让他停止啰唆。

电梯终于降到了一楼，兰波先跑了出去，白楚年突然反应过来，一把抓住兰波给拎了回来。他们从后门花园溜了，白楚年顺便又偷了一小把萨沙天使扎起来送兰波，走的时候又被木乃伊发现了。

"我要把你卖到海鲜市场，一斤两块五。"白楚年带着兰波从花园里跑出去。

兰波看手机："randi，我们先去色雷斯的海摩斯山。教我买票，我要坐飞机去，自己游很累。"

"那是啥地方啊，我听都没听过。"

"我朋友阿涅弥伊的住处。"

"你给我手机我搜一下。"白楚年放下兰波，靠到墙根底下，揪了根草茎叼着，"噢，爱琴海和黑海那一片，有点远啊，可以先飞到土耳其再转其他交通工具，你是第一次跟我提你这个哥们儿吗？我怎么好像在哪儿听过。"

白楚年越想越耳熟，索性输到搜索引擎里查了一下。

"……你这个哥们儿，他是正经哥们儿吗？"

兰波手插兜靠到墙边，漫不经心道："是啊，很正经。"

第三章

兰波的朋友们：众神之约（3）

"要去土耳其的话，正好风月和小豹妹有任务要过去，可以搭个顺风机。"白楚年拿起手机要给风月打电话，"他们的飞机应该是从蚜虫岛基地起飞的，我们赶过去还来得及，还能再去粉珊瑚区看看蔼蔼。"

兰波原本点了头，但一听白楚年要潜下海看珍珠，他又改口说不去："我们不是刚离开蚜虫岛吗，为什么要回去？"

现在的白楚年恢复了人类拟态，智商早就不是白狮状态的思维可比的了，他恢复得太突然，兰波还没找到机会把艾莲藏起来，小白如此敏锐，一靠近就会发现的。到时候他一定会想要个解释。

兰波不想向他描述自己威胁人类的细节。

"为什么不去啊，能省好几万的机票钱呢，省出来的钱买大扇贝不香吗？"

兰波眼睛瞳仁拉长成竖线注视他："我有的是钱，不需要省。"

白楚年不明所以，眨了眨眼睛。

好吧，兰波高兴就好。

这是兰波初次按正常流程乘坐飞机，从进入机场开始，仿佛打开了新世界。

他们一人背着一个旅行背包，看上去像假期出行的大学生。

白楚年在网上订过票后，到自动取票机前刷了一下身份证，在面板上按了按，随便操作了两下，把登机牌取了出来。

兰波果然感到新奇，小小地"哦"了一声，学着小白的样子把自己的身份证贴上去，对着出票口大声说"我要一份香菇鸡肉盖饭"。

他身后还站着几个排队领登机牌的乘客，闻言立刻凑过来围观这个漂亮的金发老外，震惊于他能流畅地说中文却不能顺利地理解国内科技，不由得感叹国家富强。

白楚年匆匆把兰波拉走："嘘，嘘，这个机器只管出票，不是自动贩卖机。"

"那要通知老板补货。"兰波显然不觉得没买到饭是自己的问题。

他们直奔安检通道，但在此之前地勤人员拦住兰波，要他把手里的矿泉水瓶扔掉。

兰波一愣："可它还是新的，我只喝了一小口。"

但这是机场规定，地勤也只能要求他配合。

兰波非常迷惑："这是很干净的水，可以滋养我的十一枚鳞片，你要拿去哪里？"

白楚年赶紧插到两人中间把他们分开，悄声跟兰波解释："人家不让带水进去，你给我，我把它喝了。"然后把矿泉水瓶接过来，一口气干了一整瓶，有点撑。

兰波默默取下背包，拉开拉链，里面赫然装着一整箱矿泉水。

"是我的错，我出门没检查你的装备。"白楚年长吸一口气，按着兰波的头用力揉了两下。

但他也实在喝不下了，只好把地勤拽到一边，偷偷嘱咐："好兄弟，商量一下，这箱水你拿回去给你同事分分，或者捐给灾区什么的，可千万别扔，他都能感知到的，直接扔了他能气得吃小孩，行不？"

地勤讪讪点头，暗地里把这俩人定性成偏执狂强迫症了。

白楚年领着兰波往前走，搂着他肩膀安慰："没事的，问题不大，你毕竟也是第一次来机场，一回生二回熟嘛。这么的，你对这些人类呢，稍微客气一点，出来玩嘛，开心最重要，好不好？"

兰波想了想，欣然答应下来。

好不容易进了安检通道，结果又被拦了下来。

原因是兰波经过安检门的时候，安检设备就会受到干扰，短暂失灵，无法检测兰波。

这引起了安检人员和周围站岗武警的注意。武警迅速围了过来，安检小姐意识到兰波身上可能夹带了信号干扰设备，警惕严肃地质问："你是否携带了管制刀具、枪支弹药等违禁品？"

兰波微微皱眉，摊开掌心，引动空气中的水蒸气汇聚铸造成一把水化钢手枪，低声问安检小姐："你要多少？"

白楚年大惊，把兰波拖回来："你搁这儿暗网交易呢？！"

武警见状全围了上来，差点就要拿防暴叉把白楚年给叉地上制服了。白楚年连连摆手，喊着"别别别别，误会，误会！"，慌忙给在联盟警署工作的熟人打了个电话，幸好兰波也在联盟警署工作过几天，档案齐全，终于证实了身份，顺利通过了安检。

在边边角角的环节上耗费了太多时间，等他们到登机口的时候乘客都已经开始登机了。他们买的是经济舱座位，因为公务舱价钱要贵一倍，太不划算了。

兰波对照着登机牌上的号码找到自己的座位，他的座位在中间，右边靠窗是白楚年的位置，左边是空的。

"你坐我的位子吧，我这里靠窗，你要靠窗吗？"

兰波摇了摇头。他坐靠窗位置多少还是会有点不舒服。

"行，没事，万一晕机难受了跟我说，我把药装兜里了。"白楚年放完行李坐到最里面，教兰波绑上安全带。

"你激动吗？"白楚年边给他系安全带边问，露出半颗虎牙。兰波低头问："什么是激动？"

"就是高兴得心跳加快。"

"现在不激动。"

"但是我特别激动。"白楚年深呼吸平复了一下心情，"目的地是度假沙滩，不是去战斗，也不是爆破建筑，我不用背着枪，不用一路上都在脑子里检查行动细节，也不用担心我的队员死在那儿回不来，我们竟然是去玩的，简直不敢相信。"

以往背负行动任务时，他虽然看上去悠哉轻松，可那不过是建立在实力之上的自信，该有的压力和焦虑一点不少。而此时面前的白楚年已然完全抛却了出任务时的沉稳，高兴得像初次参加班级春游的小学生。

没过多久，兰波身边的空位也坐上了人。

是个大学生模样的亚体，背着摄影包，个子很高，看样子也是在健身房苦练过的，肌肉块头不小，模样也不错。

小伙子还没坐下就一眼看到了兰波，眼都直了，愣了好几秒，后面乘客催了才惊醒，放了行李坐下来。

他一坐下来就迅速给兄弟们发消息："家人们，我旁边坐了个外国帅哥，高鼻梁蓝眼睛金发，特别白，绝啊！"

兄弟1："照片看看。"

兄弟2："弱亚体？"

"不知道，但我觉得是。"

"等会儿，等会儿我找机会问问。但是他右边坐了一个强亚体，看样子他们是认识的，看着年纪挺小的。"

兄弟4："试探他！最多被揍一顿，能怎么的！万一打赢了呢？"

飞机起飞时已经是凌晨两点半，窗外的繁华城市离他们越来越远，最终在万米高空的视角下变为一格模糊的马赛克，隐没进黑暗中。

透过窗子，兰波看见了一些飘浮在深空的星星，不由得伸手去摸。

白楚年也偏头随他一同凝视窗外："好看吧，晚上的天空。"

兰波说："那是大海的倒影。"

飞机进入平稳飞行状态后，白楚年有些困倦地翻着手机，上飞机前何所谓发来了不少照片，他只顾下载了还没来得及仔细看。

是军犬大赛的照片，何所谓和拔得头筹的军犬合影，还有一些贺家两只小狼的近景照片，何所谓留言抱怨说，太子爷今年就要进风暴部队训练了，这下可有的忙了。

太子爷指的是 PBB 总指挥的侄子顾无虑，先前在 ATWL 考试里与何所谓他们同队的那只哈士奇，J1 亚化能力是"撒手没"，听说已经二阶分化了，实力还是相当不错的，不过似乎不太容易管教。

白楚年本想嘲笑他两句，但无奈手机飞行模式没网，只能等落地再回。

其实这次出行他也不是完全没有压力，因为这次是要去见兰波的朋友的，肯定不能太随便，他花了几天时间准备礼物，还在网上临时学习了几天关于风神阿涟弥伊的知识。

对方可是与兰波身份相当的神明啊，越想越紧张。

"他只是个蠢货，你不必担心。"兰波看出了小白的紧张，淡笑安慰，"如果他有让你不爽的地方，你可以直接骂他，或者告诉我，我来骂他。"

"放心，我有数。"白楚年放松了不少，渐渐地有些困了，旅程还长，飞机会在早上抵达巴黎中转。

他眯眼打盹，周围坐满了普通乘客，没有劫机，不需要寻找落脚点跳伞，他被前所未有的安全感包围着，慢慢睡着了。

兰波还不困，插上了耳机玩游戏，在蚜虫岛上，陆言教了他许多游戏，他最喜欢的还是《跳舞的线》，听着音乐来按键，很有意思。

旁边忽然伸来一只手，轻轻拽了拽他的耳机线，兰波向左看了一眼，手的主人是坐在自己左手边的大学生。

游戏被中途打断，兰波有些不爽地拽掉了耳机，支着头冷冷瞥他。

那小伙子用流利的英文搭讪道："I'm a photography student on an exchange trip to Paris.（我是摄影专业的学生，此行去巴黎交流学习。）"

他的英语发音确实不错，还算流利，说完这句他自己也挺满意的。

兰波露出有些困惑的表情："我听不懂。"

青年被噎了一下，然后讪笑道："哦，哦，你中文说得真好。我刚上飞机就一眼看到你了，你像在发光一样，很吸引人。"

兰波闻言微微扬了扬眉毛。

那小伙只能战术性咳嗽两声："那个，我是摄影专业的学生，你长得太好看了，我能给你拍张照片吗？"

然后就能以发照片的名义顺理成章加好友了，完美。

"可以。"兰波倒是大方答应了。忘了从什么时候开始，他喜欢上了拍照，喜欢拍小白，也喜欢被拍下来，定格留存。

小伙子很高兴，拿出相机对着兰波找了一下角度，其实每个角度都好看。

他在镜头里放肆地欣赏兰波的美貌，多拍了两张。

突然，镜头里多了一张脸——

坐在英俊的亚体右手边的白楚年醒了，正歪头瞧着他。

蓝色的猫眼在幽暗的光线下闪烁冷光，眼角微挑，像在注视从自己嘴边抢小鱼干的野猫。

小伙子被吓得一哆嗦，立马放下了相机。

第四章

兰波的朋友们：众神之约（4）

兰波之前回研究所总部废墟，翻了许多石块，那时候小白还被封印在玻璃珠里，原本兰波将他照料得十分细致，可玻璃珠突然有一天就不再"喵"了，摇晃一下只"呜"一声，听着就可怜巴巴的，兰波便返回废墟把埋在里面的戒指翻了出来，带回去哄那枚小玻璃珠。那天小玻璃珠滚到戒指旁边，果然肉眼可见地高兴起来，变成了粉色，在戒指边摇摇晃晃。

那小伙子不屑地瞟了白楚年一眼，又把目光转到了兰波身上，殷勤道："帅哥，加个好友吧，我把照片发你。"

兰波忽然有了举动，白楚年以为他又要趁机说点什么与事实相反的玩笑了，毕竟在 ACI 他就喜欢这么玩。

亚化标记散发着淡淡的白兰地亚化因子气味，其中包含的信息因子诉说着白狮亚化细胞团高达 A3 的分化级别，足够让近在咫尺的青年知难而退。

"……"那小伙子嗅到亚化标记气息后，脸色由红变白，有些惶恐地退到座椅最左边。

虽说在 IOA 里工作时，身边的同事或是面临的敌人最低也是 M2 级的，A3 级高手也数不胜数，可在民间，对普通人而言，甚至一生也见不到一个分化至此级别的活人。

白楚年心里受用极了，但面上还要装得理所应当，抓住那小伙子悄声笑说："你别害怕，不行咱俩加个好友，你把照片发我，我也想看照片。"

小伙子颤颤道："好嘞哥。"然后就低头去整理刚刚拍的照片了。

抵达目的地时正是凌晨时分，走出机场时天还黑着，没有当地特工或是 IOA 分会派人接应，白楚年一时还有些不习惯。

"这儿离色雷斯还有好一段距离，弄辆车吧。"白楚年见荒野路上有车辙印，便背着背包蹲下，抓了一把土嗅了嗅，抬起眼皮在远处的黑暗中寻找，"当地黑帮的车好抢一些，就是万一跟地头蛇起了冲突，风月和小豹妹来晚了抢不到人头，回头交差的时候奖金不好算。"

"不必。"兰波抬了抬下巴，"我朋友来接我们。"

"他真能来吗？一般这种神不都在神殿待着……"

"来了。"

一阵强风吹拂而来，在他们面前蓦然而止，似乎发生了什么，又好像什么都没发生。

白楚年伸手探去，果真在无形之中触摸到一片坚硬的外壁，他惊诧地摸索，竟然摸到了一辆完全透明的超跑，按轮廓应该是一辆帕加尼。

"好家伙好家伙，这什么？"

"阿涅弥伊的坐骑。"兰波拉开车门，坐进副驾驶位，朝白楚年眨眨眼，"能开吗？"

白楚年愣了一下，摸索着坐上这辆透明跑车，不可思议地握住看似不存在的方向盘。

"能啊。锦叔车库里也有一辆帕加尼，他都不让我开出去，我只在车库里兜过两圈。"

白楚年一脚油门带着兰波冲了出去，超跑的轰鸣在耳边响起，头发随风乱舞，甩开一地沙土灰尘，车载低音炮伴着白楚年兴奋的口哨声响起。

跑车开过城市开过荒野，已经接近海岸线，地面已然铺上一层细沙，超跑快要陷入沙滩里。

"咱们得渡每了，你搞艘快艇出来。"

"不用。"

接近沙滩后，趄跑突然自动加速，握在白楚年手中的方向盘逐渐延长成一长杆，白楚年低头看了眼，地面距离自己越来越远，这股无形之风铸造成了一架滑翔翼，被一股强大且稳健的气流托了起来，从地中海上方如流星般飘扬而过。

看来这股风与兰波的水化钢有异曲同工之处，能锻造成不同的物体。

透明滑翔翼载着两人飞快滑行，完全无形的机翼和防护架给了乘客最大限度的视野，白楚年迎着风大叫："这可比游乐场刺激多了！"

兰波偏头瞧他，白楚年只靠单手挂在抓杆上，另一只手企图抓住空中的飞鸟，他眼神里终于不再浸着"我不想死"的绝望，只剩欢欣。

兰波想再赐给他些什么，可自己好像已经拿不出送得出手的礼物了。

透明滑翔翼带他们穿过一整片云雾，被云雾遮住视线后，时间概念变得模糊，他们很快便降落在一座起伏的山中。

滑翔翼化作一阵风消失在空气中。

白楚年看了看自己的双手："原来它自己会飞，我还以为是我在开。"

不远处的山洞里迎出一位彪形大汉，穿着夏威夷风彩色 T 恤和裤衩，戴着墨镜，穿一双沙滩凉鞋。

他说的是希腊语，白楚年也听得懂这种语言。

白楚年眼看着那位用有一头鬈曲棕发的白种人大汉热情似火地迎上来，一把抱住自己，亲密地喊："我太想念你了，我的朋友。"

白楚年几乎被这像伽刚特尔（《植物大战僵尸》里的巨人僵尸）一样的壮汉举了起来，这也太热情了，有点吃不消。

"您好您好。"白楚年匆匆与他握手，"您就是风神阿涅弥伊吧？久仰久仰，我带了些礼物……"

"你能来就是最大的礼物。"风神摸着下巴端详白楚年的脸，"嗯……虽然知道你一直喜欢毛茸茸的东西，但变成了一只白猫咪还是有点离谱……"

白楚年听迷糊了："咱们以前认识吗？"

兰波坐在风神身后的木桩凳上，捏着一串从灌木林里摘的浆果，放进口中品尝，顺势踹了一脚风神的脚踝："我在这儿，蠢货。"

风神回头看了眼兰波，又对照了一下白楚年的长相，随手把白楚年抛到一边，蹲到地上打量兰波。

"哦，这是你。"风神恍然大悟，又开始仔细端详兰波，"这样子可顺眼多了。要不要去我的神殿坐坐？"

白楚年凑到兰波身边，小声问："这真是你朋友吗？你们有多久没见了，他都忘了你长什么样了。"

"不，我没有忘，孩子。"风神将了将自己蓬松的大胡子，领着他们往自己的神殿走去，"他可以是任何形状，他长久不衰，连绵不绝。"

白楚年仔细辨别风神称呼兰波时用的名字，既不是塞壬，也不是海神，他所用的称呼在希腊语里是"海洋"的意思。

"他就是海本身。"风神说，"虽然是老相识了，但我也是第一次看见他汇聚成肉体的样子，肉体就算消逝，也会在海洋里重新孕育，在其选中的母体中像婴儿一样诞生。"

"孩子，你怎么能承受得了他的脾气呢？"风神搂住白楚年的肩膀，悄声抱怨，"他记仇得要命，经常突然暴躁，想当年他护送阿耳戈号上的英雄远征，我儿子也在上面，他专带着他们走那些容易摊上事的路……"

白楚年竖起耳朵睁大眼睛："你是认真的？你们不是联合起来逗我的吧？"

兰波皱起眉，把白楚年拉回自己身边。

进入山洞神殿后，风神才略微正色，走上了主位。

"不管怎么说，小子，他承认你，那作为朋友，我得送你一件祝贺的礼物，今后安抚他的重任就交给你了，让他少生气。"

白楚年眼看着那穿夏威夷花裤衩的大汉举起右手，一股气流在他手中形成权杖，朝前一指："我赐给你风的速度。"

微风拂过，透过白楚年眉心，直贯入他脑海中。

血管内充盈的能量让白楚年后颈发烫，毛绒狮耳从发间冒了出来，本体特征吞噬了人形拟态，一头巨型白狮取代他落在地面上。

白狮抬起前爪，身形便向前瞬移，身后拖出一串蓝光与残影。

兰波满意地点了点头。

白楚年恢复人形拟态，惊讶地察看自己的双手，这种感觉，似乎多了一种伴生能力'风之子'，能减轻体重，增加速度。

他终于明白兰波安排这趟旅行的用意了，回想起从前去加勒比海人鱼岛看望兰波那天，兰波带着他去见了蓝鲸爷爷海龙奶奶，七大姑八大姨，那是宝箱礼物如下雨，黄金宝石埋半身，让他深刻感受了盛情而奢侈的款待，今天这就是高配版啊。

"今晚会有酒神的宴会，我带你去要礼物。"兰波朝白楚年眨了下眼。

酒神在山顶神殿设宴品评葡萄酒，他们便沿着阶梯一级一级攀登。

路上遇见一位浑身遍生鲜花的美貌女人，兰波说这是西风神的老婆，白楚年赶紧叫了一声"嫂子好"。

花卉女神提裙微笑，赐给了白楚年培育鲜花的伴生能力"骨生花"，可以让手里凭空出现一束打包完毕的花束，这样约会的时候就不用特意去花店买花了，很省时间。

途中每遇到一个人，兰波就去给人家发请帖，然后白楚年就会得到一种没用但也不是完全没用、有用但也不是完全有用的奇怪伴生能力。

近山顶处的葡萄藤下挂着一架秋千，一位金发碧眼的女人坐在上面轻荡，长裙随风摆动，周围蝴蝶飞舞，百鸟鸣唱。

白楚年从没见过这样貌美的女子，相比之下，刚刚在阶梯上见到的花卉女神也要逊色几分了。

"啊……这，啊……这，你别告诉我她是维纳斯，我的天，太漂亮了吧！"白楚年说。兰波大方地走过去，攥住了秋千绳。

秋千蓦然而止，长裙美女一惊，险些跌落，被兰波扶住了小臂。

她抬起长着卷翘的长睫毛的眼眸，灵动的眼睛打量了一下他们。

兰波与她谈笑风生，聊起往事和在研究所的经历，她时而惊讶时而大笑，随即把目光转向了白楚年。

她用纤细葱指抬起白楚年的下巴，鲜红指尖描摹他的眉眼，有些高傲地用柔美的嗓音品评道："倒是已经很好看了，骨相可以，身材也不错，那我能送你些什么呢？"

"哦对。"她莞尔一笑。"我赐给你令人艳羡的性能力。"

"啊？"白楚年老脸一黄。

第五章

兰波的朋友们：众神之约（5）

被兰波拉着走出好远后，白楚年还在频频回头："她真是维纳斯吗？掌管爱和欲望的女神？我……你们不是联合起来逗我呢吧？"

"只是一个美丽高傲的女孩子。"兰波捂住小白的眼睛，带他走出一段路，然后移开遮住他视线的手。

白楚年眼前一亮，目光所及之处种满碧绿的葡萄藤，晶莹剔透的紫葡萄挂满藤蔓，藤架下安置了一条长石桌，一些穿着时尚新潮的男女聚在桌前痛饮葡萄酒，爆炸般的炫彩灯光闪动，戴墨镜的DJ小哥随着节奏鼓点狂砸琴键。

白楚年很诧异。

兰波拽上他跑过去："趁着人齐，快去要礼物。"

"哎，不用了吧……"

"没关系，他们很乐意的。"

白楚年原以为兰波跟众神的关系亲密无间，后来渐渐发现，兰波似乎是在收保护费。

DJ小哥摘下墨镜，打量了一下兰波，突然脸色一白，迅速搂着白楚年脖颈带他到一边："兄弟，我送你音乐天赋，你可真是行善积德了！"

白楚年立刻多了一种伴生能力"天籁之音"。

"我要音乐天赋干吗……您是俄耳甫斯？"白楚年小声问，"传说琴声动听能压过塞壬的那位？久仰，久仰。"

"哎呀，别提了。"俄耳甫斯连连叹气，"我压根不知道他会以塞壬的形态出生，现在他看我不顺眼，但凡我去南美旅游总要遇上海上风暴，我更容易晕船了，真倒霉。"

"海神不管他吗？"

"老家伙是多一事不如少一事，况且即便管了他也根本不会听的。我看他只听你的，拜托了，兄弟。"

白楚年向那英俊的青年打了包票，回去一定劝兰波不再针对他。

兰波带他逛了一圈，又让他收获了一堆五花八门的奇怪伴生能力，比如可以一眼看清虫子的腿的数量的能力，平均掰开水果的能力，双手能掂出物品重量的能力，抚摸矿石时能看见其内部构造的能力……其中最有用的要数小偷之神赫耳墨斯送的经商能力。

走了一圈后，白楚年的三观都崩稀碎了，要说他们不是神吧，给予伴生能力这种事目前只有研究所的 HD 横向发展剂办得到；要说他们是神吧，给予的能力奇奇怪怪的，对他似乎也没什么强大的帮助。

酒神端起酒杯，欢迎兰波与白楚年的到来，兰波起身致意，笑道："我有新的名字，叫兰波。"

宾客们愣了愣，交头接耳起来："他怎么能允许被人赐名呢，这太不合规矩了。"

兰波抬起锐利的眼眸："嗯？"

"那是，好听……好听……"

兰波满意地坐回白楚年身边。

席间闲聊，酒神喝大了，一时兴起，谈起兰波绝情封海，与陆地人类决裂一事。

兰波攥着酒杯的手指突然绷紧，白楚年眉头一扬，目光跟着被吸引过去。

"他可真英勇，做了我们都没做过的事，看着就解气，哈哈哈哈哈哈。不过他最后还是选择宽恕了他们，这是一个圆满的结果。"酒神大笑，看向兰波，结果被冷冷瞪了一眼。

酒神流了两滴汗。"怎么了，这是不能说的吗？"他连忙笑着找补了两句，对白楚年说，"哦，他不想让你听到他的残暴往事，反正他的暴君事迹太多了，细数起来，封海又算得了什么呢，年轻人，你不要害怕，啊哈哈。"

兰波闭眼扶了扶额头。

白楚年兴致勃勃听酒神吹牛。他正在酒神醉醺醺地讲述兰波统治海族之前和之后的故事。

"他是海洋的化身，在肉体没出生之前就存在于世界各个角落，他的意识随波逐流，吞没过陆地，也送走过承载生命的方舟，因为他喜欢毛茸茸的东西，刚好那艘船上就有不少。"酒神托着腮，举着酒杯，"在那以后，波塞冬驯服了他，让他从暴躁易怒变得温柔……还是易怒，直到二百七十年前他从人鱼腹中发育出了本体，以首领塞壬的身份守护着海族。但与从前不一样的是，他发育出了高级智慧，这一点就与那些呆笨的人鱼截然不同。

"可惜愚蠢的人鱼族背叛了他，趁他进入海底火山镇压熔岩时选出了新王，将伤痕累累的他驱逐到人类科学家的船边，他被打捞上岸，后来的故事你就都清楚了。"

"是，后边的事我都知道，他本打算放弃族人，也放弃人类，但最后他一个都没放弃。"白楚年坐在桌前，端着自己面前的葡萄酒发呆。

"后来的事情我们都不清楚细节，对了，你快说说你们的相遇，我们好多年都没听过故事了。"

"那是……我想想从那儿开始讲，"白楚年想了想，笑起来露出虎牙尖，"那时候我刚出生不久，形态介于人和白狮之间。他走进我的培养舱，高贵又美丽。我好想问他的名字，可他不回答，我只知道他住在洪都拉斯的海……"

酒过三巡，桌上醉倒了一片，白楚年也有些晕眩，左右看看发现兰波不见了，于是扶桌站起来，踉踉跄跄去寻。

兰波坐在悬崖边，双腿垂在外面，脚下就是波涛汹涌的大海。

白楚年蹲在了他身边。

"我们聊得好开心。"白楚年道。

"他们把以前的破事都给你讲了？"

"讲了。"

兰波咬了咬牙："你想教训我什么呢？"

"没有，你虽然爱生气，但每次都有自己的理由，你不需要向任何人解释，我都明白。

"你的朋友们真有趣，以后可以常走动吗？我不觉得他们虚无缥缈，和我的同事也没有什么分别。"

兰波说："我们的力量源自人们的信仰，现在已经弱得微乎其微，逐渐被遗忘了，人类文明取代了我们，如果选在陆地单挑，我不是言逸的对手。"

"但海洋贯通着过去和未来，连接着人类与神明，我从未改变。"兰波说。

白楚年有些困乏，也醉得迷糊，沉默地半阖着眼。

"你想什么呢？"兰波问。

"我在想，你决定封海后，是以什么理由宽恕了人类。"白楚年因为醉得厉害眼神变得迷离，轻声在兰波颊边问，"其实艾莲现在在你手里，是吗？"

兰波一惊，用温柔馨香的白刺玫亚化因子安抚着白楚年："睡吧，等你醒来再说。"

白楚年的眼皮越来越沉重，很快睡了过去。

等到清凉的海风将他吹醒，他已然身在摇晃的甲板上，透明的甲板如同玻璃，能看清船底游动的鱼和漂动的水草。

白楚年宿醉头疼，揉了揉脑袋坐起来，向四周看了看，只有兰波坐在水化钢方舟一侧边缘，长鱼尾末端泡在水中，带出一串水泡，再变化成蓝光水母。

"哇……我睡了多久了……"白楚年看了眼手表,"都下午了。"

"半年。你喝了酒神的葡萄酒,忘了吗?"

"真的?!"白楚年噌地站起来,"怎么没叫醒我?"

"原本还能多要点礼物的。"兰波朝他的脑袋丢了一枚刚吃完的海螺的壳,"宴会已经结束了,笨蛋。"

"那就去下个地方嘛,反正环游世界,本来就是哪儿都要去的,让我看看航线……好家伙,已经过了希腊了,我们直接去意大利,从西西里岛过去。"白楚年揉着眼睛走过,倚在船身内侧,看了看手表地图。

兰波以为他醒来后会问自己关于艾莲的事,但他就像忘了昏睡过去之前问过的话,并不提那女人,只专心策划下一个旅行地点。

兰波有些紧张,指尖不由得攥紧了船舷。

白楚年问:"你怎么在冒汗呢?"

"我……你没什么想问我的吗?"

"没。"兰波望着远处的海平面沉默了一会儿,终于忍不住一把抓住白楚年的项圈,将他扯到自己面前:"好吧,我承认,我与言逸谈判时向他们索要艾莲,艾莲就在我手里,我在折磨她,我都告诉你,这样你满意了吗?!"

他抬起手,海水中浮起一块水化钢,里面紧紧困着一根女人的手指,指节修长,指甲鲜红,被严实地挤在一方小小的透明匣子内。

"只剩这些了。趁你昏睡时,我去把她取了回来。"兰波紧盯着白楚年错愕的眼睛,"这一年来我把她困在水化钢里,每天牢笼的边长都会缩小一毫米,挤压她的身体,熔炼她的灵魂,压榨出的能量供养着我的子民……和蔼蔼。"

"即使如此,我也没有拯救蔼蔼,因为他曾作恶,我不能给予任何种族失衡的公平,大海会给他一个判决,决定是否原谅他的暴行。"

"而艾莲,她一次次夺走我珍爱的东西,这是她应受的惩罚。"兰波说话时激动得胸腔都在涌动,眼睑通红,"太多人亏欠我了,但我可以为了你

269

原谅他们，我只要她一个人的命，你不要说我错了，我不想听这话从你嘴里说出来，我会很难受。"

兰波冰冷地直视着白楚年的眼睛，极力表现着自己的坚定和威严，但眼神里的惶恐骗不了人，他口中的警告不过是在哀求。

他身子忽然一斜，失去平衡从船舷上栽落，被白楚年有力的双手捞了回来。

白楚年一只手把他紧攥着的水化钢匣子接了过来，一股白兰地亚化因子沿着他左手蔓延，穿透了水化钢坚硬的外壁，将其中挤压着的女人手指泯灭成了一枚玻璃珠。

玻璃珠鲜红欲滴，像艾莲常涂的那支口红。

"别哭呀。"白楚年说，"你怕我怪你威胁会长是吗？"

兰波抬起眼睛，睫毛上还挂着几颗细小的珍珠。

"的确，但我不会替会长责怪你。"白楚年说，"我不想看见你滥杀无辜，但也不会看着你平白受委屈。"

白楚年舔了舔嘴唇。

"还有遗漏的仇人吗？给我列个名单。"

兰波的眼睛一点一点明亮起来，抿唇把头偏到一边：

"没了，不用你，有仇我自己会报。"

幽灵般的玻璃航船在海面上漂浮，成群的海豚跃出水面，环绕着航船带起一片雪白的浪花，掀起的水滴溅落在两人头顶，像一层薄纱托扶着日光。

（此情此景，应该拿束花出来，白楚年想到花卉女神赐予的伴生能力"骨生花"，于是变了一束花拿到面前。

然而花束里裹着十朵黏糊糊的彩色地毯海葵，其中一朵里还夹着一条倒霉的小丑鱼。

这个伴生能力竟然只是打包花束，花朵要从发动者方圆一百米内随机抽取幸运观众现场挖过来才行。）

第六章

灵猩与天马（1）

听会长说，小白已经长到几吨重了，非常淘气，和兰波在蚜虫岛特训基地生活也算习惯，韩行谦便没着急乘船过去看他，驻岛医生个个医术高明，有他们在，小白的身体也不会出什么问题。

年初各地学校放假，学生们都闲下来了，钟医生为了防止儿子出去跟那些不学好的富家子弟狐朋狗混，便安排他每天在韩行谦这儿写作业。

年初任务少，病号不多，工作清闲，韩行谦时常坐在办公桌前翻翻杂志，顺便帮师父盯一盯小朋友的功课。

夏乃川趴在桌上咬着笔头默算给化学方程式配平，这小子在安菲亚军校上学，成绩名列前茅，功课着实不错，就是这字写得实在烂，笔画全飘起来，一不像一，二不像二。

"哟，你这字。"韩行谦低头扫了几眼，"好好写，一笔一画的，别乱涂。"

"怎么写？"夏乃川抬起头。

韩行谦本想露一手，想当年学生时代，自己的一手好字也是拿过书法奖的，无奈病例写多了，提笔忘字，事到如今只会画波浪线了。

夏乃川见他犹豫，一把抄起韩行谦桌上的病例，翻了翻，嗤笑道："这还不如我呢，叔叔。"

"叔叔？……叫哥哥。"韩行谦被噎了一下，这下没话说了，只好推了推金丝眼镜倚到桌边叹气，"小猫都一个样，说不得，你说一句，他能撑回来十句。还是小狗乖啊。"

"说谁小猫呢？"夏乃川边转笔边跷起腿，可惜凳子没靠背给他靠，不然这狂劲跟他老爸夏凭天简直是一个模子刻出来的，小乃川头上深棕色短发叛逆地翘着几根，上挑的猫眼自带眼线似的，一看就是个不好惹的贵公子。

"美洲狮，狮子，懂吗？"夏乃川转着笔漫不经心地反驳。

"不不不，"韩行谦卷起病例，敲敲掌心，"美洲狮，又名美洲金猫，猫科，猫亚科，美洲金猫属。你听说过白楚年没有，白狮，是克鲁格狮变种，猫科，豹亚科，豹属，非要说的话，他是狮子，你是小猫。"

"我，我长大了就是狮子。"夏乃川说不过他，生着闷气继续写作业了。

其实白楚年是他偶像，去年多方势力联合围剿研究所的记录他翻来覆去看了许多遍，那头巨大化的白狮仰天一吼给小少年的心灵造成了无比猛烈的冲击。

所以夏乃川不喜欢别人说自己是美洲金猫，一心就想当狮子，常说狮子最帅，威猛，霸气，连他老爸夏凭天都夸他是大孝子。

"看，人得多学知识，不然连自己是什么都搞不清楚。"韩行谦拿起桌上的圆珠笔，夹在指间转了起来，圆珠笔在五指间旋转着传递，被转出花来了。

夏乃川被他灵活的手指吸引了，顿时忘了他们刚刚在争论，转头要他教自己转笔。

"好好写作业，写完教你，字写端正点。"韩行谦拿笔帽一端敲了敲夏乃川的脑袋。

一闲下来，韩行谦反而有些看不进杂志了，索性把玻璃板下压着的 X 光片抽出来，瞧瞧上面的小狗尾巴骨。

他们已有近一年没见面了，萧驯远在蚜虫岛养伤，后来又赶上海面固化交通受阻，迟迟没能赶回来。

如果不是因为自己，萧驯本不会伤重到需要去岛上静养的程度。

那时围剿研究所行动刚刚结束，医生们尽全力抢救场上的士兵警员和受伤的研究员人质，韩行谦也在其中，不过临到撤离时援护飞机超载报警了，于是一些未受伤的医生主动让出了位置，分散开救护车回通口市等待新的援护飞机带自己返程。

韩行谦用"耐力重置"更新了受损救护车的动力装置和油量，把德高望重的前辈们推上车后，自己退了下来。

"小韩，再挤挤还能坐，快上来吧。"车上的老教授伸出苍老的手想把他也拉上去。

"别别，您老自己保重就行了，你们这一车要是路上出个岔子我可担待不起，我成医学界罪人了。"韩行谦替他们关上车门，"我自己开那辆吉普回去，你们先去市里等我吧，咱们再联系。"

研究所附近的荒草堆里有一辆吉普，是白楚年和兰波来时留下的，后备厢的人质被救出来以后，车就扔在那儿没人管了。

韩行谦寻到了那辆车，光是扒开荒草就耗尽了他所剩不多的体力。

这一战九死一生，他身为医生，肩负着救死扶伤的重任，虽没参与正面战斗，但身体上的消耗绝不比冲锋陷阵的战士少半分。

被白楚年的 A3 亚化能力"神遣我来"点名后，韩行谦的 A3 亚化能力暂时发生了类 S4 进化。虽然消耗能量不变，但短时间内频繁使用 A3 亚化能力也会让亚化细胞团受到严重的伤害。

等韩行谦触到车门时，手指已经在发抖了。他脸色苍白憔悴，似乎已经处在脱力的边缘。

他拉开驾驶座的门，表情忽然一滞。

"你怎么没跟学员队伍返程？"

萧驯竟坐在驾驶座上，抿了抿唇，轻声道："……我是私自离队的，因为看见你没上援护飞机。上车。"

韩行谦绕到副驾驶座绑好安全带。

萧驯拿白楚年留在家里的备用钥匙启动车子，掉头驶离了已经被警署严密封锁的战场。

韩行谦摘下金丝眼镜闭上眼睛休息，精神一放松，整个身体都被疲惫充满了，瘫在座椅上，浑身肿胀般疼痛。

"珣珣，受伤没有？"

"擦伤而已。"

"那就好……"韩行谦想给他释放些安抚因子，但后颈已经发烫肿起来了，只挤得出一点残余的千鸟草香。

萧驯也发觉这股安抚因子中掺杂着些许勉强的血腥味，他从方向盘上分出一只手，搭在韩行谦后颈上，用冰凉的手心给他后颈冷敷降温，反用安抚因子治愈着他。

"韩哥，我没事，你睡一觉吧。"

"今天我救治了二百多个伤员……到了你这儿，却连点安抚因子都拿不出来了……"韩行谦的确疲惫到极点，连眼睛也睁不开了，艰难地举起胳膊把萧驯的手从后颈拿到面前，摸了摸，"掌心擦破了这么大一块，怎么都不叫疼？"

"我……没那么疼。"萧驯说。

韩行谦扫开前额发丝，额前伸出莹白独角，他将萧驯的手轻握在自己独角的螺旋纹上，一股暖流透进萧驯掌心，手掌的擦伤便逐渐愈合。

进入市区前会穿过一段荒野灌木林，颠簸的土路对面突然扬起土渣，两辆灰色皮卡迎面开了过来，车斗里分别站着两人，穿白色作战服，作战服胸前印有水獭标志，怀里抱着步枪。

看他们的样子绝非正规军，而是恐怖组织成员，按路线推测，似乎正趁乱前往研究所其他下属培育基地打算浑水摸鱼。

萧驯依旧冷静，打方向盘避开他们，并拿起通信器给总部传递消息："发现拜莫利恐怖组织成员，目的不明，位置发过去了。"

但由于荒野灌木林中能遮蔽视线的障碍物不多，当他们发现那拨人时，对方也发现了他们，并且朝附近开枪逼停了他们的车。

萧驯冷冷直视着对方，实际上心脏已经快要跳出来了，被十来个怀抱全自动步枪的亡命之徒包围，他却只有一架单发狙，韩哥的身体也不足以支撑一场殊死搏斗了。

十来个漆黑枪口对准了他们，他们只能缓缓举起双手，从车上走下来。

韩行谦瞥了萧驯一眼，不过眼神交会，萧驯便明白了他的意思。

穿白衣的亚体们从皮卡上走下来，枪口对着他们，要过来搜身。

他们身上都有 ICA 联盟的证件，一旦被搜出来怕是会被当场处死。

韩行谦放出一缕千鸟草压迫因子，那几人嗅到了气味，警惕地嘀咕："A3？谨慎点，可能是警察，我们的行踪暴露了，迅速把他们解决掉。"

两人瞬间变了动作，韩行谦转身挡在萧驯身前，背后天马双翼抖动展开，遮住了对方十余人的视线和飞来的子弹。

韩行谦额头独角轻抵萧驯眉心，在碰触的瞬间交换了作战计划，从萧驯大腿内侧摸出一把微型手枪，转身朝最近的一人开了一枪，子弹射穿了亚体的颅骨，霎时血沫四溅。

在天马双翼的遮挡下，萧驯飞身翻上吉普车车顶，用手肘击碎后车窗，从后座拿出狙击枪，稳稳端在手中，冷眼瞄准对韩行谦威胁最大的目标，枪响便狙杀一人。

超短距离的多目标狙击十分考验狙击手的应变能力，虽然无须计算弹道下坠和风速，但由于单发狙每发射一次都要重新装填狙击弹，因此必须做到一击毙命才能保证自己的安全。

等萧驯手中的五发狙击弹打空，地上就多了五具爆头毙命的尸体。

在蚜虫岛特训基地训练时，同学们还送过他一个外号——冲锋狙[1]。

---

1. 冲锋狙：指使用狙击步枪到交火点去击杀敌人，一般是狙击枪玩法熟练，且反应速度较快的玩家使用。

这五发子弹震慑了对方，为首一人啐道："一定是 IOA 特工，灭了他们。"

"上车，走。"韩行谦转身抓住车窗上沿，带动身体从窗口钻进驾驶座，起步急转，用车侧身给萧驯挡了一梭子子弹，萧驯趁机上车，重新换弹匣，探出半个身子向后射击。

那些人也上了车，死咬着他们穷追不舍，密集的子弹敲打着吉普车的车身，萧驯回头端详油箱受损程度，如果油箱爆炸，他们俩谁也活不了。

"坐回来，能走。"韩行谦强打起精神，"车速快地形又颠簸，他们不一定打得到。"

"韩哥，我刚刚测过，油箱爆炸的概率是 89%，"萧驯低头拉栓，一枚空弹壳飞出窗外，他又看后视镜计算对方的位置，沉声道，"但我中弹的概率只有 50%，赌一把。"

"珣珣，住手！"

萧驯抬脚踹歪了方向盘，吉普车在疾速行驶中旋转飘移。萧驯从与油箱相反的一侧探出身体，一枪爆了后车司机的头。司机中弹当场死亡，皮卡失控撞毁在石头坑里，炸出一团剧烈炽热的火光，挡住了后方第二辆车的路。

韩行谦趁机拐进小路疾驰了一段，将他们彻底甩在了身后。

确认安全后，韩行谦才松了口气，却看见了萧驯褪去血色的脸和嘴唇，以及他紧压着的腹部渗出的血。

"别动，压着，我看看。"韩行谦紧急停车，掀开萧驯的衣服给他急救，明明熟记于心的包扎和止血手法在此时显得如此笨拙缓慢。

通信器闪了一下，总部回应："已派遣特工前往支援。"

道路尽头开来两辆扎眼的绿色超跑，车上总共四人。赤狐风月开车，豹女扛着重机枪单膝半跪在副驾驶座上，嘴里嚼着口香糖，一头脏辫随风晃动。跑车疾速飙过他们身边时，豹女高傲回头，朝他们做了一个割喉的手势："敢劫医生的道，他们的老巢要被端了。"

后车司机是兀鹫，坐驷驾驶座的雪虎从手包里拿出一支肾上腺素，吻上一枚鲜红唇印扔给了他们，随即绝尘而去。

韩行谦给萧驯紧急止血后，将他抱到车后座上躺下，此时离市区只剩十分钟路程了，不会有事的。

萧驯被抱起来时还清醒着，整个包扎过程一声没吭，他黑色的小眼珠眼白很少，像小狗眼一样澄澈。

韩行谦低头看他的眼睛，萧驯依旧看着他，因为疼痛而紧紧夹在腿间的细尾巴翘了起来，摇摇。

第七章

灵猩与天马（2）

韩行谦临时把萧驯送到通口市医院，确定萧驯脱离生命危险后，在病床前寸步不离陪了他两天。

因为伤口发炎，萧驯一直在发低烧，意识不太清晰，只要韩行谦伸手过来，他就会迷迷糊糊用脸去蹭。

韩行谦坐在床前，趴在单人床的栏杆边抚摸他的头。

生病的小狗不吵不闹，也不叫疼，只是格外黏人，需要主人的安抚和陪伴。

萧驯不会撒娇，也很少说话，更别说他大多数时候只是睁着清澈的黑眼珠认真看着韩行谦。

所以虽然他们约法三章，不准随时读对方的心，可暗地里韩行谦还是遵守不了约定，他特别想知道小狗狗认真看着自己的时候在想什么。

他低头用角触碰萧驯的头，读懂了他心中所想："好疼，好冷……"

韩行谦轻咳一声。

韩行谦决定不再遵守这个约定，只要悄悄地不被发现就好。

他低头碰触萧驯再读他的心，发现人家已经睡着了。

后来 IOA 下达通知，要把所有在围剿研究所行动中受伤的学员送往蚜虫岛疗养，岛上环境优美空气洁净，医疗设备齐全，且配备专业的全科医生诊治，可以让学员们得到最适合的治疗。最重要的是放松精神，少年们初次面对如此惨烈的战斗，弄不好会留下心理阴影，因此每个人都必须进行心理疏导才行。

但由于海陆关系僵化，海面固化，原本为期两个月的疗养硬生生拖了一年。

韩行谦靠到椅背上，反复翻看手中的几张 X 光片，顺便盯着夏乃川写作业。

听说这两天珣珺就该回来了，等他回来那天韩行谦打算去码头接他，然后带他去吃顿大餐。

夏乃川忽然抬起头，看向紧闭着的办公室门，耳郭轻轻动了动："有人站在外面。"

他的伴生能力和白凳年的一样，也是猫科最容易觉醒的伴生能力之一"多频聆听"。

韩行谦以为是病人，于是放下 X 光片去开门，扭转把手拉开门，却看见萧驯举着手别扭地站在门外，狗尾巴紧紧夹在两腿之间，紧张地想要敲门，抬头却对上了韩行谦浅棕色的瞳仁。

萧驯突然忘了自己在紧张什么，兴奋地扑上去，小狗尾巴快摇起飞了。

这是狗的本能反应，与主人久别重逢时就是会抑制不住兴奋，像得了失心风的脱缰小野马一样，得半天才能平静下来。

韩行谦诧异极了，怔了怔，又喜出望外，拍拍萧驯的背安抚他让他安静。韩行谦把人拉进来关上门，看了眼门边的日历："今天就返程吗？上船之前怎么没提前告诉我啊。"

萧驯突然冷静下来，猛摇的尾巴蓦然而止，默默夹回腿之间。原本返程日期早就定下了，但他想给韩哥一个惊喜，也不想让他费心开车亲自去码头接自己，所以谎报延迟了两天，结果上船之前被白狮咻溜舔了一口，满脸都是白兰地的香味，他来之前去洗手间搓了三遍脸。

夏乃川见来了陌生人，索性把作业扔到一边，转过头来看热闹，从头到脚打量萧驯。原来是个灵猩，腰可真细啊，还夹着尾巴呢，看上去很好欺负的样子。

萧驯突然发现有外人在，轻声解释："上船之前想给你打电话的，但手机没电了。"

"没事，"韩行谦摸了摸他细软的发丝，"你还没吃饭呢吧，正好我这儿也没什么事，等会儿带你吃饭去，我先跟餐厅订个位。"

萧驯放松下来，不自自主摇起尾巴："不用，我还不饿，我在这儿等你值完班。"

"这时候特工都不出任务，哪儿有病人呢，我叫我学生过来值会儿班得了。"韩行谦先给餐厅前台打了个电话，闲着的那只手摩挲着萧驯的头发。

指尖掠过发际线时不经意触摸到了一点湿润的泡沫。韩行谦嗅了嗅指尖的泡沫，是一股欲盖弥彰的香皂味。

"你好，帮我订一下中午十二点左右的包间。"韩行谦边打电话，边俯身观察萧驯的眼睛，距离也越靠越近，鼻尖与他脸颊只间隔了两厘米。

"不好意思小姐，临时出了些小状况，我要改下时间，改到下午两点半左右可以吗？"

"好的，没问题先生，祝您今日愉快，再见。"

手机里的通话挂断，嘀嘀的忙音透过听筒，萧驯也听得清楚。

韩行谦低头问他："你刚刚用病房区的香皂洗了脸？为什么？"

"因为，因为……"萧驯紧紧夹着尾巴，想编个理由但又不擅长编瞎话。

"因为他脸上有味儿。"夏乃川趴桌上狡黠地笑道，"我闻到了，是狮子的气味。"

夏乃川托腮追问："我好像在战斗录像里见过你的脸，是狙击手吗？我也是狮子。"

韩行谦眉头一跳："别捣乱，你去里间写作业去。"

"叔叔，你急什么呀，他是你学生吗？"夏乃川又面对萧驯，"哥哥，我带你骑机车兜风怎么样？"

这夏乃川笑起来露出两颗虎牙，脸颊两侧还嵌着酒窝，完美遗传了他老爸的"钓系脸"。

不过下一秒小猫崽就被提溜起后脖领，连着书包一起扔到了门外。

"你可以休息了，去玩吧。"韩行谦反锁了办公室大门。

夏乃川无所谓地哼了一声，靠在墙根底下玩手机，打算约几个同学去自己家打游戏。

这时候，一架蜂型迷你无人机飞到了夏乃川面前，无人机托着一片月季花叶形的追踪窃听器。

"什么东西？"夏乃川捏起叶片端详。

突然电话响了，是陆言打来的："小川，你不是一直想去蚜虫岛训练吗？嘿嘿，现在就交给你一个艰巨的任务，我们刚发现白楚年回来了，是从花园偷偷潜入进来的，你想办法把窃听器贴他身上去。"

一听到偶像的名字，夏乃川就像掌握了明星私人行程一样精神抖擞："真的？他来了？……我不干，偷偷摸摸的，偶像对我印象变差了怎么办？"

"哎呀，只要你能成功贴上去不让他发现，蚜虫岛下届训练生名额非你莫属，他肯定会给你写推荐信的，听陆哥的，一准儿成！"

"行……信你。"夏乃川攥住叶片，向病房区走廊望去。

果然，白楚年正悄无声息经过韩医生的诊室门口，蹑手蹑脚迈着小偷的步伐，兰波则大步流星向前走，半点不在乎。

夏乃川守墙待狮，在白楚年经过转角时故意撞了上去，把叶子窃听器贴在了他手攥的花束上。

兰波皱了皱眉，但发现这少年是个猫猫头，便毫无原则地伸手一顿揉搓，原谅了他的失礼。

白楚年身为特工，警惕的本能还在，当与人发生肢体接触时，他会第一时间反应过来并检查自己身上有没有附带上东西，或是丢失东西。

但夏乃川突然嗅了嗅他的气味，惊讶地问："是你刚和萧驯在一起？"

白楚年一惊，双手合十念叨："不是我不是我，你可千万别提我来过，小家伙。"

"好说！"夏乃川迅速从书包里掏出一支马克笔递给他，然后背对白楚年，弓起腰，"哥，我崇拜你好久了，给我签个名吧。"

白楚年莫名其妙拿起笔："小家伙，你叫什么名字？"

"夏乃川，海纳百川有容乃大的乃川。"

"哟，你是钟医生的儿子啊。"白楚年刚要落笔，忽然停下来，"你崇拜我干什么，你老叔夏镜天可比我混得强多了。"

"二叔不让我去 PBB 当兵，他说危险，还说我吃不了那个苦，我才不稀罕，我想来 IOA 当特工。"

"哎哟，少爷，来这儿更得吃苦，比普通部队可苦多了，而且干这行说死就死，招呼都不带打的，你爹不同意我可不能拐你，这事没商量。"白楚年把笔塞回他怀里，"去去，别挡道，我急着上楼呢。"

"哎，哥，别走啊！"夏乃川眼巴巴望着白楚年甩手离开，兰波看不得猫猫头可怜，捏住他脸颊问："你本体的爪垫是什么颜色的？"

"什么本体，我没有本体，我是人类。"夏乃川被捏得直咧嘴，"但我爸说我出生的时候手脚爪垫是粉黑相间的草莓巧克力色……"

"哦！randido，有什么请求可以来找我。"兰波龙颜大悦，拿马克笔在夏乃川衣服上签了一个"lanbo"，然后扬长而去。

夏乃川抻长衣摆，低头看上面的签名，感到迷惑。

反锁的诊室里，韩行谦坐在办公桌后的靠椅里，两腿放松地伸开。

"伤好了吗？"韩行谦双手交握搭在腿上，抬头问。

"嗯……好了。"

"完全愈合了？"

"嗯……都长好了。"

"我看看。"

萧驯慢慢卷起 T 恤下摆，露出精瘦平坦的小腹。

薄薄一层皮扶裹着结实的肌肉，他的腰细而有力，没有遵照灵猩世家的病态畸形审美动手术去劫骨，追求不盈一握的蜂腰，反而自然漂亮。

只是他右侧小腹留下了一块刚长好的弹疤，比别处的皮肤粉嫩一些。

其实远在蚜虫岛时，韩行谦就经常打视频电话关注萧驯的伤势恢复情况，透过手机摄像头观察他的伤口，愈合初期稍微有些发炎都会让他担忧。

韩行谦将掌心贴在那块疤痕上，仔细识别皮肤下的肌肉纹理，检查骨骼的恢复程度。

"所幸没留下病根。"韩行谦摘下金丝眼镜放在桌上。

第八章

灵猩与天马（3）

————◦————

诊室墙上挂的钟表已经指向两点。

韩行谦衣衫整齐，白大褂也没脱，摘下橡胶手套扔进垃圾桶。

"检查完毕，身体很健康。"韩行谦弯起眼睛，腾出一只手拿起桌上的印章，在萧驯的体检单上负责医生一栏压上了自己的姓名。

"饿了吗？我们可以出发了。"韩行谦放出一股安抚因子，揉了揉小狗的脊背。

萧驯光脚踩在地板上，细细的一条小狗尾巴吃力地夹着。

他坐到凳子上穿鞋裤，再把衬衫套到身上，默默把乱翘的头发捋顺。

他这么乖，韩行谦反而有点心疼，萧驯回头抬起圆眼睛看他，湿漉漉的小狗尾巴摇了摇，挤出一点亚化因子来，混合了千鸟草亚化因子的向日葵亚化因子闻起来有种炒瓜子的味道。

韩行谦搭上萧驯的肩膀，用 J1 亚化能力"耐力重置"给萧驯恢复了体力，见他鞋带散着，便自然地蹲下去给他系上。

等他打完结抬头时，萧驯正低头认真看着他，双手规矩地放在膝盖上。

"谢谢。"萧驯回过神来，迟钝地眨了眨眼睛。

"谢谢？"

萧驯还没反应过来，随即听见韩行谦笑说："你这么好脾气，我总是怕你受欺负。"

"我脾气不好，韩哥。"萧驯仰起头老实回答，"谁对我好，我分得清，韩哥，你别把我当小孩了。"

"好好。"韩行谦说，"对了，前两天实习生放假去逛街，我让他们给你捎了套冬装，在我车里，走，你先出去，我锁门。"

"嗯。"萧驯听到有礼物，眼睛都亮了，帮着锁上窗户，把暂停接诊的挂牌换到门外，跟着韩医生跑了出去。

路上与实习生们擦肩而过，学生迎面喊一声"韩老师"，韩行谦一一抬手回应。

萧驯抱着背包，跟在韩行谦身边，高高扬着尾巴。

吃饭的时候，萧驯给手机插上电，一开机就弹出一溜消息，他摸出来看了眼，是陆言发来的。

"萧萧，我们一起学的办法你用了没有哇？管用吗？"

萧驯把手机拿到桌子底下回复："我还没回家，在和韩哥吃饭。"

陆言："很好很好，等试验出结果了告诉我！等你的好消息啊。"

萧驯颤颤地回复了一个"嗯"，有些心虚地抬头瞥韩哥，对方只是弯起眼睛笑了笑，似乎并没起疑心。

韩行谦注视着萧驯背后玻璃窗上的手机屏幕倒影，聊天框里的文字一个不落都收拢在了他含笑的目光里。

这时，韩行谦扣在桌面上的手机也响了，是毕揽星打来的电话。

毕揽星："韩哥，我这儿刚刚收到消息，我给萧萧打电话他没接。"

等他说完，韩行谦略作思忖，问道："已经收押了？"

"现在还在警署呢。"

韩行谦嘱咐他跟相熟的警官打声招呼，轻声提醒道："这情报不错，我也换个好消息给你。"

"什么？"

"今晚别加班了，云找肉兔子，小家伙不知道在琢磨什么呢。"

"啊，什么意思？"

"去吧，自己参悟去吧。"韩行谦挂了电话。

餐桌对面，萧驯坐得板正，筷子整齐放在吃干净的碗上，用过的餐巾纸一张张摞在手边，四角对齐，骨头和鱼刺捯得干干净净，堆放在骨碟里。

"揽星打来的？什么事？"萧驯问。

"吃饱了吗？"韩行谦托腮温和地问，不像听见了什么紧急消息的样子，"时间还算充裕，你想去酒吧吗？"

"饱了。"萧驯摇起尾巴，不过他现在不想去玩，只想回家。

"好吧，刚刚揽星打来电话说，灵猩世家的萧炀到联盟警署自首了，你想去看看他吗？"

萧驯并没感到惊讶，只是一提起灵猩世家，他原本开朗的表情突然变得阴郁。

他最恨灵猩世家目中无人轻贱异性的强亚体，也恨家里那些不争不抢只会妥协的弱亚体，反而对于六叔，他不反感。

"可以去吗？"他问。

"你想去当然可以去。要是不想去就直接回家，你对他们不需要负任何责任，别有压力。"

"我……算了吧。"

可临上车时，萧驯又反悔了，他还是想去看一眼六叔，可不知道怎么开口能显得不任性，纠结地抓着安全带。

韩行谦只从后视镜瞥了眼他的神态就明白了一切，突然改了道，开车往联盟警署驶去。

萧驯发现车掉了头，才知道自己的心情又被看穿了。

他们到警署的时候，萧炀刚从审讯室出来，他穿着剪裁合身的得体西装，似乎很久没穿过医生的制服了，双手虽然戴着手铐，但他满面春风，眼睛眯成一条月牙似的弧线。

韩行谦亮出 IOA 的工作证，取得了与萧炀单独谈话的机会。韩行谦拍了拍萧驯的肩膀，把他推到房间里，自己靠在门外等他们。

萧炀见有人来看望他，眼睛更弯了几分，摆手叫萧驯到自己身边来。

萧驯端正坐到他面前，眼神疏离但不排斥。

"驯驯，你知道我为什么出现在这儿吗？"

"你在 109 研究所给艾莲卖命，折在你手上的性命会少吗？你当然逃不过法律的制裁。"

"你错了，这两年过去，也没人来抓过我，我今天是自己走进来的。"萧炀掸了掸袖口的灰，"艾莲是我老板，为她卖命是我的活法，否则呢，是继续留在家族里，还是投奔 IOA？驯驯，你有归处，已经够幸运了，别把上天的恩赐当成理所应当。"

"艾莲还活着吗？"萧炀问。

萧驯摇了摇头："不知道，什么消息都没有。"

"是吗？"萧炀有些失望，"如果她死了，应该算是我杀的吧。"

"她在研究所的最后一个月里把我的档案全部销毁，没留任何副本，把我遣送回灵猩世家，她预料到了最终的混乱，才让我回到与世隔绝的家乡避难。"萧炀靠到审讯椅的椅背上，落寞地笑起来，"我后悔了。"

"既然你来自首，灵猩世家现在谁当家？"

"你怎么一点新闻都不看，还是专门避开关于家族的消息不听？"萧炀扬起眉毛，"灵猩世家现在的话事人是宋枫。"

萧驯突然愣住，半晌，惊诧地问："是大嫂？那大伯呢？大哥呢？"

"啧，这你要自己去翻尸检报告了。"萧炀的眼神很从容，唇角偶尔上扬，笑容很是痛快，"今后灵猩世家的强亚体会被狠狠踩在脚下讨生活，得空了你也回家看看。"

萧驯走出审讯室时还有些恍惚，在脑海里消化那些信息。韩行谦就等在门外，把外套给他披上，还没说话，强烈的千鸟草安抚因子已经率先做好准备安慰缩进怀里战栗的小狗。

"韩哥，六叔这案子会怎么判？"萧驯的状态跟想象中不太一样，不仅平静，而且冷漠。

"还不确定，等我明天再仔细问问吧。"

警署里空气浑浊压抑，萧驯有些喘不上气来，慌张地匆匆向外逃。

跑出一段路后他越走越慢，渐渐在一个黑暗的窄巷里停下来，下意识回头看了一眼，便被韩行谦一把抄住，两人面对着面，萧驯后背紧贴冰凉的墙，有点硌得慌。

韩行谦安抚他："别害怕，这事跟你没关系，不怕。"他低声安慰："你已经有家了，珣珣。"

萧驯颤了颤。

不经意间，萧驯的眉心贴到了韩行谦额头的角尖。

刹那间韩行谦便听到了一段焦虑的心声：

"死得好，真是痛快，如果我在现场非要趁他们没咽气的时候再开两枪……糟糕，我是不是把高兴表现到脸上了，韩哥会觉得我残忍狠毒的，不行，不行，难过一点，努力想点悲伤的事……完全记不起来……那么想办法转移一下注意力……"

韩行谦险些破防。

看来某些狗狗只对主人摇尾撒娇，眨着一双黑而圆的无辜眼睛讨人怜爱，可面对其他人时龇牙犯狠是常事，冲上去把人家活活咬死都不会眨一下眼。

第九章

兔与箭毒木（1）

第二天接近傍晚的时候，萧驯才在床上醒来，昨晚回了曾让恶显期的小白借住的别墅，睡前临时换了一套崭新的床上用品，现在闻起来还有淡淡的洗衣液香味。

萧驯努力伸手去拿床头插着充电线的手机，韩哥留了消息，说突然接了个急诊，他去值一下班，一会儿就回来，问他晚上想吃什么，还有最近有没有看上什么想要的礼物。

想吃肉。萧驯老老实实回复，然后边看新闻边等韩哥回来。

新闻推送了关于灵猩世家商业新方向的内容，灵猩世家不再以雇佣猎人为主业，决定向商业转型，而做出这一颠覆性决定的正是灵猩世家现任家主宋枫。

记者采访镜头里的六嫂已经变了个人，从前穿着宽松肥大的孕裙，无心粉饰的脸上全是疲惫和忧郁，而镜头里的大嫂满面红光，穿着修身的西服，西装外套披在肩头，戴着墨镜从迈巴赫后座下来，流利地用各国语言与熟识的合作伙伴或是记者交谈，在记者的簇拥下，同样西装革履的陆上锦与宋枫握手，礼节性地虚扶了她一下请她入场。

其间有几个记者发言犀利，追了宋枫一路，开门见山问起灵猩世家前话事人和继承人相继去世一事，都被宋枫游刃有余地一言带过。

"好厉害……"萧驯捧着手机看得出神。

楼下响起按密码和开门声，韩医生值班回来了。

狗狗的本能行为突然附体，萧驯一下子腰也不酸了亚化细胞团也不疼了，扔下手机从床上蹿起来。

陆言此时在毕揽星家。

两家向来关系亲密，住得也近，相互串门借住早已习以为常，陆言趴在电视前的毛绒地毯上，抱着站起来比他还高还壮的大伯恩山犬打游戏。

一个穿蓝色家居服、头顶弯垂着两根触角的蝴蝶亚体走过来，端了一盘洗好的葡萄，坐到陆言身边，揪了揪他的兔耳朵："都打一上午了，这关还没过呢？"

陆言眼睛一亮，立刻扔下游戏机，黏在蝴蝶身边，捏起葡萄尝了尝。恩恩馋得直流口水，结果大脑袋刚凑过来嗅嗅就被推到一边去了。

"球球，还不回家啊，你爸都打了好几个电话催你回去了。"

陆言一听这话，赶紧搂着谈梦脖颈撒娇："我不回去，我说今年生日想要一台机车，爸爸死活都不让我买，还跟我发火，一回家准挨骂，我才不回去。"

"那你就离家出走来我们家啊。"谈梦弹了小兔子一个脑瓜嘣，"你想要哪台车啊？我给你买。"

"哎呀，不是。叔叔，我有钱，但是我爸他们不让我骑，说有揽星带我的时候才准骑。我去和揽星商量了，结果他也不准我买，说我个子小，骑机车太危险，气死我了。"

"也对。"

"对什么呀，不对不对。我连直升机都会开，机车有什么不能骑的，驾照我都考下来了，容易得很。"陆言打了个响指，"所以我要讨好一下揽星，以他的名义买车，然后我骑出去兜风，嘿嘿。"

谈梦觉得小兔子怪好玩的，揉了揉他的耳朵："那小子吃软不吃硬，你好好磨一磨，他兴许能听你的。"

"放心吧，我有办法。"陆言信誓旦旦，在头脑里计划了一番，忽然感觉饿了，又缠到淡梦手臂上问中午吃什么。

"羊肉丸子汤，爱吃吗？"

"爱吃！"

"毕锐竞中午有饭局不回来了，小星也说加班回不来，正好我看你有劲没处使，过来帮我搅肉馅。"

"来了来了。"

与此同时，离家二百米远的一家饭店大堂里，靠窗的小桌边对坐着两个亚体。

毕锐竞端着酒杯，透过餐厅的落地窗远远观察家里的情况，刺溜嘬了一口酒："下班不回家，你躲外边来干吗啊，遇上什么麻烦了？跟老爸说说。"

毕揽星坐在餐桌对面，虚扶着酒杯，指尖在杯沿打转："阿言想要一台机车，你也知道，小兔子最喜欢出风头，爱玩极限游戏，我怕他天天出去跟别人飙车，一不小心摔个缺胳膊断腿的，我越想这车越不能买。"

毕锐竞摸着下巴笑了："我知道了，陆上锦那老狐狸，自己不想在小兔子面前当坏人，就把决定权推到你这儿来了，真有他的，这人做得可真不地道。"

"可是阿言一撒起娇来，十八般武艺全能用上，我可招架不住。"毕揽星轻声叹气，"我还是先去考个摩托驾照以备不时之需吧。"

"哎，驾照得考，人该应付还是要应付的。"

毕揽星仰头灌了一口酒。

"啧，我怎么教你的，知难而上，懂不懂。"毕锐竞一笑。

"围剿研究所那天，阿言返程以后就被送到蚜虫岛养伤了，这不昨天才回来。"

围剿研究所那天，陆言受了重伤，在市区内抵抗永生亡灵时就伤到了后腰，后来又参与围剿行动，在与实验体厮杀中落了一身大大小小的伤口。

那天，他陪陆言坐在援护飞机里，陆言虚弱地窝着，用沾满污血的右手扯下口鼻上的补氧器，扣到了身旁的伤员战士脸上。

这似乎耗光了小兔子最后的力气，他完全脱力，几乎昏厥。

毕揽星紧紧抓着他，指尖生长的藤蔓缠绕成摇篮，把小兔子安稳地保护在里面免受颠簸，他们之间存在兔与草的共生关系，此时唯有毕揽星能给予他最大限度的安抚。

藤蔓叶子生长到陆言嘴边，小兔子动了动嘴，虚弱地嚼了两片，稍微填填肚子。

…………

毕锐竞拿上烟盒背手走出了餐厅。

毕揽星转头叫他："爸，干吗去？"

毕锐竞摆了摆手："老朋友叫我打球去，你少管我的闲事，先把阿言照顾好再说。"

毕揽星不怎么饿，随便扒了几口饭吃。昨晚加班直接在办公室睡了，中间听说萧炀自首的事，给韩哥打了个电话，结果韩哥在电话里不清不楚地说了些什么，他着实有点摸不着头脑。

等他走出餐厅，外边已经下起小雨，天阴得厉害，冷雨敲打在地面上，溅起小小的冰碴。

毕揽星进家门的时候，谈梦正窝在沙发里看电视。

"阿言呢？"

"和恩恩一块在你床上午睡呢，你轻点，别吵醒他。"

毕揽星轻手轻脚回了自己房间。

厚实的深蓝色窗帘遮挡住了窗外本就阴暗的光线，他的房间简约空旷，从窗帘到床单只有蓝白两色，整面墙的玻璃柜里摆满了陆言没敢全带回家的从娃娃机里抓来的娃娃，最靠边的一列塞满了在陆家不准多吃的垃圾小零食，上锁的抽屉里封存着陆言小时候考砸的理论课试卷，每次求谈梦冒充家长签字蒙混过关之后他就把卷子藏到这儿。

陆言蜷缩着，手心拃着膝盖，时不时扭动一下腰，看上去睡得不大安稳。

自从上次重伤之后，虽说伤口愈合了，可每逢阴天下雨受过伤的关节总会痛得厉害，不知道什么时候能痊愈。

毕揽星把小兔子蹭起来的衣摆拉下去，盖住那半截细白的腰免得他受凉，又去热了个暖宝宝，给他敷在膝头暖着。

直到陆言舒舒服服地睡踏实，蜷缩的四肢全都打开呈大字形，毕揽星才舒展开眉头，揉了揉被陆言压住半截的兔尾巴。

他蹑手蹑脚退出了房间，到隔壁书房打开电脑处理一些工作。

两个小时后，卧室的洗手间里忽然传来水声，听起来是陆言醒了，在洗澡。

第十章

兔与箭毒木（2）

书房外的走廊忽然传来渐行渐近的脚步声，谈梦听见书房的动静，匆匆过来敲门："你们闹什么呢？我的稿子全在电脑里，要是给我洒上茶水了我可饶不了你们。"

陆言听见谈叔说话也立刻厌了。

"我把我电脑拿出来，月底就要交稿了。"

陆言瞪大眼睛一脸惶恐，朝毕揽星用口型求救："你说话啊，快救我啊……"

毕揽星此时已经完全看穿了陆言的小把戏。

他左手支着桌面，低下头，摆出一副诚恳认真的表情问陆言："我该怎么说？他有书房的备用钥匙，等会儿他就要开门进来了。"

陆言毕竟打小就受两家人宠爱，也是毕揽星父亲看着长大的，索性什么都不管了，只管装鸵鸟蒙混过关。

毕揽星悄悄弯了弯眼睛，忍笑把桌上的笔记本电脑收拾了一下，给谈梦送了出去。

谈梦从门缝里接过电脑，瞥了毕揽星一眼："毕揽星，你们在干吗？"

毕揽星回答："我说了陆言两句，他就发脾气，揍我，我们正解决问题呢。"

"你把他弄哭了？我看看。"谈梦皱眉，推门想往里面看，毕揽星忽然抬手，扶住了门边，让谈梦再推不动一分。

谈梦深深看了他一眼，转身走了，走前回头严肃道："不准欺负小朋友，听见没？"

"嗯。"

书房门重新锁闭，陆言竖起耳朵听着走廊里的脚步声越来越远，终于重重松了口气。

"你要不要陪我去买机车啊？"陆言问，两只手揪他的耳朵。

"买买买。"毕揽星无奈，"等我去考完摩托驾照就买，先说好，只能在赛道上玩，不准上街飙车。"

陆言高兴地跑去卧室床上蹦迪，毕揽星坐在门口懊悔搓脸。

第二天，毕揽星趁着陆言还在酣睡时早早回到办公室工作，他得尽快把手头的工作安排妥当，这样就能腾出时间好好准备这三天的行程了。

忽然有人推门进来，毕揽星抬头瞧了一眼，是夏乃川。

小狮子吊儿郎当叼着笔，手里拿着战术理论课作业，一屁股坐到毕揽星桌面上："哥，教我道题嘛。"

"等会儿，忙完这块。"毕揽星盯着屏幕目不转睛，手指打字飞快。

"哦。"夏乃川从桌上的笔筒里拿了块奶糖吃。

夏乃川盘腿坐在桌上，掏出手机："正好我爸让我约锦叔中午吃个饭。"

毕揽星按住他的手，把手机抽出来放桌上："臭小子，这么欠呢。告诉你，也不知道陆言从哪儿刷到个视频，为了买机车的事一直套路我。"

夏乃川乐得露出两颗虎牙："啊，那是我发给他的啊。"

毕揽星一怔，抄起手边一沓文件卷起来揍他。

陆言恰好发来一张图片。

照片是随手拍的，背后就是普通街景，炫目的阳光下陆言戴着墨镜，提了提领口的通信器，白皙的下颌弧线精致，露出一截干净的脖颈。

第十一章

兔与箭毒木（3）

陆言发完照片，满怀期待地等着毕揽星的回复，结果回复只是："真好看。"

话是挺好听的，但不是陆言想要的。

没错，没失败但也不是完全没失败，毕揽星虽然答应了买机车的事，但很显然这件事还有反悔的余地，只要毕揽星故意拖着不去考摩托驾照，那机车就永远别想买了。

毕揽星就是块木头，植物系亚体都这样，温暾迟钝，远不如猛兽系亚体热烈直白，陆言下定决心，还得继续套路他才行。机车不到手，兔兔不罢手。

这时百米之外突然警铃大作，领口的通信器警示灯亮红，陆言听见警署下达抓捕命令："发现目标，且有从犯两名，均持枪，请求 IOA 特工人员协助，目标定位已发送。"

陆言把手机丢回裤兜里拉上拉链，看了一眼手表接收的目标定位，就在校门外地铁站附近。

"IOA 陆言收到。"

被通缉研究员已经被锁定，他无法开车也不可能走出学校周边，所以被迫选择了鱼龙混杂的地铁站，好能趁乱将东西递出去。

学校附近的地铁站内人员密集，封锁搜查困难，目标研究员身上携带了109研究所的实验样本，很可能包括一些致命病毒样本，为了不把他逼得狗急跳墙当场砸碎样本，警署不敢贸然派大量警员围堵进而打草惊蛇，只能请求特工协助。

陆言没做任何伪装，径直走进了地铁口，不紧不慢。他从小在安菲亚军校上学，对学校周边的地形熟得像自己家。

IOA公开特工相当于摆在橱窗展示柜里的武器，一般都只执行公开任务，有证件，有上级下达的任务书，有IOA专属徽章和佩枪，他们的存在就是IOA向大众展示出的武装实力，他们的容貌到出身背景资料在黑市都可以花钱买到，几乎没有任何秘密可言。

通缉犯当然也对这些搜查科干员的脸心中有数。

逃跑的研究员在人潮中瞥见陆言的身影，迅速低头拉紧风衣兜帽遮住自己的脸，往人流更密集的地方挤过去，并且打电话给另外两个同伙，告诉他们陆言的位置。

"追捕我们的是一个垂耳兔，你们小心点。"

等他打完电话再回头封，陆言已经不见了，他松了口气，应该是成功甩脱跟踪了。

电话里的同伙却突然紧张道："他跟在我身后了，我向西出口去引开他，你们趁机往东去交接货。"

"好。"

他们的枪和货物上涂了研究所的干扰封层，可以无障碍通过安检机器，只要能成功交接，脱身的机会很大。

研究员提着伪装成买菜包的货物，顺着人流往约定方向走。

谁知在一个丁字路口，他本要向左拐，却隐约看见左手楼梯边陆言在徘徊。

他只好向右逃去，与同伙通气："你把他引到哪儿去了？他又追上来了。"

同伙咬牙恨道："我再回头时就找不见他的影子了。"

他们在地形重叠的地铁站里逃窜，不知不觉间，身边变得人流稀少，空旷安静，直到走个几十步都看不见一个人影。

研究员有些慌乱，不由得加快了脚步。

前方照明灯暗处挡了一个人影，身形娇小纤细，但腿长而有力，是兔子特有的体形。

研究员认出了陆言，腿脚紧张到僵硬，想转身逃跑，身体却猛地一震，背后有人双手搭在了他肩膀上。

"你不会是想逃跑吧？"

一张清纯可爱的脸贴到了他耳边。

陆言从背后用小臂锁住他的脖子，膝头猛顶他的腰眼，一个抱摔将研究员按在地上，货物从研究员手里飞了出去，另一个陆言随手接住，沉重的包裹挂在食指上仿佛没有重量。

远处的陆言背手走过来，弓身在痛苦号叫的研究员面前抖开证件，指尖挂着手铐晃着，扬唇一笑："IOA公开特工陆言为你送行，荣幸去吧你。"

与此同时，另外两个同伙被不知不觉地赶到了一趟空无一人的地铁旁，其中一人已经意识到危险，在被逼到绝境之前随手抓了个穿校服的学生，用枪抵着其太阳穴逃了出去。

另一人想跑已经来不及了，蜂蜜味甜腻的压迫因子从四面八方涌来，黏附在他身上。

他无处可逃，恰好地铁即将关门，他趁机逃了上去。

这趟地铁上没有一个人，座椅全空着，一些扶手吊环随着地铁运行而轻晃。

他摸出枪，警惕地背靠到一侧门前，等地铁到下一站他就有机会逃出去。

地铁到站，伴着悠扬的音乐声打开车门。

他举起枪刚要冲出去，突然愣住，然后怔怔后退。

每节车厢每一扇开启的车门都走进来一个陆言，在车门关闭时，十几个一模一样的垂耳兔亚体同时回头望向他，一同举起证件和手铐，朝他晃了晃。

陆言正在安菲亚校区附近协助抓捕行动的消息，由 IOA 技术部的追踪人员汇报给了搜查科科长，科长正打算去看看毕揽星的工作，然而推门进来时，看见毕揽星正捏揉着眉心看手机，叹了口气，把手机扣到桌面上，然后拉开抽屉找东西。

平时他通勤一般开总部给干员统一配的奥迪 A6，今天却从抽屉中把角落里扔着的保时捷 911 的钥匙翻出来扔兜里。

搜查科科长见他这是准备下班了，眉毛倒竖质问道："等等，谁让你下班了？"

毕揽星的晋升路途早就被白楚年一手安排好了，虽然仅凭自己的背景便可，并不用靠他举荐，但毕揽星一向彬彬有礼，对上级尊敬且服从，从未表现出骄矜自负，比那些全无背景的干员还踏实肯干，迟到早退的情况更是闻所未闻，今日行为反常或许是遇上了什么难处。

毕揽星停下了手中的动作："那个，科长，我想提前下班去接下孩子来着。有什么事吗？"

"算了……下不为例。"搜查科科长摇了摇头，"陆言在协助警署抓捕通缉犯，对方有三个人，其中两人持枪，你介入指挥一下比较保险，保证群众安全，不要引起恐慌。"

毕揽星听罢，掀开笔记本电脑调出了陆言现在的位置，联络陆言："汇报情况。"

两秒后陆言轻松回答："研究员和同伙一已经移交警署警员，货物被我截了，同伙二逃离地铁站，挟持了 GTR 车主和一名学生当人质，在主干道上逆行飙车呢。"

毕揽星调出实时地图看了一眼："拦住他，别让他进郊野。"

"哎呀，知道。"

主干道上，车流的秩序已被打乱，被挟持的 GTR 横冲直撞，不顾一切地向有机会脱身的郊野荒区开过去，身后十几辆警车鸣着警笛穷追不舍。

警员们顾忌车上的人质，不敢贸然开枪，但那亡命之徒毫无顾虑，反身从车窗里伸出手枪，击穿了一辆警车的前轮。

警车前轮爆炸，带着整个车身旋转侧翻。

再过几分钟 GTR 便将冲破路障闯入郊野，逃犯的视野正前方空中突然闪现一个黑洞。

陆言从狡兔之窟中瞬间落地，双手压在车前盖上，徒手将车速逼降，然后一脚猛地踹碎风挡玻璃，把无辜的司机车主揪了出来，扔到安全路障组成的三角区里等救援。

持枪那人放开学生人质，扑到驾驶座稳住失控的车，抬手朝陆言疯狂开枪，却被陆言以伴生能力"超音速"接连躲过，风挡玻璃碎成了蜘蛛网纹。

原本已经降速的车又被猛踩了一脚油门，陆言尽力攀紧车身，以免被甩出去，碎玻璃扎进了他掌心和指间。

被交警紧急封锁的道路之间突然冲出一辆保时捷 911，在道路中猛打方向，车身飘移，激烈地旋转两圈，横在了 GTR 的去路上，将车强行别停。

陆言趁机爬上车顶，双手抓住窗楞向下一荡，踹开了侧车窗，把学生人质也揪了出来。

两人短暂地对视了一眼，学生露出惊恐的表情。

这张脸真眼熟，不就是当年那个被白楚年拿自己十九岁身份证狠嘲了一顿的老同学吗？

"嗯？不会吧，你怎么还没毕业呢?!"陆言睁大眼睛小声嘟囔，把人质用力抛到了警戒线外。

但就是这样一个瞬间，陆言选择了保护人质，就失去了制服逃犯的先手机会，被从驾驶座上跳下来的那人抬枪抵住了后脑。

"啧。"陆言慢慢举起双手。

毕揽星从 911 上下来，他没来得及换作战服，身上还穿着平时上班通勤的正装，顺手松了松领带，给陆言放了一个毒藤甲，偏头对通信器中道："准备收工。"

藤甲瞬间护住了陆言的一切要害，陆言反身一肘击中持枪者侧肋，那人猝不及防，慌忙中开了一枪，子弹击在毒藤甲上，护甲爆碎，陆言毫发无损，旋身两连踢，一脚踢脱了那人的手枪，另一脚踢在那人下颌上，把人踢出八米来远，那人下颌粉碎性骨折，右腿骨裂，当场失去反抗能力。

警员们忙着逮捕押送犯人，疏散群众，统计损失，毕揽星开车把学生人质送回了学校。

学生亚体名叫褚响，早年看不惯陆言，常常冷嘲热讽两句，后来一个不小心撞到白楚年枪口上，被好一通阴阳怪气嘲讽，在学校里没面子了好一阵。

陆言坐在副驾驶座上，扭着身子瞧着他："大哥，你到现在还没毕业也太离谱了，ATWL 考试还没及格吗？"

褚响被晒得不敢说话，其实他一直知道陆言成绩好，是近战天才，他只是不想承认，想找个理由抹黑人家，让自己心里好受一点罢了，可如今再自欺欺人也没用了，这次可是陆言亲手把他从持枪逃犯手里救下来的。

"……谢谢。"褚响搓着手，低头难堪地挤出一句。

"哼哼。"陆言满意地转身坐好，抱起刚买的一大杯加冰麻薯奶茶嘬，举起一根手指高过椅背摇了摇，"IOA 职责所在，不用谢。"

毕揽星扶着方向盘，指尖藤蔓生长出细丝，缠绕到陆言泛红的后颈，借共生关系为他补充过耗的能量。

他们到校门口时恰好赶上学生自由活动，两人刚一下车就被学生团团围住。

陆言的照片早就在校园各大群组里传烂了，学生们一见陆言就沸腾起来，尤其是猛兽亚体，一群同学摇着尾巴凑到陆言身边。

很快上课铃响了，学生们依依不舍挥手告别，毕揽星还微笑着摆了摆手。

周围安静下来，车边只剩他们两人。

所有冠名安菲亚的建筑都是久安鸿叶夏氏的投资。

今日校长请客，请夏凭天赏脸，帮着跟陆上锦牵线吃个饭。

毕揽星的车停的位置很巧，正对酒店，陆上锦和夏凭天搭伴走出来。

从陆上锦的视角看，自己家乖儿子一副凶恶模样，像在霸凌似的扯着毕揽星的领带，对人家又是咬又是踹的。

夏凭天托着下巴遥望对面："啧啧，锐哥家孩子老实，跟你们家陆言在一块天天挨欺负。"

陆上锦："嗯？……"

一起出来的几位校领导不明所以，赔笑附和"对对对，是是是"。

"噢。"陆上锦装作没看见，搭着夏凭天肩膀绕道离开。

第十二章

兔与箭毒木（4）

在毕揽星口头承诺明天就去考驾照之后，陆言结束了为期三天的离家出走生活，高高兴兴回自己家吃晚饭。

在他们回家之前，陆上锦已经和言逸商讨过两轮了。

"回来前我在安菲亚附近看见兔球了，把老毕儿子训得服服帖帖的。"陆上锦和言逸靠在沙发里，"你说小白要是有这出息，我还担心什么？"

"你当是什么好事呢！"言逸皱眉瞧他，陆上锦干咳两声，"是，球球是被我惯得有点过分了，对小毕那孩子太凶了点，回来我说他。"

这时候门铃响了，陆言推门进来，风尘仆仆的，连作战服都没脱。

陆言坐在鞋柜边换鞋。

还没等说什么，毕揽星便跟在陆言后面进来，恭恭敬敬跟两人打了招呼，然后蹲下身帮陆言解另一只脚的鞋带。

陆上锦催两人洗手吃饭，在桌上时不时给毕揽星夹菜。

毕揽星在桌上也不忘嘴甜，夸完饭菜好吃就夸桌边的新油画有品位，从陆上锦的新项目夸到言逸的新决策，从三岁就树立起来的乖巧懂事的别人家孩子的形象至今没崩塌过。

最终毕揽星还是耐不住磨，去考了摩托驾照，陪陆言去挑了一台他期待已久的机车。

机车需要预订，十八个月后才从德国空运过来，但陆言已经等不及了，一接到电话就迫不及待自己打车跑去航空驿站接爱车了。

毕揽星工作忙，不能像陆言一样想跑出来就跑出来，一时分不开身，就没一起去。

陆言抚摸着崭新的机车外壳，陶醉地弹了一下："听到声音没？"

跟着来凑热闹的夏乃川附和："听到了，钱的声音。"

陆言瞥了他一眼："什么呀，是碳纤维车架的声音。"他又贴到发动机旁边，抚摸着说，"四缸发动机，啧啧，看这儿，动态减震系统DDC，动态牵引力控制系统DTC，再看这前制动，九轴承浮动式双刹车盘……这可是赛车里的赛车。"

"嘿嘿，陆哥，给我骑两圈玩玩。"

陆言戴上头盔，拉上防风服拉链，长腿跨上机车，一脚油门绝尘而去："小孩子不准玩这么危险的东西，自己打车回去吧——！"

夏乃川向后跳了几步才没被扬一脸土，望着兔子英飒的背影在视线中模糊远去。

夏乃川暗暗嘟哝完拿出手机，给老爸打了个电话。

夏凭天："臭小子，该吃午饭了，你跑哪儿去了？"

夏乃川："喂，你就不能早点结婚早点生我吗？你有为你的下一代着想过吗？让你的孩子输在起跑线上，你不觉得羞耻吗？"

夏凭天："说什么屁话呢，回来老子抽死你。"

陆言在不限速路上小飙了一段，无人区的灌木被机车带起的狂风掀得花叶翻飞，他从怒放的野玫瑰里捡了两朵，塞进防风服前襟里。

毕揽星打卡下班，乘电梯到地下车库，给陆言发了个消息问他在哪儿。

电梯门缓缓打开，一台气派的机车就横在他面前，陆言托腮趴在后视镜之间，把两朵花插到了毕揽星上衣口袋里。

陆言掂了掂手里的头盔，朝他勾了勾手："上来，陆哥带你去兜风。"

毕揽星笑笑，揉了一把软兔耳朵，跨上了机车。

"起飞！"陆言欢快地喊了一声，开足马力冲出了地下车库，机车像一道咆哮的黑色闪电，掠过 IOA 的大门。

正门前，环游世界回来的白楚年拎着包，皮肤已经晒成了小麦色："啊，刚刚什么玩意飞过去了。"

一身夏威夷彩色短裤 T 恤的兰波抬起墨镜，嘴里嚼着口香糖，吹了个泡："bani。"

小剧场：毕揽星易感期

陆言身为公开特工，且擅长近战潜行，常常去执行单人暗杀任务，而毕揽星兼任公开特工指挥官，无法时常离开岗位。

傍晚下班打卡时，毕揽星本想打电话问问陆言晚上想吃什么，这才想起来小兔子现在身在意大利，已经走了六天了。

他走出办公室时脚步有些虚浮，被迎面走来的赤狐扶了一把才站稳。

"哟，弟弟，你没事吧？"风月按住毕揽星的额头试了试温度，倒没发热。

毕揽星揉了揉额头："可能是因为连续熬夜吧，回家歇会儿就好。"

"没事？……"风月瞧着他头顶的青藤叶子都蔫巴了，放不下心，开车把毕揽星送回了家。

毕揽星一个人躺在卧室床上，精神委顿，脑袋里挤满了糨糊，动一下都耗费体力。

他本以为是过度劳累导致的虚弱，补一会儿觉就没事了，可翻来覆去睡不着，不停冒冷汗，搞得身上黏糊糊的，于是去洗了个澡。

当沐浴露涂到身上，淡淡的甜香灌入鼻腔时，毕揽星的不适才缓解了一些。

洗澡又花费了不少体力，毕揽星拖着沉重的脚步从浴室走出来，吃力地躺到床上，微张着嘴喘气。

陆言回总部汇报任务时听说毕揽星请了病假，急忙跑了回去，毕揽星家里没人，客厅和卧室都暗着灯。

"揽星？你在吗？"陆言匆匆推开卧室门。走廊的一缕光照在卧室床上，他看见毕揽星抬起头，凌乱的发丝遮住眼眸。

陆言小心翼翼走过去，撩开毕揽星额前的乱发，露出一双泛红的眼睑，眼神像被抛弃的流浪小动物。

陆言瞪大眼睛，火速给韩医生打电话咨询。

"对，对，他现在有点不正常，亚化细胞团也在发烫。"

韩行谦："是共生关系亚化标记后遗症，存在共生关系的亚化细胞团之间，亚体会产生依赖性，长时间接触不到亚化因子就会进入易感期，这个时期的亚体精神脆弱，控制力弱，需要大量亚化因子安抚，不过你放心，倒不会很危险，这时候的亚体力气也不大，跟朵娇花差不多。"

"啊？？那我怎么办啊？我现在送他去你那儿……"

陆言话还没说完，嘴就被一根悄然生长到身边的藤蔓堵住，两根藤蔓缠在了他手腕上，双手也动弹不得了，手机掉落在地上。

"嗯……嗯……"陆言试图用脚把手机钩回来，床底下也生长出藤蔓。

整个房间都被错综交织的藤蔓占据，陆言的蜂蜜亚化因子被逼了出来，藤蔓迅速盛开出红色花朵。

被扔在地上的手机仍在通话状态，韩行谦还在说："你快主动释放亚化因子，不然他可能会自己来抢，喂，肉兔，听见了吗？"

手机被捡了起来。

毕揽星挂断了通话，指尖轻轻抹掉小兔子睫毛上委屈的眼泪。

第十三章

咒使往事：金苹果

逃离被炽热火焰埋葬的研究所那天，是我把尼克斯背出来的，因为他有点固执，一定要耗费逃命的时间绕路返回标本室，把艾德里安——我原来的身体带出来，这件事一定存在着伟大的意义，虽然我不明白。

人类的身体太脆弱了，尼克斯被浓烟呛得一直咳嗽，我敲碎胸前的瓷片，让他把脸埋进来，呼吸我空荡的胸腔里干净的空气。我抱着他走，可他把我的躯体造得不够高大，不够强壮，我老是把他的脚拖在地上，但我也不敢再肆意拧动神圣发条了，我怕庞大力量袭来时这陶瓷身体承受不住，也怕面对尼克斯悲伤的眼睛时我承受不住。

好在最后我还是把他拖了回来。我背着他爬出来时，外边已经变成一片废墟了，似乎神使大哥在外面发过一通疯，大开杀戒。神使大哥是个彻头彻尾的疯子，但他太会演戏，所以人类才认可他为同类，今天他掩饰不住，才露出马脚来。可惜这样的热闹我不能再看下去了，我急着带尼克斯回家。

回到白雪城堡之后，我替孔雀大姐他们收拾了残局，尼克斯一直很虚弱，躺在床上昏睡，连续一周每天都只清醒一小会儿，不过他每天醒来都会问我，在他睡着期间我在做什么。

我能做什么呢，我和地上的拖鞋一起等他醒来。

直到被他连续问了三天之后，我开始觉得我应该做些什么，于是在他第四天清醒过来的时候，我如实说我在他睡觉期间玩了一会儿他的舌头。他听完却骂我，骂了我半天，又问我为什么，我哪儿知道，不是他要我干点什么的吗？

好像从那以后尼克斯就没再多躺，精神也恢复了不少，看来我多少起了作用。（白雪公主的故事是他讲给我听的，我在复述给城堡里的孩子们时，稍微添油加醋了一点，杜撰了一些公主手刃皇后，肢解并烹煮，最后吃下去的桥段，所以小孩们从不缠着尼克斯讲这个故事，这个故事是属于我自己的。）

尼克斯把艾德里安的身体拿了出来，问我想不想换回原本的身体，可我现在的身体更美丽，更坚固，即使这座城堡坍塌成废墟我也不会倒下，我是厄里斯，将永恒看护劳伦斯山的白雪。

他也没多说什么，只是把艾德里安的身体推进焚化炉里，然后蹲下来等。他不抽烟，等待对他来说就是换个方式思考，我很想知道他在想什么，以前我也是拥有大脑的，后来发现有没有那个东西没区别。

尼克斯问我，还记得小时候的事吗？

他竟然对我的过往感兴趣，我也蹲下来，讲给他听。

我的童年其实还算快乐，教堂的神父收养了我，我每天听着教堂里来来往往的人忏悔，倾吐他们的罪孽，我更喜欢听他们的倒霉事。

神父深爱着我，他经常赞美我的身体、我的面貌。他给我起女孩子的昵称艾丽丝，他嗅闻我的手指和脚，在神像下抚摸我的身体，他该有多爱我啊，可我用外面偷来的修女的银剪刀把他的隐私处剪了，这世界没道理他爱我我就要爱他。

我也后悔过，我伤害了世界上唯一一个爱我的人，他不再爱我，把我交给了来镇上给修女们义务诊疗的医生。

离开教堂后，我发誓我绝不会再伤害任何一个爱我的人，我会全心全意对他忠诚，无论这个人脾气多坏，多么令人作呕。

抵达研究所后，研究员们给我做检查，引导分化。疼是有点疼的，但他们告诉我这样做就会变得受欢迎，那我非常愿意。

我分化出的第一个能力是"噩运降临"，研究员们看到结果后心情都不太好，我也一样，真倒霉！

我觉得至少还有机会扭转命运吧，说不定第二个能力就是强劲的核弹炮或者喷发钞票的印钞机呢？

然而漫长的引导分化训练过后，我出现的第二个亚化能力是"恐怖片"，这个能力可以把人拉入他最恐惧的情景中，可是这有什么好玩的，他们被吓到的同时我自己也被吓到了，我不怎么喜欢用这个能力，会影响我的睡眠质量。

我已经对我的亚化能力不抱希望了，后来我完成了三阶分化，出现了第三个亚化能力"如临深渊"，唉，真没劲。

引导分化的训练很简单，就是把我的肢体一块一块换成陶瓷肢体，用缝合线缝到一块，一共分五十三次替换完毕，我整个人除了亚化细胞团都变成了陶瓷制品，那么我不再是艾德里安了，研究员们给我起了新名字，厄里斯，听说是希腊神话里专门引发不和与纷争的女神，她用一颗黄金苹果做礼物引诱三女神争抢，最终引发了特洛伊战争。

大脑被移除后，我靠战斗芯片思考，其实区别不大，反正我也不常思考，除了情绪好像变得暴躁了些，别的一如往常。

研究员们倒也没骗我，我果然变得受欢迎了，A3级的全拟态实验体，我是他们顶尖的作品，我等着他们为我欢呼雀跃，可他们只会用更畏惧谨慎的眼神端详我，我太无聊了，可我坚守着我的誓言，从未改变。

后来我被打包出售了。研究员们在我脖颈上绑了个土粉土粉的大蝴蝶结，在我身上贴一些条形码，把一摞产品说明书都塞进装我的箱子里，然后关箱，钉密封钉。我在黑暗里颠簸了一整天，才被快递公司暴力卸货。

我透过缝隙看见了一个亚体，是个靠谱的德国人，金色长发像我的诅咒金线。他穿着皮质围裙，围裙里只有一件朴素的蓝色衬衣，他戴着手套，在货物之间忙碌地清点，和工人们用德语和意大利语交谈，我听不懂。

我端坐着等他过来，这时候我又感谢起研究员们送给我的土粉色蝴蝶结了，我正了正蝴蝶结，拿出我最绅士的一面，我准备了十句问候语，体面地等他来。

我等了很久，他却只忙着清点那些枪械和榴弹，这太好笑了，我比它们强得多。

还不来吗？

哦，come on（拜托），拜托下一个来我这里。

他终究没来，一些五大三粗的莽汉把我推进充满火药味的仓库里，我快被这恶臭扑鼻的黑暗逼疯了。

黑暗会让我暴躁。

隔着笼子，我操控着在我身边走动端详的人，对我嘲讽的我让他喝水呛进气管，用枪托揍我的我让他抽烟点燃床单，踹我笼子的我让他开枪时炸膛，对我做手势的我让他平地走路中流弹……噩运足以杀人，甚至不需要我动动手指。

那金发亚体终于来了，我在黑暗中望着他的轮廓，我已经失望透顶，我会杀死他，再把我的蝴蝶结送给他。

他在我附近摸索了一会儿，找到了一个插座，随后一盏台灯亮了起来，打乱了我的计划。

他弓着身，头发垂在脸颊边，用英语问我："这样你能安静些吗？"

他的眼睛像一对炯炯发光的沙弗莱宝石，声音像宝石相碰，仿佛整个人都是昂贵的，挂着我买不起的吊牌。

他把手伸进笼子，伸到我嘴唇边，他可能不知道我能咬碎他的骨头，他很狂妄。

我当然知道他不爱我，可他摸了我的脸啊。

我贴在他掌心里蹭起来，是温暖的，将近九十八华氏度，是我快忘记的温度。

后来他在我身边雕刻起了娃娃，我们共享桌上的一点光明，他是个慷慨的人，他叫尼克斯，别人称呼他人偶师。

焚化炉里的身体快烧尽了，尼克斯也听够了我啰唆，站起来灭火，把收集到下方抽屉里的骨灰抽出来。

"我拿去倒掉咯？"我问他。

尼克斯没答应，他把骨灰抽屉端走了，艺术家的思想果然不同寻常。

我在他工作时出去转了转，对，我就是嫉妒，我最讨厌尼克斯拿着其他娃娃的躯体精雕细琢，我在他旁边还要帮他打下手，把那些娃娃肢体轻拿轻放端进端出，不敢打碎任何一块。

城堡里乱哄哄的，一些吃白食的实验体相互结合，生了一窝小吃白食的，天天哇哇乱叫，拉屎尿尿，满地乱爬。

孔雀大姐最近迷上了听中国戏曲，时不时哼上一段，跳上一段。帝鳄只会瞎捧场，她唱什么都说好。其实难听得要死，她的嗓子像被鸡啄过。

魍魉小结巴竟然去当幼体学园的老师了，教出一群小小结巴，跟在他屁股后面咿咿呀呀叽里咕噜不知道说的是哪国语。

蜻蜓女倒是勤快，因为有翅膀，飞来飞去方便，经常去山下的小镇采买一些用不着的东西回来。

我负责看大门，坐在城堡的大钟指针上，免得 IOA 或者 PBB 找上门来。

尼克斯警告我们，未来二十年内，都不准我们出现在人类视线里，休整二十年后再做打算。其实我看得出来，他的斗志正在瓦解，他这个人更喜欢坐在火炉边做娃娃而不是出去和武装部队干架。

晚上看门结束，我回到尼克斯的工作间里，他又烧制了新娃娃，只有巴掌大，肢体关节特别精细，他戴着目镜仔细操作，全神贯注的样子让我生气。

"厄里斯，别碰碎我的零件。"

他好像听到了我的心声似的，提前警告我。

"喊，哦。"我提起精神应和他，"等会儿还要给这个小宝贝做件衣服

α　311

喽？做完再在他后腰印上你的红背蜘蛛 logo？再给他一个竣工之吻？真幸运，这个死玩意。"

咦，我好像眼花了，尼克斯好像笑了一下，自从恶化后瞳孔打叉，我看东西就有点模糊。

我可不陪他熬这种愚蠢的夜，枕在他膝头先睡了。

等被清晨的鸟叫声吵醒，尼克斯还在用色粉勾画那娃娃的脸颊。

行吧，让我看看这娃娃的贱模样，丘比特似的欠打面相，充满种族歧视的高鼻梁白皮肤，尖酸刻薄的薄嘴唇，令人恼火地吐着舌头，还有一双霉菌寄生般的淡绿色眼睛，简直让我想起……我自己。

这是个缩小版的艾德里安球形关节人偶，身上穿着和我同款的背带裤。

尼克斯摘下目镜，揉了揉眼睛，把娃娃递给我："你拿去玩吧。"

"我……"我来不及洗手，只好在裤子上蹭干净手心才接过来。

他可真漂亮。

尼克斯自顾自地去水池边洗手了，一边嘟囔着水真凉。

我从背后偷袭他，这是我大哥向我炫耀的时候透露给我的。

我突然强烈地想给他留个亚化标记，但牙抵住他皮肤时我又后悔了，我的亚化标记是个死亡晴天娃娃，谁印上谁倒霉。

但我又想了想，摊上我已经够倒霉的了吧，还有下降空间吗？

我咬了他一口，尼克斯痛得捂住后颈，拍我说："别捣乱。"

我没向里面注入亚化因子，而是拿起他给娃娃上色的笔，在他后颈画了一颗黄金苹果。

是厄里斯的礼物。

第十四章

魔使往事：我好烦

典狱长的私宅与国际重刑监狱同在一座海岛上，与监狱相隔一段不算长的路程。

自从所有实验体被挪出监狱，重刑监狱内基本不会再出现什么紧急情况，典狱长可以放心度过双休日，今日也一样度过了无所事事的一天。

不过今天稍微有些不同寻常。

庄园草坪里来了几只闲逛的野猫，李妄放下正在浏览的报纸，探头到窗外看了一眼，然后慢悠悠起身，去储物柜里舀了几勺猫粮，提着下楼。

他披着外套，趿拉着拖鞋到院子里，把猫粮倒在平台上，蹲在地上等那些野猫过来。

几只肥胖的野猫丝毫没有警惕心，踱着步走过来，绕过李妄托着几粒猫粮的手，灵活地跳到平台上大快朵颐。

李妄只好坐在修剪平整的草坪上，懒洋洋地瞧着它们争抢食物。

天色阴沉，不一会儿掉起雨点。李妄撑起黑伞，坐在平台上，野猫顺势在伞的阴影内避雨。

许久前下属从蚜虫市递来消息，说潜藏在蚜虫市安菲亚军校内的研究员也已经落网，他们派去的两个负责交接的打手被捕，动手的特工是陆言。

但是他们安插在联盟警署的线人仍旧冒着危险递出了一份文件副本，

这导致线人身份暴露，被当天执行任务的狙击手萧驯当场击毙。

那是一份关于促联合素成分产地的资料，有了这份资料，他就可以让手下的医院去仿制成品促联合素，资金对他而言从来不是问题。

庄园的铁艺大门被吱呀推开，黑豹拖着疲惫的脚步走进来，身上的黑风衣被淋湿，像在夜总会浪了一宿才回来。

他很虚弱，耷拉的黑色毛绒耳朵埋在发丝间，一条油光水滑的黑色豹尾拖在身后，全拟态使者型实验体基本不会露出本体特征，除非失去控制。

黑豹脚下一软便跪在了地上，双手撑着地面重重喘息。他濒临恶化期，之前从研究所带出来的促联合素已经用完，其他的使者即便恶化，他们的驱使者也会尽力保护他们，为他们想尽办法，而他只有强撑着了。

黑豹太痛苦以至于没注意到草坪里有人，是李妄先开的口。

"等我一下。"李妄把园艺仓库里的防雨布铺开，搭在平台上，遮住那群野猫。他脊背受过伤，做这种大幅度的动作让他显得有些力不从心，他嘴里念念有词："我家的猫主子难得闲逛回来，伞我就先拿走了，你们慢慢吃。"

"好了。"李妄拿起手边的黑伞，抖了抖水，走到黑豹面前。

伞的阴影移动到黑豹头顶，投映在地面上的阴影变得深不见底，一些冒着黑烟的魔鬼细手向上攀爬，抓在黑豹身上。黑暗中的能量通过魔鬼细手传递到黑豹体内，让他的痛苦大幅度减轻，体力逐渐恢复。

这把黑伞正是魔使驱使物"恶魔荫蔽"，收拢状态下为审判权杖，能为灵魂定罪，当目标的罪孽大于善举时，将按罪孽超出的比例对目标施以刑罚，伞撑开时则拥有强大的恢复能力，对魔使者的恢复能力翻倍，能达到300%到600%，且在伞的阴影内，魔使者不会受到任何攻击。

如果黑豹愿意留在李妄身边，他会平稳地度过恶化期，自然生长到自由体，可他并不愿意，战役已经结束，他依然在外流浪。

黑豹因自己的狼狈暴露在李妄眼里而不悦，但李妄催促说："我房间里还煮着牛奶，等会儿要煳了。"

两人撑着伞回了别墅。

李妄把沾了泥的拖鞋脱在门厅，这时候黑豹已经无法再维持人类拟态，完全变成一头纯黑皮毛的豹，高傲地踱进客厅。

李妄一直都不太招猫咪待见，似乎没什么理由，有的人天生就是"猫厌体质"，再怎么努力也无济于事。

当初遇见这小家伙的时候，李妄还未退伍，跟随 PBB 部队在南美丛林战区驻守，他当时被榴弹震晕，醒来时大部队已经撤出交火区，身上的弹药补给几乎都被敌人搜走，他带着伤在丛林中跋涉。夜晚的丛林危机四伏，而他三天中只吃了一些生鱼肉，伤口发炎使他高烧不退，如果再找不到补给，他将葬身于这片深林之中。

就在他已经失去生的希望时，一头浑身黑亮的母豹从他眼前掠过，母豹唇边还沾着腥臭血液，用黄金般的眼睛轻蔑地凝视他，像一位傲慢的女王。

这头母豹异常暴躁，发现自己的领地内出现人类后便开始疯狂进攻，李妄在南美驻守了近两年，知道在丛林里遇见成年豹有多危险，这种动物速度如闪电，视力优越，更可怕的是它会爬树。

李妄只能与母豹搏斗，用身上仅剩的一把战术匕首宰了它，割下它的腿肉充饥。

他吃了几口才意识到母豹发疯的缘由，因为它怀孕了，即将分娩，甚至在战斗中它的第一个孩子已经娩了出来，掉落到杂草里，其他的孩子闷死在了母豹腹中。

李妄只能捡起那只没睁眼的小东西，放到母豹腹下，让它也充充饥，于是小家伙喝着母亲的奶，李妄吃着它母亲的肉，撑过了这个危险的夜晚，等来了黎明。

李妄给这个不幸的小家伙起名为"昼"，意味着无尽夜里最期盼的希望。归队后，他把昼送给了支援部队的雷霆援护小组军医，军医又把昼送给了当初在 109 研究所工作的老同学。

第三年，丛林战争以 PBB 的碾压胜利告终，李妄也因脊椎受伤退伍，而后进入政界。

他在战友聚会闲谈时得知了昼的近况，109 研究所发展了一条新生产线，昼得到了完美改造，出现了人类拟态，正在找买主。

李妄便托人联系，把昼要了过来。听说全拟态使者型实验体的价格都在十位数以上，李妄也没抠门，不过那时候的 109 研究所已经是艾莲当家，精明的女人不要他的钱，只要他的政界影响力，并且要国际监狱成为回收实验体的仓库。

因为卖出的实验体非常强大，一旦失去控制，对社会造成损害，那么购买实验体的组织和国家就要受到处罚，实验体就要被监狱永久收押，李妄会在其中操作，给实验体减刑，或者替换身份，将收押的实验体回收回研究所，大幅度节约成本。

黑豹被空运过来，直升机将绑有降落伞的密封箱抛落到庄园的草坪上，一个拥有小麦色皮肤和乌黑短发的少年坐在笼里，脖颈上系着鲜艳的蓝色蝴蝶结，他用金色猫眼轻蔑地扫视四周，毛绒耳朵机警地竖立，尾巴慢慢摆动，高傲地舔着手背，原本妥善放在托运箱里的说明书和品牌故事绘本被他撕得稀巴烂。

李妄凭借在南美丛林里摸爬滚打五年的丰富经验，自信拥有与猛兽相处的能力，试图伸手进去把说明书捡出来。

但小黑豹一口咬上他的手，撕扯踢咬，李妄忍痛抽回血淋淋的手，阅读自己冒着生命危险抢救出来的破碎的说明书。

说明书上第一条就写着："千万不要把手伸进笼子里。"

李妄叹了口气，按步骤打开密封箱，拎着少年的后脖颈，把这只暴躁的小猫拎回了住处，因为还在培育期内，所以尽量用羊奶搭配着肉食喂养。

托运箱里还放了一些赠品，一盒 NU 营养剂，一支 Accelerant 促进剂，以及一支预防万一的 IN 感染剂。营养剂用来保证实验体升级，Accelerant 促进剂可以促使实验体从培育期进入成熟期，IN 感染剂则用来在实验体失控时处决他。

说明书上说，请在与实验体充分熟悉后，再注射 Accelerant 促进剂。

不过昼实在不亲人，常常把李妄挠得满胳膊大腿都是血印，李妄时而趁他以本体状态休息时，托着腋下把他抱起来用力吸，不过大多数时候还是会被黑豹用两只前爪推住脸，禁止他再靠近。

使者在驱使者身边长得会非常快，几乎肉眼可见地在长大，很快就长成了二十出头的青年样貌，并且基本固定。

昼十分孤僻，一整天中除了睡觉，其余时间都坐在屋顶上发呆，李妄倒也不会强迫他下来。

昼也逐渐习惯了有主人的家猫生活，偶尔会在半夜钻进李妄的卧室，把他踩醒，然后躺在他床上放肆大睡，似乎不是在撒娇，更像借宿，因为李妄如果试图摸他，就会被咬。

熟络起来后，昼很少再咬李妄了，李妄给他注射了 Accelerant 促进剂，使他从培育期进入成熟期。他的声音和性格一样冷漠，但是年轻好听。

不过昼进入成熟期后，揪着李妄的领口说了第一句话："老头子，你再摸一次我的腹部我就杀了你。"

这让李妄伤心许久，不是因为"杀了你"，而是因为"老头子"。他虽然年纪不轻了，但"恶魔荫蔽"的存在使他拥有无限寿命，容貌会永久停留在三十六岁，他伤心了一整天，后来索性破罐破摔，懒得再打理自己。

黑豹也越来越野，有时半年才回来一次。李妄只好给他派一些任务，是否完成他不怎么在乎，只因为任务到期时，黑豹需要回来和他报告结果和领工资。

一天夜里，黑豹完成李妄交代的任务，带着一身血腥味风尘仆仆回到家。李妄刚洗完澡，在茶几前披着浴袍煮咖啡。

黑豹突然扑过去，打翻了咖啡壶，在满地蒸腾的热气中与李妄厮打成一团，李妄拥有十一年特种部队的训练经验，而黑豹是全拟态实验体，两人级别相当，一时纠缠在一起难分高下。

平时李妄哄着他，忍让他暴躁挠人，这建立在黑豹并未触及他底线的基础上，因为使者注定无法违抗驱使者的意志，李妄纵容他。

"昼，我到底哪儿得罪了你，你至于这么蔑视我？"李妄彻底被他的不尊重惹火了，抹了一把嘴唇破皮处流的血，A3级荧光蝎的蝎尾从身后生长而出，荧光蝎尾缠绕到黑豹腿上，狠狠刺入他的后腰，将麻痹毒液注入他体内。

"我把你宠坏了吧。"李妄带有些许下三白的狭长眼睛阴郁地注视着他，利齿咬穿他的后颈，将浓郁的牡丹亚化因子注入他的亚化细胞团内。

一条荧光蝎尾亚化标记沿着黑豹的脊椎向下蔓延，烙印在他身上。

荧光蝎的特性使得这荧光亚化标记无法被任何衣料遮挡，让他永远铭记自己的错误。

李妄非常懂得如何打击一个人的傲慢，他摘下自己无名指上的蓝宝石戒指，向其中注入毒液，然后放进黑豹嘴里，告诉他：戴上这枚戒指，背后荧光蝎尾亚化标记就会消失；摘下戒指，亚化标记就会显现，反正总要选一种方式告诉你的同类，你有主人。

不过这件事已经过去几年了，他们之间带着些许仇恨的情绪已经被淡忘，平时相处得也不算太差，除了黑豹仍旧不随便让摸这件事。

李妄强行把退化成本体的黑豹搂进怀里，拿小梳子给他梳毛，梳了一团废毛下来，又把他拖到浴室去洗澡，黑豹不情愿地在木地板上抓出两行爪印。

洗完澡又要吹风，掏耳朵，剃爪底毛，拎起尾巴进行健康检查。

"别咬梳子。"李妄拍他的头。终于折腾完了，黑豹生无可恋地趴在地毯上，抖抖耳朵，拿李妄的裤腿撕咬撒气。

恶化期使他身体虚弱，但只要回到驱使者身边，在黑伞附近休息一夜就会好很多。

第二天，黑豹精神恢复，准备出门。

"等等，听说白楚年和兰波周游世界回来了，你去看看情况，调查一下他的后续打算。"李妄交代道，"还有白雪城堡那边的动向。"

"哦。"黑豹双手插在风衣兜里，走出了庄园。

他先去了白雪城堡，透过窗户，看见人偶师正在给厄里斯打磨腰部关节。人偶师把厄里斯放在腿上，一只手扶着他的脊背，另一只手用细目砂纸细细抛光和上油。

"尼克斯，等一下。"厄里斯感知到了魔使的存在，警惕地单手护住人偶师，另一只手去摸不远处的神圣发条。

黑豹顿觉晦气，皱眉走了。

他又前往蚜虫岛，经过调查，发现白楚年和兰波目前正在岛上训导新一代学员，学员和实验体们竟然在一起接受教育，而且秩序丝毫不乱。

话说回来，讲台上坐镇的可是一位自由期使者型实验体和一位 A3 级海洋之王、海族首领，基本不会有谁敢乱来。

教室门敞开着，黑豹无声地走进去，坐在大教室的最后一排听课，今天的课程是全拟态实验体的战斗方式。

白楚年眼神锐利，一眼发现教室后门溜进来一个迟到的家伙，非要黑豹起来罚站。

黑豹站起来，冷冷地瞧着白楚年："是我，怎么着？"

其实从黑豹接近蚜虫岛开始，白楚年就感知到了他的存在，只是没想到他会走进来，坐到教室里。

白楚年突然抬手一指："同学们快看，世界上仅有的三名全拟态使者型实验体之一，A3 级亚体魔使者黑豹，昼，普通人一辈子也见不着啊！"

同学们热血沸腾，一股脑拥过去要签名，足足半小时后黑豹才从乌泱泱的狂热粉丝群里爬出来。

这个世界喧嚣得让人头疼，黑豹实在无处可去，只好提前回到典狱长的庄园。

平时李安会把给他准备的零花钱放在窗台上，不过今天有点不同，窗台上除了卡还多了一个包裹。

黑豹蹲下来，撕开包裹，里面放着一支三毫升的促联合素，不知道李安从哪儿弄来的，还挺有本事。

狡猾的老蝎子，促联合素每毫升能让他维持十天精神，看来老蝎子是想用这种方式让他一个月回来一次了。

　　黑豹透过窗户望向房间内，李妄还在茶几前煮咖啡看报纸，因为这次他回来得早，否则李妄应该是等在窗台前伺机撸他两下的。

　　不过这一次，他没有拿了东西就走，而是向别墅大门走去。

　　坐下喝杯咖啡，住两天再走应该也不赖。

第十五章

蜘蛛兄弟：双想丝

艳阳高照，金缕虫在莳弄 IOA 的花圃，忙碌地在月季丛中走来走去，木乃伊则安静地坐在花园中央的藤椅上，他刚被金缕虫洗刷干净，趁太阳正好所以挂出来晒晒。

"哥哥，今天是你生日，晚上下班的时候我们去中心街买蛋糕回去。"金缕虫一边认真给月季除虫，一边说。

木乃伊扭过头听他说话，然后站了起来，走到金缕虫身后，从背后搂住他，低头与他蹭蹭耳鬓。

"别碍事啦……哥哥。"金缕虫推开木乃伊的手，脸上却不见愠怒，木乃伊无声地环抱住他，挠他的痒痒肉。

金缕虫只好放下除虫药，转身抱住木乃伊的腰，深吸一口气，尚未散尽的罂粟亚化因子气味寡淡地进入鼻腔，金缕虫享受着哥哥怀里的美好，和小时候仿佛没什么两样。

白楚年和兰波路过花圃，见到这样一幕——金缕虫指尖附着半透明蛛丝，用能力"双想丝"和"分心控制"操纵着木乃伊与自己互动。

"sibaidi（蛛蛛）？"兰波拿着一杯冰果汁随口叫他，白楚年想捂他嘴时已经来不及了，金缕虫浑身一颤，猛地推开木乃伊，木乃伊失去操纵，又恢复成没有生命的样子，僵硬地站在地面上。

"啊……文池，早上好呀。"白楚年装作什么都没看见与他打招呼，"我们正要往码头去，回蚜虫岛，教完新训练生就回来，你有没有什么要带过去的东西？"

尽管白楚年极力掩饰自己看见了什么，金缕虫还是像被抓了现行的小偷，尴尬又无助地垂着双手，他嘴唇发抖，眼睛一点点红了，然后抹着眼睛转身跑进温室里，把木乃伊抛在外面。

兰波挑眉："好像哭了。信徒的敬意真是让我受宠若惊。"

"说啥呢，让你吓哭了，走啊，进去哄哄。"白楚年轻声解释，"你不应该出声来着，这就像洗澡的时候对着镜子自导自演电视剧结果被别人看见了，他要尴尬死了。"

"是吗？我觉得他是在伤心。"兰波路过木乃伊，抓住木乃伊的下颌，拉到面前仔细观察，"我可以送他在大海里重生，他会变成红色的珊瑚，多年后重生成一只海星。"

"那还不如现在呢，好歹文池现在每天能见到他哥啊。"

"那你说怎么办？"兰波平淡地吸着果汁。

"我有个馊主意可以试试，但是很馊。"白楚年靠近温室，先扒门缝看看情况。

文池正趴在圆桌上，脸埋在臂弯里，桌面上扔着沾满眼泪的纸巾团，桌上的针线筐里放着织到一半的围巾。

"别哭了。"白楚年拍拍他肩膀，坐到他身边，"我知道你想你哥，我要是想念亲人，我肯定比你还狼狈。"

"对不起，你们坐，我去倒茶。"文池哽咽着起身，被白楚年拉了回来。

"哎呀，能不能不哭。"白楚年粗鲁地用掌心搓干金缕虫的眼泪，"不许哼唧了，不然好东西不给你了。"

金缕虫吸着鼻子止住眼泪，覆盖金属色膜的眼睛楚楚地望着他。

"希望能让你好受一点。"白楚年指尖钩住脖颈的死海心岩项圈，轻轻扯断，顿时双眼碧蓝光芒隐现，发丝覆上一层雪白，A3级白兰地亚化因子四散外溢，以 A3 亚化能力"神遣我来"点名金缕虫。

地面浮现光环，移动到金缕虫脚下。

金缕虫的 M2 亚化能力发生了类 A3 进化，亚化能力从"双想丝"进化为"第二人格"，人形蛛蛊将继承金缕虫分心控制产生的第二人格，在以蛛丝与金缕虫连接的前提下，自由行动。

金缕虫怔怔感受着身体的变化，他捻动指尖，一缕蛛丝拂出门外，连接到花园里僵硬站立的木乃伊身上。

木乃伊突然像受到了操控，动了动身体，低头试着攥了攥双手，然后回过头，快步跑回温室，跑到金缕虫面前，俯下身，弯曲手指轻轻抹掉金缕虫的眼泪，捧起他的脸，双手拇指轻轻摸了摸金缕虫的脸颊。

金缕虫清晰地听到邵文璟的声音，轻佻温柔："哎哟，是谁欺负我的小鸡居（蜘蛛）了呀？"

他愣了几秒，猛地扑进木乃伊怀里，号啕大哭起来，上气不接下气地哭诉："哥哥，哥哥我好想你……"

接下来的时间就让给他们兄弟相聚，白楚年拉着兰波悄悄起身，他们当然听不见邵文璟说话，因为邵文璟根本没有说话——是金缕虫的类 A3 亚化能力"第二人格"附了木乃伊身上。

走出温室，白楚年将项圈扣回到脖颈上，搂上兰波肩头。

"还好这个能力只是个单人精神操控能力，对我的消耗基本为零，能一直维持下去。"

"这就是你的办法？"兰波皱眉，"这主意馊得发臭了。"

"不然怎么哄他嘛……算了，出了问题我顶着好了……"白楚年叹气道，"文池是个多好的孩子啊，天天织小礼物送我们，逢年过节我们开开心心，他孤零零的，不可怜吗？"

"等到欢渔节，让他去海滨公园的神像下许愿，我会赐给他未来没有痛苦的死亡，在他寿命终了那天。"兰波拿着果汁慢慢向 IOA 大门出口走去。

"好。"白楚年快步跟上去。

傍晚，中心街亮起繁华霓灯，稍暗的行人道里，金缕虫欢快地拉着木乃伊向家的方向走，他们现在就住在白楚年的公寓楼下，离 IOA 和中心街都很近。

木乃伊小心地提着蛋糕，用宠哄的语气训斥金缕虫："文池，跑跑跳跳的，把蛋糕都颠变形了！"

金缕虫才慢下步子，脸红扑扑的："那是冰淇淋蛋糕，走慢了就化了。"

"好好，那我走快点。"

然而在路上行人眼里，只有一个长相乖巧的亚体拉着一个大型木乃伊玩偶欢快地自言自语，人们纷纷投去异样的目光，但金缕虫并不在乎。

回到家，金缕虫关了所有灯，给蛋糕插上蜡烛，把生日帽扣在哥哥头上，眼睛亮亮地等他许愿。

邵文璟一手托着腮，桃花眼半眯着："我希望我的小鸡居永远无忧无虑的，希望日子安稳，没人来找麻烦。"

邵文池伸手敲他："说出来就不灵了臭鸡居，你闭上眼睛认真许啊！"

"好。"他笑着闭上眼睛，过了一会儿才睁开。

邵文池眼亮晶晶地望着他："你许什么愿了？"

"说出来就不灵了啊。"邵文璟朝他做"嘘"的手势，然后吹灭了蜡烛。

房间里变得一片昏暗，邵文池突然看不见东西了，有点慌乱。

下一秒他便被搂进宽阔安全的胸膛里，邵文璟轻声道："哥哥永远在你身边，宝贝。"

第十六章

老狼与小狼：家有二哈

"小何，这两个小家伙你就先养着吧，等上级通知再做处理。"

"班长！我一个大男人，带俩孩子，这算怎么回事啊！"

"反正你这半年得养伤，出不了任务，在队里吃白饭不得干干力所能及的活吗？正好你是北美灰狼嘛，两个小狼崽跟着你正合适，你正好练练怎么带孩子，以后结婚成家了免得手生，就这么定了啊，队长找我还有事，先走了。"

"班长，班长！回来！"何所谓一激动，拉扯到腰腹上的伤口，绷带下隐隐渗出血来，痛得他倒吸了一口凉气，再抬头，宿舍门已经被关上了，地上站着两个长相一模一样的小男孩，瞧着个头最多一岁半，全身只穿着尿不湿，手拉着手，怯怯地含着手指，大眼睛水灵灵地打量着何所谓。

PBB 在协助警署破获走私案时，在抓捕行动中截获了这对双子实验体，两个小家伙是在走私者的临时仓库中被发现的，这两个小婴儿合伙将仓库看守杀死，然后撕扯吞食尸体，还把同批货物中的 NU 营养剂和 Accelerant 促进剂打碎吞食了。

何所谓在抓捕行动中被走私犯的霰弹枪击中，虽然有 J1 亚化能力"月全食"的保护，仍旧受了不轻的伤。尽管受伤，他仍旧忍痛把两个小婴儿夹在胳膊底下带了出来，后来被警员告知这是两个幼年实验体时还后怕了许久。

不过现在这两个小家伙都被戴上了亚化细胞团控制器，已经完全丧失了攻击性。

何所谓没办法，只好披衣下床，他腰腹缠着绷带，背手严肃道："你们俩，立正。"

小狼崽一愣，乖乖站直了。

"好，稍息。"何所谓满意道，"你们俩谁是老大谁是老小？"

其中一个孩子把手里的简历（实验体档案）递给他，乖巧地收回手站好，像只小狗。

"我看看，实验体907：魔犬加尔姆，双子共同组成地狱双头犬，必须形影不离，一旦分开会忧郁而死……嘿，小孩知道什么忧郁。"何所谓托着下巴打量他俩，"那行，先起个名字吧，老大叫何文潇，老小叫何文洒……不好，洒听着像傻，那老小叫何文意吧……也不好，跟我姓何那不成我儿子了吗？我以后怎么搞对象？干脆姓贺吧。"

实验体身份不好往外说，何所谓让他们说自己是贺家的，跟他是远房表兄弟的关系。

小狼崽们懵懂答应，因为狼的习性就是如此，对族群中的狼王服从且崇敬，何所谓救了他们，他血液中又带有狼种族的气味因子，所以在这个宿舍里，他们把何所谓当成狼王跟着。

他们忽然发现何所谓缠着纱布的下腹在渗血，匆匆围上去给他舔伤口。何所谓皱眉把他俩拎起来放到床上，教育他们生活习性要像人而不是流浪狗。

于是何所谓开始了养娃生活。因为吞食了Accelerant促进剂，他们实际上已经进入成熟期，不像人类的幼崽一样会毫无征兆地哭，大多时候还算省心。

除了洗澡时容易忘了哪个洗过了哪个没洗过，有的时候何所谓一走神就忘了顺序，给贺文潇洗了两遍澡。偶尔还给贺文意喂了两碗饭。

半夜睡觉，机警的小狼会轮流守夜，另一个就挤进何所谓臂弯里蜷着身子睡，到后半夜再换班。可是在PBB基地宿舍能有什么危险呢？何所谓烦得慌，半睡半醒间怒斥他们不准乱动。

贺文意在何所谓臂弯里睡得开心，对被晾在一边的贺文潇坏笑，贺文潇委屈大哭，何所谓终究被吵醒，困倦地坐在床上哄孩子。

实验体的生长速度比何所谓想象中快得多，半年过后，他们已经长到了人类初中生的样貌，包揽了所有家务，抢着拖地洗衣服，做饭刷碗。他们单纯得惊人，只要得到何所谓一句夸奖就能高兴一下午，若是被摸了头，甚至要向另一个炫耀一整个礼拜。

他们不被允许出门，何所谓就要来些课本，教他们学外语和化学，因为体内有战斗芯片，人类学生的课业对他们而言轻而易举，他们学得很快。

何所谓的伤也痊愈了，临近约定分别的日子，这个最烦优柔寡断的硬汉把自己关在房间里，叼着烟打电话，动用自己所有人脉，想把这两个孩子留在身边。

可兹事体大，没人敢帮他这个忙，他只好硬着头皮去找少校。

何所谓庄重立正向夏镜天请求："他俩特别听话，我可以给他们当监护人和担保人，让他们留在我这儿吧。"

夏镜天刚回来，外套还没来得及脱就被蹲守在门口的何所谓抓个正着，他坐下来，脱下军帽和反手套，从容道："这样的话，他们一旦伤人，你可是要被枪毙的。你是我亲自挑上来的战士，不珍惜这份前途吗？"

何所谓忐忑地问："他们会被送到哪儿去？"

夏镜天意义不明地注视他。

何所谓后背发冷，一脸愕然："要处死他们？您说过，PBB只分敌我，不分种族。"

"是的，我说过，"夏镜天双手交握托着下巴，"你打算怎么办，想扯掉肩章然后摔门而去，从此离开风暴部队？的确够男人，也像你。"

"不。"何所谓没有失态，他垂下眼睛，一字一顿地说，"非死刑不可的话，我去执行。我的枪法比那些啤酒肚警员准，不需要补枪。"

房间里沉默了几秒钟，夏镜天笑了出来，倒了杯热茶推给他："放心吧，只是把他们送到军校去上课，每月休两天假。"

何所谓愣了愣，表情缓和下来，朝夏镜天鞠了一躬，才转身撤出房间。

门关上后，夏镜天长出了一口气，刚刚紧张得手心冒汗，他怕那人真的意气用事摔门走了。何所谓是他从新兵部队千挑万选出来的战士，夏镜天对他寄予厚望，事实证明自己没看走眼。

何所谓满心欢喜地送俩好大儿去上学了，可是他没算到一件事，PBB总指挥顾未的侄子顾无虑也同年上学，正好和两只小狼崽同期。

这导致何所谓月初送走两只小狼，月末接回来两只哈士奇。

时间快进到围剿研究所之后，PBB 风暴特种部队一队驻扎在蚜虫市尚未撤离。

贺文意躺在宿舍床上，一条打着石膏的腿垂在床外悠哉晃荡，对着天花板叹气。"小爹的约会又泡汤了，真可惜——"他翘起唇角，一脸得意，"IOA 的小朋友们可真没眼光。"

"就是，那位狐狸美女到现在看见小爹还要翻白眼呢。"贺文潇在地上做俯卧撑，单手撑地，另一只手背到腰后，滴落的汗水浸湿了铺在身下的报纸。

"真羡慕白楚年啊。"

"羡慕什么？"

贺文意从床上撑起来："他可是全拟态，毛茸茸的，装可爱的一把好手，可我们呢，无拟态，想要项圈都没理由开口，真没劲。"

"我看你装病也挺有一手的。"贺文潇撇撇嘴，"被小爹发现了有你苦头吃。"

门外传来脚步声，贺文意赶紧躺了回去："快快快，小爹回来了，记得帮我圆谎啊，我这个月的零花钱都给你。"

何所谓果然推门进来，嘴里叼着烟，提着一大袋子零食和一大袋子水果。

贺文潇殷勤迎上去，把东西接过来："哥，回来啦？好香，是不是买炸鸡腿了？"

贺文意虚弱地从床上爬起来，打着石膏的小腿颤巍巍不敢沾地，狗狗眼楚楚可怜地抬起来："哥……"

何所谓把还冒着热气的炸鸡腿拿出来，略过流口水的贺文潇，递到可怜巴巴的贺文意手里，回头训贺文潇："我给病号买的，你跟着起什么哄，你们两个已经到成熟期了，少吃这种东西，现在医学会还没批量生产促联合素，吃多了恶化怎么办？你又没受伤，吃点水果得了。"

"嘿嘿，谢谢哥。"贺文意接过炸鸡腿，得意地摇头晃脑。

贺文潇暗自咬牙，哼了一声，坐到一边剥橙子去了。

"哥……我也想吃橙子。"贺文意可怜巴巴地挪了挪位置，又柔弱地摔回原位。

贺文潇在一边看着弟弟浮夸的表演，吃吃地笑，没想到却听见何所谓扭头对自己喊："文潇，给弟弟剥个橙子。"

贺文潇瞪大眼睛："凭什么啊？"

"什么凭什么，我怎么教育你们的？你们是亲兄弟，是家人，家人就得互帮互助，文意受伤了，不方便，你是不是应该用心照顾……"

"好好好，"贺文潇把手里剥好的橙子塞进贺文意嘴里，皮笑肉不笑地咬牙哄慰，"你好好吃，啊，充满兄弟友爱的橙子。"

这小子却蹬鼻子上脸，叼着橙子美滋滋地说："文潇，你去帮我把背心裤衩洗了，我扔水池边上了。"

贺文潇忍着火："你是腿瘸了又不是手断了。"

"去，别吵架。"何所谓蹲下来仔细察看贺文意的腿，给他揉了揉大腿，"还不见好啊，怎么这样呢？行吧，你乖点，别乱动了，我不在的时候让你哥照顾你。"

贺文意卖乖地点头。

何所谓这时接了个电话，是 IOA 门口安保的电话，说有他的快递。何所谓安顿好贺文意，嘱咐贺文潇照顾弟弟，便下了楼。

他前脚迈出宿舍门，贺文潇就掐住贺文意的脖子，两人扭打在一起。

贺文潇："我还给你洗裤衩？我看你像个裤衩——"

何所谓拿着快递盒回来，推门便见到一地狼藉，两只小狼打成一团，你踹我一脚我啃你一嘴，咔吧一声，贺文意腿上的石膏撞在桌角上，裂成两半掉在地上，然而战事正酣，贺文意根本没发觉。

等他俩发现何所谓就站在身后，已经晚了。

何所谓蹲下，抓起贺文意的腿端详，这腿毫发无伤，之前被研究所实验体咬断的伤口早就愈合如初了。

"哥，哥，你听我解释，我不是那个意思。"贺文意坐在地上赔着笑往后蹭，向贺文潇求助，"文潇，我错了，帮我求个情，啊——"

"臭小子，敢骗老子，晚饭你也不用吃了，给我倒立写检查！"何所谓拎起贺文意拖进里屋，关上门，拿裤腰带痛揍一顿，房间里哀号连连，贺文意被揍得满地乱爬。

"活该，敢骗小爹，就是这个下场。"贺文潇笑着坐回桌前，剥了个橙子，看见何所谓刚拿回来的快递，有点好奇，悄悄拆开来。

纸箱里的盒子很精致，里面放着两个黑色的皮质 choker 项圈，分别压印了字母 X 和 Y 做装饰，还有一些商家附赠的空白生日贺卡。

贺文潇惊讶地看了看四周，把盒子原样装好，推回快递箱子里，用胶带封上口。

他决定不把这个消息告诉贺文意，剥夺他未来几天的欣喜期盼当惩罚好了。

第十七章

美洲狮与小虫

围剿研究所的行动中，无象潜行者在与永生亡灵正面对抗时使用了模仿能力"镜中人'和"镜中领域增强"，虽然重创了永生亡灵，但自己也受到了严重反噬，重伤濒死。

很快，PBB 部队进入蚜虫市，全面接管了 IOA 特工和联盟警署苦苦支撑着的警戒线，剿杀市区亡灵召唤体，保护了市民。

无象潜行者被转移到临时救助车里，IOA 医学会的医生们奋力救助他，可他伤势太重，即使是自愈能力极强的实验体，如果身体在伤口愈合前就把血流干了也一样会死。

可受伤的市民极多，临时血库里的血源已经所剩无几了。

医生慌忙大喊："附近的患者家属们，如无病史请来献血，他是实验体，什么血型都可以同化。"

可人们一听他是实验体，顿时都迟疑地退远了，只是待在实验体身边就感到惧怕，更别说献血救他了，他们其实更希望他立即死掉。

守在他身边的于小橙噌地站起来："你们退什么？他是保护你们才伤成这样的！"

于小橙意识恍惚，哈克的死近在眼前，没凉透的尸体就装在门口的裹尸袋里，他的精神濒临崩溃，吼叫声嘶力竭。

他恨恨地挽起袖口，对医生说："直接抽我的。"

医生看了一眼他几近白纸的脸色，透过眼睛，似乎连他被撕成两半的心也一起看透了。

"你太虚弱了。"医生转身又问了一遍同样的话，仍旧无人吭声，就在医生别无他法，准备抽自己和同事的血时，一名亚体走了进来，带着一身寒意。

他穿着军服，人们只顾着去打量他少校肩章上的星星。

夏镜天俯身抱起无象潜行者，头也不回地快步离开，他的声音似能稳定人心，让人们心里悬着的石头踏实落地："PBB 雷霆援护小组的血源充足，援护飞机就在附近，医护支援片刻就到。"

医生们感激不尽，于小橙也终于松开紧绷的神经，跌坐在地上，泪流满面。

无象潜行者虚弱地揽着夏镜天的脖颈，身上的血污沾染在他军服胸前，无象潜行者愧疚地蜷曲尾巴，卷成波板糖的形状。

夏镜天把他放到 PBB 的援护飞机上，军医们展开紧急抢救。

"少校，我挡住了永生亡灵 10 分钟 37 秒，比您的命令……还多 37 秒。"无象潜行者用殷切的眼神望向夏镜天，好像在等他履行承诺。

夏镜天在不远处的座椅上坐下，很轻地舒了口气："好吧，我会把相框收起来，你安静点治疗。"

他在交代无象潜行者拖住永生亡灵等待救援时，这少年难得大胆地提了条件。他说，如果他做到了，少校就要把家里桌上的言逸照片收起来。

夏镜天答应了，却又不免担心，傻小虫会不会为了完成这个诺言而把命搭进去，所以自己才在第一时间来找他。

无象潜行者安心闭上眼睛，他也早已精疲力竭，连话也说不出了。

夏镜天指挥城市内的军队解决骚乱，再见到无象潜行者时已经是两天后。

虚弱的少年躺在 IOA 医学会的病床上，床头放着咬了一口的苹果。毕竟是实验体，自愈能力比人类强得多，受了那样重的伤，两天就缓过了精神。

他听见门外有动静，赶紧闭上眼睛，垂在床沿外的尾巴紧张地蜷曲起来。

夏镜天轻轻推门走进来，坐在陪床椅上，顺手拿了个苹果削皮。

"醒了就靠坐一会儿，闭着眼睛做什么，还没睡够？"

无象潜行者身子一颤，讪讪坐起来，接过夏镜天递来的苹果，明亮的大眼睛愧疚地垂下去："对不起，我之前提的要求太过分了，您还是当我没说吧。"

夏镜天笑笑。

时间过得飞快，转眼几年，生活趋于平和，无象潜行者时而在蚜虫岛和训练生或者其他实验体待在一起，时而回 PBB 军事基地，一向孤僻的他竟也交到了不少朋友。

一些人从他的生命和生活中路过，一些人留了下来，一些人永不磨灭。

于小橙最终放弃了 IOA 搜查科特工的职务，选择回到蚜虫岛当实验体教导员和训练生陪练。"我无法像从前那样无畏地战斗了。"他说。

IOA 在蚜虫市建了一座海陆学校，课程包括海陆自然联系和人鱼语，教师分别由人类和人鱼担任，人鱼可以把孩子送来学习人类文明（主要是烹饪技术），人类则在努力研究与人鱼交流，听说兰波把他爸爸从海底绑来当了老师，还带来了几条人鱼当助教，其中一条经常骚扰萤，时而和 PBB 狂鲨部队的鲸鲨队长大打出手。

蚜虫岛又迎来了一批新训练生，其中有个叫夏乃川的最为跳脱，是教官们公认的调皮捣蛋分子，但这仿佛也让蚜虫岛变得更有活力了。

无象潜行者坐在沙滩边，看着夏乃川领头带着学员们在海里疯玩，突然手机响了，本以为是少校，结果却是白楚年。

白楚年和兰波刚到蚜虫码头，对着电话里嚷嚷："夏小虫？怎么就你一个人接电话啊，别人都去哪儿了？"

无象潜行者诚实回答："今天休息，大家都在海里玩呢。"

白楚年："哎呀，真耽误事，今天是轮渡日，记得让小崽子们通知家长送生活用品过来啊，等会儿就开船了。"

无象潜行者："知道了。他们都在海里捞鱼呢，夏乃川说他抓住了一条小的白色魔鬼鱼，准备晚上烤了吃。"

"噢，给我留一份……"白楚年正夹着手机抠指甲，突然一怔，和兰波对视一眼，然后对着话筒咆哮，"嗷?! 他敢! 给我放下!!!"

番外一

意外任务

言逸侧卧在卧室床上，床头只亮着一盏台灯，他左小腿缠着绷带，移动起来很不方便。

他有些渴了，床头柜上放着一杯水，伸手去拿太远，又不大想按呼叫铃，索性渴着算了。

不一会儿房间外就传来暴躁的上楼声，皮鞋把楼梯踩得直响。

陆上锦冲了进来，双眼通红，一副活脱脱要吃人的阎王相。

言逸背对着他翻看新闻，圆尾巴球挤在睡裤外，抖了抖。

"有电梯不坐，非要跑上来，护工又要擦半天楼梯了。你把鞋脱了，别踩我的地毯。"

"你还惦记地毯呢？"陆上锦匆匆坐到床边，把软床垫都压陷下去了一块。陆上锦扶着言逸下巴让他转过来面向自己："除了腿还有哪里伤着了？"

言逸一转过来，脸颊上的一小块擦伤和兔耳朵上的一道刀口就暴露在陆上锦眼里。

他放出一股安抚因子给言逸，又转身去检查他小腿的伤势。

"别那么紧张，没断，只是小小的骨裂而已。"言逸淡笑着安慰他，"你把水递我，渴了。"

陆上锦顺了顺气，把床头柜上的水递到言逸手里，慌乱悬着的心才终于沉了下来。

听说言逸受伤的消息后，他连夜从国外飞回来，在飞机上睁着眼睛沉默了一夜，把空姐都吓着了。

研究所被取缔后，幸存的研究员被逮捕审问，牵出了一系列内部人员，言逸决心趁热打铁，一次性拔除联盟内部的关系网。

但他的动作激怒了暗中窥视着的势力，于是他在视察郊区制药厂时遭到不明杀手暗杀。

杀手级别高，数量多，又受人之命针对言逸有备而来，在言逸走进制药厂后突然发起连环爆破，连言逸的卫队也受到了不小的冲击。

"人呢？"陆上锦问。

"抓住了，都在联盟警署蹲着待审呢。"言逸轻松道，"他们人多，我也小费了一番功夫。"

"拜利明，我知道他，是他的人。"陆上锦把言逸喝剩的半杯水顺便倒进嘴里，"半个世纪以来买卖人口的大头，上万例人口失踪和器官倒卖的案件都是他们的手笔。最初兰波就是被他们绑的，自从研究所倒台后，你这一系列决策下来挡了他们的路，所以被他们盯上了。"

"差不多了。"言逸放下平板电脑，"可以收网彻底剿灭他们了，不要放过任何一个。这事在得手前最好不见报，这一次不动用公开特工，派一组秘密特工去做。我行动不方便，锦哥，你得替我去一趟 IOA 总部。"

"好。你先休息，我现在就去。"陆上锦拿起扔在床上的外套，转身向门外走去。

言逸笑道："大老板还得为我忙前忙后的。"

陆上锦回头弹了一下他的额头，眉眼舒展："这年头，大老板不好当啊。"

他匆匆下楼，拿上车钥匙推门而出，车库阴影中站着一个人，背对顶灯的光。

来人穿着一件白色兜帽卫衣，胸前印有一只拿钓竿的小白猫。

白楚年抬起头，直视着陆上锦，眼神阴郁："新闻里看不清伤在哪儿，我来看看。"

陆上锦并不意外，旋开车门坐了进去，白楚年就势坐进副驾驶位，双手插在兜里，眼睛里的戾气快要溢出来了。

"别太担心，小腿骨裂严重一些，已经包扎过了，其他擦伤不碍事。"

"知道了。"白楚年点了点头，耳骨钉环清脆相碰。

"言逸的意思是，这次不派公开特工出任务，只派秘密特工去做掉他们，事成之前不会见报。"陆上锦右手搭在方向盘边缘，指尖有节奏地敲击着皮套。

"我知道，我已经不再是 IOA 公开特工了。"白楚年忽然一笑，"我做什么都与 IOA 无关。"

说着他就要下车离开，被陆上锦皱眉拽了回来："臭小子，手段别太过火了，还有，快把这头白毛染回去，耳朵上脖子上的钉钉环环摘了，像什么样子啊。"

"我有数，我喜欢嘛。"白楚年舔了舔嘴唇，露出洁白的虎牙尖。

白楚年离开了车库，月光下，有个黑影趴在庭院景松的枝杈上，兰波穿着同款的黑色卫衣，胸前印着一条咬钩的鱼，金色发丝被拢在兜帽下，嘴里叼着一根糖棍，懒懒支着头垂眼瞧他。

"你好像有事要求我。"兰波翘起唇角，尖锐利齿咬碎糖棍，发出咔嚓声。

白楚年双手合十："这事完了我们去夏日岛度假去，好吗？"

兰波仿佛看到了举起爪子拜拜的小白猫，开心地卷了卷尾尖："可。"

两人分头行动，白楚年装备枪械和防弹服，独自前往拜利明所在的人口贩卖组织大本营。

兰波则沿着言逸家的别墅外墙爬了上去，扬起鱼尾放电，使所有室外防护系统的自动瞄准装置短路，穿越电网如入无人之境。

白楚年要他哄住言逸，免得言逸发觉不对，临时把自己召回来。除此之外，他还嘱咐兰波一定要隐蔽，不必要的情况下不要出现在言逸身边，不要显得太刻意了。

兰波用电磁力打开插销，从窗户钻了进去，直接落到言逸卧室的地毯上。

言逸正侧身看新闻，忽然见一金发人鱼出现在房间里，愣了一下。

兰波举起细尾巴尖给他比了一个"嘿"。

"……肯定是小白又捅娄子了。"言逸放下平板电脑，拖着受伤的小腿就要下床，想给陆上锦打电话。

兰波眼疾手快，抓住言逸拽了回来，鱼尾巴缠了上去，让本就受伤行动不便的言逸更动弹不得。

"你不要走动，伤势变严重的话，小白会没有心思跟我去夏日岛度假的。"

兰波也不把自己当外人，往言逸床上一坐，鱼尾巴钩起远处小茶几上的果盘举到面前，叉了一块苹果吃："这三天我来照顾你，兔子会长，这是人类享受不到的待遇，你要知足。"

言逸记得自己上一次这么无可奈何还是在上次。不过他也明白小白的意图，索性随他去吧。

自从会长受伤在家里养病，同事和朋友陆陆续续来看望。

不过言逸的朋友多半也是毛茸茸的，有的带家里的小朋友来，小家伙更是毛茸茸的。

比起蚜虫岛的那些十六七岁的少年，这些两三岁的毛茸茸幼崽，可爱加倍。兰波撸得乐不思蜀，完全不想去夏日岛度假了。

三天后，陆上锦替言逸处理完了IOA的残余事务，白楚年也解决了拜利明人口贩卖组织，两人恰巧碰上，便一起回了家。

推门而入，客厅里尤为热闹。

三五个小孩子乖巧地在地毯上玩玩具，都是毛茸茸的，有的头顶长着软软的耳朵，有的身后挂着蓬松的大尾巴，乍一看好似滚了一地毛绒团子。

言逸安静地坐在沙发里看书，兰波鱼尾化腿，穿着言逸的睡衣裤，手臂搭在沙发背上，左手捏着一片夹心饼干，右手时不时捏一把言逸的兔耳朵。

"哟，回来啦。"兰波冲他们扬扬下巴，"随便坐，就当自己家一样。"

白楚年："……"

陆上锦："这本来就是我家！"

番外二

如何正确辨认小兔球

———◦———

每年六月，IOA 总部会派几位公开特工去蚜虫岛特训基地视察，给年轻的特训生们讲讲特工的任务，传授一些经验。

今年被派去的公开特工里当然就有陆言一个。

陆言游刃有余地展示了自己的 M2 亚化能力"四维分裂"，在地下训练场中央，六十个陆言齐刷刷出现，把在场的小特训生们惊得合不上嘴。

"嘿嘿，这算少的呢。"陆言举起一根手指摇摇，"在白楚年的 A3 亚化能力加成下，我可以分裂出三千六百个独立个体，这可是最强的类 A3 近战能力。"

小朋友们嘴都张成"O"形，簇拥着陆言学长问东问西。

等展示和演讲结束，陆言翘着小兔耳朵下台，走过教官席时，刚好经过已经成为岛内实验体辅导员的于小橙身前。

于小橙拽了一下他的毛球尾巴，悄声笑道："阿言，好厉害呀，我都分不清哪个才是真的你，毕揽星他分得清吗？"

陆言摸着下巴沉思："这个问题……我倒是没想过。"

那当然要去试一试！

当晚，毕揽星给战术班的学弟们指导完，又和红蟹教官叙了一会儿旧，回宿舍时天已经黑了。

他带着从食堂买的甜粥和胡萝卜馅饼夜宵回来，开门时听见门里隐约有说话声。

是阿言的声音。

毕揽星没多想，便开门走了进去。

没想到，不算宽敞的宿舍客厅里挤了十几个一模一样的兔子分身，吵吵闹闹蹦蹦跳跳。

见有人推门进来，兔子们一下子噤了声，纷纷回头好奇地打量门口的箭毒木。

沙发后的陆言活泼地转过身来，双手托腮趴在沙发背上："是揽星呀。"

餐桌前暴风吸入草莓小蛋糕的陆言抬起头眨眨眼睛："小星哥哥回来了！"

坐在摇椅上看书的陆言抬起头："揽星，你回来了。"

戴着拳击手套的陆言从沙袋后探出头来："喂，毕揽星，这么晚才回来，去哪儿鬼混了你？"

毕揽星愣了半晌，面对"漫山遍野"的兔子，缓缓退出了房间。

十分钟后，毕揽星又推门走进来，这一次他拎了食堂饭盒回来，带了十来份相同的甜粥和胡萝卜馅饼。

"久等了，我带了消夜。"毕揽星弯起眼睛，把餐盒放到餐桌上，"你们尝尝。"

"哇，我尝尝！"一些年龄小于十五岁的小兔球新奇地流着口水冲到餐桌前，动着小鼻子嗅嗅，开心地蹦蹦跳跳。

一些年龄大于十八岁的兔球慢慢走过来，拿起一块馅饼，怀念地品尝："好久没吃过这个味道了。"

唯有一只兔子站在原地没动。

毕揽星走过去，搭上陆言肩膀，低头轻声问："你把大家叫过来，怎么现在不说话了？"

陆言眼睛亮亮的："你认出我了？"

"哈哈，我也辨认了很久。"毕揽星偷偷拿出一小盒水果胡萝卜塞给陆言，"给你。"

陆言骄傲地立起兔耳朵："当然不好辨认咯，四维分裂，这可是最强的近战能力，你还挺厉害的嘛。"

毕揽星笑笑，默许了陆言的小自负。

图书在版编目（CIP）数据

人鱼陷落．完结篇 / 麟潜著 . -- 上海：上海文化
出版社，2024. 7. -- ISBN 978-7-5535-3013-0

I. I247.5

中国国家版本馆 CIP 数据核字第 2024SZ9163 号

出 版 人：姜逸青
责任编辑：顾杏娣
监　　制：邢越超
策划编辑：柚小皮
特约编辑：尹　晶
营销支持：文刀刀　周　茜　马雪然
版式设计：潘雪琴
封面设计：有点态度设计工作室
插图绘制：水青山令　稻田雪兔　温　捌　冬冬呛　Sugar　不语竹　莫一娜
内文排版：百朗文化

书　　名：人鱼陷落．完结篇
作　　者：麟　潜
出　　版：上海世纪出版集团　上海文化出版社
地　　址：上海市闵行区号景路 159 弄 A 座 3 楼　201101
发　　行：中南博集天卷文化传媒有限公司
印　　刷：三河市百盛印装有限公司
开　　本：640 mm × 915 mm　1/16
印　　张：22
字　　数：312 千字
印　　次：2024 年 7 月第一版　2024 年 7 月第一次印刷
书　　号：ISBN 978-7-5535-3013-0/I.1167
定　　价：52.80 元

如发现印装质量问题，影响阅读，请联系 010-59096394 调换。